KB163427

송죽골 메아리

– 경기과학고의 이야기들

송죽골 메아리 (경기과학고의 이야기들)

1판 1쇄 인쇄 2016년 2월 5일
1판 1쇄 발행 2016년 2월 15일

지은이 김용진 외
발행처 도서출판 해토
발행인 고찬규

주소 (121-896) 서울특별시 마포구 동교로13길 34(서교동 474-13)
전화 02-325-5676
팩스 02-333-5980

* 이 책의 인세는 전액 경기과학고의 장학금으로 사용됩니다.

값은 표지에 있습니다.
ISBN 978-89-90978-96-7 03810

송죽골 메아리

– 경기과학고의 이야기들

해토

| 들어가며

약속을 지키게 되어서 다행이다. 사실 이 책이 나오게 된 단초는 작년 2학기에 진행했던 작문 수업시간으로 거슬러 올라간다. 수업을 듣는 학생들에게 자신의 뜻 깊은 체험과 그 속에서의 깨달음을 담은 수필을 써 보도록 지도하면서, 혹시 좋은 글들이 많으면 나중에 책으로 만들어 주겠다고 약속했던 것이다. 그리고 그 시기에 나 역시 개인적으로 느낀 점들을 담은 책을 한 권 펴낸 적이 있었다.

아내는 자기 주변의 가까운 분들께 내가 쓴 책을 선물로 드렸는데, 대부분의 반응이 책의 앞부분에서 우리 학교 학생들에 대해 쓴 내용들이 흥미로웠다는 것이었다. 아내는 이에 덧붙여 경기과학고에 대해 궁금해 하는 분들이 많으니 좀 더 풍부한 이야기들을 담은 책이 나오면 좋겠다는 말을 전했다. 앞서 두어 달 만에 어렵지 않게 책을 냈던 나로서는 학생들에게 했던 약속을 지켜야겠다는 결심을 흔쾌히 하게 되는 계기였다.

당시 내 생각은 2학기 작문 시간의 글들을 모아 겨울 방학 안에 책을 완성할 수 있겠다는 것이었지만, 여러 가지로 여의치 못한 점들이 있었다. 우리 학교에 대한 이야기를 담은 책을 펴내는 일의 의의를 작문 수업을 듣지 않은 학생들과 선생님들, 학부모님들, 심지어 최근 2년간의 졸업생들에게까지 알리고, 원고를 좀 보내 주시기를 부탁드렸다. 이에 대해 좋은 뜻이라며 성원을 해 주시는 분들의 목소리는 많았으나, 예상과 달리 내 메일에 도착한 글들은 몇 편 되지 않았다. 게다가 작문 시간에 막연하게 자신의 체험과 깨달음을 써 보라고 해서 걷었던 글들 중에는 학교의 이모저모를 전하는 데에는 알맞지 않은 글들이 많았다. 개인적으로도 다른 일들로 분주해서 책 만들기를 미루고 또 미루다가 새 학기를 맞게 되었다.

이번 1학기에는 2학년들을 대상으로 문학 수업을 하게 되었는데, 웬일인지 2학년 학생들 중에서 몇 명을 빼고는 모두 문학 수업을 듣겠다고 수강 신청을 했다. 작년에는 이에 절반도 안 되는 인원이었기에 놀랄 수밖에 없었다. 시, 소설, 희곡을 거쳐 수필 갈래를 가르치게 되었을 때, 학생들에게 본격적인 에세이를 작성하기에 앞서 자신의 학교생활을 되돌아보고 짧은 수필을 지어 보도록 했다. 작년의 시행착오가 있었기에 이번에는 우리 학교의 다양한 면모가 드러날 수 있도록 유도했고, 학생들은 저마다 좋은 글들을 써 주었다. 그래서 작년에 작문을 들었던 학생들에게는 미안하지만 이 책에는 이번 학기에 문학을 들은 후배들의 글이 훨씬 많이 실리게 되었다.

최근 몇 년간의 눈부신 성과들로 인해 우리 학교의 존재를 아는 분들이 많아지게 되었지만, 사실 우리 학교는 전국 최초로 설립된 과학고등학교로서 올해로 개교 33주년이자, 과학영재학교로 전환된 후 5년을 지나고 있다. 매년 명문 대학들에서 우리 학교 학생들을 경쟁적으로 모집하려고 할 만큼 놀랄 만한 입시 성과를 보이고 있다는 점을 떠나, '최초이자, 최고'를 자부하는 우리 학교는 우리나라 과학 인재 양성의 요람으로 자리매김하고 있으며, 동문들은 국내외를 누비며 과학 분야에서 업적을 쌓아 가고 있다.

그런데 내가 만나는 주변 분들이나 동료 선생님들 중에서도 우리 학교가 과연 어떠한 학교인지, 학생들은 어떻게 생활하고 있는지 궁금해 하시는 분들이 적지 않다. 또 안타깝게도 '수학과 과학만 잘하는 학생들이 손쉽게 명문 대학에 진학하는 특목고'라는 한정된 시각을 갖고 있는 경우도 종종 접할 수 있다. 이러한 점에서 경기과학고 구성원들의 진솔한 목소리를 담은 이 책이 필요한 이유를 더할 수 있다.

올해로 다섯 해째 우리 학교에서 학생들을 가르치며 내가 본 경기과학고의 모습은 참으로 다양하며 역동적이기까지 하다. 전국에서 모인 내로라하는 인재들이 치열하게 학업 경쟁을 벌이고 있기도 하지만, 남을 의식하지 않고 저마다 자신이 전공하려는 연구 분야에서 밤을 밝히며 탐구의 열정을 불태우고 있기도 하다. 또 자투리 시간까지 애써 활용하면서 하나라도 더 배우고 익히려 노력하기도 하지만, 친구들이나 선생님과의 따스한 관계를 이루어가는 데 많은 시간과 노력을 들이고 있기도 하다.

내가 경험했거나 알고 있는 학교들 중에서 우리 학교처럼 동아리 활동이 활발한 학교도 없다. 공부도, 연구도, 여가 활용도 혼자만 하려고 하기보다는 서로 어울리며 발전해 가는 모습을 볼 수 있다. 과학 영재임을 자부하며 안주하기보다는 인문예술 분야까지 폭넓게 체험하면서 융합적이고 창의적인 사고를 형성해 가려는 학생들이 많다는 점도 자랑할 만하다. 어찌 보면 우리 학교 학생들은 저마다 꿈을 향해 자신만의 교육과정을 밟아 가고 있다는 생각마저 들 정도로 다양한 면모를 보이고 있다.

학생들 곁에는 함께 밤을 새워 가며 실험을 지도하시고, 한 명 한 명에게 가까이 다가서는 선생님들이 있다. 그리고 학교의 교육활동을 성원하고 격려하는 학부모님과 동문들이 있다. 학업과 연구를 병행하며 지칠 법도 하지만 학생들이 학교에 대해 자긍심을 느끼고 행복하다고 하는 이유, 선생님들 중에서도 10년 넘은 세월까지 이 학교에 근무하시는 분들이 있는 이유를 여기서 찾을 수 있지 않을까 한다.

나의 두 자녀 중에서도 초등학교 5학년인 아들은 매달 과학 잡지를 탐독하는가 하면, 집을 온통 어질러 놓으며 뭔가 실험을 하기도 한다. 우리 학교의 많은 선생님들이 이구동성으로 당신들의 자녀도 우리 학교에 다니게 되었으면 좋겠다고 하듯이 나 역시 마찬가지다. 그리고 5년째인 올해를 넘어 앞으로도 오래 우리 학교에 머물고 싶다는 마음도 갖게 된다.

이 책을 통해 경기과학고 구성원들의 삶과 마음이 독자들에게도 전달되기를 소망한다. 특히 수학이나 과학을 좋아하는 어린 학생들이라면 누구나 한 번쯤 꿈꾸었을 법한 우리 학교에 대해 더욱 관심을 갖는 계기가 되기를 바란다.

끝으로 좋은 글을 써 준 학생들과 격려를 보내 주신 학부모님들, 그리고 가까이에서 성원해 주신 동료 선생님들께 깊은 감사의 말씀을 드린다.

따스한 가을 햇살이 내리는 교정에서

엮은이 김형수

〈차례〉

4. 경곽의 밤을 밝히는 탐구의 열정

5. 더불어 경곽!

6. 특별한 수업, 더 특별한 선생님

7. 동아리의 추억

8. 이보다 다양할 수 없다

9. 학교 밖 학교

10. 경곽인들을 응원하며

I

경곽? 경기과학고!

경기과학고에 대한 막연한 궁금증을 풀어 줄 수 있는 꼭지. 경기과학고는 과연 어떤 학교인지, 학생들은 3년의 시간을 어떻게 보내고 있는지, 그 속에서 무엇을 깨닫고 어떻게 성장해 가고 있는지를 한눈에 살필 수 있다.

♣ 경곽인들의 초상(肖像)

- 30기 김용진

내가 진학할 대학에 대해 꽤 많은 시간 고민해보며 여러 대학을 직접 다녀온 현재 드는 생각은 '우리 학교만큼 마음에 드는 학교가 없다'는 것이다. 물론 표면적으로도 시설 면에서 새롭게 신축된 많은 건물들과 날마다 정말 말끔히 청소해주시는 아주머니들이 있어 어디에도 밀리지 않는 것 같다. 또한 학교가 위치한 수원도 연구를 하러 다른 대학에 가거나 편의시설을 이용하기에도 좋은 위치이다. 그렇지만 나는 우리 학교의 내면적인 면이 더욱 자랑할 만하다고 생각한다.

내가 생각하기에 '영재'란 어떠한 일에 '몰입'할 줄 아는 사람을 말하는 것 같다. 그렇기에 영재학교인 우리 학교에서 3년간 공부는 물론 다양한 분야에 몰입하고 전문성을 가진 친구들을 만나며 많은 것을 배울 수 있었다. 사실 나 또한 중학교 때부터 공부 이외에 농구에 엄청난 열정을 쏟곤 했다. 남들이 보면 미쳤다고 생각할 만큼 시간을 쪼개가며 눈이 와도 비가 내려도 연습을 하곤 했었다. 고등학교에 와보니 많은 친구들이 각기 다른 분야에서 엄청난 열정을 쏟는 것을 보며 나는 농구를 가르쳐주고, 친구들에게 많은 분야를 배울 수 있었던 점이 나에겐 굉장히 특별한 경험이었다.

한 가지 예로 2학년 때 두 명의 친구와 너무 친해져 많은 시간을 함께 했는데, 두 친구 모두 노래에 굉장히 뛰어난 재능이 있는 친구들이었다. 결국 나도 자연스럽게 노래에 많은 관심을 가지게 되었고 정말 노래를 잘하지 못했던 과거에 비해 현재는 큰 자신감을 갖게 되었다. 또한 마지막 학기를 보내는 지금 이 시점에는 '이상한 아이들'이라는 뮤지컬 동아리에서 공연을 준비하고 있다. 과거에 별로 춤이나 노래 공연을 해본 경험이 없었는데, 뮤지컬을 준비하며 많은 것을 배우고 있다.

앞서 말했듯이 우리 학교 친구들은 공부에도 여러 분야에 굉장히 몰입을 잘하는데, 신기한 것은 몰입을 잘하는 친구들 중에는 의외로 여유로운 성격을 가진 친구들이 많다는 점이다. 높은 효율의 몰입을 통해 짧은 시간에도 해야 할 일을 잘 처리하는 자신감이 있기에 그런 것이 아닐까 생각한다.

이러한 친구들이 많은 우리 학교 학생들은 '잘 논다'는 특징을 가지고 있기도 하다. 이것이 객관적으로 좋은 것도 나쁜 것도 아니라고 생각한다.

이유는 과학고, 영재고를 다니는 학생들이라면 모두 자기 나름대로 매일 밤 공부에 열중하는 것은 자명한 사실이고 남는 시간에 조용히 보내든 신나게 놀든 그것은 일종의 선택일 뿐이기 때문이다.

한 번은 연구 발표대회 캠프에서 밤에 자유 시간을 준 적이 있었다. 이때 거의 모든 학생들은 쉬러 들어갔지만 한 무리의 학생들이 나가는 것을 보았고 이들 전부가 경기과학고 학생이라는 것을 알았다. 이처럼 좋은 것인지 나쁜 것인지는 모르겠지만 우리 학교 학생들은 굉장히 열정적으로 놀고 활발한 성향을 띤다.

이러한 성향 때문에 학교에 입학한 이후 나 역시도 다른 학교에서는 하기 힘든 굉장히 특별한 경험들을 할 수 있었다. 학교에 들어와 선배들과의 만남, 동아리 오디션, 신입생 환영회 등을 하며 이전에는 전혀 경험하지 못했던 춤도 연습해보고 내 나름의 개인기를 준비하곤 했다. 가장 중요했던 것은 수줍어하지 않고 자신감 있게 사람들 앞에 설 수 있는 것임을 느끼고 이러한 역량을 발전시킬 수 있었던 점이다.

밤을 밝혀 공부하고 연구하는 한편 많은 친구들, 선후배들과 함께 하며 자신의 넘쳐나는 끼를 긍정적으로 발산하는 학생이야말로 경곽인들의 초상(肖像)이 아닐까 한다. 그리고 얼마 후면 졸업을 앞둔 시점에서 나 역시도 그렇게 3년을 보낼 수 있었음을 되돌아볼 때 정말 즐겁고 감사한 추억들이라 생각한다.

♣ 어느 학교 다녀요?

- 31기 오원호

가끔 택시를 이용할 때면 기사님들께서 백미러로 나를 스윽 훑어보신다. 그리고 하시는 말씀이 대개 '어느 대학 다녀요?', 혹은 '무슨 과 다녀요?'다. 그럴 법도 한 것이 내가 제법 키도 크고 체격도 있기 때문에 최소한 어려 보이지는 않기 때문이다. 그럴 때마다 웃으며 아직 고등학생이라고 대답하면 '그럼, 어느 고등학교 다녀요?'라는 질문을 받는 것이 자연스러운 수순이다. 그리고 나는 대답하기를 잠깐, 주저하다 경기과학고에 다닌다고 대답한다. 그럼 기사님의 눈동자가 미묘하게 커지다가 다시 한 번 백미러로, 심한 분은 직접 고개를 돌려서 나를 찬찬히 살펴보신다(?).

그 까닭은 아마 내가 나의 소속 학교를 밝힐 때 주저했던 이유와 비슷한 맥락일 것이다. 과학고 학생(우리 학교는 과학영재학교이지만 이를 학교 밖에서 내 입으로 직접 말하는 것은 훨씬 민망한 일이다.)에 대해 사회가 갖는 시선은 대체로 단순하다. 공부를 엄청 잘하는 학생, 혹은 조금 더 젊은 세대의 시선으로 볼 때에는 공부만 잘할 것 같은 학생. 하지만 대체로 이 이상으로 긍정적인 평가를 받는 것 또한 사실이 아닐까 싶다.

앞서와 같이 내 소속이 밝혀지면 기사님들의 화제는 제법 많이 변화한다. 나도 몰랐던 최근의 과학 연구 결과들을 말씀하시는 분들도 계셨고, 한때 국민들에게 많은 아쉬움을 줬던 나로호를 말씀하시는 분도 많았다. 하지만 가장 많은 분들은 역시 과학고 자체에 관심을 두셨던 것 같다. 과학고는 어디에 있느냐, 학생은 몇 명이냐, 학교는 좋냐, 진로는 어떻게 되느냐 등, 다양한 질문에 민망해 하면서도 나름대로 잘 답변하려고 애썼던 기억이 난다. 그리고 이는 내가 우리 학교 학생임을 꽤 자랑스러워 한다는 것을 말해준다고도 할 수 있겠다. 작년에 처음으로 기사님과 그런 대화를 주고받은 후, 비교적 어린 나이에 남들로부터 인정받을 만한 건덕지가 생겼다는 생각도 들었던 것 같다. 하지만 얼마 지나지 않아, 이에 대해 마냥 좋아할 수만은 없다는 생각을 하게 되었다.

작년에는 체육 동아리 활동 시간에 근처에 있는 초등학교에서 야구 경기를 하곤 했었다. 그 날도 그 학교 운동장으로 가서 경기 준비를 하고 있었는데, 평소와 달리 열 명 정도의 초등학생들이 축구를 하려 준비하고 있었다. 그리고 그 중 가장 당돌하게 생긴 학생이 우리에게 다가와서 자신들이 운동장을 사용할 계획이니 비켜달라고 말했다. 또박또박 할 말을 다

하는 당당한 태도에 동아리 기장과 우리는 크게 당황했었다. 기장이 나서서 어떻게든 설득을 하고 타협을 하려 했으나 당돌한 소년의 표정에는 변함이 없었다. 하지만 성격 좋던 우리 기장은 야구 또한 포기하지 않으려는 끈기도 지녔기에 다시 한 번 설득을 시작했고, 대략 "우리는 경기과학고 야구 동아리 학생들인데, 모처럼 동아리 활동 시간에 야구 경기를 하러 왔으니 잠깐만 운동장을 쓸 수 없을까"하고 말을 건넸다. 그리고 '경기과학고'라는 말이 나왔을 때 그 당돌했던 소년의 표정에 비친 놀라움이 나를 더 크게 놀라게 했다.

기장의 말이나 목소리는 한결 같았으나 우리의 소속 학교를 알게 된 소년은 고민하기 시작했고, 생각을 정리했다는 듯이 자신의 친구들에게 다가가서 자신의 생각을 전했다. 덕분에 우리는 동아리 시간을 즐겁게 보낼 수 있었던 한편으로 훌륭히 자신의 의견을 말하고 구성원들을 통솔하는 소년이 정말 대단하다고도 생각했다. 그러나 학교로 돌아오고 난 후, 또 다른 생각이 들었다. 그 초등학생들이 우리가 경기과학고 학생임을 알았을 때 보였던 반응과 그 후 운동장 사용에 대한 협상 흐름의 변화는 가히 놀라웠다.

그들은 아직 때 묻지 않은 순수한 어린이들이었고, 그렇기에 그들이 과학고 학생들인 우리를 대하는 태도는 택시 기사님들의 그것과는 많이 다른 느낌이었다. 적어도 소년들은 나나 내 친구들을 '살펴보지는' 않았다. 그렇다고 택시 기사님들이 비상식적인 태도를 취하거나 한 것은 절대 아니었고, 기사님들과의 대화도 나름 좋은 분위기에서 마무리되기에 부정적인 인상이 남은 것 또한 아니었다. 하지만 기사님들과의 대화에서 느끼지 못한 것들을, 더 큰 무언가를 소년들의 눈빛에서 느낄 수 있었다.

나는 그것이 바로 우리, 즉 과학고 학생들에 대해 가지는 기대가 아닐까 생각한다. 우리 학교에서 매년 여는 과학 축제인 FOREST에 부스 체험을 위해 오는 주변 지역의 많은 초등학생이나 중학생들을 보는데, 이들이 우리 학교와 FOREST에 대해 가지는 기대와 매우 흡사한 느낌이다. 우리를 그저 공부 잘하는 형들로 생각했을 수도 있지만, 그 기대라 함은, 무언가 자신에게 돌아오는 것이 있기를 바라는 마음에서가 아니라 그저 순수하게 우리에게 뭔가 특별한 점이 있지 않을까 기대하는 이미지인 것이다.

택시 기사님들을 만나서 내가 다니는 학교를 말할 때에는 어느 정도 자신감이 있었다. 나도 몰래 우쭐거리고 있었을지도 모르겠다. 하지만 그 초등학생들 앞에서 내 학교를 말하고, 아이들의 말과 눈빛에서 보이는 막연한 기대감을 읽었을 때는 정말 부끄러웠다. 내가 얘들이 생각하는 그런 사람이 맞나 싶었던 것이다.

사실 작년 이맘때를 돌이켜 보면, 학교에 입학한 지도 꽤 지나서 적응도 얼추 되었고, 처음 합격 소식을 들었을 때나 학교에 갓 입학했을 때보다는 많이 편하게 지내고 있었다. 공부 외에도 다양한 분야에 적지 않은 시간과 관심을 투자하느라 수업 과제들에 아등바등 끌려 다니게 되어 굉장히 힘들었다. 피로를 견디지 못한 내가 자기합리화라는 논리를 만들어 가며 점점 안일해져 왔는데, 한 무리의 초등학생들 덕분에(물론 그 학생들이 그럴 의도는 없었겠지만) 나를 다시 한 번 돌아보게 되었다. 내 스스로 '이건 아니다'라고 생각하게 된 것이다.

위의 경험들 말고도 내가 민망한 표정으로 '경기과학고 다닙니다.'라고 말한 적이 꽤나 많았던 것으로 기억한다. 그리고 이러한 경험을 바탕으로 생각했을 때, 내가, 감히, 민망하게, 나의 소속을 밝히는 것이 건방져 보일 수도 있겠다는 생각이 들었다. 분명 나는 우리 학교를 좋아하고 아낀다. 우리 학교에 대한 자부심도 있고 내가 이 학교 학생인 것이 늘 자랑스럽다. 하지만 내가 생각하는 것 이상으로 외부에서 우리 학교와 학생들에게 가지는 기대가 크다는 것을 알았다. 그리고 짐작하건데, 그 이미지는 우리가 충분히 이루어낼 수 있는 모습(당연히, 이미 자신의 목표를 좇아가면서 자연스럽게 외부의 기대에도 맞게 되어가는 친구들도 많다.)이기도 할 것이다. 이를 위해서는 '조금 더 성실히 노력하려는 태도'가 필요했고, 이것이야말로 나에게 결핍되어 있던 것이었다.

앞서 말했듯이 내 주변에는 이미 너무나도 훌륭해 보이는 친구들이 많았다. 공부도 잘하고, 과제에도 능하고, 또 친절하기까지 해서 늘 주변에 도움을 주는, 소위 말하는 엄친아들이었다. 그리고 이런 친구들 사이에서 몇 주 정도 지내면서 내가 나름 내렸던 결론은 '중간만 하자'였고, 결국 그 모토가 1학년 중 • 후반기를 지배하게 되었다. 그리고 이 좋지 못한 태도는 자연스럽게 결과에 반영되어 나타났다. 지금 생각해보니 내가 어떤 집단에서 뚜렷한 발전을 보였을 때는 큰 동기 부여(주로 자극이었다.)를 받았을 때였고, 작년에는 특별히 그런 자극이 없었던 것 같다. 그리고 늦게나마 그 초등학생들을 만난 덕분에 지금은 어느 정도 성숙한 학교생활을 하고 있다고 생각한다.

앞으로도 나는 계속 무언가를 향해 노력할 것이고 그럴 때마다 '민망하게' 내 자랑을 하게 될 경우가 더 많이 생길 수도 있다(따라서 이후의 내용은 매우 행복한 고민과 숙제일 것이다.). 결국에는 내 자신을 위해 일하는 것이지만, 그 과정에서 주위 사람들의 인정을 받을 것이고, 나는 이를 멋쩍게 말하면서 더 큰 목표로의 촉매로 삼을 것이다. 하지만 이제는 비교적 작은 일이 되어버린 내가 다니는 고등학교를 소개하는 일에 비추어보건대, 무엇보다 자기 자신에 대해 당당하게 말할 수 있는 것이 중요하다고 생각한다. 내 양심의 감시 하에, 한 치의 부끄럼도 없게 하는 것이다. 그런 맥락에서 앞으로 남은 고등학교 1년간 나는 내 스스로가 우리 학교의 학생임을 당당히 밝힐 수 있을 때까지 노력할 생각이다.

다른 그 누구도 평가할 수 없고, 인정해 줄 수도 없다. 가장 무서운 감시자인 나의 양심이 이를 판별해 줄 것이다. 내가 어떤 일을 하건 간에, 타인의 기대뿐만 아니라 나만의 기준이 필요한 것이다. 그리고 이 기준을 만족시키기 위해 최선을 다하면 민망한 자기소개는 더 이상 없을 것이다. 그 누가 나에게 '어디 소속이세요?', '무슨 일을 하시나요?' 같은 질문을 해도, 그들이 나에게 기대하는 수준 정도는 가볍게 넘을 수 있는 사람이 되고 싶다.

♣ 질문, 그리고 믿음

- 30기 한지혜

저희 학교에 관심 있는 학교 바깥의 여러분이 읽을 것이라는 생각에, 처음에는 외부인이 저희 학교에 대해 가장 궁금한 점이 무얼까 고민했습니다만, 단순히 영재학교의 특징을 소개하는 것보다는 고등학교에서 생활하는 동안 제가 느낀 점을 말씀드리는 것이 좋겠다는 생각이 들었습니다.

과학영재학교라고 하면 보통 아름다운 수학 공식이나 화려한 과학 실험에 열중하는 수업만을 떠올리게 되는데, 저도 입학 전에는 그랬습니다. 하지만 영재학교에서 전국의 우수한 인재들을 뽑았다고는 하여도 교육 과정의 뼈대는 일반 고등학교와 크게 다르지 않습니다. 또 일반 고등학교와 마찬가지로 시험 성적에 따라 공부에 대한 학생의 열정이 평가된다는 점은 저희의 학교생활을 생각보다 많이 좌우합니다. 모든 학생들이 좋은 점수를 받을 수는 없는 것이기에 누군가는 낮은 점수로 인해 실망하는 경우가 있을 수밖에 없습니다. 저희 학교 학생들도 일반 고등학교 학생들처럼 공식을 외우고 문제 푸는 연습을 반복하여 중간 기말고사를 치릅니다. 또 여느 학교처럼 자습시간이 있고 그 시간에는 공부 외의 활동에 제한이 따릅니다.

이처럼 외적인 모습에서는 일반 고등학교와 별로 다를 바가 없다고 여겨질 수 있음에도 불구하고, 영재학교 학생은 다른 세계에 산다는 말이 있을 정도로 저희의 사고방식은 상당히 다릅니다. 좋게 말하면 독특하고 나쁘게 말하면 이상하지요. 이런 차이가 생기는 이유는 아마도 저희가 다른 학생들보다 3년 일찍 과학 전공을 공부하기 때문이라 생각합니다. 이를 과학영재학교인 저희 학교와 일반 고등학교의 단순한 차이로 볼 수도 있겠지만, 이 때문에 저희의 사고방식은 보통과는 상당히 다른 관점에서 흐릅니다.

저를 비롯한 저희 학교 학생들은 2학년 때부터 수학, 물리, 화학, 생물, 지구과학, 정보 중에 한두 과목의 전공을 선택해서 그 세부 과목들을 중점적으로 수강합니다. 수업 내용이 조금 더 어렵고, 수업 시수가 조금 더 적고, 배우는 과목들이 단순히 수학, 과학으로 크게 묶인 것이 아니라 미적분학, 확률통계, 일반물리, 일반생물학, 유기화학, 무기화학, 대기과학, 해양환경, 알고리즘, 객체지향프로그래밍 등으로 조금 더 세분화되어 있을 뿐이지만, 여기서부터 저희가 사고하고 행동하는 관점이 완전히 달라집니다.

사실 고등학교 때 전공한 과목을 대학교에 진학할 때 반드시 선택하지도 않고, 심지어 과학과 전혀 상관없는 진로를 개척하는 경우도 꽤 있습니다. 하지만 고등학교 시절에 어떤 과목을 좋아하고 얼마나 좋은 성적을 받는지가 진로를 결정한다면, 어떤 마음가짐으로 공부했는지는 어떤 마음가짐으로 인생을 살아갈지를 결정하지 않을까 싶습니다. 과학은 질문의 학문입니다. 물론 인문학을 비롯한 모든 학문들에서도 질문이 필요하겠습니다만, 과학은 '왜?'라는 질문에서 시작해 '왜?'라는 질문으로 이어지는, 철저하게 질문으로 이루어진 학문입니다. 후에 다른 길을 걷게 되더라도, 고등학교 시절 집중적으로 반복했던 '왜?'라는 질문은 저희의 인생을 끊임없이 따라다닙니다.

사회에 '왜?'라고 묻기에는 더 큰 용기가 필요하지만, 자신의 인생에 '왜?'라고 묻기는 그리 어렵지 않습니다. 그리고 이 질문은 간단하지만 자신이 정말로 살고자 하는 길을 찾는 데에 큰 도움을 줍니다. 또한 힘들고 지칠 때는 참고 견디는 것을, 반대로 기쁘고 행복할 때는 다음 순간에도 기쁠 수 있도록 준비하는 것을 돕습니다. 저희는 매사에 질문을 던지고 그 대답의 이유를 찾아 다시 탐구하는 법을 배우기 때문에 이 과정을 익숙하게 거칠 수 있게 됩니다.

뿐만 아니라 일찌감치 주변 사람들의 인정을 받고 들어온 학교에서 이렇게 질문을 던지며 탐구하며 3년간 자신의 길을 걸어왔기에 저희는 자신과 자신의 가능성을 믿을 수 있습니다. 비록 외부적으로는 치열한 시험과 경쟁으로 각자의 가치를 평가받아야 하는 것이 현실이지만, 저희의 진짜 가치는 그런 것에 의존하지 않는다는 믿음이 있습니다. 경쟁에서 조금 밀리더라도 자신이 걷고자 하는 길을 찾아내기만 한다면 누구나 그 시점부터 새 역사를 쓸 충분한 가능성을 갖고 있습니다.

물론, 일부 어리석은 믿음은 '근거 없는 자신감'으로 끝나기도 합니다. 하지만 그건 말 그대로 '근거 없는' 자신감이기 때문이 아닐까 생각합니다. 말뿐이 아니라 진심으로 자신을 믿고, 그 믿음에 부합하기 위해 끊임없이 노력하고 극복한다면 그 자신감에 근거가 생기지 않을까요? 저희는 대학 입시를 치르고 사회에서 첫 공식 평가를 받기 전에 그렇게 자신을 믿고 그 믿음에 따르는 법을 배웁니다.

저희 학교와 다른 학교의 외적인 차이점은 3년 일찍 전공을 배우는 점이지만, 저희 학교에서 궁극적으로 가르치고자 하는 것은 사실 전공 학문이 아니라고 생각합니다. 저희 학교는 이후 어떤 학문을, 그리고 어떤 인생을 접하더라도 헤쳐 나갈 수 있는 '왜?'라는 질문과 자신을 믿는 법, 이 두 가지를 가르친다고 저는 생각합니다. 그리고 영재교육은 무슨 거창한 교육이 아니라, 이를 늘 마음에 새기도록 가르치는 과정이라고 생각합니다.

나아가 영재 또한 어떤 거창한 사람이 아니라, '왜?'라는 질문을 학문과 인생을 향한 길잡이로 삼아 스스로 믿음을 가지고 나아가는 사람이 아닐까 생각합니다.

♣조금은 특별한 우리의 생활공간

- 32기 김지성

누구에게나 자신의 꿈을 키우고 성장했던 공간인 모교는 소중하다. 그렇기에 많은 학생들이 학교를 졸업한 후에도 가끔은 모교를 방문해 옛 은사님을 찾아뵙기도 하고, 정들었던 교정을 둘러보기도 한다. 즉, 모교는 그 존재 자체만으로도 추억을 부르는 장소인 거다. 전교생이 기숙사에서 생활하며 고등학교 3년의 태반을 학교에서 보내는 우리 학교 학생들이라면, 학교에 느끼는 애착은 더욱 클 것이다.

여기서는 우리 학교에 대해 내가 가졌던 첫인상과 학교의 이모저모에 대해 말해보고자 한다. 작년 2월께쯤 학교에 처음 들어왔을 때, 중학교와는 비교가 되지 않는 학교의 규모에 나도 모르게 놀라게 됐다. 그도 그럴 것이, 재작년에 완공된 지하 2층, 지상 7층 규모의 과학연구센터를 비롯하여 본관, 학술정보관, 세 동의 기숙사, 학습관, 창조관(일종의 체육관과 예체능시설의 종합이라 보면 된다.)이 하나의 거대한 학교를 형성하고 있기 때문이다. 내가 다니던 중학교는 고등학교와 연결되어 있지도 않았고, 직육면체 모양의 건물이랑 운동장만 덜렁 있었기 때문에 처음 학교를 한 바퀴 돌고 정말 규모부터 새롭다는 인상을 받았었다.

특히 학교에 입학하는 시기인 2월 중순부터 시작해서 4월까지는 봄의 시작, 새 생명이 돋아나고 꽃이 만개하는 시기인 만큼 본관 앞에 펼쳐진 벚꽃 길은 보는 이의 넋을 잃게 만드는 매력이 있어 학교에 대한 첫인상은 한 폭의 그림 같았다.

물론, 지금 생각해 보면 넓은 캠퍼스가 항상 좋은 것은 아니다.^^ 특히 과학연구센터와 창조관은 각각 우리 학교의 양 끝에 위치하고 있기 때문에, 5교시 수업이 과학연구센터에서 있고, 6교시 수업이 창조관에서 있다면 달리거나 종종걸음으로 학교를 횡단해야 한다. 이럴 때는 학교가 작았으면 하고 생각한다.

학교의 일과를 처음 시작했을 때, 내가 느낀 점은 무엇보다도 '속도감'이었다. 우리 학교에서는 하루가 두 배의 빠르기로 지나가는 듯한 기분이 든다. 분명 시계로는 한 시간이 지났지만, 일분밖에 지나지 않은 느낌이다. 영화 '캐리비안의 해적'의 웅장한 배경음악을 들으며 일어나는 하루는 순식간에 1교시 시작이 되고, 점심시간이 되고, 종례시간이 되고, 저녁시간이 된다. 또 조금만 지나게 되면, 두 시간씩 두 번 진행되는 자율학습 시간이 시작된다. 시험기간이거나 당장 밀린 내일의 과제가 많다면, 이 시간 또한 총알처럼 지나간다. 숨 가쁘게 하루를 보내고 잠자리에 들 때면 떠오르는 것은 내일은 또 어떻게 보낼지에 대한 생각이다!

한 번은 이런 일이 있었다. 3월 말이었는데, 외부에 연구 활동에 사용할 기자재를 사러 나가서 그 날은 상당히 피곤했었다. 그러나 다음날 수학 퀴즈시험과 국어 토론 수행평가가 있어서 쉴 틈 없이 준비를 했었다. 기숙사에 들어와서 내일 일과표를 확인하고 부리나케 잠을 청하려 했다. 그런데 내일 영어발표 준비를 까맣게 잊고 있었다. 어떻게 했을까? 부끄럽지만, 새벽에 기숙사 친구들에게 폐를 끼치면서 발표 프레젠테이션을 준비하고 해가 뜨는 것을 보고 잤다.

한 해가 지나면서 이제는 학교의 풍경도 하루의 일과도 나에게 익숙해지고 대수롭지 않은 삶의 연속으로 느껴지게 된다. 그러나 언제나 생각하는 것이 있다. 이 학교는 내 인생에 영원히 따라다닐 모교이고, 언제나 내 삶의 한 부분을 든든히 차지할 것이라고. 학교에 처음 적응할 무렵의 설렘과 어수룩함은 사라졌지만, 그럴수록 학교와 나의 관계는 더욱 단단해지고 학교는 내 집이 되어갈 것이다.

설령 나중에 이 학교 터가 사라진다고 해도, 봄이 되면 꽃이 만개하고 학생들이 분주히 돌아다니며 즐거운 인사를 건네는 학교의 모습은 내 마음속에 계속 남아 있을 것이다. 학교가 없어져도, 학교를 떠나도, 학교가 사라지는 건 아니다. 이 조금은 특별한 우리의 생활공간은 내 마음속에 영원히 간직될 것이다.

♣ 기숙사 들여다보기

- 32기 심지용

우리 학교 학생들 전원은 기숙사에서 합숙생활을 한다. 집에서 통학하는 경우도 그렇겠지만 기숙사 생활에도 양면성이 있다. 같은 방 친구가 나와 친하지 않거나 서로 갈등이 생기면 기숙사에서의 생활이 즐겁지 아니할 수밖에 없다. 하지만 서로 친한 친구끼리 같은 방에 배정되면 그 어떤 생활보다 즐거울 수 있다. 간단하게 우리 학교의 기숙사 생활에 대해 설명하겠다.

우리는 기본적으로 4인 1실을 사용하며, 방 하나에는 두 개의 이층침대, 개인별 서랍장과 옷장, 그리고 책장이 있다. 우리 학교의 기숙사 공간은 총 네 개가 있다. 1학년이 사용하는 우정1관과 학습관, 2, 3학년과 1학년 일부가 사용하는 우정2관, 그리고 여학생들이 사용하는 아름관 등이 그것이다. 그중에서 가장 최신 건물인 우정2관은 다른 기숙사 건물들에 비해 깨끗하고 넓어서 쾌적한 생활을 누릴 수 있다. 그에 비하여 학습관이나 우정1관은 오래전에 만들어져서 우정2관에 비해서 시설이 떨어지는 편이며, 여름에는 솔솔이 같은 곤충들이 나타나 힘들 때가 있다.

때때로 우리가 사용하는 방의 위치와 부원을 바꿔 줄 때가 있다. 시험이 끝날 때마다 한 번씩 바꾸므로 1년에 총 네 차례 방을 이동하게 된다. 방의 구성원은 학급과 무관하게 편성되는데, 매번 방을 바꿀 때마다 어떤 친구들과 같은 방에 배치되는지 궁금하고 설레게 된다. 우리 학교 기숙사 생활의 전반적인 면에 대한 소개는 이 정도로 하고, 이제부터 기숙사 생활의 양면성에 대해 보다 상세히 이야기해 보겠다.

우선 기숙사 생활을 하게 되면 불편한 점을 느낄 때가 종종 있다. 일단 집에서 사용하는 침대와 학교에서 사용하는 침대가 서로 달라서 등이 배기는 경우가 종종 있다. 쿠션이 딱딱한 것이 허리 건강에는 더 좋다고 하지만, 집의 푹신한 침대에 익숙해져서 그런지 적응하는 데 시간이 걸리게 된다. 그래서인지 특히 학기 초에는 적지 않은 학생들이 집에서 생활할 때보다 피곤함을 느끼게 되지만, 시간이 지남에 따라 점차로 적응하게 된다.

또 한 가지 불편한 점은 보안 문제가 있기 때문에 기숙사에 마음대로 출입할 수 없다는 것이다. 아침에 비몽사몽 상태로 일어나 이것저것 챙기다 중요한 물건을 까먹고 들고 나오지 않은 경우가 있다. 그럴 때 마음대로 기숙사에 들어갈 수 없다는 것이 불편하다. 기숙사에는 학생들의 생활

지도를 맡으신 사감선생님들이 계신다. 사감선생님들은 때론 공동체 생활을 원만히 이끌고 우리의 안전을 유지하기 위해 우리의 자유를 제한하시게 된다. 공동체 생활을 위해서 다른 친구들이 자는 밤에 떠들거나 핸드폰 및 노트북을 사용하면 안 되는 것은 당연하지만, 급한 숙제를 하거나 작게 토론을 하는 것 등은 눈감아 주셨으면 좋겠다.

다음으로는 기숙사 생활의 좋은 점에 대해서 이야기하자면, 첫째로 공동체 생활을 배울 수 있다는 점을 들고 싶다. 사회생활에서 가장 중요한 것은 원만한 공동체 생활일 수밖에 없다. '나'만을 인식하던 어린아이의 마인드에서 '너'를 생각하는 성숙한 마인드로 바꾸어 주는 것이다. 여러 사람이 같은 공간에서 함께 생활해야 하므로 서로를 위해 방을 깨끗이 청소하고, 자신의 몸 또한 청결하게 유지하면서 다른 사람에게 피해를 주지 않으려고 노력하는 친구들의 모습을 보면서 바람직한 공동체 생활의 자세를 배울 수 있다.

둘째, 집에서 혼자서 지내는 것보다 더 재미있고 유익한 생활을 할 수 있다는 점이 좋다. 집과는 다르게 학교에는 친구가 있다. 믿고 의지할 수 있는 친구와 같이 생활할 수 있다는 점은 기숙사 생활의 가장 큰 메리트가 아니까 하는 생각이 든다. 더불어 기숙사 생활을 통해 자립하는 자세를 기를 수 있다는 점도 빼놓을 수 없다. 우리가 더 나이가 많아져 결혼을 하고 직장을 다니게 될 때에는 대부분 부모님의 품에서 벗어나 독립생활을 하게 된다. 부모님의 뒷바라지 없이 사는 것은 쉬운 것이 아닐 것이다. 학교에서 생활하는 것은 자립심을 기르며 그때를 미리 대비할 수 있다는 점에서 큰 도움이 된다.

마지막으로 기숙사 생활에 관한 나의 이야기를 들려주고 싶다. 방을 새로 바꾸면 방마다의 분위기라는 것이 형성된다. 어떤 방은 구성원이 서로 친해도 분위기가 싸한 경우가 있는 반면에, 전부터 서로 친하지는 않았어도 화목하게 지내는 방이 있다. 내가 경기 과학고에 입학해서 처음으로 같이 방을 사용했던 친구들은 한정현, 김창현, 그리고 이하진이었다. 지금 생각해 보면 지금까지의 방 구성원들 중에서 가장 무난했던 방이 아닐까 한다. 어떤 누구하나 서로에게 피해를 주지 않았고, 서로 재밌게 지냈기 때문이다. 두 번째 방은 그와는 다르게 매우 조용한 방이 배정되었다. 서로가 친하지 않을 뿐만 아니라 이야기가 오고가지 않는 조용한 방이었다. 밤에 말이라곤 오가지 않는 싸늘한 방이었던 점이 아쉬웠다.

세 번째 방은 이름순으로 배치되었다. 이 방의 친구들은 이미 신입생 적응교육 때에도 같은 방을 쓴 적이 있었기 때문에 거리감이 없어서 좋았다. 거리감이 없다는 것은 상대방을 조금 불쾌하게 하더라도 용서가 된다는 것이다. 그래서 서로 불편함을 느끼지 않고 마음 편히 생활할 수 있어서 너무 좋았다. 4번째 방 배치에서는 또 다시 조용한 방에 배치가 되었다. 가장 큰 문제점은 구성원들이 서로 친하지 않았다는 점이다. 그래서인지 생활에 꼭 필요한 말들 외에는 말이 거의 오가지 않았다. 이와 같은 기숙사 생활을 하고 황금 같던 1학년을 끝마치게 되었다. 1학년 때에는 전반적으로 방 부원들과 친하지 못했고, 그만큼 좋은 추억을 많이 만들지 못했던 점이 아쉽다. 하지만 2학년이 들어서 새로운 방에 배치되고 좋은 친구들과 만나 나름의 추억을 만들 수 있었었다.

기숙사 생활에는 불편한 점도 있지만, 그보다는 좋은 점이 나를 더 사로잡는 것 같다. '앞으로 내가 기숙사생활을 몇 년이나 더 할 수 있을까?'라는 의문이 든다. 짧으면 1년 반, 길면 6년 정도 될 것 같다. 이 또한 추억으로 남겨질 것이다. 앞으로 더 멋있는 추억을 쌓을 것이란 기대를 하며 글을 마친다.

♣경기과학고 속 나의 변화

- 30기 황인수

3년하고도 반 년 전인 2011년 6월 어느 날의 이른 아침, 차창 밖에는 비가 추적추적 내리고 있었다. 나는 경기과학고 입학시험을 보러 가는 길에 잠을 자고 있었다. 머릿속에서 시험을 망쳐 울면서 집에 오는 내 모습이 떠올랐다. 어찌나 인상 깊던지 아직까지도 기억날 정도인 이 날의 꿈처럼, 경기과학고 입시는 내게 큰 부담으로 다가왔다. 우여곡절 끝에 합격한 후에도 항상 잘해야 한다는 부담감에 놀 때도 마음 편히 놀지 못했던 기억이 있다. 그런 내게 있어 경기과학고는 몇 가지 변화를 가져다 준 곳이었다.

일반고와 달리 경기과학고는 '특별히 선발된 125명이 수학과 과학 분야에 대한 심도 있는 공부를 통해 이공계 인재를 육성하기 위해 설립된 학교'이며, 사람들은 보통 과학고에 다니는 학생들은 항상 공부밖에 모르는 생활을 한다고 생각하기 십상이다. 나 역시 입학하기 전까지는 그렇게 생각해 왔다. 하지만 이 학교에 처음 왔을 때 느꼈던 것은 많은 학생들이 공부 외에도 자신의 특기나 흥미를 가지고 친구들과 어울리며 즐겁게 살아간다는 것이었다. 그런 친구들의 모습을 보면서 나는 내 스스로가 변해야겠다고 생각했다. 공부만 할 것이 아니라 항상 즐거움을 잃지 말고 살아가자는 것. 그것이 내가 목표했던 첫 번째 변화였다.

과학 동아리 SOS에서 활동하는 것은 친구들과 함께 즐거움을 잃지 않고 살아갈 수 있는 가장 좋은 환경이었다. 경기과학축전 부스 행사는 SOS 활동들 중에서도 내 기억 속에 가장 인상 깊게 남았다. 주제를 '공기대포'로 결정한 우리는 어린 학생들에게 좋은 기억을 남겨 주기 위해 부스 운영 일주일 전부터 매일 새벽까지 탐구관에서 많은 고민을 했다. 간이 아이스커피 컵 공기대포를 만들어 성공적인 부스 운영을 하면서 큰 보람을 느낀 것도 중요했지만, 그보다 중요했던 것은 동아리원들과 수많은 추억들을 만들면서 떼려야 뗄 수 없는 사이가 된 것이었다. 탐구관에서 이리저리 돌아다니며 공포체험을 했던 것, 더 하고 싶은 이야기가 없을 정도로 수많은 이야기를 나누면서 서로의 마음을 확인한 것, 부스 운영 전날 잠도 자지 않았는데 아침에 쌩쌩하게 맥도날드 맥모닝 세트를 먹고 온 것 등은 나에게 경기과학고 3년 동안의 행복했던 순간들 중에서 항상 빠짐없이 등장하는 추억이 되었다. 부스 운영 활동이 끝난 이후에도 자연탐사나 창의체

험페스티벌, FOREST 행사 등 다양한 활동을 함께 해 나가면서 우리 사이에는 이미 영원할 것 같은 친구 이상의 친밀한 관계가 형성되었다.

SOS 활동이 친구들과 함께하는 즐거움을 느끼게 했다면 농구 동아리 어블레이즈 활동은 그러한 즐거움과 더불어 친구들과 함께 새로운 도전을 하는 경험을 쌓아 주었다. 중학교 때까지 변변찮은 운동 하나 하지 못했던 나는 고등학교에 올라와서 농구라는 새로운 운동에 도전하게 되었다. 운동신경이 그다지 좋지 못했기 때문에 기량 향상 속도는 빠르지 않았지만 내 특유의 공간을 찾아들어가는 능력을 계발하고 이를 이용한 연계플레이를 이어 나가면서 팀에 기여하는 파워포워드 역할을 수행했다. 농구 동아리 친구들과 힘을 합쳐 내가 할 수 있는 새로운 운동을 찾았던 이런 과정들은 즐거움과 함께 경곽 3년 생활을 보낼 수 있었던 원천이 되었다.

나의 두 번째 변화는 목표했다기보다는 스스로 변하게 된 것에 가까운 것이었다. 나에게 주어진 일이라면 무슨 일이든 스스로 처리할 수 있게 된 것이다. 물론 경기과학고에 오기 전에도 나는 무엇이든지 일들을 스스로 처리하고자 하는 성격이 강했다. 조금이라도 내 마음에 들지 않으면 고치고자 하는 완벽주의적인 성격을 가지고 있었기 때문일 것이다. 하지만 경곽에 와서는 중학교 때 내신과 수행평가를 챙기고, 영재고 입시 공부를 하고, 가끔 친구들과 놀기만 하면 되었던 것과는 차원이 다른 수많은 일들을 해야 했다. 그 중에는 내신과 숙제, 수행평가처럼 당장 눈앞에 닥친 일들은 물론이거니와, 동아리 자연탐사와 같이 일정, 경비, 숙박시설 등 여러 일들을 자발적으로 결정해야 하는 것들도 있었다.

고등학교에서의 3년 동안 수많은 일들을 처리하면서 나는 나에게 가장 잘 맞는 나만의 처리 방식을 깨달았다. 숙제나 수행평가와 같이 짧은 시일 내에 많은 일들을 해야 할 때, 나는 핸드폰 메모장을 적극적으로 활용했다. 특히 엄청난 양의 숙제가 물밀 듯이 쏟아져 나오던 1학년 동안 핸드폰 메모장은 정말 효과적이었다. 숙제와 수행평가 일정과 함께 R&E 선생님 면담이나 대회 일정, 심지어는 잔류 신청과 같이 사소한 일들도 모두 적어 놓으니 어떤 일도 빠짐없이 잘 챙길 수 있게 되었고, 이것은 자연스럽게 성적이 오르는 데 일조하게 되었다.

핸드폰 메모장 사용이 좀 익숙해졌을 즈음인 2학년 말부터, 나는 매주 계획표를 손수 만들어 활용하기 시작했다. 경곽 생활을 하다보면 여분의 시간들이 조금씩 남게 되는데, 나는 이런 시간들을 버리지 않고 계획표에 넣어 어떤 일을 해야겠다고 미리 적어 놓음으로써 공부를 하거나 여가를 활용하며 유익하게 보낼 수 있었다. 메모장이나 계획표를 활용하는 생활 습관은 대학생이 되기 직전인 아직까지도 유지되고 있으며, 미래에도 시간을 알차게 보내는 데 도움이 될 것이다.

경곽 생활을 하다 보면 과학 동아리 일과 같이 모든 것을 스스로 처리해야 하는 일들을 자주 만날 수 있을 것이다. 경곽 생활을 마무리하는 시점에서 돌아보니, 이러한 일들을 처리하는 방법은 남이 가르쳐 주는 것이 아닌 스스로 경험해 보면서 직접 터득하는 것임을 새삼 깨닫게 된다. 때로는 실패도 경험하면서 보완해 나가는 것이 이런 일들을 처리하는 가장 좋은 방법인 것이다. 나 역시 1학년 초반에 허둥대며 과학 동아리를 이끌어 나갔지만, 2학년 자연탐사에서 일정, 계획, 숙박, 식사와 같이 많은 일들을 처리해 보면서 어떻게 해야 빠짐없이 모든 일을 할 수 있는지를 알게 되었다.

내가 경기과학고에서 나만이 했다고 자부할 수 있는 '나만의 가장 큰 변화'는 바로 나의 미래를 내 손으로 완전히 바꾼 것이었다. 처음에 입학했을 때 내 전공과목은 천문학이었다. 어렸을 때부터 별 보는 것을 좋아했고 어떤 계절에 어떤 별자리와 별들이 있는지를 모조리 외우고 있었기 때문에 이 길이 내게 맞는 길이라고 막연히 생각했던 것이다. 중학교 3학년 중반부터 본격적으로 천문올림피아드 준비를 시작한지 6개월 만에 운 좋게도 국가대표가 되면서 이런 생각은 조금 더 확실해졌다.

하지만 1학년 R&E를 진행하면서 이러한 길이 과연 내가 평생토록 향해 나갈 수 있을 만한 방향인지 의문이 생겼다. 천문학에서 연구하는 방식이 나에게는 잘 맞지 않았기 때문이다. 이맘때쯤, 나는 화학 과목을 더 좋아하고 있었고, 결국 나는 결정해야 했다. 내가 잘해 왔던 것을 선택하느냐, 내가 좋아하고 잘하고 싶은 것을 선택하느냐. 천문올림피아드에 다녀온 후, 나는 곧바로 후자를 선택했다. 그리고 이 선택에 대해 후회하지 않기 위해 열심히 노력했고 결국 화학올림피아드에서도 나름의 성과를 거둘 수 있었다. 천문올림피아드에 다녀온 다음날의 그 선택이 지금의 나를 만들었고 나의 미래를 결정한 것이다. 올림피아드에 다녀와 조금 쉴 법도 한데도 멈추지 않고 계속 노력했던 그때의 나에게 항상 감사한다.

경기과학고는 공부에 대한 나의 인식을 바꿔 주었고, 수많은 일들을 처리할 수 있는 능력을 나에게 길러 주었다. 또한 내 손으로 나의 미래를 결정하게 하였으며, 이 모든 일들을 행복하게 해 나갈 수 있도록 수많은 추억들을 나에게 선물해 주었다. 이렇게 나에게 일어난 변화에 대해 나는 하나도 빠짐없이 만족하고 있으며, 내 인생에서 가장 행복한 시간을 바로 지금 보내고 있다고 자부할 수 있다. 열심히 학교생활을 하고 있는 31기와 32기 친구들, 내년이면 들어올 33기, 그리고 언젠가는 나의 후배가 될 그보다 더 어린 친구들 역시 경곽 생활이 힘들더라도 추억을 통해 그것을 이겨내고, 변화를 두려워하지 말고 자신에게 가장 잘 맞는 모습을 찾기를 기원한다.

MIT 미디어랩에서 우수한 연구 성과를 토대로 새로운 도전을 시작하고 계신 20기 이진하 선배님, 최근 인기리에 방영되고 있는 <더 지니어스>에서 좋은 활약을 펼치고 계신 18기 최연승 선배님, 우리 학교를 졸업한 후 다시 모교로 돌아와 우리를 위해 항상 힘써 주시는 6기 한규일 선생님. 사회 속에서 멋진 모습으로 대한민국을 이끌어가고 계시는 많은 동문 선배님들이 계신다. 그분들도 나와 같은 경험을 하셨을지는 모르지만, 내가 경기과학고를 다닌 3년간의 시간 동안 변화한 내 모습을 통해 미래에 우리나라, 그리고 더 나아가 세계를 이끌어갈 수 있도록 꾸준히 노력해야겠다는 생각을 하게 된다. 더 큰 꿈을 향한 내 발걸음은 다시 시작되었다.

♣ 우리 학교와 교육에 대한 생각

- 30기 구본호

저는 중학교 때 다른 학생들처럼 놀기를 좋아했습니다. 학교 수업시간에 자다가 걸려서 혼나고, 학교 끝나면 친구들과 게임하고, 부모님께 쫓겨 부랴부랴 학원에 가고, 가끔 피씨방에 가려고 학원을 뺀 적도 있고, 하여튼 여느 중학생들처럼 놀기를 좋아하고 공부하기를 싫어하는 학생이었습니다. 그래도 운이 좋았는지 저는 영재학교에 들어오게 되었고, 그때 같이 놀던 제 친구들은 일반고에 진학을 했습니다.

저는 영재학교에 와서도 처음에는 중학교 때와 별 다를 바 없이 지냈습니다. 학교 공부는 숙제를 위해서만 하고, 시험공부는 1,2주 전에 몰아서 하고, 대부분의 자유 시간을 노는 데에 소비했습니다. 그 결과 1학년 1학기 중간고사와 기말고사를 보고, 그동안 받아 보지 못했던 충격적인 성적과 심지어 일부 과목에서는 뒤에서 2등을 할 정도로 바닥을 기었기 때문에 흔히 말하는 슬럼프를 겪었습니다.

이때 저를 구해 준 것은 일반고에서는 배우지 않는 〈정보과학〉이라는 과목이었습니다. 저는 이 과목을 1학년 때 필수로 듣는 〈컴퓨터 프로그래밍〉 수업을 통해 처음 접했습니다. 그리고 이 과목에 대해 흥미를 가지고 지속적으로 공부를 하게 되었습니다.

저희 학교는 1학년 때는 모두 공통된 과목을 듣지만, 2학년부터는 대학교처럼 원하는 강의를 선택해서 들을 수 있습니다. 따라서 저는 〈알고리즘〉, 〈정보과학세미나〉, 〈객체지향 프로그래밍〉, 〈정보과학 프로젝트〉, 〈운영체제 및 개론〉, 〈정보융합설계〉 등 정보과학에 관한 많은 수업을 들을 수 있었고, 이를 통해 저의 진로를 확실히 정하고 자신감 있는 태도로 학업에 정진할 수 있었습니다. 그러다 보니 성적은 저절로 따라서 올랐습니다. 그러나 성적보다도 더 중요한 것은 제가 공부가 재미있다고 이때 처음

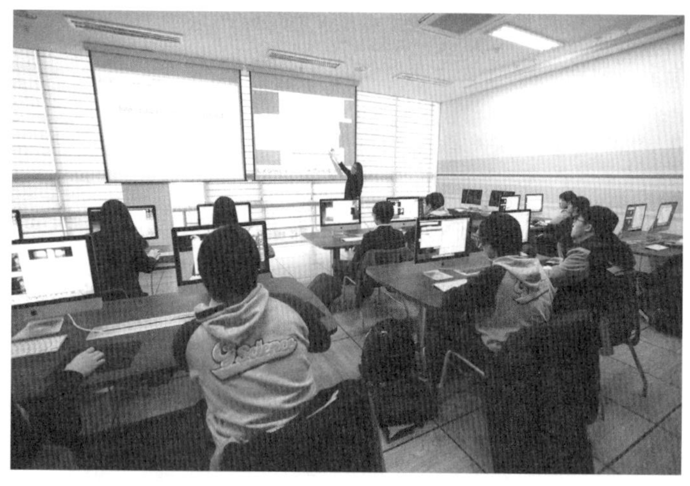

느꼈다는 것입니다.

정보과학에 대해 공부하면서 학교에서 배우지 않은 것에 대해서도 스스로 공부를 해보고 싶었고, 인터넷을 찾아보며 평소에는 아무 생각 없이 친구들과 놀았을 자유 시간에 정보과학에 대한 공부를 하게 되었습니다. 그리고 저의 흥미 분야를 찾아 그에 대해 더 공부해 보고, 이를 통해 저의 미래 계획도 세울 수 있었습니다.

저는 아직도 중학교 때 친구들과 방학마다 같이 여행도 가고 주말에 내려가면 만나서 새벽까지 놀 정도로 많이 친합니다. 그러나 그 아이들과 학업에 대해 이야기를 해 보면 일반고 학생들은 대부분 꿈이나 미래 설계가 없습니다. 단지 시키는 대로 학교 교과서와 학원 교재, 혹은 인터넷 강의를 이용해 공부하며 성적을 잘 받는 것이 가장 중요하다고 여깁니다. 또 공부의 초점을 자신의 미래에 맞추는 것이 아니라 물화생지 중에서 그나마 점수가 잘 나오는 과목을 공부하고, 원하는 대학이나 학과가 정해져 있는 것이 아니라 자신의 성적에 맞는 대학이나 학과에 지원을 하는 등 우리 학교 학생들이 미래 설계를 하고 그에 맞춰 강의를 듣고 연구를 진행하는 것과는 너무 많은 차이를 보였습니다.

물론 고등학교 때 무조건 미래를 계획해야 한다는 것은 아닙니다. 2, 30대가 되어서 꿈을 찾는 사람도 많고, 40대가 되어서 찾은 꿈으로 성공하는 사례도 있습니다. 그러나 제가 가장 아쉬운 것은 일반고 학생들은 공부에 대한 즐거움을 모른다는 것입니다. 물론 모든 과목을 재밌게 공부하는 사람은 아마 없을 겁니다. 저도 과학영재학교 학생이지만 화학이나 생물 같은 과목은 오히려 국어나 사회보다도 싫어하니까요. 그러나 누구나 적어도 한두 과목은 자신이 좋아하는 과목이 있을 것이고, 제가 본 우리 학교 학생들은 대부분 그 과목을 찾고 그에 맞춰서 공부를 합니다. 그러나 일반고 학생들은 그러지 않죠. 아니, 그러지 못하죠. 저는 가끔 제가 이 학교에 오지 못하고 일반고에 진학을 했다면 어떻게 됐을까 상상을 합니다. 지금은 포항공대를 갈까 카이스트를 갈까 서울대를 갈까 행복한 고민을 하지만, 아마 일반고에 진학을 했다면 이러한 대학에 가겠다는 목표조차 갖지 못했을지도 모릅니다. 또한 정보과학이라는 과목은 접하지도 못했을 것이고, 공부가 재미있다는 생각은 해 보지도 못했겠죠.

그렇기에 저는 항상 제가 운 좋은 사람이라고 생각합니다. 운 좋게 영재학교에 합격하고, 제가 좋아하는 정보과학이라는 과목을 찾고, 이에 대해 열심히 공부할 수 있었고, 앞으로 더 많은 공부를 할 수 있는 대학의 좋은 과에도 합격을 했습니다. 그리고 저의 미래 계획도 확고한 편이죠. 그러나 저는 이러한 혜택을 소수가 아니라 우리나라의 대다수의 학생들이 받았으면 합니다. 현재 대다수의 학생들은 거꾸로 된 방향의 삶을 살고 있습니다. 원래 자신의 진로를 찾고 그에 맞춰서 공부를 해야 할 학생들이 목표 없이 공부하고 그 성적에 맞춰서 진로를 정하고 있습니다.

제가 이런 이야기를 하는 이유는 그래서 우리 학교가 좋다, 그러니 우리 학교로 와라 이런 홍보를 하고자 함이 아닙니다. 저는 앞서와 같은 생각을 하면서 우리나라의 교육 체제의 문제점을 느꼈습니다. 현재 우리나라의 교육 체제는 대부분의 학생이 일반계 고등학교에 진학을 하고, 일부 소수의 학생만 저와 같은 영재고나 과학고, 외고, 체고, 예고 등에 진학을 합니다. 즉, 대다수의 학생이 똑같은 내용의 국수영탐구를 배우고, 그 성적으로 자신의 위치와 진로가 결정되고 있습니다.

2학년 때 펜팔 어플을 통해 프랑스 친구와 펜팔을 한 적이 있습니다. 그때 제가 그 친구에게 '나는 과학에 대한 특성화 고등학교를 다닌다. 대단하지 않느냐' 이런 식으로 자랑을 한 적 있습니다. 그랬더니 그 친구는 '나도 지금 꽃에 대해 전문적으로 배우는 학교에 다니고 있다. 그게 뭐가 대단한거냐' 이런 식으로 대답을 했습니다. 저는 이 말을 듣고 많은 생각을 하게 되었습니다. 우리나라에서 꽃에 대해 전문적으로 배우는 학교에 다닌다고 하면 어떤 취급을 받을까요? 아마 많은 학부모들이 자신의 자녀들을 그 학교에 보내지 않으려고 할 것입니다. 대부분 일반고에 보내겠지요.

제가 충격을 받은 에피소드가 하나 더 있습니다. 얼마 전에 한 친구와 교육 정책에 대해 이야기를 나눈 적이 있었는데, 그때 제가 '만약 그러다 학생들이 공부를 안 하고 놀기만 하면 어떻게 할 것이냐?'라고 질문을 하자, 그 친구는'근데 노는 게 과연 나쁜 건가? 꼭 공부를 해야 하고 놀면 안 되는 것인가? 여가 활용에 관련된 진로를 가질 학생들도 있지 않을까?'라고 대답했습니다. 저 또한 학생들은 공부만 해야 하고, 학업에 관련된 진로를 찾아야 한다는 편견에 사로잡혀 있었던 것입니다.

저는 이러한 편견을 깨야 한다고 생각합니다. 전에 카이스트 입학처장님께서 우리 학교에서 강연을 하실 때 '고등학교 때 배운 수열, 미적분 등을 어른이 되어서 사용하지도 않는데 왜 배울까?'와 같은 말씀을 하신 적이 있습니다. 저는 이에 대해 매우 공감을 합니다. 자신의 흥미나 적성과 맞지도 않고, 자신의 진로에 필수적인 내용도 아닌데 왜 공통적으로 배워야 하는지에 대해 저는 반대하는 입장이었습니다. 이에 대해 사람들은 기초적인 지식은 배워야 한다고 하지만 과연 그것이 기초적인 지식일까요? 저는 고등학교 물리 교육과정에서 배우는 쿼크가 과연 기초적인 지식인지 의문입니다. 저는 기초적인 지식은 중학교 때 배운 것으로 충분하다고 생각합니다. 아니 어쩌면 그것도 과할지 모릅니다.

대신 중학교 때부터 자신의 적성을 찾기 위해 노력해야 한다고 생각합니다. 물론 그 적성이란 것도 물리, 수학, 경제, 법 이런 과목에 한정된 것이 아닌, 여가, 서비스, 엔터테인먼트, 예체능 등 다양한 분야에서 학생들이 자신에 맞는 적성을 찾을 수 있게 도와 줘야 한다고 생각합니다. 또한 학생들이 정한 진로가 학업에 관련된 것이 아니라도 부모님들 그리고 주위 사람들이 그에 대해 부정적으로 바라보지 않았으면 좋겠습니다. 이렇게 학생들이 자신이 좋아하는 분야를 찾고, 그에 대해 즐거운 마음으로 공부를 할 수 있다면 학업(여기서 말하는 학업은 국영수 같은 것뿐만 아니라 자신의 진로에 관해 공부하는 모든 것을 포함한 것입니다.) 능률도 오를 것이라 생각합니다. 그리고 세계에서 가장 낮은 편이라고 하는 우리나라 청소년들의 행복지수도 분명히 올라갈 것입니다.

♣ 소설의 주인공

- 29기 이태형

고등학교에서의 3년간의 과정은 럭비공이 이리 튀고 저리 튀듯 예측불허였고, 마음 조릴 일도 많았지만, 더 큰 보람을 느꼈기에 정말 감사하다. 그렇기 때문에 영재고 준비를 시작할까 고민하는 후배님이 있다면 도전할 만한 곳이라고 말해 줄 것이다. 실패할 가능성을 감안해 보아도 성공했을 때 얻는 보상이 더 크다고 믿기 때문이다. 나 자신도 이곳에서 무엇과도 바꾸지 않을 경험들을 많이 했고, 치열하게 살았다. 또한 입학한 후 의지만 있다면 얼마든지 멋지고 흥미진진한 이야기를 써 내려갈 수 있기 때문이기도 하다. 이곳에서 끼와 열정이 넘치는 친구들과 함께 생활하다 보면 어느 덧 자신이 써 내려 간 흥미진진한 소설의 주인공이 된 자신을 발견할 것이다.

우리 고등학교의 가감 없는 모습을 더 알고 싶은 분들을 위해 내가 간직한 기억들을 슬그머니 꺼내 보려 한다. 기억들을 꺼내기에 앞서 우선적으로 이 기억들은 내가 생활하던 시기의 경기과학고의 이야기이고, 내가 경험했던 것들의 단편적인 조각임을 말씀드리고 싶다. 각자의 기억이 다르므로 내 기억이 학교 전체를 나타낸다고 말하기 어렵다. 하지만 다행히도 이 책엔 나 외에도 다른 친구들, 선배님들의 글이 실린다. 그분들의 글을 종합하면 좀 더 커다란 그림을 볼 수 있을 것이다.

아래의 이야기들 외에도 적고 싶은 재밌는 추억과 값진 가르침이 많지만, 그중 우리 학교에 살며 한 구성원으로서 겪은 모험을 기록하는 데 가장 적합한 이야기들을 고르려고 노력했다. 누군가에게 도움이 되는 글이 되었으면 하는 바람이다.

우리는 이야기할 것들이 정말 많다. 쉬는 시간, 점심시간에 계속 이야기해도 취침시간이 되어 침대에 누우면 입이 근질거린다. 열두 시까지 야간 자율학습을 한 후 소등 전까지는 40분간 시간이 있는데, 우리는 10분 만에 씻고 30분 동안 친구의 기숙사 방에 들어가 수다를 떨기도 하고 장난을 치기도 한다. 그런 후 취침시간이 되면 얌전히 자리라고 생각하면 오산이다. 매주 일어나는 새로운 일들, 연애 소식 등등을 밤에 미주알고주알 꺼낸다. 그것이 우리에겐 곧 뉴스였고 특종이었다.

한번은 그 날의 이야기 소재들을 모두 털어 놓아도 좀 허전해서 우리끼리 나라이름 대기를 한 적이 있다. 나는 오 분쯤 가겠거니 하고 생각했는데, 두 명이 계속 살아남아 나라 이름을 대는 것이 아닌가! 나는 핸드폰으로 전 세계의 나라이름 목록을 보며 계속 지워 나갔다. "아……, 거기, 아프리카 오른쪽 구석에 그 나라 옆에 뭐였더라?" 하며, 결국엔 장장 40분 동안 릴레이식으로 모든 나라의 이름을 대었다. 어떻게 그럴 수 있는지 이유를 물어 보았다. 중학교 때 심심해서 친구와 나라이름 대기 놀이를 하다가 전부 외우게 되었다는 것이다. 다른 한 친구는 방에 세계 지도가 있었는데, 심심할 때 그것을 보며 나라이름들을 외웠다고 한다. 혀를 내두를 수밖에 없었다. 나는 아직도 어떻게 나라의 이름과 위치를 전부 외울 수 있는지 신기하다. 이 이외에도 피아노, 컴퓨터 프로그래밍 등 다양한 분야에 조예가 깊은 친구들이 많다.

많은 친구들이 운동을 정말 좋아한다. 나도 그중의 한 명이었다. 일학년 때는 수업이 꽉 차 있지만, 고학년이 될수록 공강 시간이 늘어난다. 특히 3학년에 올라가면 일주일에 수업이 15~16시간 밖에 없는 친구가 있을 정도로 공강 시간이 많다. 모든 공강 시간에 공부만 할 수 있다면 좋겠지만, 에너지가 넘치는 우리들은 그러지 못한다는 걸 알고 있다. 때문에 운동장에는 삼삼오오 모여 축구를 하는 친구들이 있다. 그래도 운동을 한 후엔 몇 배나 되는 집중력으로 공부와 과제를 하기 때문에 두 활동 모두를 하는 것이 가능하다.

친구들은 탁구장에서 모이기도 한다. 우리 학교가 영재학교로 전환되며 이곳저곳 건물들의 구조가 바뀌는 와중이었기 때문에 탁구장의 위치도 자주 옮겨졌다. 처음엔 실험을 위해 기르던 본관 지하층의 비둘기 사육장 옆이었기에 조류들 특유의 냄새를 참아 가며 쳐야 했다. 또 냄새는 차치하더라도 탁구를 치고 오면 손이 가렵다고 호소하는 친구도 있었고 먼지도 많았다. 실외였기에 겨울엔 곱은 손을 녹여 가며 탁구를 쳤다. 하지만 어떤 장애물도 탁구에 대한 우리의 열정을 꺾지는 못했다.

몇 번의 이사를 더 거친 후 마침내 탁구 전용 공간이 실내에 생겼고, 많은 친구들이 그곳에 모여 탁구를 즐겼다. 나는 그중에서도 탁구를 많이 친 축에 속했다. 3학년 때는 많게는 하루에 두세 시간씩 쳤으니까. 탁구는 내게 가장 좋은 스트레스 해소 방법이었다. 정교하게 공의 구질을 요리해 상대방의 코트에 넣을 때의 짜릿함은 수험생이 받을 수밖에 없는 압박과 스트레스를 시원하게 날려 주는 역할을 했다. 나는 자주 탁구를 치던 친구들과 학교에서 열리는 탁구대회에도 팀으로 나가 2연패를 달성하기도 했다.

탁구보다 좀 더 큰 경기를 해 보고 싶어서 테니스를 시작했다. 배운 적도 없고 쳐 본 적조차 없었지만, 창조관 옆에 위치한 테니스장에서 자주 만나게 된 우리 여섯 명의 '테니스 패밀리'는 테니스를 치기 시작했다. 탁구의 영어 이름이 Table Tennis인 점만 보아도 탁구와 테니스 두 스포츠는 닮은 구석이 많다. 덕분에 처음 시작하는 사람들 치고는 우리의 실력은 꽤 빠르게 늘었다. 그러나 분명 탁구와는 자세와 라켓을 쓰는 방법이 조금 달랐다. 하지만 곧 적응했고, 우리의 시험이 끝난 날 같은 특별한 날의 하루 일과는 테니스를 두세 시간 친 후 마무리 운동으로 탁구를 치는 것이었다. 한 여름의 땡볕 아래에서도 했고, 한 겨울 눈 위에서도 했다. 테니스가 너무 치고 싶을 땐 저녁을 빠르게 먹고 자습시간 전까지 치다가 몇 분 전에 헐레벌떡 자습실로 달려가곤 했다.

이렇게 운동을 많이 하면 지쳐서 공부에 방해가 될 것 같지만, 오히려 에너지가 넘쳤다. 운동을 통해 체력이 좋아졌기 때문이었던 것 같다. 또, 1학년 때부터 연구 활동과 물리올림피아드 준비를 병행할 수 있었던 데에는 단련된 체력도 한 몫 했던 것 같다. 우리 테니스 친구들 모두 공부로는 각자 맡은 바를 놓치지 않았다. 고3 시기만큼 활동적이고, 열정적으로 산 적이 있을까?

공부나 운동 이외에도 많은 활동을 할 수 있었다. 우리 학교는 과학고이지만 인문 교육을 중시하는데, 이와 연관된 활동을 꾸준히 하면 인문학적 소양이 쑥쑥 자란다. 학교에서는 일주일간 인문 교육을 위해 '인문학 주간'을 설정하고, 명사 초빙 강연, 토론대회 등의 다양한 프로그램을 운영한다. 학교에서 나눠 주는 책자를 보고 관심이 있는 프로그램을 신청하면 된다. 나는 선배와의 만남이라는 프로그램에 참가했었는데, 미국에서 대학원 과정을 밟고 계신 선배님들께 지녀야 할 태도와 방법들을 배울 수 있었다. 꼭 선배처럼 훌륭한 인성을 갖추도록 노력하고 공부도 열심히 해서 큰 세계로 나가자는 약속을 스스로와 했다. 이밖에도 대학 교수님들이 해 주시는 흥미로운 강연들이 우리를 자극한다.

배울 것을 스스로 선택하고 길을 개척한다는 점에서 우리 학교에서의 3년은 내 자신을 주인공으로 한 소설을 쓰는 것 같다. 교육과정이라는 큰 틀이 있지만, 그 안에서 수강 신청이라는 제도를 통해 다양한 과목들의 조합들 중 본인에게 맞는 것을 고르고, 봉사활동도 하고 여러 교외대회도 나가는 등 자신만의 교과과정을 만들어 나간다. 물론 그 과정이 순탄하지만은 않다. 어떤 과목을 선택하고, 어떤 활동을 할지 선택하는 과정은 나침반 없이 항해를 하는 것과 비슷하다. 나도 그랬다. 수학을 선택해야 할지, 생물을 선택해야 할지 도통 헷갈릴 때도 있었다. 또한, 물리올림피아드를 계속 하는 것이 맞는지, 수능 국어영역을 계속 하면 일등급을 받을 것인지를 놓고 여러 밤 동안 고민하느라 잠을 이루지 못했던 적도 있다.

하지만 나침반 없는 배와는 결정적으로 다른 점이 있다. 바로 우린 철새들같이 본능적으로 자신을 가슴 뛰게 하는 일이 무엇인지 알고, 그 본능을 믿고 따라간다면 틀림없이 목적지에 도달한다는 것이다. 그렇기 때문에 우리 135명의 이야기는 각양각색이고, 우리에게 주어진 도전에 성공적으로 응전해 나가며 오늘도 한 걸음씩 앞으로 나아가고 있다.

2
송죽골 입성기

전국의 우수한 학생들 중에서, 그것도 매년 20대 1 이상의 높은 경쟁률을 뚫고 경기과학고가 자리 잡은 터전인 송죽골에 들어오기까지의 경험들을 담은 꼭지. 합격자들의 피나는 노력의 과정과 합격의 가슴 벅찬 환희를 만날 수 있다.

♣ 경곽, 어떻게 들어갔어요?

- 32기 장도현

경기과학고등학교, 우리나라의 0.001%안에 드는 수재들이 다니는 학교, 과연 나는 이 학교에 어떻게 입학할 수 있었을까? 나는 우리 과학영재고등학교에 진학하고 싶어 하는 나라의 많은 꿈나무들에게 이 글을 바치고 싶다.

나는 사실 과학영재학교 진학에 큰 생각이 있지는 않았다. 오히려 어릴 적에도 영어나 수학 공부를 많이 하였지 과학 공부를 해 본 적은 없는 것 같다(물론 수학도 과학영재학교에서는 매우 중요하다.). 여유로운 초등학교 생활을 보내고 중학교에 입학한 나는 내 운명을 좌우할 2012년을 맞게 되었다. 그 해 나는 중학교 2학년이었는데 큰 결심을 하고 어머니를 따라 미국 유학길에 올랐다. 원 목적은 영어 공부를 더 열심히 하기 위해서였다. 그런데 그곳에서 맞게 된 나의 생활은 내 예상과는 조금 달랐다. 물론 영어로만 생활하다 보니 영어 실력이 느는 것은 당연지사, 여기에 플러스알

파로 많은 과학적 탐구를 하게 되었다.

한번은 존스홉킨스 대학에서 주최하는 로봇 프로그래밍 대회가 있었는데 미국에서 갓 사귄 친구들과 함께 출전하기로 마음을 먹고 기술 시간을 틈틈이 활용하여 대회 준비를 진행하였다. 미국 친구들에게서는 내가 접하지 못했던 과학적 호기심과 탐구력을 확인할 수 있었다. 이렇게 많은 친구들의 머리를 맞대고 나간 대회에서 우수한 성적을 거두고 나서부터 과학에 대한 흥미가 생겼다. 금과도 바꿀 수 없는 소중한 시간을 뒤로 하고 귀국한 다음, 나는 과학을 좀 더 심도 있게 공부하기 위해 과학영재고등학교에 진학을 결심하였다.

한국으로 와서 대치동의 수학, 과학영재학교 대비 학원을 다니게 되었는데, 그 곳에 있던 친구들은 복잡한 수식들을 꿰차고 있었고 나는 분위기에 억눌려 말 한 마디 못해 보고 첫날 집으로 돌아왔다. 내 성격은 지고는 못사는 성격이기에 가장 이해가 안 갔던 화학을 혼자 공부하기 시작했다. '시험 기간도 아닌데 내가 공부를 하고 있다니!' 하면서 하이탑 화학책을 열심히 보았다. 아마 입학시험이 얼마 남지 않았던 때였던 것 같다. 그렇게 차곡차곡 실력을 쌓아가다 보니 어느새 친구들과의 4개월이라는 격차는 많이 줄어들었고 운명의 5월이 다가왔다.

그동안 공부한 것도 있고 떨어지면 매우 아쉬울 것 같아 시험지에 내

모든 것을 담았고 결과는 2차 합격이었다. 솔직히 2차 시험까지는 운보다는 절대적인 실력이 매우 중요하다. 그러나 2차 합격자들의 과학 실력은 모두 매우 훌륭하므로 면접을 아주 잘 했어야 하는데, 이 글에 서술된 것처럼 나의 진솔한 마음 그리고 다양한 경험을 바탕으로 면접을 보았더니 우선선발이라는 믿을 수 없는 결과가 나를 맞이하였다.

이제는 경기과학고등학교에 입학한 지 무려 1년이 넘어 벌써 2학년이 되었다. 입학을 단 한 번도 후회한 적은 없는데, 이런 기분은 경곽인이 아니라면 느끼지 못할 것이다. 혹시나 과학영재학교에 입학할 생각이 조금이라도 있는 친구라면 꼭 그 마음을 잃지 말고 끝까지 도전할 것을 추천하며, 더불어 다음과 같은 내용들을 조언하고 싶다.

내 경험상 자기 스스로 절박하지 않으면 될 일도 잘되지 않는 경우가 많다. 따라서 주변의 강요가 아닌 마음속의 무언가가 당신을 과학으로 이끌고 있다면 절박함을 느끼고 마지막이라는 생각으로 공부를 하게 된다면 아무리 현재의 자신이 공부를 못한다고 하더라도 희망은 생기는 법이다.

또 다양한 경험을 해 보는 것이 매우 중요한데, 공부에 너무 집착하기보다는 인문, 사회, 과학을 아우르는 다양한 대회나 활동에 참여하여 안목을 넓히고 새로운 아이디어를 얻을 수 있다면 그 어떤 시도도 가치가 있을 것이다.

♣ 내 경기과학고 입시의 발자취

- 32기 이상헌

과학영재학교 경기과학고등학교는 국가에서 인정된 '과학영재학교' 일명 '영재고'이다. 그렇기에 수준 높은 수업이 제공되며, 가히 미래의 과학도를 길러내는 곳이라 해도 과언이 아니다. 이러한 학교에 지원하고자 하는 사람들은 당연히 많다. 그러나 학교에서 이 모든 사람을 받을 수는 없으므로, 경기과학고는 여러 가지 단계를 거쳐 영재교육 대상자들을 선별해낸다. 이 글에서는 경기과학고 32기, 즉 2014년에 입학한 우리들이 겪었던 과정들을 설명해 보도록 하겠다(참고로 경기과학고는 매년 전형의 방법에서 얼마간의 변화가 따르는 편이다.).

영재고 입시는 아마 우리나라의 고등학교 입시 중에서는 가장 빨리 시작된다고 할 수 있다. 4월 초중반에 걸쳐서 1단계 서류 평가, 즉 원서 접수가 마무리되기 때문이다. 원서 접수에 필요한 서류는 영재학교별로 다르지만, 경기과학고의 경우는 기본적으로 입학원서, 학교생활기록부, 교사추천서 및 자기소개서가 필요한데 여기에 영재성 입증자료가 추가로 요구된다. 참고로 당시 수험생들이 작성해야 했던 자기소개서에는 다음과 같은 항목들이 있었다.

1. 과학영재학교 경기과학고등학교가 지원자를 선발해야 하는 이유를 작성해 주세요.(1,000자 이내)

2. 자신이 수학 과학적 재능이 있다고 생각하게 된 가장 중요한 계기를 구체적으로 작성해 주세요.(600자 이내)

3. 특정한 분야에서 최고가 되어 본 경험이나 최선을 다해 도전해 본 경험, 어려움을 극복하기 위해 노력해 본 경험이 있다면 구체적 사례를 중심으로 작성해 주세요.(600자 이내)

4. 다른 사람을 위해 봉사하거나 사회에 이바지한 경험을 구체적 사례를 중심으로 작성해 주세요.(600자 이내)

5. 자신이 읽은 책 중에서 영향을 가장 많이 받았거나, 인상 깊었던 책을 2권 이내로 작성해 주세요.(각각 500자 이내)

이와 별개로 영재성 입증자료를 각각 600자 이내로 최대 3개까지 설명할 수 있었으며, 그 외 자신만의 장점을 각각 200자 이내로 최대 5개까지 설명할 수 있었다. 개인적으로 과거의 내가 쓴 자기소개서를 읽어 보니 중학생 때 어떻게 이런 글을 쓸 수 있었을까 하는 생각이 들기도 한다. 아무튼, 원서 접수는 2013년 4월 1일부터 4월 5일까지였다. 서류 평가에서 많은 인원을 뽑는다고 하였기에 큰 걱정은 하지 않았다(실제 총 접수 인원은 2,181명이었다.).

경기과학고의 1차 서류 평가 결과 발표는 한 달쯤 뒤인 5월 6일에 났다. 그리고 2단계 영재성 검사의 날짜는 며칠 후인 5월 12일, 일요일이었다. 그나마 2014년도 신입생들 입장에서 다행이었던 것은, 학교별 2단계 전형일이 거의 겹치지 않았다는 것이다. 5월 11일 서울과학고 / 5월 12일 경기과학고, 대구과학고 / 5월 18일 한국과학영재학교, 대전과학고 / 6월 15일 광주과학고의 일정으로 많게는 4개의 영재학교에 2단계 지필 시험을 보러 갈 수 있었다.

경기과학고 2단계 영재성 검사 자체는 그다지 어려운 편은 아니었으나, 상당히 인상적이었다. 수학과 과학을 나누어서 봤는데, 수학의 경우 KMO 같은 곳에서나 필요한 공식이 쓰이는 일은 없었으며 서술형도 뒤에 딱 한 문제(그것도 코사인 제2법칙 적용 시 계산이 어렵지만 풀리는 문제)가 있었다. 그러나 인상적이라고 한 이유는 나머지 객관식의 형태가 상당히 재미있었기 때문이다. 예를 들면 문제의 답이 11이라고 하면 보기에는 ① 1, ② 2, ③ 4, ④ 8, ⑤ 16의 형태로 주어졌기 때문이다. 이 경우 8+2+1이 11이므로, 보기는 ①②④를 골라야 하는 것이었다.

과학도 상당히 인상적이었는데, 1번 문제는 물리와 음악을 융합한 것으로서, 몇몇 음들 간의 주파수 차이를 주고 특정한 두 음의 주파수 관계를 묻는 문제였다. 음계를 잘 모르면 난해한 문제라고 느껴질 수 있는 문제였지만, 주어진 자료를 면밀히 살피고 규칙성을 찾아보면 해결할 수 있는 것이었다. 지구과학과 생물 쪽에서는 각각 보기를 알맞은 곳에 집어넣도록 한 문제로 운 좋게 찍어서 맞추기는 힘든 형식으로 출제되었다. 그리고 과학 역시 주관식이 수학의 경우처럼 딱 한 문제밖에 없었다(물리에서 그림에 힘의 방향을 표시하는 문제였던 것으로 기억한다.).

2단계 결과 발표는 5월 22일, 즉 열흘 후에 났다. 그리고 그 이후부터 3차 면접 및 소집이 진행되었다. 우선 소집부터 설명하자면, 5월 25일에 총 270명의 학생들이 모여 강연을 듣고, 학교에 대해 간단한 소개를 받았으며 심리검사 비슷한 것도 했다. 여담으로 이날 점심 메뉴 중에 연어 스테이크가 있었는데 정말 맛있었다. 아직도 기억이 날 정도니.

면접은 각자 개인별로 보는 것이었는데, 대부분의 경우 학생이 학교에서 지정한 날짜에 면접을 보러 가는 형식이었다. 이때 학생은 1단계 원서 접수 때 제출했던 영재성 입증 자료를 직접 USB에 담아오든 포스터로 가져오든, 그 존재성을 증명해야 했다. 내가 면접을 볼 때는 남자 선생님 한 분과 여자 선생님 한 분이 계셨다. 그 중 면접 과정을 직접 진행했던 분은 남자 선생님이셨는데, 아마 정종광 선생님이셨을 것이다.

면접의 분위기는 그다지 어렵진 않았다. 면접의 시작은 전형적인 "1분 동안 자기소개"였고, 도중에 내가 선생님의 질문에 막혔을 때도 "중학생이 이걸 모르는 것은 당연한 것"이라며 넘어가시기도 했다. 중간에는 내가 "스스로 만든 수학 문제가 있습니다."라고 말하면서 문제와 그 풀이를 A4 용지에 약 10분간 쓰기도 하였다. 면접의 하이라이트는 선생님의 다음과 같은 질문이었다. "공부를 하다 보면 자신보다 월등히 잘하는 사람을 만날 것이다. 이런 사람은 어떻게 대할 것인가?"라는 질문이었다. 이에 대해 나는 "그러한 사람들을 제 친구로 만들고 싶습니다."라고 답했으며, 이는 후에 현실이 된다.

3단계 결과 및 우선선발 발표는 6월 19일에 났다. 우선선발 학생들은 약 30명 가까이 되었으며, 이들은 4단계 캠프를 거치지 않고 그대로 합격이 된 것이나 다름없었다. 나는 우선선발 대상자가 아니었기에 6월 23일 일요일에서 6월 24일 월요일까지 진행된 4단계 캠프에 참가했다. 덧붙여 말하자면, 캠프의 경우는 대부분의 영재학교가 서로 겹치게 일정을 잡기 때문에 딱 한 곳밖에 가지 못한다.

캠프에서는 크게 두 개의 활동을 했다. 첫째는 창의성 문제를 푸는 시험이었으며, 둘째는 그룹별 토론이었다. 창의성 문제는 첫날 낮에 2시간 동안 진행되었는데 병목현상을 소재로 한 어렵지 않은 난이도의 문제였다. 반면에 어려운 것은 토론이었다. 3~4명이 한 팀이 되어 토론을 준비하지만, 평가는 개인별로 이루어졌다. 토론 주제는 과학에만 국한된 것이 아니라 역시 융합적인 것들이었다. 프리츠 하버의 암모니아 제조법, TED(Technology, Entertainment, Design), 그리고 만화영화 '은하철도 999'의 기계 인간 등에 대한 재미있는 토론거리들이었다.

당연한 소리지만 토론 전에 찬반 모두의 경우를 대비해야 했으며, 특이하게 3개의 조가 찬성/반대/평론을 돌아가면서 진행하였다. 토론 준비는 첫날 저녁에 5시간 동안 진행되었으며(학교 측에서 노트북을 제공했다.), 실제 토론은 그 다음 날 오전에 진행되었다.

이와 같이 4단계 캠프까지 마친 후, 드디어 2013년 7월 12일 최종발표가 났다. 이때 '합격'이라는 글자를 보았을 때 그 희열은 아직도 잊히지 않는다. 힘들게 들어온 학교이니만큼, 이때의 초심을 잃지 않고 과거의 내 발자취를 돌아보면서 항상 정진하는 자세를 가져야겠다고 생각한다.

♣ 수도권의 아이들과의 벽을 허물다

- 32기 조우영

우리 학교 학생들은 대부분 서울, 경기 등의 수도권 출신들이다. 같은 학교 출신인 학생들도 있고, 심지어는 형제인 학생들도 있다. 그 중 과반수는 영재고 입시 대비 학원을 체계적으로 다닌 학생들이다. 지방에서 올라온 나는 영재고 입시 대비반이 있다는 것에 놀랄 정도였다. 전국 규모 정원 모집을 하는 우리 학교에 입학을 하려면 지방 학생들도 수도권 학생들과 비교하여 경쟁력이 있을 정도로 공부를 해야 한다.

내 연고지인 청주를 예로 들어도 마찬가지였다. 꼭 영재고를 준비하는 것이 아니어도, 몇몇 학생들은 수도권 학생들에 뒤처지지 않기 위해 서울로 학원을 다녔다. 하지만 나와 같이 그러한 여건이 되지 않는 학생들이 대부분이었다. 중학교에 입학한 이후, 특히 고등학교 입시가 다가올수록 나는 점점 수도권 학생들과의 격차에 불안해지기 시작했다.

내가 영재고에 입학하고 싶다는 생각을 한 것은 초등학교 6학년 때부터였다. 초등학교 교사이신 엄마께서 가르치신 학생 중에 영재고 지망생이 있었다. 마침 그 선배가 엄마께 추천서를 써달라고 부탁해서, 나와 그 선배도 친해질 수 있었다. 그 선배로부터 영재고에 대한 더 자세한 설명을 들으면서 나도 영재고를 가고 싶다는 막연한 생각을 했다. 그 후로도 영재고에 대해 조사도 해보고, 아는 지인들께 질문해 보니 영재고는 정말 꿈의 학교라는 생각이 들었다.

초등학생일 때의 나는 한국과학영재학교(한과영)에 입학하고 싶었다. 마침 한과영에서 매년 주관하는 대회가 있어서 신청을 했었다. 에너지에 대해 에세이를 쓰는 것이었는데, 내가 가고 싶었던 학교인 만큼 필사적으로 에세이를 써서 본선에 진출했다. 본선은 한과영 본교에서 진행되었는데, 대회 참가를 통해 영재학교가 무엇이고 어떻게 생활하는지 구체적으로 알 수 있었다. 또 재학생 선배들과 대화도 해보면서 친해졌고, 인맥도 쌓을 수 있었다. 그 중 나와 정말 친해진 재학생이 있었는데, 그 분께 대회가 끝난 이후로도 계속 연락하며 영재학교 입시와 관련하여 질문했다.

하지만 영재학교 입시는 생각보다 간단하지 않았다. 여러 단계로 이루어진 입시 전형은 별로 정보가 없는 나에게는 넘기 힘든 산 같아 보였다. 게다가 쟁쟁한 수도권 학생들과 겨룰 생각을 하니 한숨부터 나왔다. 중학교 때 내신을 열심히 관리해서 자기소개서를 작성할 때는 큰 무리가 없었지만, 실력을 검증받아야 하는 지필 평가에서는 정말 자신이 없었다. 청주에는 영재고 대비반이 없어서 어느 수준까지 배워야 하는지도 몰랐고, 내 실력이 영재고에 입학할 정도가 되는지도 확신이 없었다. 그저 엄마께서 인터넷 카페에서 합격생 엄마들이 얘기하는 것들만 보고 나에게 얘기해 주신 것이 내가 아는 것의 전부였다. 서울로 학원을 다니고 싶어도 이미 반이 구성되어 있어서 내가 들어갈 자리는 없었고, 청주에서 서울까지 오고갈 시간까지는 없었기에 청주에서라도 열심히 해야겠다는 생각을 했다.

보통 영재고 입학 입시 결과를 보면, 매년 충북에서 경기과학고에 진학하는 학생 수는 2~3명에 불과했다. 나는 이 결과를 보고 충북에서 1,2등을 다투는 실력 정도는 돼야 '내가 영재고를 써 볼만 하겠구나'라는 것을 의미한다고 생각했다. 하지만 현실은 내 바람을 채워 주지 못했다. 충북에는 충청북도교육청에서 주관하는 충북 도경시대회가 있다. 공식적인 대회이기 때문에 충북의 모든 내로라하는 학생들이 자신의 실력을 검증받을 수 있는 자리였다. 난 이 경시대회가 중학교 3학년의 마지막 기회라는 것을 알고 최선을 다해 시험을 쳤다. 결과는 만족스럽지 못했다. 과학 부문에서 1,2등상 정도는 탈 줄 알았는데 그보다 훨씬 못한 결과를 얻은 것이다. 영재고 입시가 얼마 남지 않은 시점이었기에 정말 나를 불안하게 만드는 결과였다.

하지만 계속 불안해한다고 해서 내가 영재고에 붙게 되는 것도 아니고, 마지막으로 내가 배운 것들을 정리하는 것이 내가 할 수 있는 최선이라고 생각했다. 내가 주어진 환경에서 최선을 다했으니, 영재고에 합격하지 못해도 후회는 없을 것이라는 생각이 들었다. 또, 어차피 일반 고등학교에 진학을 해도 내가 배운 것이 다 피가 되고 살이 되어 도움이 될 것이라고 생각했다.

어느덧 내가 지원한 모든 영재고들의 시험을 치르고 나서 결과를 기다리는 시간이 되었다. 결과는 한과영, 경곽 순으로 나오게 되어 있었다. 한과영은 떨리는 마음으로 학교에서 친구들과 함께 결과를 확인했다. 친구들의 기대와 함께 '결과 조회' 버튼을 누른 순간 붉은 색의 '불합격' 글자가 떴다. 자신감은 바닥이 났고, 내가 영재고 준비를 하며 투자한 시간이 아깝기도 했다. 경곽 입시 결과는 그 다음 날 나오는데, 이미 자포자기의

상태였다. 엄마, 아빠와도 진지한 대화를 나눴다. 일반고에 가서 어떻게 공부해야 할지도 생각했다. 마음이 복잡한 상태로 잠을 잤다.

다음 날, 나는 경곽 입시 결과에 대해서는 새까맣게 잊은 채 생활했다. 저녁이 되고 나서 엄마한테 문자가 왔다. 학원 수업 도중이었던 걸로 기억하는데, 합격을 축하한다고 왔다. 그 자리를 박차고 일어나서 소리를 질렀다. 아마 그렇게 기뻤던 적은 없었던 것 같다.

입시를 준비하는 학생들의 마음은 다 같을 것이다. 대부분'이 학교만 붙으면 소원이 없을 거야'라는 마음으로 준비한다. 재작년 이맘때의 나도 그랬다. 영재고에 갈 수 있다면 여한이 없을 것 같았다. 그래서인지 기쁨이 더했던 것 같다. 3차 면접 때도, 4차 캠프 때도 내가 아는 친구는 없었지만, 나는 지금까지 공부했던 것을 뽐낼 수 있었다. 그리하여 경곽에 최종 합격할 수 있었고, 쟁쟁한 친구들과 함께 생활할 수 있게 되었다. 입학한다고 해서 수도권 친구들과의 격차가 없어지는 것은 아니지만, 적어도 그 커다란 장벽은 허물었다고 생각한다. 입학한 후 내 성적이 월등히 좋은 것도 아니지만, 지금까지 내가 걸어온 길이 나름 대단하다고 느낀다.

우리 학교에 들어와서 당연히 성적이 잘 나오지 않을 때도 있다. 그때마다 잠시 동안이라도 내가 우리 학교에 들어왔던 그 경험을 떠올린다. 이는 자만심이 아닌 자신감이 되어 나로 하여금 힘든 시간을 잘 견딜 수 있게 해 준다. 또, 내가 직접 했던 경험이므로 무엇보다 나 자신에 대한 믿음을 가질 수 있게 되었다. 앞으로 내가 겪을 시련들에도 힘이 될 수 있는 값진 경험을 한 것에 감사한다.

♣ 두 갈림길

- 32기 심재현

난 아직도 내가 '과학영재학교 경기과학고등학교'에 다니고 있다는 사실이 믿기지 않는다. 타임머신을 타고 몇 년 전으로 돌아가 그때의 나에게 이 사실을 알려준다면 그때의 나는 코웃음을 치며 내 말을 들은 척도 하지 않을 것이다. 누구보다도 영어 공부를 좋아하던 내가, 누구보다도 문과 쪽으로 뜻이 있던 내가 과학영재학교에 입학하게 될 줄 그 누가 알았을까?

난 아주 어렸을 때 공룡에 무척 관심이 많았다. 공룡이 잔뜩 나오는 영화 '다이너소어'를 보고 한때는 이 세상의 지배자가 인간이 아니라 공룡이었을 수도 있다는 것을 깨달았다. 그렇게 생각하니 공룡이라는 존재가 너무나도 멋있고 위대하다는 생각이 들었던 나는 그때부터 공룡 백과사전을 통해 거의 모든 공룡의 이름과 특징을 다 외웠다. 그것을 본 부모님께서는 "넌 이다음에 커서 훌륭한 과학자가 될 것 같구나!" 하시며 무척 좋아하셨다. 사실 그때는 과학이 무엇이며 공룡과 과학이 어떤 공통점을 가지는지 전혀 알지 못했지만, 지금 돌이켜보면 내가 과학에 첫 발을 내딛은 것은 바로 그 어렸을 때였던 것 같다.

하지만 과학과 나의 인연은 딱 거기까지였다. 우리 할머니와 할아버지께서는 무엇보다도 영어 공부의 중요성을 강조하셨다.

할아버지께서 대학교 영문과를 개인적인 사정으로 졸업하시지 못하신 것이 평생의 한이 되셨기 때문이라고 얼핏 들은 적이 있다. 그리하여 나는 6살 때 영어유치원에 입학했고, 초등학교에 입학하고 나서도 몇 년 동안은 영어 말고 다른 주요 과목은 학원을 다니지 않았다. 수학은 국어, 한자 등과 함께 항상 개인 과외로 배우거나 부모님께서 직접 가르쳐 주셨으며, 선행학습이란 것은 해 본 기억이 거의 없다. 아마도 국어와 한자에 투자한 시간이 수학에 투자한 시간보다 더 많았을 것이다. 단언컨대, 나는 초등학교를 졸업할 때까지 영어 공부를 게을리 했던 적은 없다. 어쩌면 나는 수학, 과학에 치여 영어 공부는 거의 하지 못하는 지금보다 영어 공부에 몰입했던 초등학교 시절에 영어를 더 잘 했을지도 모른다.

나는 어렸을 때 할아버지 댁에 자주 놀러갔었다. 그때마다 할아버지께서는 나를 무릎에 앉히시고 함께 텔레비전을 시청하는 것을 무척 좋아하셨다. 야구 경기, 뉴스 등 텔레비전에서는 다양한 것들이 쏟아져 나왔지만, 학구열이 엄청나신 우리 할아버지께서는 그 중에서도 고등학교와 관련된

다큐멘터리를 가장 좋아하셨다. 우리나라 최고의 고등학교라는 제목으로 많은 고등학교들이 소개되었는데, 그때마다 할아버지께서는 "저런 좋은 고등학교에 입학한다는 것 자체가 사람들이 부러워하는 명문 대학, 그리고 보수가 아주 괜찮은 직업은 어느 정도 보장이 되었다는 의미란다. 할아버지는 우리 손자가 저런 고등학교에 입학하기만 하면 하늘에서 별을 따다 준대도 전혀 부럽지 않을 것 같구나."라고 이야기하셨다. 그렇게 우리 할아버지를 매혹시켰던 고등학교는 용인외국어고등학교, 민족사관고등학교 등이었으며, 초등학교 6학년 때까지 나의 가장 우선적인 목표는 '그런 고등학교' 중 하나에 진학하는 것이었다. 그리고 '그런 고등학교'에는 그 어떤 과학고등학교나 과학영재학교도 포함되어 있지 않았다.

그렇게 계속 공부를 해서 외고나 자사고에 진학할 것 같던 나의 인생에도 한 차례 반전의 기회가 찾아왔다. 초등학교 6학년 여름방학과 겨울방학 때 한 번씩 다른 나라 대표들과 함께 수학경시대회 본선에 참여했던 것이다. 여름방학 때는 인천에서, 겨울방학 때는 중국 베이징과 천진에서 본선에 진출한 친한 친구들과 함께 즐거운 시간을 보냈다. 그때, 문득 문과보다는 이과가 내 적성에 맞을 수도 있겠다는 생각이 들었다. 그리고 그런 경험을 하다 보니 수학 공부가 더욱 재미있어지는 것이었다. 그때까지만 해도 과학영재학교에 대해서는 전혀 몰랐기 때문에 중학교 1학년 때 진로

희망을 과학고등학교로 변경했다. 그 선택이 내가 살면서 해 온 수많은 선택 중 가장 의외이면서 새로운 선택이 아니었나 싶다.

초등학교 때까지는 주 4~5회 정도 다녔던 영어 학원을 중학교에 들어가면서 주 2회로 줄이고, 주 2~3회 정도 다녔던 수학과 과학 학원으로 나머지 요일을 전부 채웠다. 선택을 너무 늦게 한 것일까? 아니면 그때까지 수학과 과학에 투자했던 시간이 다른 아이들에 비해 현저히 적었던 것일까? 규모도 매우 작고 실질적으로 과학고에 대비하는 반은 2개밖에 없는 학원에서 나는 더 높은 반에 겨우 들어갈 수 있었다.

학원을 다니면서 수학은 예전에 하던 기량이 발휘된 것인지 빠른 시간 내에 학원에서 상위권까지 올라갈 수 있었다. 하지만 과학 공부를 하며 여러 번 상실감에 빠지기도 했다. 시간이 지나도 과학 성적은 첫 번째 반에서 거의 꼴찌였으나 수학과 과학을 합친 성적 때문에 첫 번째 반에 계속 있을 수 있던 것이었다. 공부를 계속 하던 나는 새로운 환경이 필요한 것 같아서 중학교 2학년 여름방학이 끝나기 직전에 학원을 옮겼는데, 전 학원에서 끝까지 과학 성적은 올리지 못한 채로 학원을 바꾸게 된 것이었다. 그때는 암기가 너무 싫어서 암기를 거의 하지 않았기 때문에 과학 성적이 바닥이었다고 혼자 생각했지만, 생물과 지구과학뿐만 아니라 물리와 화학 성적까지 매우 나빴다는 점을 고려하면 단순한 암기의 문제가 아닌 과학에 대한 흥미와 노력이 부족했던 탓이었던 것 같다.

새로 옮긴 학원은 이전에 다니던 학원에 비해 규모도 훨씬 크고 과학고 및 영재고를 준비하는 학생 수도 훨씬 많았으며, 무엇보다 내가 사는 지역에서 영재고, 과학고 입시로는 평판이 가장 좋은 학원이었다. 학원을 옮길 때는 새 학원에 대해 큰 기대를 하지 않았지만, 지금 생각해 보면 그 때 학원을 옮긴 것은 신의 한 수였다. 과학고 입시로 유명한 학원인 만큼 확실히 수학 과학을 잘하는 아이들이 이전 학원에 비해 훨씬 많았고, 처음 들어간 나는 수학조차도 상위권에 들지 못했다.

나보다 잘하는 아이들은 이렇게나 많은데 입시는 얼마 남지 않았다는 절박한 현실을 자각한 나는 그 어느 때보다도 수학과 과학 공부에 열을 올렸으며, 그 결과 영재고 입학시험을 볼 때쯤에는 학원에서 수학은 상위권, 과학은 중상위권까지 올라간 상태였다. 학원을 처음 옮겼을 때에 비하면 실력이 일취월장했다고도 할 수 있지만, 솔직히 말해서 과학영재학교에 붙을 만한 수준은 아니었다. 학원 선생님들도 전부 나에게 영재학교 중에서는 경쟁력이 가장 떨어지는 모 고등학교를 목표로 하라고 조언해 주셨지만, 신기하게도 나는 그 학교에는 떨어지고 경기과학고등학교에 합격했다. 지금도 내가 어떻게 이 학교에 뽑힐 수 있었는지 정확히는 모르겠지만 내 노력을 가상히 여기신 하느님께서 내게 행운을 선물해 주신 것 같다.^^

내가 꼭 외고나 자사고에 진학해서 어른이 되었을 때 외교관, 판사 등이 되기를 바라셨던 우리 할아버지께서는 과학영재고에 진학한 나에게 많이 실망하셨다. 부모님만큼이나 나의 성적과 진로에 많은 관심을 가져 주신 할아버지께 조금은 죄송하기도 하다. 인문 과목 공부를 누구보다도 열심히 하며 문과 쪽의 진로를 생각하던 내가 돌연 이과로 돌아서며 결국 경기과학고등학교에 입학한 것이 정말 올바른 선택이었는지는 더 두고 봐야 할 일이다. 지금부터 나는 더욱 열심히 공부할 것이다. 그래서 할아버지를 비롯한 내 주변 모든 사람들에게 내 선택은 절대로 틀리지 않았음을 당당하게 증명해 낼 것이다.

♣ 학원 수업 마치고

- 32기 박시현

학원 수업 마치고
집까지 터벅터벅 걸어간다.

나 때문에 잠가놓지 않은
대문을 여니 불이 환하다.

먼저 안방으로 간다.
기다리다 지친 어머니는
리모컨을 손에 쥔 채 주무신다.
텔레비전을 끄고
살포시 문을 닫고 나왔다.

옷 갈아입고 세수하고 나니
시계는 한 시 반
핸드폰을 보니 26일 수요일이라 되어 있다.
좀 전만 해도 25일 화요일이었는데

하루를 마친 시각이 오늘이 아니고 내일이다.

- '버림받은 성적표', 보리 2002

작년 이맘때쯤의 난 새로운 만남들에 들떠 있던 파릇파릇한 신입생이었다. 학교생활에 바쁘게 적응하다 보니 눈 깜짝할 새에 중간고사가 끝났고 수행평가 기간이 성큼 다가왔었다. 5개의 수행이 있는 날이 있을 정도로 수행평가가 많았지만 지금 생각해 보니 하나하나 수행평가들이 모두 의미가 있었던 것 같다. 그 중 가장 의미 있었던 수행평가는 바로 국어 시간에 시를 감상하고 동영상을 만드는 수행평가였다.

그때 난 국어 수행평가를 위해 학교 입학 후 처음으로 평소엔 발길을 주지 않던 도서관의 시집 코너에 가 시집들을 스윽 훑어보았다. 몰랐는데 참 많은 시집들이 있었다. 교과서에서만 보던 정지용, 김소월 등의 시집을 보니 왠지 신기했다. 그러다 우연히 제목에 끌려 '버림받은 성적표'라는 시집을 꺼내들게 되었다. 특이하게도 다른 시집과는 달리 고등학생들이 쓴 시들을 모아 놓은 시집이었다. 나와 같은 처지에 있는 사람들의 글이라 그런지 읽는 재미가 쏠쏠했다. 그렇게 시집을 한 장 한 장 넘기던 중 날 단번에 사로잡은 시 한편이 있었다. 바로 '학원 수업 마치고'라는 시였다.

이 시에 내가 확 꽂히게 된 이유는 맨 마지막 구절, '하루를 마친 시각이 오늘이 아니고 내일이다'라는 구절 때문이었다. 그 부분을 읽는 순간 화자의 상황과 잠시나마 잊고 있었던 경기과학고등학교 준비 시절의 내 상황이 겹쳐 보이며 마음에 탁 와 닿았다. 그 시절 단속 때문에 많이 줄긴 했지만 종종 12시 넘어서까지 진행되는 수업을 듣곤 했다. 특히 시험이 가까워진 시점엔 모두가 긴장감에 지치고 체력적으로 힘들어 소위 '좀비'가 되곤 했는데, 그러다 누군가의 핸드폰에서 "12시!"라는 명쾌한 소리가 들릴 때면 모두 야유를 퍼부으며 웃곤 했다. 이렇게 내가 겪는 상황들을, 허탈감이 느껴지는 이 기분들을 한 줄의 글로써, 단호하고 간단해 보이지만 모든 기분들을 표현하는 것 같아 그 마지막 연이 마음에 꼭 들었고 좋은 시들이 많았지만 이 시를 수행평가 시로 고르게 되었다.

시를 읽다 보니 입시를 준비하던 당시의 바쁘고 힘들었던 기억이 조금씩 떠올랐다. 영재고 시험을 40일 남겨두고 같은 학원 반 친구들끼리 이제 얼마 남지 않았다고 외친 기억이 난다. 그때 당시의 난 굉장히 치열했었다. 지금의 2~3배는 열심히 공부했던 것 같다. 끊임없이 배운 부분을 복습하고 부족한 영역을 보충하였다. 그래도 모든 걸 다 하기엔 시간이 부족했었다. 시험이 가까워질수록 새벽까지 공부를 하다가 아침 일찍 학교를 가는 일상이 반복되었다. 그렇다고 영재고 준비 한답시고 중학교 공부를 놓칠 순 없는 법. 쉬는 시간, 점심시간에 잠을 보충하며 공부했던 기억과 함께, 쉬는 시간에 놀러 와선 내가 깨어 있는 모습을 볼 수 없다던 친구들의 투정도 기억이 난다. 학원에 가는 차 안에선 늘 잠을 잤는데 학원에 가까워져 내릴 때면 조금이라도 더 자고 싶어서 시간이 멈추었으면 좋겠다는 생각을 한두 번 한 것이 아니었다.

하지만 그 생활이 늘 싫은 것은 아니었다. 물론 12시 넘어서 학원이 끝나 친구들과 농담 반 진담 반으로 '오늘 봐'라는 인사를 나눌 때면 어이도 없고 지치기도 했지만 그래도 왠지 마냥 싫지만은 않았다. 그냥 그런 상황에 내가 있다는 사실이 재미있었고 흔하지 않은 경험이라 생각했다. 새로운 것을 배울 때면 흔한 전국 수석들이 하는 말처럼 신나지는 않았지만 나름 자랑스러웠다. 학원이 끝나 집에 가는 길이면 온몸이 녹초 같긴 했지만 '내가 왜 이러고 있지, 도대체 내가 무얼 하는 걸까?'라는 생각은 들지 않았다. 남에 의해서가 아닌 나에 의해서, 남을 위해서가 아닌 나를 위해서 하는 공부라 그런지 그때의 난 힘들면 힘들수록 뿌듯했었다. 또 힘들거나 어려울 때 의지할 수 있는 좋은 친구들이 너무나도 내 곁에 많이 있었기에 피로가 쌓여도 잘 풀 수 있었던 것 같다.

이 시를 읽으면서 그 시절의 바쁜 일상과 함께 '어머니'도 떠올랐다. 이 시에는 늦은 시각이었지만 고생했을 아들을 반겨 주기 위해 졸리실 텐데도 기다리신 어머니의 모습이 잘 표현되어 있다. 영재고 준비 시절 늦게 집에 들어갈 때 졸린다고 투정만 부리던 내 모습이 순간 떠올라 부끄러워졌다. 잠시나마 잊고 있었던, 영재고 준비 시절 나를 기다리느라 지치고 힘드셨을 어머니의 마음에 감사함이 느껴졌다.

그렇게 난 다행히도 경기과학고등학교에 합격하였다. 그때 당시 난 정말 기뻤고 행복했고 감사했었다. 인생에서 가장 행복했던 시기 중 하나였다. 내 노력이 보상받았다는 생각에, 내가 내 인생에서 무엇인가를 이루었다는 사실에 너무나도 뿌듯했던 것 같다. 입학하고 나서 잠시나마 잊고 있었지만 이 시를 읽고 나서 시험을 준비할 때 최선을 다해 공부했던 것이 영재고 공부에 그리고 각종 대회 등에 매우 큰 도움이 되었다는 것을 새삼 깨닫게 되었다.

지금의 난 매우 행복하다. 당연히 학교 공부는 힘들다. 잘하는 친구도 너무 많고 해야 할 공부 양도 너무 많다. 하지만 마음 맞는 친구들을 정말 많이 만나 다 같이 각자의 목표를 향해 열심히 생활하고 있으니 학교생활이 진심으로 재미있다. 그래서 더더욱 내가 경기과학고등학교에 지원할 수 있었던 일에 감사한다. 그리고 그때 힘들었어도 포기하지 않았던 나 자신의 모습에 감사한다. 그때의 나를 다시 한 번 생각할 수 있었던 '학원 수업 마치고'라는 시에 감사한다. 앞으로도 먼 훗날에 '그때 열심히 한 덕택에 도움 많이 받고 있지'라고 말할 수 있도록 매사에 최선을 다해야겠다.

♣ 자기주도적 학습능력

- 32기 이동관

문제집을 풀다가 도저히 이해가 안 되는 문제를 만날 때 그것을 해결하는 유형은 크게 세 가지가 있습니다. 첫 번째는 선생님께 묻는 유형입니다. 그 과목에 대한 해박한 지식을 가진 교육 전문가이신 선생님께 질문함으로써 문제를 해결하는 방법을 직접적으로 배울 수 있습니다. 두 번째는 친구와 협력하여 문제의 해결 방법을 찾는 유형입니다. 서로 모르는 부분에 대해서 동료와 머리를 맞대고 고민해 보면서 서로의 실력을 향상하는 데 도움을 주고받는 방식입니다. 과학고에 입학하고 나서는 이런 두 번째 유형의 사람이 정말 많이 모여 있다는 것을 느꼈습니다.

마지막 세 번째로 답지를 보면서 끝내 스스로 문제를 해결하는 유형이 있습니다. 타인의 도움 없이 혼자의 힘으로 해결하려는 성향을 가진 사람들이 이 경우에 속하는데, 문제를 해결하는 데 많은 시간과 노력이 걸리지만 그만큼 자기주도적 학습 능력을 향상하는 데에는 장점이 있는 유형입니다. 저의 경우는 중학교 때 전적으로 세 번째 유형의 삶을 살았다고 생각합니다. 비단 수학 문제집을 풀 때뿐만이 아니라 어떤 일이 생겼을 때나 어떠한 목적을 이루고자 할 때에도 마찬가지였습니다.

과학고에 입학하고자 하는 목적이 생겼을 때도 똑같았습니다. 제 스스로 과학고 입학에 관련된 여러 블로그들도 찾아보았고, 서점에 가서 도움이 될 만한 문제집을 골라오는 등 발품을 정말 많이 팔았습니다. 또한 공부를 하는 과정에서 누군가가 지시한 숙제가 아니기 때문에 외부의 압박이 없어서 자칫 헤이해지기 쉬운데, 저는 '며칠까지는 이 문제집을 끝내야지' 등 제 나름의 계획을 세워서 꾸준히 실행해 나갔습니다. 빠듯한 계획을 세워 스스로 공부하고 동시에 내신 성적도 관리하다 보니 중학교 1학년 때에는 앞만 보고 달려왔던 느낌이었습니다. 그러나 그 기간을 보내고 나니 확실히 제 수학, 과학 실력이 늘었다는 것을 몸소 느낄 수 있었습니다. 교내상도 많이 받았고 경기도경시대회에서도 수상을 하게 되었으니 말입니다.

하지만 얼마 지나지 않아 제가 우물 안의 개구리였다는 것을 깨닫게 되었습니다. 부모님의 권유로 얼마간 평촌의 학원을 다니게 되었는데 저의 실력은 아무것도 아니라는 것을 느끼게 되었습니다. 과학고 대비반에는 들지도 못했고 제가 배정된 반에서도 하위권이었습니다. 과학은 노력으로 일정부분 만회할 수 있었지만, 수학에서는 선천적으로 머리가 좋은 친구들의 실력을 따라가는 것은 역부족이었습니다.

학원을 다니면서 받은 충격은 여기가 끝이 아닙니다. 학원 선생님들의 수업 속도가 너무 빨라서 내용을 이해할 만한 충분한 시간이 주어지지 않았다는 점이 너무나도 불만스러웠습니다. 게다가 저의 필기 속도도 느린 편이어서 판서를 받아 적기에 급급할 정도였습니다. 그렇게 두 달 정도 학원을 다녀 보니 학원에 의존하는 것만큼 비효율적인 공부 방식도 없다는 생각이 들었습니다. 학습 내용을 이해도 못 한 채 수업을 듣고, 집에 와서 혼자서 이해하면서 다시 문제를 풀어야 하니 결국 문제는 한 번 풀면서 시간은 두 배로 걸리는 꼴이라는 것이 제 생각이었습니다.

학원에서도 과학고 대비반에 한참 뒤쳐진 진도를 나가고 있던 저는 부모님께 제 생각을 말씀드렸습니다. "학원의 공부 방식은 너무 비효율적이고 비용도 많이 든다. 나 혼자서 수학의 정석을 공부해도 학원 진도는 충분히 따라갈 자신이 있으니 나중에 다시 다니게 되더라도 당장은 안 다니고 싶다." 부모님께서는 본인이 다닐 의지가 없다면 다니지 않는 것이 현명하다고 하시며 바로 학원을 끊어 주셨고, 저는 그때부터 더욱 책임감을 가지고 공부를 했습니다.

학원에서 커리큘럼을 짜듯이 제 자신에게 가장 알맞은 학습 계획을 세웠고, 학원 숙제를 하듯이 제가 목표한 부분에 대해 새벽까지 공부를 했으며, 우물 안의 개구리가 되어 안주하지 않도록 여러 대회도 참가했습니다. 그리고 이러한 노력이 쌓여 합격하기 어려울 것이라는 주변 사람들의 예상을 깨고 결국 경기과학고등학교에 당당히 입학할 수 있었습니다. 입학 후 한동안은 선행학습을 한 다른 친구들이 아는 내용을 몰라서 고생하기도 했지만, 금세 적응하여 현재는 아무런 탈 없이 잘 지내고 있습니다.

과학고등학교 입시를 준비하는 학생이라면 누구나 한 번쯤 학원을 다니는 것에 대한 고민을 해보게 됩니다. 학원을 다니는 것이 무조건 나쁜 것은 결코 아니지만, 저와 같이 학원의 수업 방식과 맞지 않는 성향을 가진 학생이라면 학원의 필요성을 재고해 볼 필요가 있습니다. 그리고 자신이 학원을 공부의 도구로 이용하는 것인지, 반대로 학원에 이끌려가고 있는 것인지 항상 스스로를 점검할 필요가 있다고 생각합니다.

만약에 자신이 후자에 해당된다고 생각한다면 하루빨리 공부 습관을 바로잡을 필요가 있습니다. 왜냐하면 학원에 한 번 이끌리기 시작한 사람은 학창시절 내내 학원에만 의존하며 살아가게 될 확률이 높기 때문입니다. 무기도 다룰 줄 아는 사람이 쓸 때 위력을 발휘하는 것이지 다룰 줄도 못하는 사람이 쓰면 도리어 위험하기만 하듯이 학원도 그렇다고 생각합니다. 제 경험으로 남이 떠먹여 주는 공부에는 분명 한계가 있다고 생각합니다. 고등학교에 입학해서 빡빡한 일정 속에 다양한 과목의 공부를 하다 보면 스스로 필요한 공부 계획을 세우고 이를 실천해 나가는 자기관리 능력이 있어야 함을 깨닫게 됩니다. 그리고 이것이 바로 자기주도적 학습능력이 아닐까 합니다.

♣ 문을 열다

- 31기 황재희

TV를 잘 보지 않는 습관이 있지만, 최근에 방영하는 시간이면 TV 앞으로 달려가 꼬박 꼬박 챙겨보던 드라마가 있다. 바로 직장인들을 비롯한 많은 이들에게 돌풍을 일으켰던 드라마 '미생'인데, 이 드라마에서 인상 깊은 대목이 있었다. 바로 김동식 대리가 계약직 사원 장그래에게 "당신 실패하지 않았다. 나도 지방대 나와서 힘들었다. 그래서 우린 어쩌면 성공과 실패가 아니라, 죽을 때까지 다가오는 문만 열어가며 살아가는 게 아닐까 싶다."라고 말하는 부분이었다. 우리가 인생을 살아가면서 어떤 일을 겪을 때, 그것에 대해 성공 혹은 실패로 끝난 결과가 존재하는 것이 아니라, 모든 것이 단지 또 하나의 문을 열어 새로운 길로 나가는 과정이라는 것이다. 이 장면을 미생의 모든 장면 중에서도 가장 인상 깊게 느꼈던 것은 내가 재학 중인 경기과학고등학교에 입학한 이후 느꼈던 점들과 많이 닮아 있기 때문이기도 하다.

'목표'라는 것은 삶에 활력을 불어넣어 주고, 원동력이 되어 준다. 목표를 이룬 모습을 상상하면 행복하기 때문에, 그런 목표나 꿈을 이루기 위해 달려가는 것은 비록 힘들지만 사람은 누구나 꿈을 꾼다. 세상에서 가장 불행한 사람은 꿈이 없는 사람이라고 말하기도 하지 않는가. 하지만 이 '목표'라는 것이 오히려 위험하게 작용할 수도 있다는 것을 내가 이 학교에 합격하면서 알게 되었던 것 같다. 수학, 과학을 좋아하고 이과 계열 진로를 꿈꾸는 대부분의 초등학생이나 중학생들에게 과학영재학교, 과학고등학교는 누구나 한 번쯤 꿈꾸어 보는 곳일 것이다. 나도 그러했다. 과학고등학교에 대해 알게 된 초등학교 4학년부터 과학영재학교와 과학고등학교는 선망의 대상이었으며, 특히 경기과학고등학교는 꿈의 학교였다. 나의 '목표'는 초등학교 5학년부터 중학교 3학년까지 줄곧 경기과학고등학교에 입학하는 것이었다.

학교 홈페이지에서 입시 일정을 프린트해서 책상 앞에 붙여놓기도 했고, 입시 설명회를 들은 뒤 설명회 포스터를 몇 번이고 읽어 보기도 했다. 주변에서 내가 경기과학고등학교에 붙을 것이라고 믿어 주는 사람도 거의 없었고, 나 역시도 믿지는 않았지만, 단지 꿈을 꾸는 것만으로도 행복했기 때문에 열심히 그 길을 걸어갔다. 하지만, 나는 그때 경기과학고등학교 입시가 단지 하나의 문을 여는 것뿐이라는 사실을 채 인지하지 못했던 것 같다. 합격은 했지만 이제 더 이상 열심히 해야 하는 이유를 상실해 버린, 목표 상실에 이르기까지는 별로 오랜 시간이 걸리지 않았다.

주변에서 많은 사람들이 "그 학교를 합격한 것만이 끝이 아니다."라고 몇 번을 얘기해 주었지만, 나는 내가 합격이 끝이라고 생각하는 사람에 속하는지도 인지하지 못하고 있었고, 그렇게 원하는 학교였으니 입학한 뒤에는 누구보다 더 열심히 할 줄 알았다. 하지만 그것은 생각보다 쉽지 않았다. '목표'가 없는 공부에는 열정은 있을지라도, 그 열정은 속이 존재하지 않는 빈껍데기만 존재하는 열정이었던 것 같다. 그렇게 공부를 열심히 하기는 했지만, 성적은 쉽게 오르지 않았다. 벽에 부딪친 기분이었다. 나는 열심히 하는데 왜 성적이 오르지 않는지 이해할 수 없었다. 그렇게 나의 1학년은 무디고 지루하게 흘러갔다.

그러나 시간이 지나 고등학교 3학년을 앞둔 지금 나의 학교생활은 즐겁다. 다양한 연구 활동을 하고, 그 연구를 위한 공부도 하며, 추운 겨울밤에 관측을 하기도 한다. 때로는 겨울에 풍동실의 차가운 바람을 맞으면서 연구를 하기도 하고, 연구 아이템을 찾기 위해서 책을 몇 권씩 쌓아놓고 고민하기도 한다. 연구뿐만 아니라 내가 알고 있는 지식들을 나누는 봉사 활동도 하고, 지난날의 나처럼 과학에 대한 꿈을 간직한 초등학생이나 중학생들을 대상으로 한 부스 활동에 참가하기도 한다.

이렇게 다양한 활동을 하면서도 공부만 하던 1학년 때에 비해 성적은 올랐다. 이러한 변화는 지금의 내가 무언가를 인지했기 때문이지 않은가 싶다. 바로 내가 한 단계, 한 단계 문을 열어나가고 있다는 것을 말이다. 그렇다고 해서 목표 상실에 대한 문제를 완전히 해결했다고 말할 수는 없다. 아직도 이러저러한 진로들을 탐색하며 헤매고 있고, 일 년 후에 입시를 치러야 할 대학이나 학과도 확정하지 못한 상태이기는 하다. 하지만 나에게는 다른 목표가 생겼다. 그것은 다름 아닌 '계속해서 새로운 문을 여는 것'이다. 어떤 대학에 가는 문을 열고, 어떤 직업을 가지는 문을 여는 것뿐만 아니라, 어떤 연구를 하는 문을 열고, 어떤 새로운 분야에 다가가는 문을 여는 것……. 이렇게 다양한 문들을 여는 것이다. 달리 표현하자면, 끊임없이 새로운 도전들을 계속해서 해 나가는 것이다.

나에게 아직은 누군가한테 이렇게 하라, 저렇게 하라 충고할 자격이 있는지는 잘 모르겠다. 하지만 고등학교나 대학교의 입시, 취업이나 그밖에 이루고 싶은 어떠한 목표를 가지고 있는 사람들과 이런 이야기를 나누고 싶다. 바로 우리가 목표로 하는 것을 이루든, 못 이루든, 그것으로 끝나는 것이 아니라 우리는 계속해서 새로운 문을 열고 나아가는 것이 아닐까 하는 것이다.

3
뿌리내리기의 아픔, 그리고 보람

저마다 영재임을 자부하는 학생들 속에서 때로는 치열하게 경쟁하며, 때로는 서로를 의지하며 성숙해 갔던 시간들을 모은 꼭지. 경기과학고등학교에 적응하기까지의 힘겨움과 경기과학고 학생으로서의 자긍심을 엿볼 수 있다.

♣ 1년간의 성장

- 32기 박주현

3년 뒤 변해 있을 나의 멋진 모습을 그리며, 부푼 기대를 안고 경곽 생활을 시작했던 기억이 난다. 복도를 지날 때 '안녕?' 하고 인사를 몇 번씩이나 해야 할 만큼 대부분의 동급생이 나의 친구였던 초등학교, 중학교에서 벗어나, 한 명 한 명이 모두 새로운 친구들인 경기과학고등학교에 왔을 때 나는 완전히 초심으로 돌아간 듯한 기분이었다. 지금까지의 나의 모습을 알고 있는 사람이 단 한 명도 없다는 생각에 나는 그동안 마음에 들지 않았던 나의 허물들을 벗어던지고 새롭게 시작하겠다고 다짐했다. 그리고 초심으로 돌아가 열심히 학교생활을 하겠다고 마음먹었다.

초반에는 이것도 열심히, 저것도 열심히 하자는 막연한 열정에 지나지 않았다. 하지만 하루 이틀, 한 달 두 달 생활을 하다 보니 그 열정이 구체화되어 간다는 것을 느꼈다. 물론 공부와 성적도 나의 관심사였지만, 나는 이 학교에서 '전교 1등'보다는 '더 나은 사람'이 되어 졸업하고 싶었다.

입학 후 가장 먼저 눈에 들어왔던 것은 개성 넘치는 친구들과 새로운 분위기의 경곽 문화였다. 개학하자마자 줄지어 있던 동아리 오디션들과 동아리 회식, 선후배 간의 직속, 가직속 관계(직속은 같은 지역 출신의 선후배 관계를, 가직속은 같은 지역 출신은 아니지만 서로 친한 선후배 관계를 뜻한다.), 시험과자 문화(중간고사나 기말고사를 앞두고 선후배들이 서로를 응원하며 과자를 선물한다.) 등은 지금까지 비교적 차분하게 지냈던 나의 학교생활과는 전혀 다른 분위기의 문화였다. 또 거의 모든 과목에 발표 수업, 조별 활동, 토론 등이 하나 둘씩 꼭 있었다. 친절하고 얌전한 것보다는 개성 넘치고 활발한 것이 중요했고, 성실하고 겸손한 것보다는 적극적이고 나서서 할 줄 아는 것이 우선이었다. 그리고 바로 이곳이 나의 성격을 바꿀 수 있는 기회라고 생각하고 이것저것 도전하기 시작했다.

내가 변화하기 시작했다는 것을 보여주는 가장 큰 증거는 경곽 춤 동아리 기장이 되었다는 것이다.

작년 신입생 환영회 때 멋모르고 혼자 무대에 오르고 오디션을 보았는데 그게 다른 친구들의 인상에 남았는지 어쩌다 보니 기장으로 뽑혔다. 나름 중요한 공연 동아리라서 그런지 생각보다 처리할 일들이 많았고,

개성 강한 부원들의 단합을 이끌어 내야 하다 보니 내 리더십으로는 부족한 점들이 많았다. 특히 쩜오기(보통 1학기 초에 동아리원을 모집하는데, 필요한 경우 2학기에 모집하기도 한다. 쩜오기란 후자의 경우이다.) 오디션으로 새로 들어온 부원들과는 아직 친하지 않았기 때문에 노래를 정하고 대형을 구성하는 등 무언가를 결정해야 하는 상황에서 협의가 원활하지 못하고 난감한 경우가 많았다.

또 한편으로 나는 문과적인 소양, 예를 들면 발표력이나 토론 능력, 글짓기 실력 등과 원활한 의사소통 능력을 기르고 싶었다. 특히나 작년 우리 반에서 나와 친했던 친구들 중에는 반장, 부반장, 토론대회 입상자, 전교부회장, 심지어 별명이 'god'인 친구 등 언어 능력이 대단한 경우가 많았다. 나 자신이 더욱 초라하게 느껴졌던 것도 그래서인지 모르겠다. 그래도 이렇게 배울 점 많은 친구들을 만난 것을 행운이라고 생각하며 모든 발표 수업, 토론 수업, 글짓기 과제 등을 열심히 하였지만 여전히 친구들을 따라갈 기미는 보이지 않았다.

내가 발전하려면 나의 장점은 인정하고 단점은 고치려는 노력이 필요한데, 지금까지 나는 나의 모든 것을 부정하려 했다는 것을 깨달았다. 지금 완전히 새롭게 변화하고 싶어도 18년간 만들어 온 '나'의 모습이 한 번에 바뀔 리는 없을 것이다. 다시 나를 돌아보니 모든 구석구석이 다 고치고 싶은 것은 아니었다. 많이 고쳐진 구석들도 있었고, 나름 괜찮거나 빛나는 구석들도 꽤 보였다.

개성 넘치고 외향적인 사람이 되려면 '착함'과 '친절함'은 과감히 포기해야 한다는 생각을 가지고 있던 나였다. 너무 한 번에 바뀌려 하다 보니 많이 갈팡질팡하였지만 1년이 거의 다 지나면서 친구들이 나에게 '어머니'라는 별명을 붙여 준 것부터, 남자 아이들 사이에서 내 이미지가 매우 좋다는 말을 전해 듣고 난 뒤, 본래 지니고 있던 나의 장점에 대해 다시 생각해 보게 되었다. 그러자 주눅 들어 있던 자신감이 조금씩 되살아나며, 아무리 나와 다른 이들의 성격이 부럽다 하더라도 나만의 고유한 성향을 버려서는 안 되겠다는 생각이 들었다.

작년 겨울 방학, 잠시 쉴 겸 추억을 되새길 겸 초등학교, 중학교 친구들과 선생님들을 만났다. 모든 친구들과 선생님들이 이구동성으로 하는 말이 내가 매우 말이 많아지고 활발해졌다는 것이었다. 예전에 친구들이 알던 나는 그저 착하고 배려심 많고 조용한 모범생이었는데 지금 다시 보니 유쾌하고 재미있어졌다는 것이다. 사실 우리 학교에서 생활을 할 때는 주변에 워낙 각양각색인 친구들이 많아 잘 느끼지 못했는데, 예전 친구들과 만나서 이야기를 나누다 보니 변화한 나를 온몸으로 느낄 수 있었다.

사실 나 스스로 인정하기 힘든, 나에게는 과분하다고 느끼는 결과들도 꽤 있었다. 학기 초에 춤 동아리 기장, 과학 동아리 부기장이 된 것부터 올해 여학생부 차장과 자치위원으로 선출된 것 등등, 믿기지는 않지만 어쨌든 노력하면 그만큼 결과는 따라온다는 것을 깨달았다. 그것이 비록 과분하다 할지라도 말이다. 그래도 이렇게 하나하나 결과물들이 쌓여 가면서 발전하는 것이 아닐까.

순간순간에는 기분 나쁜 일이 있다 하더라도, 혹은 지금 내가 잘해 나가고 있는지 걱정된다 하더라도, 매일 매일을 열심히 살다 보면 어느 순간 되돌아보았을 때 발전한 나를 보며 뿌듯함을 느낄 때가 올 것이다. 처음 품었던 마음처럼 경곽을 졸업할 때 훨씬 더 멋진 사람이 되어 있을 나를 그리며 매 순간 모든 것에 최선을 다할 것이다.

♣ 어른이 되는 과정

- 31기 엄영환

"아, 답답해. 이리 줘 봐."

나는 한 살 어린 나이에 남들이 부러워 마지않는 이 경기과학고등학교에 합격하는 쾌거를 이루었다. 그러나 이 학교에 입학하고 난 뒤, 나는 과제를 함께 수행하던 친구에게 기껏 이런 말을 들어야 했다. 나는 이 말을 지금까지 고등학교생활 2년을 겪으면서 들었던 모든 말을 통틀어 가장 부끄러웠던 말로 기억하고 있다.

때는 2013년 봄, 학교에 입학한 지 한 학기도 지나지 않은 때였다. 나는 과학영재고 입시를 준비할 때를 포함해도 전에 찾아볼 수 없는 바쁜 생활을 보내고 있었다. 이틀 동안 제출해야 하는 숙제가 대여섯 가지 이상인 것은 예사였으며, 어떤 날에는 온종일 가는 수업마다 워크숍 프로젝트 급의 어려운 과제를 내놓기도 했다. 모든 시간을 효율적으로 쓰고도 부족하여 밤에 몰래 화장실에 남아 과제를 한 일도 많았다. 이 모든 것은 원래 나이로 막 중학교 2학년을 벗어난 나에게는 너무 버거운 일이었다.

인터넷에서 영어로 된 생물 논문을 찾아 번역하고 발표하기. 기초 생물학 실험 과목의 과제였는데, 그것이 바로 그때 쏟아진 과제들 중에도 단연코 기억에 남는 것이었다. 이 과제는 실수로 발표 자료를 분실한 어느 학생으로 하여금 서러움에 눈물을 찔끔 흘리게 만들었을 정도로 어려운 난이도를 자랑했다. 이 모든 과정이 학생에게 자기주도적인 면모를 키우게 하고자 하는 과정임을 알고 있었는데도, 나 또한 이 과제를 그 시절의 폭풍과도 같은 생활 중에서도 가장 어려운 과제로 기억하고 있으며, 너무나 힘겨웠던 그 기억이 지금도 엊그제 일처럼 선명하다.

먼저 생물 논문을 찾는 것부터가 문제였다. 물론 선생님께서는 논문을 직접 찾아 읽어 본 일이 전무한 대부분의 학생을 마냥 버려두지는 않으셨다. 각종 인터넷 논문 사이트와 그 사이트들의 회원 아이디를 알려주셨고, 그 사이트를 이용해 논문을 찾는 방법을 지도해 주셨던 것이다. 하지만 그 방법들만으로는 한계가 있었다. 논문 사이트에서 손쉽게 찾을 수 있는 논문들은 대개 수십 페이지에서 많게는 백 페이지를 넘는 장편의 논문들이었던 탓이다. 당연한 말이지만, 그 시절에는 그 정도 분량의 한글 논문을 읽고 정리해서 발표 자료를 만들 시간도 없었다. 익숙하지 않은 영어로 된 논문이라면 말할 것도 없었다. 이 정도 난이도의 과제를 한 학기 전체의 가장 큰 프로젝트도 아닌 고작 몇 주짜리 과제로 수행하는 우리 학교의 수준은 지금 생각해보면 대단하다고밖에 할 말이 없지만, 당시 그 상황을 버티는 나로서는 정말로 힘겨울 따름이었다.

논문의 주제는 자유. 주제가 자유이라는 것은 얼핏 보면 범위가 넓으니까 논문을 찾기가 쉬워 보일 수 있지만, 사실은 자유 주제만큼 어려운 것도 없다. 주제가 구체적으로 주어지면 핵심 단어를 검색해서 그중 적당한 것을 선택하는 것은 금방이지만, 키워드가 없는 상태로 단지 생물 논문을 찾으라고 하면 막막한 심정이 들 수밖에 없기 때문이다. 당시의 내가

마치 드넓은 인터넷의 바다 속에 버려져서 혼자 길을 못 찾고 방황하는 것 같다고 느끼는 것도 무리는 아니었다. 검색하는 능력이 부족했는지 혼자 결정하고 행동하는 어른스러운 모습이 부족했는지는 잘 모르겠다. 어쩌면 나를 비롯한 학생들이 그간의 학습 경험을 통해 문제에서 요구하는 것만을 해결하는 데 능숙해져 있었기 때문이었는지도 모르겠다.

논문을 찾는 것만으로 이미 며칠 동안 대여섯 시간을 허비한 시점이었다. 나는 어리게도 똑같이 힘들었을 주변 친구들에게 계속 '어떡하지, 어떡하지' 하며 투정을 부렸다. 결국 보다 못한 한 동기가 나서서 나에게 번역할 논문을 찾아주었다. 그리고 그때 그 말을 들었다. "답답해, 이리 줘 봐." 나는 그 당시에 이미 자포자기의 지경에 이르렀으므로 과제를 성공적으로 수행하게 해 준 그 친구에게는 고마운 마음을 가지고 있지만, 제 몫도 못 해내는 무력한 어린아이 취급을 받은 참담한 심정은 어쩔 수 없었다.

번역해야 할 논문을 얻은 뒤부터는 목표가 뚜렷해진 만큼 해야 할 일을 못 찾고 방황하지는 않았다. 고급 전문용어도 검색해서 스스로 이해하고 번역했다. 전공인 수학 논문조차 접해 본 적이 없는 마당에 이렇게 생물 논문을 번역하면서도 무난히 끝마친 것을 생각하면, 나의 능력이 부족했던 것이 아니라 단지 정신연령이 어렸던 것이 틀림없다. 어쨌거나 난 그때 중학교 3학년 정도의 나이였으니까. 나는 새삼 중학교와 고등학교를 왜

이 나이에 구분하는지 알겠다는 느낌마저 받았다.

결국 그 동기의 도움으로 논문 번역 프로젝트는 무사히 마무리되었다. 이 사건은 나를 한층 더 성숙하게 만드는 계기가 되었다. 단순히 문제를 잘 푸는 데 익숙한 어린 학생에서 조금 더 스스로 할 일을 찾아서 할 줄 아는 청소년이 되었고, 앞으로 자신이 가야 할 길에 어떤 능력이 필요한지 어렴풋이 깨달았다. 또한 교우 관계에 있어서도 얻은 점이 있었다. '아 미치겠다, 어떻게 하지'라고 말로만 안절부절못하는 사람만큼 한심하게 보이는 친구도 없다는 점이었다.

이 사건을 예시로 들었지만 비단 이뿐이 아니다. 부모님의 보호가 없는 기숙사에서 동기들과 함께 생활하면서 나는 지난 1년 사이에 정신적으로 엄청난 변화를 이루었다. 심지어는 부모님께서도 '아이가 갑자기 어른이 되어 돌아왔다'라는 말을 하셨을 정도였다. 지난 1년간 학교에서 학문적으로 배운 내용도 물론 많고 수준도 높지만, 그것보다는 정신의 성숙이라는 면에서 내가 더 얻은 것이 많다고 느낀다. 평범하게 중학교 3학년 과정을 보내고 들어왔다면 조금 천천히 성숙하고 이 학교에 입학한 뒤에도 조금 덜 힘들었을 것이다. 그러나 오히려 아직 어린 상태에서 남들이 하지 않는 힘든 경험을 한바탕 겪어 낸 것이 더욱 값지고 가치가 있을 것이라고 생각한다. 나는 점점 어른이 되어 갔지만 동시에 영재가 되어 가고 있기도 했던 것이다.

다음 학기에도 같은 과제가 나왔다. 그리고 이번에는 스스로 논문을 찾고 번역해서 발표했다. 과제를 마치기까지 걸린 시간은 1학기 때의 채 절반도 되지 않았다. 나는 힘든 경험을 이겨 내고 난 뒤에 이렇게 다른 모습으로 변화한 것이다.

그리고 지금, 나는 아직도 정신적으로 성숙해야 할 부분이 많다는 것을 느낀다. 바로 며칠 전의 일이다. 나는 매주 재능기부 봉사를 하러 가는데 그곳에는 대개 공부와는 인연이 없는 학생들이 모여 있다. 나를 비롯한 동기 친구들이 지난 일 년 동안 꾸준히 노력했는데도 도통 연필을 잡지 않는 그 학생들을 사실상 포기한 채로, 질문을 하지 않으면 따로 나서서 가르치지도 않고 다른 짓을 하고 있었다. 그때 나는 어느 학생에게 "봉사하러 와서 그렇게 앉아 있으면 봉사활동 시간을 챙겨가는 거냐. 한심하다."라는 말을 들었다. 그런데 그 말이 너무 억울한 것이었다. 내가 왜 다른 사람도 아닌 너한테 그런 말을 들어야 하는지, 공부하러 와서 공부하지 않고 속을 썩이는 사람이 누구인지, 말은 하지 못했지만 그렇게 쏘아붙이고 싶었다.

그러나 지금에 와서는 그런 언행이 상대와 비슷한 수준이라는 것을 자인하는 것에 지나지 않는다는 것을 깨달았다. 그들은 질풍노도의 시기라

불리는 사춘기를 겪고 있는데다가 저마다 아픈 경험을 가지고 있는 친구들이었다. 그렇다면 안 좋은 말을 들었다고 꼴사납게 같은 말로 대응할 것이 아니라, 그들을 이해하고 보듬어 줄 필요가 있는 것이었다. 그런 친구들을 끌어안고 보살피고 계시는 그 공부방의 목사님께서 그러하시듯 그렇게 해야 어른이었다. 그렇지만 그렇게 생각하면서도 여전히 분한 마음이 드는 것을 보면, 나는 아직도 완연히 성숙하지는 못한 듯하다.

어른이 된다는 것은 스스로 할 일을 찾아서 할 줄 알고 한 사람의 몫을 다 해내는 데에서, 더 나아가 자신만 생각하지 않고 상대를 이해할 줄 아는 데에서 시작되는 것이 아닌가 싶다.

♣ 노력을 통한 학업 향상

- 32기 김무승

우리 학교 학생들은 전국 각 지역에서 온 우수한 친구들이다. 그렇기 때문에 모두 기본적으로 공부를 잘하고, 각자 남들보다 잘한다고 생각하는 중요 과목이 있다. 그래서 첫 시험 전 친구들은 학업 성적에 대해 걱정을 하고 있었고, 나 역시 그런 걱정을 하고 있었다. 그런 걱정은 얼마 지나지 않아 현실적인 충격으로 바뀌었다. 처음 중간고사를 치르고 성적을 확인할 때 많은 것을 느끼게 되었는데, 중학교 때 항상 90점대의 성적만 받다가 50점대의 성적을 받고, 평균도 안 되는 과목이 수두룩하다는 사실을 받아들이기는 쉽지 않았다. 그 후 많은 진지한 고민들도 하면서, 기말고사를 열심히 준비했지만 그 성적 역시 중간고사의 것과 크게 다르지 않았다. 이는 이때까지 내 인생에서의 가장 큰 충격으로 기억되며, 그렇게 1학기를 마무리하게 되었다.

1학기가 끝나고 여름 방학 때 실제 학점들이 나오게 된다. 방학의 특성 상 친구들과 비교를 하기 힘들었기 때문에 성적이 좋지 않긴 했지만 큰 충격으로 다가오지는 않았다. 하지만 2학기 개학 후 담임선생님으로부터 처음으로 성적 상담을 받을 때는 많은 것이 달랐다. 상담 때 내 성적이 70%대, 거의 전교 90등이라는 말을 듣고, 굉장히 슬펐고 낙담했다. 어느 정도 예상은 하고 마음의 준비를 하기는 했지만 그것이 실제 내 성적이라고 받아들이는 것은 괴로웠다. 그래서 2학기 초에 성적 고민으로 힘든 시간을 보냈다.

솔직히 말해서 나 역시도 서울대를 목표로 하는 우리 학교의 많은 학생들 중의 한 명으로서 성적을 잘 받고 싶었다. 1학기 때의 낮은 성적을 만회하기 위해 먼저 너무 높은 목표를 잡지 않고 현실적으로 50% 안쪽의 내신을 받는다는 새로운 목표를 세웠다. 그 목표를 달성하기 위해선 지금보다 거의 2~30% 정도 성적을 올려야 했고, 그러기 위해서는 많은 변화가 필요했다.

우선 내 자신이 달라져야 한다는 생각이 들었다. 성적이 좋지 않았던 가장 큰 이유를 생각해 보니 피곤하다는 핑계로 수업시간에 집중하지 못했던 탓이 컸던 것 같았다. 그렇기 때문에 수업시간에 집중해서 열심히만 들으면 많은 발전을 할 수 있을 것 같았다. 좋은 신체 리듬을 유지하기 위해 우선 기숙사에서의 생활 습관을 바꾸려고 노력하였다. 밤에 휴대폰을 하지 않고 일찍 자려고 노력하였는데 처음에는 굉장히 힘들었다. 그래도 굳은 마음가짐으로 스스로를 절제하기 위해 계속 노력하였다. 차츰 차츰 수면 시간이 늘어나면서 학교 일과 시간에 피곤하지 않게 되었고, 자연스럽게 수업에 대한 집중도를 높일 수 있었다.

두 번째로, 시험 한 달 전부터 계획을 세워 급하지 않고 차근차근 공부를 하기 위해 노력하였다. 1학기 때 느꼈던 것이지만 공부가 잘 꼼꼼하게 되어 있지 않은 상태로 시험 기간이 코앞에 다가오면 마음이 급해지기 마련이다. 그래서 2학기 때는 시험 기간 전에 공부를 미리 시작해서 시험 2주 전에 대략적인 공부를 끝내고, 시험 1주일 전에는 점검을 하는 시간을 가질 수 있도록 하였다. 그렇게 함으로써 내가 어떤 점이 부족한지를 파악할 수 있었고, 이를 보완하여 이전보다 상대적으로 시험에 더 잘 대비할 수 있었다.

마지막으로 점심시간이나 쉬는 시간과 같은 자투리 시간이나 자유 시간에 틈틈이 공부를 하였다. 생물처럼 여러 번 읽으면서 외워야 하는 과목은 최대한 시간을 내서 많이 보는 것이 중요하였다. 그렇기 때문에 수업 교재인 캠벨을 쉬는 시간 틈틈이 여러 번 읽었고, 그 결과 내용과 친숙해지고 자연스럽게 이해하게 되면서 쉽게 외울 수 있었다. 나중에 알게 된 것이지만 생물 학점이 3단계나 올랐는데, 이렇게 자유 시간에 틈틈이 캠벨을 읽었던 것이 많은 도움이 되었던 것 같다.

이처럼 나 스스로가 많이 달라지면서 열심히 공부를 했지만, 지금 생각해 보면 단순히 나 혼자 열심히 했다고 많은 발전을 이룰 수 있었던 것은 아닌 듯하다. 혼자서 열심히 하는 것은 분명 한계가 있고, 여러 주변 환경들의 도움을 받아야 한다. 나는 이런 주변 환경의 도움을 잘 받았다고 생각한다.

우선, 학습실 옆 자리 친구의 도움이 컸다. 하루에 적어도 5시간을 학습실에서 보내는 경기과학고 학생들은 학습실 옆 자리 친구들의 영향이 굉장히 크다. 나는 2학기 때 두 번 모두 재민이의 옆자리에 앉게 되었다. 모르는 게 있을 때마다 재민이에게 물으면서 많은 도움을 받아서 성적이 오른 면도 있다. 하지만 좀 더 영향이 컸던 것은 학습실 친구들에게 받은 자극이었다. 재민이는 오후 5시에서 7시 사이, 즉 남들이 쉬거나 놀 시간에 공부를 하러 학습실에 나왔고, 나도 거기에 자극을 받으면서 그 시간에 함께 공부를 하게 되면서 자연스럽게 남들보다 조금 더 열심히 공부를 한 것이 학업 향상의 큰 요인이 되었던 것 같다. 그래서 항상 재민이에게 고마움을 느낀다.

이뿐만 아니라 선생님들과 부모님의 영향도 컸다. 선생님들께서는 나에게 어떻게 하면 효과적으로 공부를 할 수 있는지 조언을 해 주셨다. 특히 "쉬는 시간마다 캠벨을 틈틈이 읽으면 도움이 많이 될 거야"라는 문경원 선생님의 말씀이 가장 기억에 남고 많은 도움이 되었던 것 같다. 또한 부모님께서도 내 성적이 낮음에도 부담을 주시지 않고, 천천히 노력하면 잘 할 수 있을 것이라고 격려해 주셨던 것이 도움이 많이 되었다. 내가 편안하게 공부를 집중할 수 있도록 부모님께서 여러 모로 도와주셨던 것이 감사하다.

이에 힘입어 나는 2학기에 열심히 노력하며 학업에서 많은 향상을 이루었다. '노력은 배신하지 않는다.'는 말처럼 열심히 한 만큼 만족스러운 성적을 받게 된 것이다. 중요한 점 단순히 한 학기의 성적을 잘 받는 걸 떠나서, '나도 이 뛰어난 경곽 친구들 사이에서 하면 할 수 있다'라는 자신감이 생긴 것이다.

학업 향상은 나를 향한 주변의 시선도 달라지게 만들었다. 부모님만 나를 뿌듯하고 대견하게 보시는 것이 아니라, 주변 친구들, 나아가 선생님들께서도 나를 다르게 보셨다. 열심히 노력하는 학생으로 인정해 주시면서 선생님들은 좀 더 관심을 가져 주셨고, 친절하게 많은 도움을 주셨다. 또한 친구들도 나에게 모르는 것을 물어보고, 공부를 같이 하자는 등 공부를 열심히 하는 친구로 여겨 주었다. 이는 굉장히 기쁜 일이었고, 성적에 대한 자신감을 형성하는 데 큰 도움이 되었다.

아직도 분명 남들에게 선뜻 내세울 만한 훌륭한 성적은 아니지만, 1학기에 비하여 2학기 때 많은 발전을 이루어 냈다는 것은 정말로 자랑스럽다고 생각한다. 여전히 부족하지만 앞으로도 어떻게 공부하는 것이 효과적인지를 좀 더 알아가면서 학업에 집중한다면 2학년 때는 더욱 더 발전할 수 있을 거라는 생각이 든다.

동기나 후배 중에는 분명 경기과학고등학교에 온 이후 스스로 만족스러울 만한 성적을 얻지 못해서 고민을 하거나 속상해 하는 사람들이 있을 것이다. 낙심하지 않고 굳은 마음가짐을 갖는다면, 천천히 자신의 문제점을 생각해 보면서 효과적인 공부 계획을 세운다면 분명 많은 발전을 할 수 있을 것이라고 확신한다.

♣ 경곽 적응기

- 32기 김재형

내 오랜 별명은 감자이다. 초등학교 1학년 때 현장학습 가이드가 나를 보고 감자를 닮았다고 한 것이 시작인데, 그 별명으로 9년을 살았지만 고등학교 친구들은 감자라고 부르지는 않는다. 얼핏 들으면 기분이 나쁠 만도 한데, 나는 그 별명이 좋았다. 공부에 빠져 사는 공붓벌레 이미지와는 정반대로 감자라는 별명의 이미지는 굉장히 친근하기 때문이다.

경기과학고에 처음 왔을 때, 나는 '감자'가 아닌, 공붓벌레들 사이에 낀 아웃사이더였다. 중학교 때와는 180도 다른 학교의 분위기에 나는 쉽사리 적응하지 못했다. 물론 지금은 잘 적응하였고 잘 지내지만, 1학년 때 그걸 이겨내는 것은 쉽지만은 않았다.

나는 아주 어릴 때부터 '공부 잘하는 애'라든지, '영재'와 같은 수식어가 붙는 것을 극도로 싫어했다. 그 이유를 생각해 보니 초등학교 시절에 교육청 영재교육원을 자주 다녔었는데, 친구들이 영재라고 부르는 것이 굉장히 듣기 거북했던 기억이 있기 때문이었다. 그 당시 나에게는 영재, 혹은 모범생이라고 하면 공부밖에 모르고 놀 줄도 모르는 고리타분한 아이라는 이미지가 강했고, 뛰어놀기 좋아하고 활동적인 나에게는 영재라고 불리는 순간 그런 이미지를 갖는 것 같아 그러한 수식어를 싫어하게 된 것 같다.

어쨌든 그 이후로 중학교에 와서도 나는 친구들 사이에서 공부밖에 모른다는 이미지보다는 게임과 축구를 좋아하는 유쾌한 남학생의 이미지로 살아 왔다. 친구들은 내가 영재고 입시를 준비하는 것도 알고, 수학 과학을 자신들보다 잘 한다는 것도 알았지만, 그만큼 다른 방면에서도 내가 유쾌하고 재미있다는 것을 알아주었다. 반에는 항상 나와 코드가 잘 맞는 아이들이 여러 명 있었고, 학교가 끝나면 피시방에서 게임을 하거나 축구를 즐겨 하곤 했다.

그렇게 중학교를 졸업한 뒤, 경기과학고등학교에 입학하고서 1학년 7반에 배정받았다. 당시 7반에는 예상했던 것 이상으로 내 머릿속의 '공부만 아는 아이'와 같은 이미지인 아이들이 매우 많았다. 내가 꽤나 싫어하는 타입의 아이들이 같은 반에 절반 이상이나 있던 것이었다. 처음에는 집에서의 생활과 다른 기숙사 생활에 적응하느라, 또 새로 만난 아이들이었기 때문에 잘 몰랐지만 시간이 가면서 점점 깨닫게 되었다. 중학교 때와는 많이 다른 아이들과 수업을 듣다 보니 적응이 쉽지 않았다. 예를 들어, 수업 내용과는 크게 관련이 없는 작은 문제를 걸고 넘어져 그 소리를 이어간다든가, 선생님의 의견에 반하여 자신의 의견은 이렇다, 이게 맞는 것 같다 하며 자기 목소리만을 내는 아이가 있었다. 또 다른 아이들보다 자신이 월등히 시험을 잘 치렀지만 점수가 만족스럽지 않다며 불평을 늘어놓는 아이도 있었다. 중학교 때는 그렇게 점수에 열을 올리기는커녕 수업시간에 자는 아이들도 있었고, 자신의 주장을 그렇게 강하게 내세우는 경우는 거의 없었다. 물론 이것을 과제 집착력이 뛰어나다고도 볼 수 있지만, 자신을 과시하거나 인정받고 싶어 하는 의도로 여겨져 내 눈에는 좋지 않게 보였던 것 같다.

다행히 전교에서 가장 고리타분하기로 소문난 1학년 7반에서도 나와 마음이 맞는 친구들이 있었다. 그 중에서도 경훈이와 가장 잘 맞았던 것 같은데, 경훈이도 나와 같은 편견 아닌 편견이 있었다. 바로 공부만 아는 아이를 싫어하는 것인데, 중학교 때도 나와 비슷한 생활을 했다고 하는 경훈이와는 여러 가지 공감이 가는 부분이 많았다. 내가 공부만 아는 아이들을 보며 기분이 좋지 않을 때도, 나와 경훈이를 포함한 몇 친구들이 서로 이야기도 하며 풀어 나갔다. 나와 같은 생각을 하는, 공감해 줄 수 있는 친구들이 있다는 것이 참 다행이었고, 점점 '공부만 아는 아이들'과도 공생해 나가기 시작했다.

먼저, 이해를 하려고 노력하기 시작했다. 우리 학교에 오는 대부분의 아이들은 각자의 중학교에서 이름을 날리던 아이들일 것이다. 20 대 1의 경쟁률을 뚫고 들어온 아이들이니까. 물론 나는 중학교에서 잘 놀던 아이였고, 전교 등수도 높지 않아 그렇진 않았지만, 대부분의 이 학교 학생들은 중학교 때 공부를 아주 열심히 했고, 그 중 일부는 그 동기 부여를 자신의 성적을 과시하거나 실력을 인정받는 것으로 하였을 것이다. 그 아이들이 지금 이 학교에 와서는 자신의 위치가 중학교에서 만큼 높은 위치는 아니지만 그 전까지 익숙해져 있던 그러한 태도가 우리에게 꼴불견으로 비치는 것이라고 잠정적 결정을 내렸다. 그런 생각을 하니까 그 아이들의 행동이 조금은 이해되었다.

다음으로는, 그 아이들이 가지고 있는 공부 이외의 재능을 찾아보기로 했다. 내가 그 아이에 대해서 모든 것을 알고 있지도 않으면서 공부만 안다는 이미지로 단정을 지으면 안 되는 것이니까. 역시나 공부만 알고 공부만 할 줄 아는 아이보다는 음악적 재능이나 흥미가 있다든지, 또는 어떤 스포츠를 잘한다거나 색다른 취미가 있다든지 등 각자 자신이 있거나 좋아하는 분야가 있었다.

그 덕분에, 나는 공부만 아는 줄 알았던 아이들을 좀 더 가까이 둘 수 있었으며 보다 많은 친구를 갖게 되었다. 꺼려하거나 편견을 갖는 것보다 다가가서 이해해 보려고 하니 나에게도, 그 아이에게도 훨씬 좋은 것 같았다.

지금까지 나와 친하지 않은 친구들을 너무 한 부분만 보고 판단한 것은 아닌지 나 자신을 되돌아보게 되었다. 처음에 서먹하던 1학년 7반 친구들이 각자 어떤 부분을 좋아하고 잘하는지도 알게 되었고, 모두 친하게 지내고 있다. 더불어 나 자신도 2학년이 된 지금은 작년 처음 입학할 때보다는 한층 더 성숙해진 시선을 갖게 된 것 같다. 앞으로도 친구들과 더불어 재미있게 학교생활 잘 하다가 졸업해야겠다!

♣ 물러서지 말고 일단 부딪혀 보자

- 32기 진형섭

우리 학교의 학생이라면 한번쯤 지역 직속이라는 말을 들어 보았을 것이다. 지역 직속이란 같은 지역에서 경기과학고등학교에 진학한 선후배 관계를 말한다. 이와 같은 용어는 우리 학교가 과학고에서 영재고로 전환되어 전국의 우수한 학생들이 학교에 진학하면서 자연스럽게 생겨나게 되었다. 아무래도 전혀 연고가 없는 후배보다는 같은 지역의 후배를 먼저 챙기게 되기 때문이다.

하지만 모든 지역에서 동일한 수의 학생이 진학하는 것은 아니기에 어떤 친구는 지역 직속 선배가 너무 많아서 누군지도 모르는 경우도 있고, 어떤 친구는 지역 직속 선배가 없을 수도 있다. 특히 나 같은 경우 광주에서 혼자 합격하였고 지역 직속 선배도 딱 한 명 있다. 그러한 나에게 경기과학고는 막연한 두려움으로 다가왔었다. 비록 우리나라 최고의 학교이지만, 친한 친구가 없다는 점과 집에서 멀리 떨어져서 혼자 생활해야 한다는 점이 가장 두려웠다.

이러한 두려움은 몇 주가 지나자 기우임이 드러났고, 거의 모든 학생은 이러한 어려움을 극복하고 학교생활을 잘하고 있으며 나 또한 경기과학고에 잘 적응하여 학교생활을 즐기고 있다. 나는 이 막연한 두려움을 극복한 과정에 대해 이야기해보려 한다.

먼저, 경기과학고에 처음 합격했을 때는 마냥 기분이 좋았다. 특히 광주에서는 매년 한 명 정도만 합격하는 학교였던지라 더욱 더 기분이 좋았고 내가 특별한 사람이 된 것 같은 기분이 들기도 했다. 하지만 이 기분도 잠시였다. 1주일 정도 지나자 그저 막막했다. 경기과학고가 어떤 학교인지도 모를뿐더러 아는 친구가 한 명도 없었기 때문이다. 그렇게 합격의 기쁨과 입학의 두려움을 동시에 안고 생활하던 중 합격자들을 대상으로 오리엔테이션이 실시되었다. 이때 중학교를 하루 빠지고 오리엔테이션에 참

석했는데, 서로 어색한 분위기가 감돌았고, 나는 무언가 소외되었다는 느낌이 들었다. 우리 방의 다른 친구들은 서로 같은 지역에서 왔는지 친하게 이야기하는데 나는 그들의 이야기에 끼지 못하고 듣고만 있었다. 이건 입학하고 나서 룸메이트였던 친구에게 들은 이야기인데, 그 친구도 이때는 서로 소외감을 느꼈었다고 한다. 대부분 아는 친구가 같은 지역의 친구 말고는 없었던 것이다.

그래도 이때 몇 명의 친구들과 이야기를 해 보았고, 그 친구들 역시 나와 크게 다르지 않은 처지임을 알 수 있었다. 내가 조금 더 적극적인 성격이었다면 '먼저 다가가면 친구를 사귈 수 있겠구나'라고 생각하고 다른 친구들에게 적극적으로 다가갔을 것이다. 하지만 나는 이때 나 혼자라는 소외감을 너무 많이 느꼈던 것 같다. 그리고 이런 학교에서 적응해 나가고 친구들을 사귈 수나 있을까 하며 두려움만 느끼고 있었다. 그저 같은 지역의 친구가 없다는 점 때문에 외로움을 느끼며 불공평하다고 생각하고 있었고 이를 적극적으로 해결하려고 하지는 않았던 것이다. 내가 그 당시로 되돌아갈 수 있다면 다른 친구들에게 먼저 다가가 말을 걸고 더 많은 친구들을 사귀었을 것 같다.

신입생 오리엔테이션이 있고 나서 몇 번 정도 더 모일 기회가 있었다. 학교에서 본 두 번의 진단평가 때 전교생이 모였고, 겨울방학 중에 적응교육을 위해 2박 3일 동안 학교 기숙사에서 생활하며 학교생활을 그대로 하며 교육을 받았다. 이때 나는 앞서 오리엔테이션과 두 번의 진단고사 때 사귄 친구들과 이야기를 조금씩 하며 지냈지만, 여전히 대부분의 친구들을 잘 알지 못했다. 그나마 룸메이트가 된 친구들과는 밤에 이야기를 하며 친해지긴 했다.

그리고 다행스럽게도 이때는 축구를 하며 새로운 친구들을 알아갔다. 그러면서 친구를 사귀는 것에 대한 두려움은 조금씩 사라져갔던 것 같다. 하지만 또 다른 수많은 고민들이 남아있었다. 무엇보다 바쁜 학교생활에 적응할 수 있을지가 가장 큰 고민이었다. 적응교육은 1월에 이루어졌고, 이때는 입학이 코앞으로 다가왔을 무렵이었다. 곧 개학을 하고 실제 학교생활을 하는데, 너무 힘들었었다. 정말 포기할까 하는 생각도 잠깐 했을 정도였다. 엄마 없이 12시 40분에 취침해 아침 6시 40분에 기상하여 생활을 하니 정말 힘들었다. 그리고 무엇보다 매주 집에서 차를 타고 4시간 정도 되는 거리에 있는 학교에 다닌다는 것이 일종의 향수병처럼 다가왔다.

적응교육이 끝나고 집에 가자 이전까지 남아있던 합격의 기쁨은 사라져 버리고 입학에 대한 두려움밖에 남지 않았다. 정말 최고의 천재들 사이에서 내가 잘 할 수 있을까 하는 걱정이 들었고, 집에서 멀리 떨어져 엄마 없이 잘 지낼 수 있을까 하는 걱정과 함께 혹시 학교에서 왕따를 당하지는 않을까 하는 생각도 들었다. 이 고민은 누구에게도 말 못하고 혼자 가지고 있었다. 엄마 아빠 또한 나를 혼자 멀리 떨어진 학교에 보내는 것에 대해 많이 걱정하고 계셨기 때문이다. 정말 입학 직전까지만 해도 삶이 걱정의 연속이었고 많이 불안했던 것 같다. 하지만 이 고민은 입학 후 깨끗이 해결되었다.

입학하자 정말 마법 같게도 생활 리듬이 변화되었다. 2주 정도 걸리긴 했지만 계속 규칙적인 생활을 하다 보니 몸이 피곤하기는 하지만 저절로 움직이게 되었다. 그리고 학교생활을 계속하다 보니 이에 적응하는 요령을 터득해 나간 것 같다. 피곤하면 쉬는 시간을 이용해 잠을 자거나 아침에 칼잠을 자는 등의 방법으로 피로를 극복해 나갔다. 그리고 처음에는 학습 시간에 무엇을 해야 할지 몰랐지만 한 1주일 정도 지나고 나니 쏟아지는 과제에 저절로 할 일이 생겼고, 시간을 관리하는 법 또한 저절로 익히게 되었다.

고민 중 하나였던 친구 문제는 정말 쉽게 해결되었다. 대부분의 친구들은 나와 같은 생각이었다. 그저 먼저 말을 걸기 무서웠던 것이다. 나 스스로 내 문제가 그것이었음을 알게 되었고, 입학한 후에는 친구들에게 먼저 다가가려 했다. 우리 반 친구들에게 먼저 말을 걸고, 다른 반 친구들도 학습실에서 만나면 먼저 인사하곤 했다. 그러자 많은 친구들을 사귈 수 있었다. 또 다행히도 1학년 때 2반 친구들은 정말 좋은 친구들이었고 나를 흔쾌히 친구로 받아 주었다.

하지만 아직도 광주의 집을 자주 가지 못하는 것은 하나의 아쉬운 점으로 남아 있다. 그래도 입학 전의 큰 압박감이나 두려움은 느끼지 않지만 아직도 광주에 가고 싶은 약간의 향수병이 남아 있는 듯하다. 이것을 극복하는 데 부모님이 큰 도움이 돼 주셨다. 부모님께서는 서울에서 학원을 다니는 나를 위해 서울에 원룸을 잡아 주셨고, 어머니께서 매주 주말마다 올라오셔서 나를 챙겨 주신다. 매주 서울까지 다녀가시는 일이 쉽지 않은 것을 알고 있지만 어머니께서는 나를 위해 매주 서울에 오가는 노고를 마다하지 않으신다. 이렇게 주말마다 어머니께서 해 주시는 밥을 먹으며 어머니께 학교생활에 대한 이야기도 하면서 광주에 대한 그리움은 약간 덜해진 것 같다. 내가 학기 초에 적응을 쉽게 할 수 있었던 가장 큰 요인은 주말에 어머니께서 오셔서 나를 챙겨 주신 것 때문이라고 생각한다.

나는 이렇게 학교에 잘 적응했고 입학 전에 했던 수많은 걱정들은 모두 일종의 기우였음이 드러났다. 이제 와서 입학 전 이야기를 친구들과 할 때가 있다. 그때 나는 넌지시 물어본다. “너희도 입학 전에 친구 없어서 걱정했었니?” 친구들의 대답을 들어 보면 모두들 입학 전에는 비슷한 걱정을 했음을 알 수 있다. 물론 내 친구들은 집이 멀지 않아서 내가 겪었던 향수병에 대해서는 말하지 않았지만 부산이나 청주에서 온 친구들은 집에 가고 싶어 하는 게 느껴진다.

우리는 앞으로도 새로운 환경에 많이 처하게 될 것이다. 이 새로운 환경에 적응하는 가장 좋은 방법은 두려움을 갖지 말고 부딪히는 것이다. 부딪히기 전에 걱정과 두려움에 빠져 버린다면 적응을 하지 못할 것이고 이는 평생 후회로 남게 될 것이다.

♣ 좌절 후에 깨달은 자신감의 중요성

- 32기 오동건

사람이 살아가면서 필요한 덕목 중에는 많은 것들이 있을 것이다. 사람들이게 이들 중 가장 중요한 것을 꼽으라고 하면 어떤 이들은 사랑이나 우정과 같은 인간관계에 관련된 덕목을 꼽기도 하고, 어떤 이들은 겸손이나 배려 같은 인성에 관련된 덕목을 꼽기도 한다. 비록 나는 이 학교 안에서도 여태까지 살아온 인생이 가장 짧은 편에 속하지만, 내 인생에서 가장 중요했던 덕목은 바로 '자신감'이라고 말하고 싶다.

사람이 자신감을 잃고 절망하면 다시 자신감을 되찾기 전까지는 살아있는 송장이나 마찬가지라는 옛 프랑스 속담이 있다. 나도 비교적 최근에 크나큰 좌절을 경험한 적이 있다. 내가 쓰는 글에서 이런 말을 하는 것이 조금 부끄럽지만 나는 경기과학고등학교에 입학한 직후에 물리인증제 1급을 최연소로 통과하면서 물리에 대한 입지를 다져 놓은 상태였고, 입학하기 전에도 물리 과목에서는 중등경시를 석권하기도 하면서 물리는 언제나 내가 가장 자신 있는 과목이자 미래의 내 전공과목으로 점찍어 둔 상태였다.

그러나 경기과학고등학교에 입학해서 본 첫 번째 시험 성적은 상당히 참담했다. 내가 가장 자신 있는 과목인 물리에서 50점도 안 되는 성적을 받았고 반 등수는 뒤에서 두 번째였다. 지금 생각해 보면 내가 내 자신의 물리 실력을 너무 맹신하여 학교 공부에 열중하지 않아서 점수가 좋지 않게 나왔다고 볼 수도 있지만, 아무리 그래도 50점도 안 되는 점수가 나온 까닭은 설명하기가 애매하다. 아마 시험 전날과 전전날 밤에 다른 과목 공부를 하느라 체력적, 정신적으로 매우 힘든 상태에서 시험을 보아서 점수가 생각보다 훨씬 더 낮게 나왔던 면도 있는 것 같다.

평소에도 부진했던 과목에서 그런 점수가 나왔으면 그렇게 충격으로 다가오진 않았을 것이며 마음이라도 편했을 수는 있었겠지만, 내가 언제나 잘해 왔던 과목이고, 내가 가장 자신을 가지고 있었던 과목에서 비상식적으로 낮은 점수를 받으니 나는 요즘 흔히 말하는 '멘붕' 상태가 되었다. 처음 채점된 내 답안지를 받고 어이가 없어서 박장대소를 하던 내 모습을 아직도 형들은 똑똑히 기억한다고 한다. 그때는 내가 거의 100점에 가까운 점수를 받아 기분이 좋아서 웃은 것인 줄 알았다고 하는 사람도 많은데, 사실 나는 기쁨보다는 슬픔, 또 슬픔보다는 분노에 가까운 감정을 느꼈던 것 같다.

나는 내 자신을 과대평가하여 최소한으로 해야 했던 공부도 하지 않은 내 자신에게 너무 화가 났다. 또 거의 100점에 가까운 점수를 받고 주변 사람들에게 축하받으면서도 겸손을 떠는, 나와 함께 물리올림피아드를 공부했던 형들을 보면서 내 자신이 너무 한심하게 느껴지기도 했다. 원래는 재밌게만 느껴졌던 물리는 쳐다보기도 싫은 원수 같은 존재가 되었다. 입시 때 대학에서 내 성적을 보고 물리를 전공한다는 학생의 일반물리 과목 석차가 평균을 넘지 못했다는 것을 알면 어떤 평가를 할지, 과연 나를 어떤 존재로 봐 줄지, 과연 물리 시험을 망친 물리 전공자를 뽑아줄지 생각하면서 시험이 끝나고 일주일간은 정말 내 앞날에 대한 걱정으로 밤을 뜬 눈으로 지새웠던 것 같다. 그러면서 전공을 물리에서 중간고사 성적이 좋았던 지구과학으로 바꿀까도 고민을 했고, 물리 공부는 모두 끊은 채 지구과학에 매진하면서 지구과학올림피아드를 준비할까도 했다. 정신적으로 방황을 하며 수학과 과학, 특히 물리에 대한 나의 자신감은 거의 바닥까지 추락하고 말았다.

그러나 많은 선생님들과의 상담 끝에 지구과학을 전공으로 삼는 것은 별로 현명한 일이 아님을 깨달았다. 요즘 과학의 트렌드가 지구 권에 한정되기보다는 우주 전체를 탐구하는 영역에 집중되어 있었기 때문이다. 또

지구과학보다 물리가 다양한 학과 선택의 측면에서 유리하다는 말도 들었다. 그래서 다시 많은 고민을 한 끝에 잠시 연을 끊고 지냈던 물리를 다시 전공으로 삼고 초심으로 돌아가 다시 한 번 공부를 시작해 보기로 했다.

몇 달 동안 거의 공부를 하지 않은 물리를 다시 시작하니 생각보다 쉽지가 않았다. 잊어버린 것도 많았고, 무엇보다도 어려운 문제를 풀어 나가는 '감'이 떨어져 오히려 전에는 풀 수 있었던 문제들이 풀리지 않는 경우도 있었다. 그래도 내가 희망하는 학과에 진학해서 나중에 내가 하고 싶은 일을 하려면 물리를 공부하는 수밖에 없다는 것을 알았기 때문에 정말로 열심히 노력했다. 문제가 잘 풀리지 않으면 다시 문제를 푸는 감을 되찾기 위해서 그 문제의 유형과 풀이 방법을 외웠다. 틀린 문제는 몇 번이고 다시 풀어 맞는 풀이 방법을 찾아냈다. 그러다 보니 어려운 문제도 한두 개씩 풀리기 시작했고, 정답률도 점점 높아져 가는 것을 느낄 수 있었다. 문제들이 순조롭게 잘 풀리면서 나도 모르는 사이에 다시 물리라는 과목에 대한 자신감이 충전되었던 것 같다. 다시 물리를 공부하는 것이 재미있어졌고, 실제로 물리 실력도 많이 늘었던 것 같다.

결과적으로 내가 1학년 때 본 4번의 물리 지필고사에서는 성적이 13~15점씩 꾸준히 올랐고, 2학기에는 물리 성적으로 전교에서 8등을 하였고, 최근에 본 2학년 1차 지필고사에서는 물리 과목에서 100점을 맞았다. 물리 성적이 오르면서 내 자신과 주변 사람들에게 당당해지고, 다시 물리는 내가 가장 좋아하면서 가장 자신 있는 과목이 되었다. 사실 내 물리 성적이 오른 것은 실제로 내 노력에 의해 내 물리 실력이 점점 좋아져서일 수도 있지만, 내 생각으로는 물리에 대한 내 자신감이 다시 생겨서인 것 같다. 물리 시험을 망친 직후에는 시험을 볼 때마다 엄청난 부담을 안고 긴장해서 입속이 텁텁해지면서 입술이 다 부르틀 정도로 잔뜩 위축된 상태로 시험을 봤다. 시험 성적이 오르기는 했어도 만족스러운 정도는 아니었는데, 점점 성적이 오르면서 물리 시험 전에는 거의 긴장을 하지 않고 '내 실력만 충분히 발휘하자'는 생각으로 시험을 볼 수 있게 되면서 성적이 상당히 좋아졌다. 이런 점에서 분명히 물리에 자신이 붙으면서 성적 역시 올랐다고 볼 수 있을 것이다.

이렇듯 나는 약간 뼈아픈 경험을 통해 자신감을 갖는다는 것이 한 개인에게 얼마나 큰 영향을 미칠 수 있는지를 깨달을 수 있었다. 비록 1학년 1학기의 내신 성적은 앞으로도 고칠 수 없고, 대학 입시에서도 이 때문에 불이익을 받을 수도 있지만, 인생 전체를 놓고 보았을 때 자신감의 중요성을 깨달았다는 점에서 이 경험이 의미 없었다고 생각하지는 않는다.

이제 나는 내가 가장 약하다고 생각하는 수학 과목에 자신을 가지려고 노력하는 중이다. 수학도 물리처럼 열심히 하면 실력도 늘고, 자신감도 붙으면서 시험에서 좋은 성적을 낼 수 있을 것이라는 생각에 열심히 문제를 풀고 있다. 사실 이번 중간고사에서 실수를 좀 하면서 정확히 평균과 똑같은 점수를 받고 약간 실망하기는 했으나, 이대로만 열심히 하면 노력이 나를 배신하지 않고, 내가 수학에 대한 자신감을 가질 수 있을 것이라고 나는 믿는다.

♣ 작은 사회가 내게 준 교훈들

- 32기 이호진

'학교'라는 것이 있고, 우리가 학교에 의무적으로 다니는 이유는 무엇일까. 규칙적인 생활 습관을 형성하고, 사회에 나가기 전에 알아야 할 기초적인 지식들을 습득하는 등의 이유가 있겠지만, 아마도 주된 이유는 학교에 다니며 작은 사회를 경험함으로써 인성과 리더십을 함양하기 위해서일 것이다.

사실 나는 초등학교나 중학교에 다닐 때는 '작은 사회를 경험한다.'는 이 말에 대해 잘 공감하지 못했었다. 초등학교와 중학교 때의 나는 친구들 사이에서 단순히 공부를 잘하는 아이로 평가받는 것을 받아들이고, '저 친구는 무언가 다를 것이다'라고 생각하는 분위기에 익숙해 있었던 것 같다. 그랬기 때문에 다른 친구들과 더불어 나의 생각을 마음껏 표현하고 함께 공감할 수 있는 기회들이 많지 않았다. 또한 초등학교와 중학교 때는 학생들이 주도적으로 이끌어 나가는 활동들보다는 단편적인 활동들이 주를 이루었다. 게다가 나의 내향적인 성격 때문에 친구들 앞에 대표로 설 기회가 있어도 그 기회를 잘 활용하지 못했으며, 대표로 선 자리에서도 친구들을 잘 이끌지 못하고 많은 마찰을 빚었던 기억이 남아 있다.

그렇게 미숙했던 나에게 1년간의 경기과학고 생활은 단순한 지식 습득의 여부를 떠나서, 사회적으로 나를 성장시켜 준 무대가 되었다고 생각한다. 사실 내가 지금까지 어떻게 성장했고 어떤 점이 부족하였는지 반성할 시간을 갖기에 학교생활은 정말 빠듯했다. 이에 이 글을 쓰면서 내가 1년 동안 느꼈던 것들을 모두 풀어 보고자 한다.

나의 성장은 크게 세 가지 면에서 이루어진 것 같다. 첫째, 소통. 중학교 때까지 나는 주로 "공부는 잘하지만 표현을 잘 못한다."라는 식의 지적을 많이 받아 왔었다. 공부를 통해 지식을 얻어도, 이를 남을 위해 베풀고 표현할 경험이 많지 않았으며, 또 중학교 때는 나 자신이 이러한 일을 중요하게 여기지도 않았다. 그러나 경기과학고 입학 초기에 한 수업시간에 들었던 대목들을 통해 소통의 중요성을 간접적으로 느낄 수 있었다.

"알고 있어도 표현하지 못하면, 그것은 모두의 지식이 아닌 나 혼자만의 지식이다."

"네이처는 일반 가정집으로 배달되는 과학 논문집이다."

우리 학교의 교과목 중 대부분은 발표, 글쓰기, 토론, 조별 활동 등으로 이루어져 있다. 수능 시험을 위한 교과목들을 공부하는 일반고와는 달리, 때로는 수업 자료를 직접 만들어 보고, 또 내 생각을 자유롭게 표현할 수 있는 기회가 많다. 이러한 과정에서 소통의 중요성이 계속 부각되었고, 나는 귀찮은 과제들이 있어도 내 자신의 소통 능력을 향상하기 위해 나름 더 노력하였다. 한편으로는 그래서 학교생활이 더욱 바빴던 것도 같지만, 이러한 과제들이 나에게는 피가 되고 살이 되어 돌아왔다고 생각한다.

둘째, 대인관계와 리더십. 중학교 때의 나는 단편적이고 소극적이었다. 명목상의 친구는 많았지만, 진심으로 우정을 나누고 많은 시간을 보냈던 친구들도 많았을까 하는 의문이 든다. 오히려 중학교 동창들 중에 졸업한 후에 더 친해진 친구들도 많다. 또한 나는 남들의 결정에 쉽게 따라가고, 소심해서 나의 주장을 분명히 세우지 못하는 편이었다. 이러한 나의 성격을 고치고자 노력하기 위해 부반장과 반장에 자진 출마하여 직책을 경험해 본 적도 있었지만, 임원으로서 잘했던 점보다는 개선해야 할 점이 훨씬 더 많았던 것 같다.

입학 초에는 이런 나의 성격을 경기과학고에서 개선할 수 있을까 하는 의문이 있었다. 사실 과학고라는 이름만큼 정말로 공부만 하는 친구들만 입학했을 것이라는 생각에, 고등학교 생활은 중학교 생활에 비해 재미가 없고, 내 성격이 오히려 더 내향적으로 변할 것이라 생각했다. 그러나 지금 돌이켜보면, 그렇게 생각했던 나 자신이 부끄럽다. 학교에 들어와서 정말로 좋은 친구들을 많이 사귈 수 있었다. 모두 나와 비슷한 고민과 목표를 가지고 있기 때문에 공감대가 더욱 잘 형성되었으며, 중학교 때처럼 의사소통조차 제대로 되지 않는 친구들은 없었다. 모두가 서로를 인정해 주고 배려해 주는 분위기 속에서, 나는 조금 더 친구들 앞에 나서고 나의 입장을 표현할 수 있게 되었다.

3개의 동아리에 대한 기장 직을 맡으면서, 책임감을 기르며 어떻게 해야 동아리를 조금 더 잘 이끌어 나갈 수 있을까 고민도 해 볼 수 있었다. 특히 2학년이 되어 학기 초에 신입생 환영회를 준비했던 과정이 가장 기억에 남는데, 공연을 기획하고 역할을 분담하는 과정에서 모두에게 유익하고 동기 부여가 될 수 있는 방법들을 많이 고민해 보았던 기억이 있다.

더불어 우리 학교가 기숙학교이기 때문에, 친구들과 같이 지내며 대화하는 시간이 많아졌고, 그만큼 개개인의 성향을 잘 파악할 수 있었다. 어떤 행동을 하는 것이 그 친구에 대한 배려이고 그 친구의 성향에 맞는 것인지를 고민해 보며, 나름대로 대인관계에 대한 섬세함도 기를 수 있었다. 아직 많이 부족하지만, 앞으로도 좋은 대인관계를 이루어 나가기 위해 노력할 것이다. 경기과학고가 이를 키워 줄 최적의 장소인 것만은 확실하다고 생각한다.

생활면에서도 많은 좋은 습관들을 기를 수 있었다. 집을 벗어나 기숙학교에서 생활하면서, 내가 행동하는 모든 것들에 스스로 책임을 지고 생활할 수 있게 된 것이다. 중학교 때는 누군가에게 의지하는 생활을 했다면, 지금은 행동의 자유와 그에 대한 책임이 동시에 적용되는 생활을 하고 있다. 성인이 되어 자립할 때, 지금 들여놓은 습관이 좋은 영향을 미칠 것이라 믿는다.

이렇게 여러 면에서 성숙하는 과정을 거쳤지만, 아직 나는 명확한 꿈을 찾지 못한 점은 아쉽다. 1년 동안 정신없이 학교생활에 매진하느라 내가 나중에 어디서 무엇을 하고 싶은지에 대한 생각을 아직 하지 못하였다. 대부분의 사람들은 내가 성공한 인생을 살고 있다고 생각한다. 그러나 아직 나는 딱히 하고 싶은 것이 없고, 이를 찾아가는 단계에 있을 뿐이다. 진정 내가 하고 싶은 것을 찾고, 이에 매진해 성공을 이루어 낸다면 그것이 진짜 성공한 인생이라고 생각한다. 우리 학교에서 받고 있는 양질의 교육을 바탕으로 하루빨리 내 미래의 방향성을 생각해야 할 것이다.

어떻게 보면 경기과학고에서 전문성 있는 이과 교육 말고도, 인성과 생활, 대인관계 면에서 훨씬 더 많은 점들을 배우는 것 같다. 이 글을 쓰면서도 지난 1년의 기억들을 회상할 수 있었고, 이 글에 드러나지 않은 많은 것들 또한 반성할 수 있는 의미 있는 시간을 가질 수 있었다. 지금의 이러한 반성과 개선을 바탕으로 또 다시 2년이란 시간이 흘러 내가 보낸 시간들을 되돌아보았을 때, 의미 있고 행복한 기억들만 남기고 이 학교를 졸업하고 싶다.

내가 이 학교를 다닐 수 있게 되기까지 도움을 주신 모든 분들, 그리고 나를 여러 면에서 성숙시켜 준 친구들과 선생님들, 그리고 가족에게 다시 한 번 감사를 표한다.

4

경곽의 밤을 밝히는 탐구의 열정

경기과학고 학생들이 가장 많은 시간과 노력을 쏟는 연구 활동의 과정을 담은 꼭지. 동료 학생들, 그리고 선생님들과 혼연일체가 되어 탐구에 매진함으로써 얻고 있는 결실들을 확인할 수 있다.

♣ 아디오스, 과학전람회

- 31기 윤세영

2014년 어느덧 봄이 다 지나가고 여름이 다가올 즈음, 나는 작년 기초 R&E 메이트로부터 경기도 과학전람회에 참가해 보자는 얘기를 들었다. '과학전람회?' 나는 고민에 빠졌다. 솔직히 말해서 나는 그 당시 과학전람회에 나가서 상을 탈 수 있다는 자신도 없었거니와 기말고사 준비, 심화 R&E 등 여러모로 바빴기 때문이다. 하지만 지금 와서 생각해 보면 과학전람회에 나간 것은 훌륭한 선택이었으며 지금까지의 고등학교 생활 중 가장 의미 있었던 활동인 것 같다. 나는 이번 과학전람회를 통해 내가 하고, 보고, 느낀 것들을 말해 보려 한다.

모든 연구대회의 시작은 언제나 그렇듯 연구 주제를 잡는 일이다. 물론 우리에게는 작년에 했던 기초 R&E 연구가 있었지만, 그것만으로는 부족하다는 것을 너무나 잘 알고 있었다. 그렇다고 새로운 연구를 시작하기에는 대회가 얼마 남지 않은 상황이었고, 이런저런 고민 끝에 결국 주제는 작년 R&E 연구와 똑같이 하되 추가 실험을 하기로 결정했다.

우리 연구의 내용은 간단히 말해서 스트레스를 가한 쥐를 황토방을 이용하여 치료하고 그 효과를 검증하는 것이었다. 하지만 동물 실험은 여간 까다로운 게 아니다. 먼저 쥐의 똥, 오줌 냄새가 얼마나 지독한지 실험실 문을 처음 여는 순간 얼굴을 찌푸리지 않을 수 없었다. 아직도 그 냄새만 생각하면 머리가 아플 정도로 심각하다. 게다가 생물을 다루는 실험이었기에 해야 할 일이 정말로 많았다. 최소한 1주일에 한 번씩은 우리 안의 깔짚을 갈아 주어야 했고, 먹이, 물 등이 떨어지기 전에 수시로 보충해 주어야 했으며, 매일 매일 쥐에게 스트레스를 주거나 치료를 하기 위해 과학연구센터의 실험실을 찾아야 했다.

그렇게 실험을 진행하는 동안 우리의 공강 시간과 저녁 식사 전 한 두 시간의 여가 시간은 없어졌고, 1주일에 한 번씩 행동 실험을 하는 날이면 야간 자율학습 시간까지도 실험에 투자해야 했다. 게다가 팀원들 중에서 잔류하는 사람이 나밖에 없었기 때문에 주말에는 모든 일을 내가 도맡아서 해야 했으며, 남자도 나 하나였기 때문에 대부분의 잔심부름도 내 몫이었다.

연구의 막바지에 실험을 마친 쥐들의 혈액을 얻기 위하여 해부를 하였는데, 이때 쥐들에게 진심으로 미안한 마음이 들었고, 과연 내가 실험을 위해서 이렇게 많은 쥐들을 죽일 자격이 있는가라는 의문이 들었다. 해부를 하면서 쥐들이 고통에 몸부림치는 모습을 보며 정말 안타까웠고, 인간의 이익을 위해 희생되고 있는 동물들에 대해 생각해 보는 계기가 되었다. 생물 전공이 아닌 내가 앞으로 살아가면서 동물 실험을 할 일이 몇 번이나 더 있을까마는, 앞으로의 동물 실험에서는 정말로 최소한의 동물만 사용할 것이며 최대한 동물들이 고통 받지 않도록 노력할 것이라 다짐했다. 그렇게 힘들었지만 느낀 것도 많았던 실험을 마무리 짓고, 보고서 작성과 포스터 발표를 끝으로 두 달 간의 길고 길었던 대회는 막을 내렸다.

그렇게 대회가 끝난 줄로만 알았던 어느 날, 친구들로부터 우리 팀이 과학전람회 특상을 수상하였다는 소리를 들었다. 처음엔 친구들의 장난인 줄로만 알고 있었는데, 담임선생님께서 수상을 축하한다고 하시며 전국 과학전람회에 참가하게 되었다는 문자를 보내신 것을 보고 그제야 실감이 났다. 고생 끝에 낙이 온다고 했던가. 나는 그 동안의 노력을 보상 받는 것 같아 뿌듯했고, 말로만 듣던 전국 과학전람회에 출전하게 되어 기분이 좋았다.

하지만 한편으로는 전국 과학전람회를 위하여 동물 실험을 한 번 더

해야만 한다는 생각에 걱정이 되기도 하였다. 그래서 선생님과 친구들이 모여서 실험 계획을 짜던 중, 나는 더 이상의 동물 실험을 하는 것이 못내 마음에 걸려 선생님께 쥐 실험을 대신할 수 있는 실험은 없는지 여쭈어 보았다. 그러자 선생님께서 요즘에는 쥐 실험을 대체할 만한 방법으로 세포를 이용한 실험을 주로 한다는 말씀과 함께 그 장점에 대해 설명해 주셨다.

세포 실험의 여러 가지 장점 중에서 우선 실험 기간이 동물 실험에 비해 매우 짧다는 점을 들 수 있다. 쥐를 이용한 실험은 최소 5~6주 정도 걸리는 반면, 세포를 이용한 실험은 길어야 2주 정도 걸렸다. 또한 세포 실험은 동물 실험에 비해 변인 통제가 쉽다. 동물 실험은 생명체를 대상으로 하는 실험이기에 우리가 원하는 조건 이외에도 기온, 습도, 주변 환경 등 셀 수 없이 많은 요인이 실험 결과에 영향을 미쳤다. 하지만 세포 실험의 경우는 좁은 공간에서 이루어지며 눈에 보이는 움직임이 없어 상대적으로 변인을 통제하기가 용이하다. 하지만 세포 실험에도 문제점이 없지는 않은데, 과연 세포 실험을 통해 얻어 낸 결론을 인간이나 동물에게도 적용시킬 수 있는가라는 문제가 그것이다. 하지만 쥐를 가지고 하는 동물 실험 역시 인간에게 직접 적용시킬 수 있는지 여부는 미지수였으며, 대회 준비 일정이 여름 방학 기간과 겹쳐 학교에 자주 오기 힘들었기에 세포 실험을 하기로 결정했다.

실험은 팀원들이 하루에 한 명씩 번갈아가며 학교로 찾아와 진행하였으며, 2주 정도의 기간이 소요되었다. 그렇게 실험을 마친 후, 발표를 위해 대전에 있는 국립 중앙과학관으로 향했다. 국립 중앙과학관은 중학교 수학여행 당시 들렀던 곳인데, 그때 받았던 느낌과는 또 다른 느낌이었다. 실제로 건물들이 시설의 디자인이 바뀐 것도 한 몫 했겠지만, 아마 방문 목적이 단순 관광에서 대회 참가로 바뀌었기 때문이 아닐까.

대회는 총 이틀간 진행되었는데, 첫날은 발표와 물품 전시 준비를 위한 시간이었다. 중앙과학관에서 물품 전시를 마치고 간단히 식사를 한 후에 대회에 참여한 우리 학교의 다른 팀들과 함께 근처에 있는 숙소로 향했다. 우리 팀은 나를 제외한 두 명이 모두 여자였기에 나는 다른 팀과 한 방을 쓰게 되었다. 원래 계획대로라면 숙소에서 다음날 있을 발표 대본을 짜고 연습해야 했지만, 솔직히 말해서 놀았다. 대전의 명물인 튀김 소보로도 처음 먹어봤고, 치킨도 시켜 먹고, 침대에서 뒹굴며 텔레비전도 보고 수다도 떨었다. 아마 놀 때는 다음 날 발표에 대한 걱정을 전혀 하지 않았던 것 같다. 깊은 밤이 되어서야 발표에 대한 생각이 들었고, 새벽까지 발표 준비를 하다 잠이 들었다.

발표 당일에는 아침 일찍 일어나 국립 중앙과학관으로 향했다. 전날 발표 준비를 하느라 늦게 잔 탓에 피곤했지만, 발표 준비를 마무리해야 했기에 지친 몸을 이끌고 대회장으로 향했다. 대회장에는 이른 시각부터 많은 참가자들이 모여 저마다 발표 연습을 하고 있었는데, 생각했던 것보다 사람들이 훨씬 많았다. 또 대회장에 있는 수많은 연구 포스터들을 보며 참신한 연구가 많다는 생각을 했다. 처음 주제를 읽었을 때는 '저런 걸로도 연구가 가능해?'라는 생각이 들 정도로 사소한 주제도 있었고, 우리가 미처 생각지도 못했던 주제도 많았다. 나는 이러한 연구들을 보면서 연구 주제를 잡을 때 거창하고 화려한 것만 선택할 것이 아니라, 우리 주변의 사소한 것에서부터 주제를 잡는 것도 충분히 좋은 연구가 될 수 있다는 것을 깨달았다. 발표를 마친 후에 전시품을 정리하면서, 모든 것이 끝났다는 아쉬움과 함께 그 동안 했던 일들이 머릿속을 스쳐 지나갔다. 힘들었던 실험들, 다 같이 모여서 보고서와 포스터를 만들었던 일 등등……. 그러한 일들

을 다시 하라면 아마도 못할 것 같다.

스티브 잡스가 스탠포드 대학에서 연설할 때 "현재가 미래와 어떻게든 연결된다. 그 무엇이든 믿음을 가져야 한다."고 했다. 비록 자신이 지금 하는 일이 미래와 전혀 연관이 없어 보이더라도 언젠가는 반드시 도움이 된다는 뜻이다. 나도 수학을 전공하는 입장으로서 지금까지 생물 실험을 진행해 온 것들이 앞으로 어디에 이용될지는 잘 모르겠지만, 어딘가는 반드시 이용될 것이라고 믿으며 다양한 경험을 쌓아야겠다고 생각했다.

♣ 안 되는 건 없으니까요

- 32기 한정현

우리 학교, 경기과학고등학교의 많은 학생들이 '올림피아드'에 도전한다. 이 올림피아드라는 것은 물리, 화학, 생물, 지구과학 등 각종 과학 분야와 수학과 정보 분야에서 각각 전문성을 가지고 공부 한 여러 학생들이 실력을 겨루는 대회이다. 올림피아드 공부를 하다 보면 그 과목에서의 연구를 수월하게 진행하거나 내신 성적을 얻는 데도 도움이 되고, 거기에 더하여 상을 수상하거나 계절학교에 입교를 하면 일종의 스펙까지 생기기도 하니 사실상 올림피아드에 도전하는 것은 선택이 아닌 필수적이라는 여론도 있다.

나는 입학하기 전까지 올림피아드에 대해 그다지 긍정적인 생각을 가지고 있지 않았다. 중학교 시절 수학과 과학 교과의 선행 학습과 심화 학습에 몰두하며 지식을 쌓아 나가는 것은 내가 참 좋아하던 일이었지만, 그와는 별개로 중등부 올림피아드에서 좋은 성과를 거두기 위해서는 사교육의 힘을 빌려야 하는 경우가 대부분이었기 때문이다. 그것은 '스스로 탐구하는 공부'라는 내 신조와는 많이 벗어나는 느낌을 주었다.

뿐만 아니다. 중등부 올림피아드의 경우 단순 암기 혹은 특정 유형의 반복적인 풀이로 높은 점수와 좋은 상을 받을 수 있다. 때문에 올림피아드를 잘하기 위해서는 비슷한 문제를 계속 풀고, 유사한 내용을 달달 외워야 한다. 이런 데에 시간을 투자하는 것보다 과학 전반의 지식을 쌓고 기초 실력을 튼튼히 배양하는 것이 학생으로서 더 중요하다고 생각했기에 단순한 '올림피아드 준비'는 나에게 거부감을 주었던 것이다.

그러나 경기고등학교에 입학함과 동시에 올림피아드에 대한 나의 시각이 조금씩 달라졌다. 고등부 올림피아드에는 깊고 전문적인 지식과 학문 간의 연계성을 발견하는 넓은 시야를 가질 수 있다는 점, 자신이 좋아하고 잘하는 분야에서는 다른 사람들에게 뒤처지지 않는다는 자부심을 가질 수 있다는 점, 그리고 무엇보다도 다양하고 난이도 있는 문제와 씨름하다 보면 자연스레 자라나는 문제 해결에의 독창성과 창의성이 있었다. 그동안 올림피아드에 대해 가지고 있던 거부감이 주변 친구들과의 이야기를 통하여 조금씩 사라졌고, 선생님들과 친구들의 권유를 받아 도전할 수 있는 기회가 있을 때 도전해 보기로 결심하였다.

그런데 모든 일이 그렇듯이 생각대로 흘러가지는 않았다. 막상 올림피아드 공부를 시작하려고 보니 중등부 올림피아드 공부를 하며 경험을 쌓아 온 친구들과 중학교 시절부터 고등부 올림피아드를 보고 달려온 친구들에 비하면 나는 너무 초라했다. 입학 전 중등부 올림피아드 준비를 위한 사교육에 따로 시간을 들이지 않고도 가장 중점적으로 공부했던 수학과 물리, 그리고 내가 가장 좋아하는 화학 분야에서 각각 올림피아드 상을 수상했던 것은 내 자랑거리 중 하나였으나, 친구들은 금상은 기본이고 대상을 받기도 하였고, 계절학교에 다녀오기도 하는 등 벌써 나보다 몇 발이나 앞서 있었다.

하지만 나는 늦었다면 늦었지만, 또 이르다면 이를 수도 있는 때라고 생각했다. 나는 입학한 뒤 첫 시험인 1학년 1학기 중간고사를 코앞에 두고 내가 가장 좋아하는 화학 분야의 올림피아드에 도전하기로 결심하였다. 나는 우선 지난 15년 정도의 기출 문제와 대한화학회 홈페이지를 통해 구할 수 있는 온라인 교육 문제를 풀기로 결심하고, 야망에 차 펜을 잡았다. 그런데 도무지 이해를 할 수가 없는 그림과 수식들이 줄 세워 있었고, 나는 절망감을 느끼지 않을 수 없었다. 결국 나는 별 수 없이 중간고사가 시작되기 전까지 우왕좌왕하다가 시간을 흘려보내 버리고 말았다. 그리고 나에게 주어진 시간이 많지 않다는 것을 그 누구보다도 잘 알고 있었다.

중간고사가 끝나자 화학 올림피아드 여름학교 입교 대상자 선발 시험이 한 달 앞으로 다가왔다. 그 시점에서 알 수가 없는 말투성이인 화학 올림피아드 문제들을 해결하기 위해서 나는 지식을 쌓아야 했다. 하나의 문제를 풀 때마다 일반화학 책을 샅샅이 뒤져 가며 공부하였는데, 과장을 섞지 않고 한 문제를 해결하는 데에 한 시간이 넘게 소요될 때도 있었다. 무척 피곤하고 힘들었고, 시간 소모도 컸지만 어떻게든 시간을 쪼개어 화학 문제의 풀이에 '올인'하였다. 그 결과 정답률과 문제 풀이 속도가 점점 향상되었고, 다른 친구들과의 실력 차이도 서서히 좁혀 갈 수 있었다.

학원의 힘도 조금 빌렸다. 기출 문제와 온라인 교육 문제만 풀기에는 학습량이 부족했다고 생각했기 때문이다. 개인적으로 '학원'이 우리나라의 과도한 교육열을 조장하고 자라나는 꿈나무들의 왕성한 창의성을 가로막는 주범이라 생각하여 달가워하지는 않았으나, 필요에 따라서 적절히 이용하며 학원에 휘둘려 학교생활을 소홀히 하지 않는다면 학원을 부정적으로만 바라볼 이유는 없다고 생각했다. 학원에서는 양질의 문제도 많이 얻을 수 있었고, 화학 올림피아드에 대해 아는 것이 없는 나에게 공부 범위와 시험을 위해 암기해야할 부분을 짚어 주는 등 도움이 되었다.

또한, 나에게는 전국에서 선별된 120여 명의 친구들과 선배들, 훌륭하신 선생님들이 있었다. 이미 올림피아드 시험을 여러 차례 겪어 온 선배들에게 조언을 구하고, 선생님들께 지도를 받는 것은 혼자서 하기 힘든 공부를 보다 수월하게 해 주었다. 이미 화학 올림피아드 공부를 많이 한 주변의 친구들에게는 부담 없이 편하게 질문할 수 있어 시시때때로 생겨나는 궁금증을 속 시원히 해결할 수 있었다.

그렇게 나는 쟁쟁한 친구들과의 경쟁에서 화학 올림피아드 여름학교 입교 시험에 당당히 합격할 수 있었다. 비록 입교하여 치른 시험에서 우선선발 대상자로 선발되지는 못하였지만 말이다. 아무래도 다른 친구들에 비해 일반화학 과목을 공부한 시간이 크게 부족했기 때문이라 생각한다.

그러나 마음을 다잡고 공부하여 겨울학교 입교 시험에 합격하였고, 겨울학교에 입교해서는 유기화학 공부에 전념하여 우선선발 대상자로 선발되었다. 올해 있을 여름학교에서도 좋은 성과를 거두기 위해 즐겁게 공부하는 중이다. 그렇게 짧은 시간 안에 스스로 만들어 낸 기적에 뿌듯함을 느끼는 것은 나를 공부하게 하는 숨은 원동력이니, 참 좋은 경험이었다고 말할 수 있겠다.

나는 내가 짧은 시간 동안 공부한 결과로 훌륭한 성과를 거두었음을 뽐내고자 이 글을 쓴 것이 아니다. 다른 친구들보다 한참 뒤처져 있던 내가, 나의 의지를 불태우고 내 안에 잠재되어 있던 추진력을 발견함으로써 주어진 시간 안에 불가능에 가까웠던 올림피아드 입교에 성공하였음으로부터 누군가는 희망을 얻었으면 하는 생각에서였다.

나폴레옹은 이렇게 말했다. "비장의 무기가 아직 나의 손에 있다. 그것이 희망이다." 나도 그렇게 생각한다. 안 될 것이라는 생각을 버리고 내 안의 나를 붙잡고 노력하면 안 될 것은 없다. 이 글을 읽는 당신이 잠시 멈추어 서서 당신 안의 스스로를 들여다보고, 손을 잡고 놓지 않았으면 한다. 그렇게 노력하여 당신 안의 스스로가 기적을 만들어 낼 수 있도록 말이다.

♣ 나의 R&E, 행복했던 R&E

- 31기 석연욱

2014년 11월 말, 경기과학고등학교의 2학년의 심화 R&E도 마무리 되고 있는 이 시점에서 나는 이번 심화 R&E에 대해서 스스로 돌아보았다. 이와 더불어 1학년 때의 기초 R&E도 같이 되돌아보았다. 두 가지 생각이 들었다. 첫 번째는 나는 내가 생각하는 것보다 인복이 많은 사람이었다는 것이고, 두 번째는 두 번의 R&E에서 나의 역할은 조금 달랐지만 모두 의미가 있었다는 것이다.

보통 어떤 일을 마무리하였을 때, 그것에 대하여 스스로 평가를 내리는 기준은 여러 가지가 있다. 그것은 그 일의 결과가 될 수도 있고, 본인의 성취감이나 만족도, 혹은 자신에게 미친 영향 등이 될 수도 있다. 나의 경우는 얼마나 그 일을 하면서 행복했느냐는 것이다. 성공과 실패의 갈림길에서 비록 실패를 했더라도 내가 행복했다면 상관없는 것이다. 결국 인간은 항상 자신의 행복을 추구하는 존재이기 때문이다.

그런 의미에서 나는 스스로의 1학년 기초 R&E와 2학년 심화 R&E를 약간 다르게 평가했다. 1학년 때는 올해와 달리 너무 조급했고, 불안했던 느낌이 크게 남아 있다. 나는 올해의 R&E가 어느 정도 끝났을 때 두 번의 R&E를 달리 평가하게 되는 차이점이 무엇이었을까를 생각해 보았다. 하지만 차이점보다 먼저 떠오른 것들은 이들의 공통점이었다. 나는 다행스럽게도 R&E 지도 선생님 또는 지도 교수님을 상당히 잘 만난 편이었다. 특히 1학년 때는 아무것도 모르는 상황에서 얼굴조차도 보지 못했던 선생님을 찾아뵙고 R&E 지도 교사를 맡아 주실 것을 부탁드렸었다. 후에 R&E를 진행하면서 그 때의 내 선택은 정말로 탁월한 선택이었음을 느꼈고, 현재까지도 길지 않은 그간의 내 인생에서 내렸던 최고의 선택 중 하나라고 말할 수 있을 것 같다.

올해도 마찬가지로 성함과 소속 외에는 아무것도 알지 못하는 분께 지도 교수님을 맡아 주실 것을 부탁드렸다. 게다가 작년과 달리 우리 학교 소속하고 계신 분도 아니셨다. 나는 당시 이미 다른 교수님으로부터 R&E 지도 요청을 거절당한 전례가 있었기 때문에 이번에도 거절당하지 않을까 하는 걱정이 들었다. 다행히 그 박사님은 바쁘신 와중에도 지도 교수 요청을 흔쾌히 승낙하셨다. 그리고 우리 팀을 지도하신 8개월간 최선을 대하여 우리를 지도하셨다.

특이한 점은, 우리 학교에서 지원되는 연구비도 받지 않으셨다는 것이다. 이런 경우는 학교에서 최초라고 하는데 그 까닭을 나중에 여쭤 보니 우리 같은 학생들을 지도하는 것은 어른의 의무라고 생각하기 때문이라고 하셨다. 지금은 R&E가 마무리되었지만 지금까지도 참 고마운 분이시다. 이런 면에서 볼 때 나는 인복은 조금, 아니 많이 있는 편인 것 같다.

하지만 이러한 것들 모두 내가 시도조차 하지 않았더라면 불가능했을 것이라는 생각이 들었다. 실제로 1학년 초 학교생활에 적응하고 있던 나는 한 번도 만나보지 못한 선생님과 연구에 대한 상담을 나눌 생각에 많이 긴장을 했었다. 그래서 처음에는 굳이 알지도 못하는 선생님께 찾아가야 하는지 걱정도 있었고 나름의 두려움도 있었다. 더군다나 특별히 내게는 R&E에 관한 아이디어가 없었기 때문에 선생님을 뵙고 딱히 드릴 말씀도 없었다. 그렇기 때문에 상담 신청을 하는 그 순간까지 여러 번 생각하고 고민하였다. 하지만 여기서 이렇게 간단한 상담 신청조차 하지 못한다면 나중에는 무엇을 할 수 있을까라는 생각이 들어 과감히 상담 신청을 하였고, 그렇게 내 기초 R&E 지도 선생님과 연결될 수 있었다.

올해도 비슷했다. 달라진 점이 있다면 바뀐 상대가 해당 분야에 전문적인 박사님이라는 것이었다. 우리 학교를 잘 알지 못하시거나 우리 학교 학생들의 생활이 상당히 바쁘다는 점을 이해해 주시지 못할 가능성이 매우 높은 상대였다. 올해도 작년처럼 연구에 앞서 특별히 생각하고 있는 주제도 없었기 때문에 우리를 비전이 없는 학생들로 판단하고 지도 요청을 거절한다면 그냥 그것으로 끝날 수도 있는 상황이었다.

하지만 나는 차분하게 한 연구센터의 센터장을 맡고 계시는 분께 메일을 보냈다. 나중에 알게 된 사실이지만 그분은 연세가 일흔이 넘으신 상당한 고령이셨다. 나는 그런 분께 메일을 보낸 것이었다. 메일을 보내고 난 뒤, 계속해서 답장을 기다렸다. 며칠 뒤 한 통의 전화가 왔는데 내가 메일을 보냈던 센터장님이 아니었다. 우리가 지도를 요청했던 박사님께서 직접 전화를 하신 것이었다. 전화를 받은 나는 당황하지 않고 R&E에 관한 기본적인 내용들을 비롯하여 우리가 어떤 학생들인지, 어떠한 연구 목적을 가지고 메일을 보냈는지에 대해 자세히 설명을 드렸다. 결국 박사님께서는 흔쾌히 승낙을 하셨고 나는 또 한 번의 행운을 누릴 수가 있었다.

이 대목에서 중요한 것은 바로 실천하는 것임을 느낄 수 있었다. 아무리 걱정하고 두려움을 가지고 있어도 실천하지 않으면 바뀌는 것은 없다는 것이다.물론 이러한 이야기들은 주위에서 흔히 들을 수 있는 내용이다. 하지만 이런 말들은 백번 들었던 것보다 내 스스로 직접 경험해 보니 왜 실천하는 것이 중요한지 알 수 있었다. 만약 내가 지레 겁을 먹고 상담 신청을 하지 않았더라면, 또는 거절당하는 것이 두려워 메일을 보내지 않았더라면 바뀌는 것은 없었을 것이고 나에게 이런 행운은 다시 찾아오지 않았을 것이다.

그렇다면 두 번의 R&E의 차이점은 무엇이었을까? 앞에서도 잠깐 언급했듯이 2년간 나의 역할은 변화를 겪었다. 1학년 때는 팀을 이끌어 가는 리더의 역할이었다면, 2학년 때는 따라가는 팔로워의 역할이 조금 더 컸다. 물론 이 말이 1학년 때는 모든 것을 다했고, 2학년 때는 아무것도 하지 않았다는 것을 의미하지는 않는다. 차이는 나의 마음가짐이었다. 1학년 때는 나의 파트너를 믿지 못하여 모든 것을 내가 주도하거나 나의 손을 거쳐야 마음이 편하였다. 그렇기 때문에 R&E를 하면서 항상 바빴고 왠지 모르게 그가 하는 모든 말과 행동이 나의 마음에 들지 않았다. 그 당시를 떠올리면 정말 불안했고 힘들었다는 생각이 든다.

하지만 올해는 약간 달랐다. 파트너도 1학년 때와는 다른 파트너였다. 올해 나는 그를 믿기로 했다. 이번 R&E를 하면서 가장 많이 한 말 중에 하나가 '마음대로 해.'였다. 나는 그만큼 그를 신뢰하였고 지지해 주었다. 물론 그가 한 모든 것들이 마음에 든 것은 아니었으나, 나는 그냥 그 부분에 대해서는 그를 존중해 주기로 하였다. 그가 한 것들에 신경을 끈 대신에 나는 내가 해야 할 부분들에 대해 집중할 수 있었다. 나는 내가 할 부분에 집중하고 그는 그가 할 부분에 집중하니, 1학년 때에 비해 훨씬 마음도 편해지는 기분이 들었다.

이때 느낀 것이 잘 기대는 것도 중요하다는 점이었다. 나도 인간이기에 체력적이나 정신적으로 한계가 존재하고, 내가 힘이 부치는 순간에 나를 도울 사람이 있는 것이다. 그렇기 때문에 내가 리더의 역할을 하여 잘 이끄는 것도 중요하지만, 반대로 누군가에게 잘 이끌려가는 것도 그에 못지않게 중요하다는 것을 깨달았다. 물론 이 말이 아무것도 하지 않겠다는 말은 아니다. 하지만 너무 지치고 힘들 때 한 번 정도는 누군가에게 도움을 요청하는 것이 상당히 중요한 일이라는 것이다. 그렇기 때문에 그냥 기대는 것이 아니라 잘 기대는 것이 중요하다고 한 것이다.

아무렇게나 기댄다면 내가 기댄 대상도 힘들어질 수밖에 없고 그렇게 된다면 그에게 기댄 나 역시 힘들어질 수밖에 없다. 하지만 내가 기댄 대상이 힘들지 않게 잘 기댄다면 내가 기대는 동안 충전하여 다른 사람이 나에게 기댈 수 있는 버팀목이 될 수도 있다. 그렇다면 나에게 기댄 그 누군가가 또 다른 버팀목이 될 수 있기 때문에 선순환이 이어지는 것이다.

이번 2년간의 R&E를 통해 배운 것들은 내가 앞으로의 인생을 살아가는 데 있어 너무나도 중요한 것들이었다. 물론 R&E를 하면서 수학과 과학적인 많은 지식들을 쌓았지만 이런 것들은 길어야 20~30년이면 그다지 쓸모가 없어지는 것들이다. 하지만 이번 R&E를 통해 배운 두 가지, 실천하는 것의 힘과 잘 기대는 법의 중요성은 내가 죽을 때까지 인생을 잘 살아가기 위해, 나의 행복을 위해 써먹어야 하는 것들이다. 그렇기 때문에 내가 했던 경기과학고등학교에서의 R&E는 내 자신이 조급했든지, 편안했든지 간에 상관없이 나의 미래의 행복을 위해 매우 성공적인 R&E라고 생각한다.

♣ 경곽의 밤하늘

- 32기 임도훈

경기과학고의 과학영재연구센터(이하 SRC)에는 1층의 첨단기기실부터 7층의 천체 관측실까지 각 과목별 실험실들이 많다. 그리고 각 층마다 전용 과목들이 다르기 때문에 그 과목에 특화되어있는 실험기기들 역시 층마다 다르다. 경기과학고 학생들이라면 이 SRC에서 연구나 수업에 관련해서 실험을 한 경험이 있을 것이다.

많은 학생들이 물리, 화학, 생물 등에 관심을 보이면서 각각의 실험실이 굉장히 활발히 유지되고 있지만, 내가 관심을 가지고 있는 천문 분야의 실험실. 즉 7층의 천체 관측실은 그들의 실험실과는 다른 특별함을 가지고 있다. 다른 분야들과는 달리 천문은 칠흑같이 어두운 밤하늘 속에서 희미하지만 빛을 발하는 천체들을 찾는 분야이다. 그렇기 때문에 천체 관측실은 다른 실험실과는 달리 조용하면서도 생기 넘치는 분위기를 가지고 있다.

학교에 들어오기 전에 나는 관측에 대해서 모든 것을 안다고 생각하고 있었다. 하지만 학교에서 R&E를 진행하며 관측에 대한 공부를 다시 하기 시작하면서 내가 알고 있는 지식에 대해서 고민하게 되었다. 과연 내가 다 안다고 자부할 수 있나, 나는 많은 지식 가운데 극히 일부를 알고 있지는 않나 하고 말이다. 그러면서 천문 동아리가 생겨났고 그 안에서 천문을 공부하는 친구들과 관측을 하는 방법에 대하여 공부하고 직접 슬라이딩 돔에서 망원경으로 별을 하나하나 찾아가기 시작했다. 그 과정에서 자동으로 별을 따라가는 추적 장치를 켜 놓고 집에 가는 등의 실수도 많이 저질렀다. 이런 시행착오를 겪은 끝에 우리는 별을 관측할 수 있게 되었다.

동아리에서 처음으로 별을 관측했던 경험은 정말 새로웠다. 물론 입학하기 이전에도 관측을 했었으나 우리 학교에 있는 장비처럼 좋은 장비를 가지고 관측을 한 경험은 없었던 것이다. 그리고 그동안은 별을 카메라로 찍을 생각을 해 본 적이 없었지만 처음으로 망원경에 카메라를 대고 사진을 찍겠다고 생각했고 직접 찍어본 것도 처음이었다. 천체 사진을 찍는다는 것은 정말 힘들지만 멋진 일이다. 밤을 새우더라도 못 찍을 수 있는 사진을 마침내 찍었을 때의 쾌감은 정말 엄청나다. 그동안 이런 경험을 못 해봤다는 것이 정말 아쉬웠고, 천체 관측실에서 처음으로 찍었던 천체 사진은 정말 엄청난 쾌감과 동기를 나에게 주었던 것 같다.

처음으로 천체 사진을 찍었던 것을 계기로 나는 천체 관측실에서 거의 살다시피 했다. 그리고 최근에는 천체 관측을 하는 데 가장 중요한 장비인 망원경을 원격으로 조종할 수 있는 장치를 설계하고 설치하는 것을 직접 볼 수 있는 특권(?)까지 받았다. 평소에 망원경을 조종하는 방법을 궁금해 했던 터라 이 기회가 나에게는 더 뜻 깊게 다가왔던 것 같다.

지금도 내 주변에서는 천문이 왜 재미있는지에 관한 질문들이 항상 쏟아진다. 그럴 때마다 나는 내가 알고 있는 가장 멋진 천체들을 찍은 사진들을 골라서 보여준다. 그리고 이 사진을 어떻게 찍었으며 이 사진을 찍을 때의 기분도 알려준다. 그러면 나에게 질문을 했던 친구들도 왜 천문이라는 과목을 공부하고, 왜 천체 사진을 찍고, 그 사진으로 어떤 연구를 하는지에 대하여 알게 된다.

이 작은 지구에서 망원경으로 우주라는 미지의 세계의 광활한 공간을 본다는 것, 그리고 그 어떤 실험실보다도 조용하지만 역동적인 장소에서 연구한다는 것은 정말 멋진 일이다. 이 광활한 세계를 볼 때에 나는 그 모든 고민도 생각도 모두 잊어버리고 하늘을 보는 데에만 집중을 한다.

슬라이딩 돔에서의 경험, 그리고 슬라이딩 돔에서의 활동들은 앞으로 천문을 공부하고 싶어 하는 내게 많은 도움을 주었다. 마찬가지로 다른 분야를 공부하고 싶어 하는 사람들도 그 분야에 맞는 실험을 하며 경험을 쌓는 것이 공부를 할 때 더 효율적으로 할 수 있도록 도움을 줄 것이다.

나는 이따금씩 이곳 천체 관측실에서 별을 보면서 앞으로 무엇을 해야 할 것인가에 대해서 다시 한 번 생각을 해 보게 된다. 앞으로 내가 하고 싶은 일이 무엇이며, 어떻게 진행해야 하는가에 대해서 차분하게 별을 하나씩 하나씩 이어가면서 정리해 나가는 것이다. 다른 사람들은 이미 알고 있는 별을 보는 것은 따분한 일이라고 생각할지도 모르겠으나, 별을 매일같이 본다고 하더라도 차분히 누워서 별들을 하나씩 이어나가다 보면 고민들이 하나씩 사라지는 것이 느껴질 것이다.

♣ 새로운 재능을 발견하다.

- 32기 오선재

경기과학고등학교에 처음 입학하였을 때, 내 상태는 매우 절망스러웠다. 합격의 기쁨도 잠시, 곧 학교생활에 대해 걱정이 들었기 때문이다. 그 당시 나는 수학 전공이었기는 하였지만, 한국수학올림피아드 KMO 고등부 2차에서 아무 상도 타지 못하여 내 실력에 대한 자신감이 떨어져 있던 상태였다. 설상가상으로 진단평가와 PT(특정 과목의 사전 시험 결과가 우수한 신입생에 대해 그 과목의 이수 학점을 인정하는 제도)에서도 그다지 좋지 못한 점수를 맞아 과학 분야에 대한 자신감도 매우 떨어져 있었다. 이러한 상태에서 경기과학고등학교에 들어가 시험을 보고 연구를 할 생각을 하니 그만 눈앞이 하얘졌던 것이다.

그런데 이렇게 전공 분야를 찾지 못하고 자신감이 떨어져 있던 나를 북돋아 준 것 역시 경기과학고등학교였다. 학교에서 '정보과학'이라는 새로운 과목을 배우게 되면서 나의 새로운 재능을 발견하고, 자신감을 찾게 된 것이다.

사실 내가 학교에서 처음 정보과학을 배울 때부터 정보과학을 잘했던 것은 아니었다. 오히려 과제였던 가장 쉬운 기초 100문제도 다 못 풀 정도였으니, 못하는 쪽에 가까웠다고 해야 옳을 것이다. 이런 내가 정보과학에 관심을 갖고 잘하게 된 데에는 경기과학고 선생님이 직접 만드신 정보 문제 채점 사이트 'koistudy.net'의 영향이 매우 컸다.

먼저, 이 사이트는 각 사람들이 몇 문제를 풀었는지, 그 순위가 전체에서 몇 등인지를 알려 주는 랭킹 제도를 가지고 있다. 물론 이러한 랭킹 제도가 지나친 경쟁심을 불러일으킨다고 생각하는 사람들도 있을 것이다. 그러나 나의 경우에는 랭킹 제도로 인해 정보과학에 대한 호기심과 관심을 키우게 되었고, 지금까지 내가 정보과학에 큰 흥미를 가지는 데에 많은 도움이 되었다고 생각한다.

또한 koistudy.net은 다양하고 재미있는 문제들을 난이도별로 제시하고 있어 문제를 푸는 사람이 지루하지 않게 해 준다. 문제들이 적거나 어려운 문제들만 많이 존재한다면 공부하는 사람은 금세 포기하게 될 것이다. koistudy.net은 각 난이도 별로 다양한 문제들을 수용하고 있어 나는 열심히, 또한 재미있게 문제들을 풀어 나갈 수 있었다. 각각에 문제에 난이도가 표시되어 있다는 점도 내가 낮은 난이도의 문제부터 차근차근 공부해 나가는 데에 큰 도움이 되었다.

나는 이렇게 우리 학교 사이트의 도움을 받아 정보과학에 흥미를 가지고 평균 이상의 정보 실력을 가지게 되었다. 새로운 재능을 발견하게 된 것이다. 그러나 나는 여기에서 그치지 않았다. 정보과학에 대하여 좀 더 깊이 알고 싶었고, 우리나라를 빛내는 국가대표가 되고 싶었다. 하지만 채점 사이트 koistudy.net을 통한 독학만으로는 나의 정보 실력을 한 발짝 더 나아가게 하는 데 역부족이었다.

이후 나는 주변 사람들의 도움에 힘 업어 나의 재능을 발전시켜 나갔다. 먼저 주변 친구와 형들의 도움은 나의 실력을 한 단계 끌어올려 주었다. 그들은 내가 공부할 것을 더 이상 찾지 못할 때마다 새로운 문제들을 던져 주었으며, 내가 모르는 문제가 있을 때에는 해답을 원하면 언제나 정성껏 답변해 주었다. 게다가 그 답변의 속도도 매우 빨라서 나는 항상 공부하다 막힐 때마다 친구들과 형들의 도움을 받아 막힌 벽을 뚫고 한 걸음 더 나아갈 수 있었다.

또 하나 내가 발전하는 데 큰 도움을 주신 분들은 바로 경기과학고등학교의 선생님들이시다. 선생님들께서는 나에게 조언과 격려를 해 주시며 내가 슬럼프에 빠질 때마다 힘을 북돋아 주셨다. 그 결과 나는 꾸준히 정보 실력을 늘려 나갈 수 있었다. 정보 수업에서는 한 문제를 다양한 알고

리즘으로 푸는 방법을 가르쳐 주셔서 나의 창의성을 더욱 기를 수 있는 계기가 되었다.

이렇게 주변 사람들의 도움은 나의 정보 실력을 점점 높여 주었다. 학문에는 끝이 없다는 말이 있다. 지금도 나는 계속 고마운 친구들과 형들, 그리고 존경스러운 선생님들의 도움을 받으며 정보과학 실력을 향상시켜 나가고 있다.

About Chart Judges Ranks Problems Notices Discussions Guests Free Board

- 해외 유명 대학 지원
- 지역 학교선생님 도움받기
- 화면확대 zoom it
- 글꼴 나눔고딕코딩
- 프로그래밍기초 배우기
- 무료 공개 C/C++ IDE
- 채점를 위한 등업 신청!
- **시작하는 사람들을 위해...**
  - Orwell DevC++사용 ON
  - 기초 100제(C왕초보) ON
  - IamCoder대회참여 ON
  - SoEn C학습자료 ON
  - SoEn S/W공학LAB ON
  - C++ Library(중수) ON
- 한국정보올림피아드(KOI)
- 실시간 채점 상황 ...
- 문제들...
- 온라인채점시스템만들기
- 국내외 관련 사이트들...
- KoiStudy 자체대회/평가

about

이 사이트는 정보과학(Informatics)에서 프로그래밍과 알고리즘 설계에 관심을 가진 학생들이 주어진 문제를 창의적으로 해결하는 능력을 길러주기 위한 목적으로 만들었습니다.

이 사이트는 학습자가 만든 소스코드를 직접 컴파일하여 미리 준비된 데이터를 이용하여 제출된 알고리즘의 정확성 및 효율성을 검증하여 그 결과를 즉시 여러분에게 알려주고, 다른 학습자의 해법과 비교할 수 있도록 각 문제별로 랭킹을 산정하여 제공하고 있습니다.

여러분들이 문제를 해결하였더라도, 보다 효율적으로 해결한 학습자가 있다면 더 좋은 해결법이 존재할 수 있다는 의미이므로 여러분의 뇌를 뛰게 하여 보다 효율적인 알고리즘을 설계해보시기 바랍니다.

이렇게 소스코드를 컴파일하여 알고리즘을 검증하고 그 결과를 즉시 알려주는 이러한 사이트를 Online Judge사이트라고 합니다. 이미 미국, 중국 등 많은 나라들에서 Online Judge를 통하여 다양한 문제를 제공하고 있습니다. 다양한 Online Judge들을 경험하려면 왼쪽의 링크메뉴를 이용하시기 바랍니다.

이 사이트는 현재 500문제 이상의 문제를 탑재하고 있으며, 프로그래밍을 처음 접하는 학습자를 위한 기초 문제에서부터 국제대회의 기출문제까지 다양한 문제를 다루고 있으며, 현재에도 계속 문제들이 업데이트되고 있습니다. 열심히 활용하여 여러분의 창의적인 문제해결력 및 프로그래밍 능력을 길러 여러분의 꿈을 펼쳐보시기 바랍니다.

경기과학고등학교에 처음 입학했을 때 가지고 있던 걱정들은 이미 사라진 지 오래다. 나의 새로운 재능, 정보과학에 대한 재능을 발견하였기 때문이다. 물론 나 자신의 노력도 걱정을 떨치는 데에 큰 역할을 하였지만 나는 'koistudy.net'과 주변 친구들과 형들, 그리고 선생님들이 있었기 때문에 지금의 내가 존재할 수 있는 것이라고 생각한다.

지금의 나는 예전의 나와는 다르다. 'koistudy.net'에서 865문제를 해결하고 랭킹 3위에 올라가 있는 등, 정보과학을 잘한다면 잘한다고 하였지 못한다고 할 수는 없는, 그런 사람이 바로 지금의 나이다. 1년 전에는 나 자신도 상상조차 할 수 없었던 모습이다. 경기과학고등학교에서의 정보과학에 대한 재능의 발견과 발전은 이러한 지금의 내 모습을 만들어 주었다.

지금 이 순간에도 나는 친구들과 형들, 선생님들께 도움을 받고 있고, 열심히 정보과학 공부를 하고 있다. 나의 재능의 발전은 아직 현재 진행형인 것이다. 실력 향상을 위한 나의 노력은 아직 계속되고 있으며, 나의 정보과학에 대한 뜨거운 열정은 아직 불타고 있는 중이다. 정보과학에 대한 나의 공부는 이제 시작되었을 뿐이다. 세계에서 손에 꼽히는 프로그래머가 되는 그날까지, 나는 열심히 나의 재능을 발전시켜 나갈 것이다.

♣ 올림피아드, 마음의 변화

- 32기 이대호

'수학, 과학의 올림픽'이라 부르는 사람이 있을 정도로, 세계적으로 수학이나 과학 분야의 올림피아드 대회는 많은 관심을 받고 있다. 그만큼 나라 안에서도 학생들 간의 경쟁이 심하고, '국가대표'가 되기 위해 많은 학생들이 노력하고 경쟁한다.

올림피아드에는 크게 수학, 천문, 지구과학, 생물, 화학, 물리 분야가 있다. 일반 고등학교에서는 이러한 올림피아드에 지원하는 학생들을 찾기 힘들지만, 영재학교나 과학고에서는 많은 학생들이 올림피아드를 위해 준비하고 경쟁한다. 그렇다고 해서 모든 학생이 자신이 가장 자신 있는 과목의 올림피아드에 응시하지는 않는다. 자신의 가치관이나 상황에 따라 내신 공부에 집중하기도 하고 연구 활동에 집중하기도 한다. 하지만 나는 1년 동안 올림피아드를 준비해 본 경험을 통해 올림피아드를 준비해 보는 것이 크게 도움이 되며, 한 번쯤 해 보는 것이 좋다고 생각한다.

내가 어려서부터 가장 많은 관심을 가졌고, 가장 잘 할 수 있었던 과목은 생물이었다. 어렸을 때는 주변의 곤충들이나 식물들을 보며 신기해했고, 그러면서 생물에 관심을 가지게 되었다. 자연스럽게 다른 과학 과목과 수학에도 많은 관심을 가지고 공부를 하게 되었고, 이 경기과학고에 입학하게 되었다. 그러던 중 KBO, 즉 한국 생물 올림피아드라는 대회가 존재한다는 것을 알게 되었다. 평소에 생물을 좋아하던 나는 자연스럽게 생물 올림피아드에 관심을 가지게 되었고, 생물 전공서적을 보면서 공부를 시작했다.

공부를 하는 과정에서 내가 모르는 것이 굉장히 많다는 것을 느꼈다. 솔직히 영재학교에 어려움 없이 입학한 학생이라면 자신이 전공으로, 가장 잘한다고 생각하는 과목에 대해서는 큰 자부심을 가질 것이다. '내가 모르는 건 거의 없어'라든지, '난 남들보다 잘하니까 이 정도만 해도 되겠지?'라는 생각을 누구든지 할 수 있다. 하지만 올림피아드를 준비하게 되면 대학 수준 이상의 내용들도 배우고 공부하게 된다. 아무리 영재학교에 합격한 학생이라고 해도 그런 내용까지는 알 수 없을 것이고, 자신이 모르는 것이 아직 많다는 것을 느끼게 된다.

그렇게 전공서적을 읽으면서 몰랐던 사실들을 하나하나 알아가는 것에 재미를 느끼게 되었고, 이로 인해 생물을 공부하는 것이 더 재밌는 일이 되어 갔다. 생물뿐만 아니라 다른 과목을 공부할 때도 이전과는 다르게 좀 더 천천히, 꼼꼼히 책의 모든 내용들을 읽으며 공부하게 되었고, 그래서인지 예전보다 공부하다가 놓치게 되는 내용들이 많이 줄어드는 것을 느낄 수 있었다. 이처럼 올림피아드를 위해 준비하고 공부하는 과정에서 자신의 문제점이나, 잘못된 공부 습관을 바로잡게 되는 계기가 생기게 된다.

이제 두 번째 얘기인데, 이 부분은 예전의 나를 포함해서 누군가에게는 가슴이 아플 수도 있는 얘기이다. 보통 올림피아드는 여러 차례의 시험을 거쳐서 학생을 선발하고, 각 시험을 통과한 학생만이 다음 시험에 응시할 기회를 얻게 된다. 나의 경우에는 생물 올림피아드의 1차 시험에서 탈락하고 말았다. 나름 열심히 공부한다고 했는데도 다른 학생들에 비해 많이 부족했던 것이다.

많은 학생들은 '어차피 내가 국가대표도 될 수 없을 텐데, 뭐 하러 올림피아드를 위해 시간과 노력을 쏟지? 그 시간에 내신 성적을 올리거나 다른 연구 활동을 하는 게 대학 입시를 위해서 더 좋지 않을까?'라는 생각을 하며 올림피아드에 도전하지 않는다. 하지만 나는 1차 시험에 탈락했음에도 지금 와서 돌이켜 보면 올림피아드에 도전했던 것이 절대 후회되진 않는다.

올림피아드 1차 시험에 탈락하고 나서, 내가 굉장히 부족하다는 것을 느끼게 되었다. 그 후에는 한 번 풀어 본 문제도 다시 한 번 풀어 보게 되었고, 시험도 좀 더 긴장감을 갖고 보기 시작하였다. 1학년 1학기 때는 3.88밖에 되지 않았던 학점이 이렇게 많은 것을 느끼고 공부 방법이 달라지자 4.08까지 오르게 되었다. 이처럼 올림피아드는 그 자체뿐만 아니라 다른 방향으로도 내게 큰 영향을 주었다.

나는 이번 해에 다시 생물 올림피아드를 위해 공부하고 있고, 도전하고 있다. 결과가 어떻게 되더라도 지금까지 공부해 왔던 것처럼 열심히 공부할 것이며, 생물에 대한 흥미도 잃지 않을 것이다. 물론 자기가 줄곧 해오고 싶었던 연구 활동에 몰두하여 훌륭한 사실을 밝혀내는 것도 좋은 경험일 수 있다. 실제로 내 주변에도 연구 활동에 집중하여 삼성 휴먼테크 논문 대회라는, 거의 국내 최고의 논문 대회에서 금상을 탄 친구들도 있다. 또 자신이 정말 내신 성적을 올려야겠다고 생각한다면 내신 공부에 몰두해 보는 것도 좋은 경험이 될 것이다.

하지만 나는 이 모두를 놓치지 않고 열심히 하면서 올림피아드 역시 병행할 수 있다고 생각한다. 겨울학교, 여름학교 또는 국가대표에도 선발된 친구들이 내신 성적이 떨어지는 것이 아니며, 연구 활동에 신경을 쓰지 않은 것도 아니다. 더구나 올림피아드에 응시하고 준비할 수 있는 기회는 지금 이 시기밖에 없다. 또 이렇게 무언가에 몰두하여 공부하는 것도 지금

이 시기가 가장 적절하다.

올림피아드는 누군가에겐 자신이 좋아하는 과목에 좀 더 몰두하여 공부할 수 있게 되는 계기가 될 수도 있고, 누군가에겐 자신의 행동을 반성하고 좀 더 앞으로 나아가게 되는 계기가 될 수도 있다. 어떠한 쪽으로든, 올림피아드는 앞으로의 인생에 있어서 두 번 다시 올 수 없는 기회라고 생각하며, 누구든지 한 번쯤 응시해 보는 것을 추천하고 싶다.

♣ 새로운 것을 두려워하지 말라

- 32기 조백건

우리나라에는 많은 과학영재학교가 있지만, 우리 경기과학고등학교가 다른 학교들에 비해 중점을 두는 교육이 바로 R&E 활동이다. 우리 학교는 연구중심 학교로서 1학년 때는 교내 선생님들과 기초 R&E를 진행하고, 2학년 때는 대학의 교수님들과 함께 심화 R&E를 진행하며, 3학년 때는 연구한 내용을 토대로 졸업논문을 쓰게 된다.

우리 학교에 입학하기 전까지는 R&E 활동이 그렇게 와 닿지는 않았는데 막상 입학하고 한두 주가 지나서 R&E 상담 주간이 되자 조금씩 두려움이 생기기 시작했다. 그때까지 연구라는 것을 제대로 해 본 적도 없었고, 기껏 경험했던 것도 수업 내용을 심화해서 논문을 작성했던 정도밖에 없었다. 그래서 사실 연구 주제를 어떻게 정해야 할지도 막막했고, 또 워낙 성격이 소심해서 그런지 R&E 선생님과 상담하는 그 자체를 두려워했다.

일단은 내 전공이 수학이었고, 수학 하나로 이곳까지 왔다고 생각하였

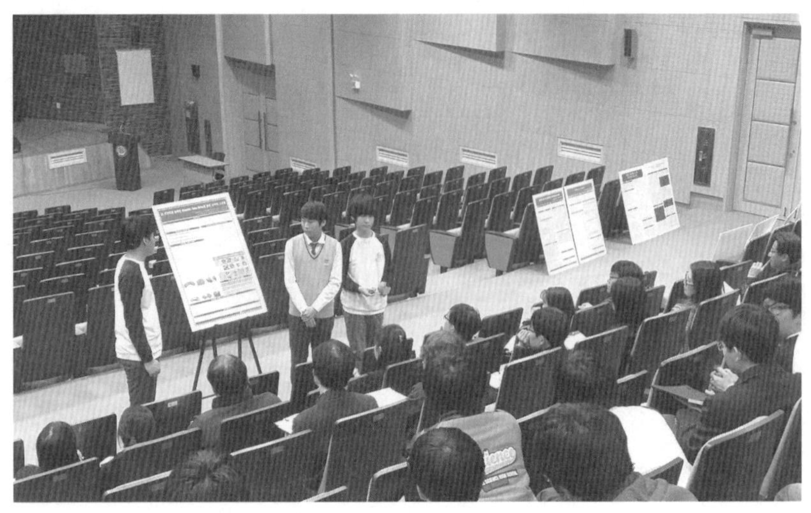

기 때문에 수학을 연구하시는 선생님들을 먼저 만나 뵙기로 하였다. 하지만 내가 가지고 간 주제 아이디어가 워낙 일차원적인 것들이어서 주제를 낼 때마다 선생님들께 지적을 받기 십상이었다. 한 번은 수열과 관련된 주제를 선생님께 보여드렸다가 선생님으로부터 온갖 걱정의 말씀만 듣다가 상담이 끝난 적도 있었다. 수학 선생님만 무려 세 분을 만나 뵈었지만, 정도 차이만 있었지 반응은 크게 다르지 않으셨다.

그래서 찾아간 과목이 바로 생물, 특히 생체모방 분야였다. 솔직히 말하자면 이것도 학생당 반드시 두 과목 이상의 R&E 지도 선생님과 면담을 해야 했기 때문에 어쩔 수 없이 선택한 과목이었다. 그렇지만 과학 잡지 등에서 생체모방에 대해서 많은 것을 본 적이 있었고, 매우 경이롭고 흥미로운 주제이면서 시대 트렌드에 맞는 연구인 것 같아서 면담을 하게 되었

다. 결국 내 기초 R&E 연구 주제는 생체모방으로 결정이 났다.

드디어 4월부터 지도 선생님과 나를 포함한 세 명이 팀을 이루고 연구를 진행하게 되었다. 우선 연구에서 가장 중요한 주제 찾기에 돌입하였다. 다행히 우리 팀원 중에 생물을 전공하는 친구가 있었기 때문에 그로부터 많은 이야기를 들을 수 있었고, 주제들도 많이 나왔다. 하지만 그 주제들은 모두 우리 학교에서 진행하기에는 적절하지 않거나 다른 이유들로 인하여 채택할 수가 없었다. 결국은 1학기가 거의 끝날 때쯤까지 거의 아무것도 못하고, 지치기 시작했다.

그러다 6월의 어느 날, 지도 선생님께서 정말 화가 나셔서 다음 주까지 연구주제 제대로 못 내 오면 이 연구실에 계속 남길 것이라고 말씀하셨다. 선생님의 말씀과 표정에 겁을 먹고 한 주 동안 두려움에 떨면서 주제를 생각해 보기는 했지만 하나도 나오는 것이 없었다. 그러다 선생님께서 말씀하신 기한에서 한 시간도 남지 않았던 점심시간에 멍하니 창밖을 내다보다가 줄기가 흰 소나무를 보면서 아이디어가 극적으로 떠올랐다. 물론 실제로 이 아이디어가 우리 팀의 최종 주제가 되지는 않았지만, 뭔가 계속 머리에 떠올리고 탐구하려는 정신만 가지고 있다면 못해낼 것이 없다는 점을 깨달았던 것 같다.

결국은 2학기에 들어와서야 연구 주제를 '물방개와 사슴벌레의 딱지날개 밀폐력 비교'로 정하게 되었고, 연구에 돌입하게 되었다. 먼저 우선은 우리가 진행하는 실험이다 보니 곤충을 마취하고 절단해서 시료를 만드는 일 등을 일일이 직접 하는 과정이 쉽지 않았다. 다행히 우리 학교의 생물 테크니션 선생님의 도움으로 갈피를 잡을 수 있었지만, 그래도 처음 생물을 다루어 보는 것이라 모르거나 익숙하지 않은 점들이 많아 힘들었다.

또 하나의 큰 고비는 어떤 구조를 관찰해야 우리가 원하는 데이터를 얻을 수 있을지 정하는 것이었다. 먼저 실체현미경과 SEM을 통해서 물방개와 사슴벌레의 구조를 비교해 보았다. 처음에는 물에 서식하는 물방개가 물로부터 자신이 호흡할 공기를 보호하기 위해 분명히 더 좋은 밀폐구조를 가질 것이라고 생각했다. 그런데 예상과 달리 막상 찍어서 나열해 보니까 마치 사슴벌레가 물방개보다 훨씬 더 좋은 밀폐구조를 가지는 것처럼 보였다. 그것 때문에 2시간 동안 계속 토론하다가 결국은 물방개가 밀폐에 유리한 몇 가지 구조를 찾을 수가 있었다. 그 이후 과정은 그래도 많이 순탄했다. 밀폐력을 검증하기 위한 실험도 함께 토론을 통하여 실험방법과 실험기구 등을 모두 직접 고안하여 실험을 수행하니 우리가 원하는 데이터가 나오게 되었다. 2학기가 마칠 무렵에는 서로 역할을 분담해서 R&E 결과 보고서와 함께 포스터를 제출하여 연구를 성공적으로 끝마칠 수 있었다.

이러한 갖은 우여곡절 끝에 결국 우리 팀은 큰 보상을 받을 수 있었다. 교내 R&E 우수상과 함께 삼성 휴먼테크 논문 대회에서 생물 분야 금상을 수상하게 된 것이다. 단지 결과만이 아니라 이 대회를 준비하는 과정 역시 매우 뜻 깊었다. 아무도 하지 못했던 연구를 우리가 진행했고, 연구 내용을 여러 사람들에게 설명할 수 있다는 것이 정말 행복했던 것 같다. 또한 대회를 통해 다른 교수님들부터 피드백도 받을 수가 있어 향후 연구 방향 설정에 많은 도움이 되었다.

이렇게 큰 성과를 거둘 수 있던 원동력은 바로 팀워크를 바탕으로 한 끈기와 노력이라고 생각한다. 팀원들끼리 모여서 힘들 때마다 서로를 독려해 주고, 좋은 연구 결과를 얻어낼 수 있다고 이끌었다. 만약 그렇지 않았다면 주제도 제대로 못 정해서 절망했을지도 모르고, 예상과는 달라 보이는 실험 결과에 실망하고, 다른 가설을 세우다 우왕좌왕했을지도 모른다.

처음에 나는 연구 자체를 두려워하였고, 연구를 하던 도중에는 힘들어서 너무 하기 싫었던 적도 많았다. 하지만 이를 이겨내고 연구를 진행하려는 마음을 먹다 보니 연구가 잘 되었던 것 같다. 고 정주영 회장님이 남기신 어록 중에서 '이봐, 해 보긴 했어?'라는 유명한 말이 있다. 이 말처럼 두려움을 갖고 물러서기보다는 시도해 보고자 하는 마음가짐을 먼저 가져야 할 것이다.

5
더불어 경곽!

전국 각지에서 모인 경기과학고 학생들이 어떻게'우리'라는 공동체를 만들어 가며 화합하고 있는지를 보여 주는 꼭지. 소수의 인원으로 구성된 학급 면모와 끈끈한 소속감을 엿볼 수 있다.

♣ 평생 잊지 못할 1년

- 32기 이재우

흔히들 과학영재고는 단지 공부 잘하는 학생들이 모인 학교라는 인식이 강하다. 나 또한 그랬고, 경기과학고에서의 생활이 과연 재미있을까? 하는 의문이 많이 들었었다. 그러나 작년 1학년 2반 친구들과 만나고 생활하면서 이러한 의문은 금세 사라졌다.

경기과학고의 학급 개념은 보통의 학교와는 다르다. 중학교 때의 반밖에 되지 않는 16명의 친구가 한 학급을 구성한다. 그리고 2, 3학년과는 달리 1학년들은 필수학점을 이수하기 때문에 아침조회부터 수업시간을 비롯해 자율학습이 끝날 때까지 기나긴 시간을 함께한다. 지금 생각해 보면 부모님보다 반 친구들과 더 많은 시간을 함께한 것 같다.

나는 흔히 무녀반이라고 부르는 남학생으로만 구성된 1학년 2반에 배정되었다. 초등학교와 중학교 때는 모두 여학생들과 같은 반을 써서인지 남자들만 있는 반은 칙칙하게 느껴졌었다. 학기 초만 해도 우리 반은 너무 조용해서 수업태도가 좋다고 들어오시는 선생님들마다 칭찬일색이셨다.

그러나 조용한 반 분위기로 나타난 어색함은 1주일을 가지 못했다. 친구들과 서서히 친해지게 되고 많은 시간을 함께해서 많은 것을 공유하게 되었다. 또한 우리들은 청소년기의 남학생들만이 공유할 수 있는 이야기들을 주고받으면서 서로 마음의 벽을 허물 수 있었다. 개학하고부터 시간이 흘러갈수록 2반은 점점 활기차고 단결력이 좋은 반이 되어 갔다. 서서히 입학 전에 내가 생각하던 과학고 생활의 딱딱함, 혹은 지루함에 대한 걱정은 사라져 갔다.

우리 반은 정말 많은 추억을 함께했다. 반회식도 같이 나가고 공강 시간이 생기면 축구도 같이했다. 단체톡방을 통해서 매일 수백 개의 카톡을 주고받았고, 매일 밤 우리 반 애들 2~3명 같이 쓰는 기숙사 방에 둘러앉아 이런저런 이야기를 나누었다. 또한 같은 배경으로 봄여름가을겨울 각 계절마다 사진을 찍어 추억을 간직하기도 했다.

기숙사에서 함께 생활하다 보면 그 사람의 본모습까지 알 수 있다. 정말로 서로의 못 볼 꼴까지 다 본 우리는 많이 친해졌다. 각각의 개성이 있는 16명의 친구들과 1년을 생활하면서 재미있게 놀기도 했지만 정말 많을 것을 배웠다.

먼저 우리 반 전체에게서 배운 점은 배려하고 나누는 방법이다. 중학교 때 대부분의 학생들은 혼자 공부한다. 나에게는 중학교 시험공부도 그러하였고 영재고 입시 준비 또한 혼자 공부하는 시간이 많았다. 그러나 우리 반의 공부 분위기는 숙제가 있을 때 서로 알려주고 도와주는 분위기였다. 한 학년에 120여 명의 적은 수의 학생들이 있어 자칫 경쟁적인 분위기가 될 수도 있었지만 우리 반 친구들은 언제나 내가 질문하면 자기가 알고 있는 모든 내용을 흔쾌히 알려주곤 했다.

경기과학고등학교는 우리나라에서 제일로 좋은 학교이다. 다른 사람이 나를 보면 어떻게 생각할지는 모르겠지만, 내가 본 우리 반 친구들은 정말로 멋있고 배울 점이 많다.

첫 번째로 준호는 싫어하려야 싫어할 수가 없는 매력을 지닌 친구이다. 준호는 시험기간 1주일 전까지 숙제 외에는 공부를 하지 않는다. 더구나 모두가 공대, 혹은 자연대를 꿈꾸는 경기과학고에서 준호는 미대를 가고 싶다고 말한다. 실제로 준호는 여러 대학교에서 주최하는 미술전시회에 다니며 미술을 열심히 공부하고 있고, 내 생일 선물로 캐리커처를 그려줄 만큼 실력이 뛰어나다. 어디서든 편견 없이 자신이 원하는 삶을 사는 준호의 모습을 보며 나는 내가 좋아하는 공부를 하기 위해 다시 한 번 생각할 시간을 가졌던 것 같다. 또한 준호는 성적도 뛰어나다. 준호의 비결은 노트정리이다. 준호는 노트정리를 한 번만 하면 시험을 잘 본다는 말이 있을 정도로 꼼꼼하게 공부한다. 거기에다가 준호는 짧은 시간을 공부해도 다른 친구들보다 집중해서 공부한다. 나는 이러한 준호의 모습에서 많은 것을 배웠다.

두 번째는 민준이다. 민준이를 처음 봤을 때의 인상은 잘생기고 멋있다는 것이었다. 지금은 그 잘생김이 어디 갔는지는 모르겠지만 민준이는 중학교 때 전교 1등에 전교회장까지 맡았던 엘리트 중의 엘리트이다. 또한 민준이는 중학교 때 바이올린을 잘 켜서 음악 쪽으로 진로를 가지고 있었다고 한다, 실제로 민준이는 절대음감에 바이올린과 피아노 실력이 뛰어나다. 게다가 농구 동아리인 어블레이즈의 부기장인 동시에 축구 실력도 뛰어나다. 모두 민준이를 완벽하다고 말할 정도로 민준이는 못하는 게 없다. 이러한 민준이와 같이 지내다 보면 부럽기도 하고 나를 더 발전시킬 수 있는 계기가 된다.

마지막은 형섭이다. 광주광역시에서 온 형섭이에 대한 첫인상은 사투리를 쓰는 모습이었다. 투박한 사투리 쓰는 모습을 처음 보았을 때만 해도 형섭이가 어떤 아이인지 몰랐다. 형섭이와 나는 공교롭게도 같은 R&E 팀이 되었기에 나는 형섭이에 대해서 알아가기 시작했다. 형섭이는 정말 똑똑했다. 같이 R&E를 하면서 형섭이에게 화학 실험부터 여러 가지 이론들까지 배울 수 있었다. 시험기간에도 형섭이는 우리 반의 질문에 대한 답변

을 담당하는 해결사 같은 존재였다. 형섭이를 보면서 화학에 대해 더 열심히 공부할 수 있는 계기가 되었고, 지금까지도 모르는 것이 있으면 형섭이한테 물어보러 간다.

형섭이 외에도 우리 반의 모든 친구들에게 많은 본받을 점이 있었고, 1년 동안 같이 지내면서 얻어 가는 것이 참 많았다. 사랑하는 사람들끼리는 닮는다는 말이 있다. 서로 사랑하는 사람들은 오랜 시간을 함께하며 서로의 단점은 품어 주고 서로의 장점은 배우며 닮아가는 것 같다.

1학년 2반에서의 생활이 끝나 어느덧 2학년이 되어서 첫 시험을 마쳤다. 이제 1학년 2반으로 담임선생님과 조종례를 하고 친구들과 수업을 같이 듣지는 못한다. 하지만 아직도 우리 반의 채팅방은 뜨겁고 학습시간이 끝나면 하나둘 기숙사의 한 방으로 모여서 얘기하고 기숙사 방은 웃음이 떠나지를 않는다. 다가오는 5월초의 인문학주간에도 1학년 2반 친구들과 벗과의 만남을 하기로 했다. 아마도 작년 1학년 2반 친구들은 평생 나의 친구들로 남을 것 같다.

♣ 내 생애 가장 행복했던 1년

- 32기 정재석

1학년 생활에서 가장 중요한 것은 무엇일까? 성적도 중요하고, R&E도 중요하지만 가장 중요한 것은 반이 아닌가 싶다. 매주 적어도 30시간의 수업을 같이 들었고, 저녁 자율학습 시간에도 반별로 학습을 하기 때문이다. 2학년 때에는 각자 듣는 과목이 달라져 반의 중요성이 그렇게 크지 않았으나, 1학년 때에는 모든 수업을 반 친구들끼리 같이 몰려다니면서 들었기 때문에 반의 중요성이 매우 컸다.

우리 반은 처음에는 대부분의 반이 그렇듯이 매우 어색했다. 정말로 너무나도 어색해서 수업시간에도 우리 반 친구들이 선생님의 질문에 거의 대답을 하지 않았다. 낯가림이 심했던 건지 지금 친구들의 모습을 보면 잘 모르겠지만, 그때만 해도 우리 담임선생님께 우리 반은 수업참여도가 너무 낮아 수업하기 가장 어려운 반이라고 하시는 선생님들이 많이 계셨다. 나도 낯을 많이 가리는 편인데다가 입학하기 전 친했던 친구들이 모두 다른 반으로 배정되어 말을 별로 하지 않았지만, 이렇게 조용한 건 별로 내 스타일이 아니어서 빨리 친해졌으면 좋겠다는 생각을 많이 했었다.

우리 반 친구들이 다른 친구들과 친해지는 방법은 각자 다르겠지만, 나는 학습실에서 옆자리에 앉았던 친구와 가장 먼저 친해졌다. 학습실 옆자리에 앉으니 이런저런 얘기를 하면서 서로를 알아갈 수 있었고, 그렇게 친해졌던 것 같다. 다른 친구들 또한 수업을 들으면서 같이 앉거나, 공강 시간 또는 8, 9교시에 시간을 같이 보내면서 반 친구들끼리 어느 정도 친해진 것 같았다.

그러다 우리 반의 결속력을 가장 크게 느낄 수 있었던 때는 바로 인문학 주간이었다. 인문학 주간에는 각 반이 한 팀이 되어 수행해야 하는 미션들이 있었는데, 보물찾기나, 경곽 골든벨, 학급 UCC 만들기 등이 그것이었다. 먼저 보물찾기 미션에서는 경, 기, 과, 학, 고 다섯 가지 글자가 쓰여 있는 종이를 찾아와 미션을 수행하고, 사진을 찍는 미션, 사람을 찾는 미션 등을 수행해야 했다. 우리는 이 보물찾기에서 우수한 성적을 거두었고, 경곽 골든벨에서도 문제를 많이 맞혀서 1, 2학년 전체 16개의 반 중 2등을 했다.

내 생각에 우리 반이 가장 친해진 계기는 아마 UCC를 만들 때가 아니었나 생각이 된다. 우리 반이 제작하려고 했던 UCC는 인터넷에서 유행했던 고등학생의 하루라는 동영상을 패러디한 것이었다. 다른 반 UCC보다 상대적으로 시간은 짧았지만, 내용을 구상하는 과정에서 친구들 사이에 의견을 많이 나누다 보니 서로를 더 잘 알게 되었고, 16명의 친구들이 모두 의견을 제시하여 더욱 더 빠르게 촬영을 진행할 수 있었다. 결국 우리 반은 UCC 제작 미션에서도 수상하여 1학년 반 중 가장 뛰어난 반이라는 생각을 할 수 있게 되었다.

이렇게 인문학 주간이라는 큰일을 겪은 뒤, 우리 반은 더더욱 친해지게 되었다. 서로 친해지니 학기 초와는 다른 이유로 수업 태도가 좋지 않았다는 소리를 들었다. 아이러니한 이야기지만, 우리 반이 너무 시끄럽다는 이유에서이다. 담임선생님께서는 학기 초의 말이 없는 분위기보다는 낫지만, 조용히 해야 할 필요가 있다는 말씀도 하셨다. 그러나 그 후에도 워낙 각자의 개성이 뚜렷한 친구들이 많았던 우리 반은 더 시끄러워졌으면 시끄러워졌지 적어도 조용해지지는 않았다. 그러나 이 또한 우리 반이 다른 반의 부러움을 산 이유가 아니었을까 싶다.

이렇게 1학기가 끝난 후, 방학에도 우리 반은 매일매일 채팅방에서 떠들면서 서로가 어떤 스케줄을 가지고 사는지 거의 다 알 정도로 연락을 했다. 중학교 시절에는 반 학생이 40명에 육박하여 반 친구들이 모두 서로 친한 것도 아니었고, 다 같이 이야기를 나눌 수 있는 방법도 거의 없었기에 방학에는 진짜로 친한 친구들과만 연락을 취했다. 그러나 우리 학교에서는 한 반의 인원이 16명인 데다가, 학기 중에는 24시간을 함께 생활하기 때문에 중학교 때보다 훨씬 친하게 지내서 모두 연락을 했던 것이 정말 좋은 점인 것 같다.

2학기가 되고, 임원 선출 시간이 되었다. 나는 왠지 모르게 중학생 때부터 매년 2학기 반장 부반장 후보로 추천받아 후보에 오르곤 했었다. 2014년에도 마찬가지로 기억은 나지 않지만 누군가의 추천으로 후보에 오르게 되었고, 전체 2위에 해당하는 표를 받아 부반장이 되었다. 친구들이 나를 믿고 투표를 해준 것이라는 생각도 들었고, 친해서 표를 준 것이라는 생각도 들었지만, 이왕 부반장이 된 거 열심히 해보자는 생각을 하였다. 그런데 반장의 엄청난 활약 덕분에 내가 할 일이 별로 없어지기는 했으나, 할 일은 꾸준히 했던 것 같다.

부반장이 된 이후에도 여러 가지 일들이 있었고, 우리 반은 서로 싸우는 일 없이 항상 재미있는 시간을 보냈다. 그렇게 또 행복한 2학기가 끝나고, 2학년이 시작된 지금도 우리 반은 카톡으로 일주일에 몇 백 개 이상의 대화들을 나누고 있다. 이렇게 많이 이야기했고 오랫동안 이어진 반은 처음인 것 같다. 중학교 때의 반 친구들의 성격이 잘 맞지 않았던 것도 있지만, 우리 반처럼 결속력 높고 재미있었던 반은 없었던 것 같다. 이러한 반에서 친구들과 함께 보낸 1년은 내 생에 가장 행복했던 1년이었다.

♣ 열일곱 명의 리더가 이끄는 반

- 31기 하재인

'사공이 많으면 배가 산으로 간다.'는 말이 있다. 여러 사람들이 저마다 제 주장대로 배를 몰려고 하면 결국에는 배가 물로 못 가고 산으로 올라간다는 뜻으로, 주관하는 사람 없이 여러 사람이 자기주장만 내세우면 일이 제대로 되기 어려움을 비유적으로 이르는 말이다. 이 속담은 여러 사공이 모두 지향하는 바가, 주장하는 바가 다른데 제 고집을 꺾지 아니하는 경우에 집단의 방향성이 흔들린다는 의미일 것이다. 모두가 하나의 방향성을 가지고 조금 더 주도적으로 혹은 조금 덜 주도적으로, 하지만 게으르지 않게 배를 몰아 마침내 뭍에 다다른 우리 2학년 1반 이야기를 해보려 한다.

2014년, 고등학교 2학년의 한 해 동안 가장 오랜 시간을 함께 보낸 동료들은 2학년 1반 친구들이다. 모두가 같은 시간표로 매 시간 같은 공간에서 같은 수업을 들었던 1학년 때에 비해 각자의 전공을 살려 나름의 시간표대로 수업을 듣는 2학년 때는 아무래도 반 친구들 사이의 유대감이 덜

할 것 같았다. 그도 그럴 것이 함께하는 시간 자체가 반으로 줄어들뿐더러, 같은 수업을 듣고 같이 숙제하며 머리 싸맸던 1학년 때의 풍경을 더는 볼 수 없으니 2학년 1반 친구들과는 아무래도 좀 덜 친해지지 싶었다.

하지만 1년 동안 우리 2학년 1반 친구들과 함께하며 가장 많이 웃고 가장 즐거운 시간을 보냈다. 오히려 다들 다른 수업을 듣는 것은 모두에게 흥미로운 이야깃거리를 제공해 주었다. 본인의 처지를 하소연하기도 하고 서로를 이해하고 공감하며 때로는 격려를, 때로는 위로를 해 주었다.

그렇게 끈끈했던 우리 열여섯 명 곁에는 늘 김형수 선생님이 계셨다. 담임선생님, 김형수 선생님께서는 늘 우리 반 친구들을 사랑하셨다. 선생님의 사랑을 잊을 만하면 우리에게 사랑한다고 말씀해 주셨다. 때로 눈물까지 글썽이시며. 선생님께서는 우리에게 감정 표현을 하는 데 아무런 망설임도 없으셨고, 우리들의 아주 사소한 것까지도 세심히 관찰하시며 칭찬해 주셨다. 늘 소리 없이 학급 아이들이 잘 지내고 있나 들여다보시고 우리들을 먼저 챙겨 주셨다. 항상 선생님의 사랑을 듬뿍 느낀 우리들에게 선생님에 대한 신뢰가 점차 두터워진 것은 어쩌면 당연했을지도 모른다.

우리 반에서 조회는 공지사항만을 열거하는 일방적인 알림과 다른 훨씬 더 큰 의미를 가졌다. 그 날의 조회를 맡은 친구가 교탁에 서서 “차렷, 상호 간에 인사”를 외치면 “굿 모닝~”인사로 우리 반의 힘찬 하루가 시작

되었다. 학급 친구들이 돌아가면서 다른 친구들에게 자신이 겪은 일을 소개하기도 하고, 친구들에게 하고 싶었던 말을 하는 자리가 되기도 했다. 특히 2학기 때는 자신의 꿈에 대해 말하는 시간을 가짐으로써 각자 앞날에 대해 조금이나마 고민할 기회가 되었다. 그리고 친구들과 선생님의 피드백을 통해 그 꿈을 더 야무지게 마음속에 간직하기도 하고, 조언을 받아들여 약간 방향을 전환하기도 하였다.

그렇게 자신의 이야기를 나눈 뒤 반 친구들에 대한 칭찬 릴레이 시간을 가졌다. 오랜 시간 곁에 있다 보면 함께하는 게 당연해서 서로의 소중함을 잊기 마련인데, 매일 매일 칭찬해도 질리지 않을 정도로 우리 반 친구들은 모두들 개성 있는 장점들을 가지고 있었고, 그들의 행동을 살펴보면 참 칭찬할 일들이 많았다. 낯간지러울 때도 있지만 이런 모습이 좋다, 저런 모습을 칭찬해 주고 싶다는 등 서로 마음을 나누며 서로의 관계가 더 두터워졌다.

"굿 모닝~"으로 시작한 조회는 늘 "파이팅!"으로 끝난다. 선생님께서 "오늘도~"를 외치시면 우리는 "파이팅!"을 외치며 모두의 파이팅 넘치는 하루를 기원한다. 이를 기본으로 "비가 오는 날도~ 파이팅!", "시험 보는 날도~ 파이팅!" 등으로 다양하게 활용된다. 2014년은 "파이팅!"을 여태까지의 모든 해를 합친 것보다 더 많이 외친 해였다.

"2학년이 끝났어도~ 파이팅!" 마지막 종례를 하던 날 외쳤다. 어느 때보다 아쉬운 목소리로, 하지만 어느 때보다 더 힘찬 목소리로. 우리 반 친구들은 여전히 "3학년이 되어도~ 파이팅!"을 외치곤 한다. 그렇다. 3학년이 되어서도, 경기과학고를 졸업하고 나서도 우리 2학년 1반은 늘 서로가 파이팅하길 바라며 외칠 것이다.

2학기 중반에 젖어들 때 쯤, 행복한 얼굴로 교실에 들어오신 선생님께서 색소폰을 배우신다며 우리에게 자랑스럽게 말씀하시던 게 아직도 생생하게 기억에 남아 있다. 조금 더 능숙해지면 꼭 아침조회 때 색소폰 연주를 들려주시겠다는 선생님의 약속. 새로운 악기를 배우려면 오랜 시간이 필요할 것 같다는 생각에 2학년이 다 끝나갈 때쯤에야 선생님의 연주를 들을 수 있지 않을까 하며 선생님의 약속을 마음 속 깊은 곳에 넣어 두었다. 그로부터 한 달이 지났을까? 그 날 조회시간에 선생님께서는 커다란 검정 가방을 들고 환히 웃으며 교실로 들어오셨다. 우리들끼리 선생님의 가방을 보며 갖가지 추측을 했다. 색소폰이라는 추측에 무게가 실렸지만 벌써 연주에 능숙해지셨을까하는 궁금증에 쉽게 단정하지는 못했다.

그날 조회를 맡은 친구의 발언이 끝날 때 쯤 선생님께서는 색소폰을 조립하시고 연주를 위한 준비를 마치셨다. 그리고 곧이어 우리는 '10월의 어느 멋진 날에' 색소폰 연주를 들을 수 있었다. 이렇게나 빨리 선생님의 연주를 듣게 될 줄은 몰랐다. 그 후에도 종종 우리는 선생님의 색소폰 연주와 함께 하루를 시작했다. 훌륭한 교사로서 우리들을 지도하면서도 충실히 목표를 이룬 뒤 우리 앞에 서신 선생님의 모습은 감동적이기까지 했다. 이것이 우리들이 김형수 선생님을 존경하는 또 다른 이유이다. 일로 바쁘신 중에 스스로 좋은 일을 찾아 푹 빠져 그것을 위해 정진하는 선생님의 모습은 우리들에게 롤 모델이 되었을 것이다.

선생님께서는 우리들의 시간을 아껴 주고자 종례를 매우 짧게 하셨다. 또, 앞서 말한 방식대로 진행되는 우리 반 조회에서 선생님이 긴 말씀을 하시는 일은 거의 없었다. 그렇기에 드물게 있는 선생님의 훈화 말씀은 마음속에 깊이 남아 있다. 그 중에 가장 기억에 남는 말씀이 있다. 2014년 3

월 13일, 비로소 서로를 아주 조금씩 알아갈 때쯤이었다. 종례시간에 선생님께서는 근엄한 표정으로 아무 말씀 없이 산을 그리셨다. 그리고는 말씀을 시작하셨다.

관광버스가 외딴 산길을 지나가고 있는데, 산사태로 더 이상 나아갈 수 없는 상황에 봉착했다. 버스 안은 웅성웅성했고 저마다 불만의 목소리들을 내기는 했지만 누구 하나 선뜻 나서지 않았다. 그러다 버스에서 한 젊은이가 내려 돌을 치우기 시작했다. 혼자 그러는 모습을 보기 미안했던 사람들이 하나 둘 나와 힘을 합쳐 돌을 치웠다. 그렇게 해서 버스가 멈춘 지 한 시간쯤 지났을까? 많은 이들의 노력으로 버스는 나아갈 수 있게 되었다. 한편, 아무것도 하지 않았던 맨 뒤에 있던 두 사람은 "뭐야, 한 시간이나 더 늦어졌잖아."라며 불평했다. 선생님이 이 이야기를 들려주시고 한동안 정적이 흘렀다. 가장 먼저 돌을 치운 사람을 리더십을 지닌 사람, 그리고 그 사람의 행동을 보고 돌을 같이 치운 사람들을 팔로워십을 지닌 사람이라고 선생님께서 말씀하셨다. "리더는 쓰레기 하나라도 먼저 줍는 사람이다.", "우리는 집단 속에서 남과 더불어 살아간다."

비록 1학기 때는 한종희가, 2학기 때는 내가 반장이었지만, 우리 반을 이끄는 사람은 우리 16명과 김형수 선생님까지 17명 모두였다. 저마다 때로는 리더가 되기도 하고, 때로는 적절한 팔로워가 되기도 하며 함께 우리 반을 이끌었다. 누구나 리더가 되어 주도적으로 배를 몰았으며 동시에 누구나 팔로워가 되어 게으르지 않게 배를 몰았다.

쓰레기 하나라도 먼저 주우며, 2학년 1반이라는 집단 속에서 더불어 행복한 1년을 보낸 우리 반. 개성 넘치는 16명의 친구들, 그리고 김형수 선생님이 '행복한 반'이라는 하나의 목표를 향해 배를 저어 마침내 뭍에 다다랐다. 이제 우리는, 배에서 내려 각자 새로운 여정을 출발하려 한다. 2014년의 멋진 항해를 가슴속에 담아둔 채.

♣ 야구로 하나로

- 32기 정종흠

우리 학교에는 다양한 스포츠 동아리가 있다. 그 중에 축구와 농구는 많은 남자아이들이 즐겨 하는 스포츠라 우리 학교 동기들도 수준 높은 경기력을 갖추고 있고, 그렇기 때문에 축구동아리 '어택'과 농구동아리 '어블'은 우리 학교 최고 스포츠 동아리이다. 하지만 나는 이러한 기본이 탄탄한 동아리가 아닌 생긴지 1~2년밖에 안된 야구동아리 '더블스틸'의 기장이다.

다행히 우리나라는 다른 나라에 비하여 야구를 잘하고 좋아하기 때문에 야구의 규칙을 아는 친구들은 많았다. 하지만 수준이 문제였다. 중학교 때 나는 학교 야구팀의 2선발이었고 나의 장점은 110km/h을 넘는 빠르고 묵직한 직구가 아닌 날카로운 변화구였다. 그러나 내가 경기과고에 입학한 지 얼마 안 되었을 때는 100km/h을 넘게 던지는 동기는 거의 없었고 야구동아리 회원 중에는 90km/h를 넘게 던지는 경우도도 보기 힘들

었다(물론 체감 구속이다.). 이러한 점 때문에 스포츠 동아리 활동이 있는 날마다 항상 나는 선발 투수로 나섰고 끝까지 던졌다.

봄에는 나의 직구 구속은 100km/h을 쉽게 넘을 수 있었고 변화구인 슬라이더도 잘 먹혔다. 그렇지만 체력 문제인지 여름이 되자 직구 구속은 물론 제구도 안 잡혔다. 그러면서 피안타도 많아졌고 야구를 더 이상 하기 싫은 마음까지 생겼었다. 하지만 야구는 개인이 하는 종목이 아니다. 투수는 6이닝 중 많아야 탈삼진 10개 정도를 잡을 뿐이고 나머지 8개의 아웃카운트는 수비의 도움이 필요하다. 그리고 내 뒤에는 유격수 동건이가 있었다. 학기 초에는 공도 느리고 포구도 잘 못했었는데 3개월간 열심히 하다 보니 수비도 안정적이고 송구는 빠르고 정확해졌다. 이러한 수비들 덕에 나는 수비를 믿는 피칭을 할 수 있게 되었다. 그리고 여름에는 잃었던 내 직구에 대한 자신감을 되찾을 수 있게 되었다. 고1 여름방학 전까지는 슬라이더가 안 먹혔고 커브도 제구가 안 잡혀서 볼넷이 많았다. 그렇지만 동건이의 안정적인 포구 덕에 어깨가 가벼워졌다.

사실 내가 중3 때까지는 수비의 도움을 많이 받았으나 그 고마움에 대해서는 잘 몰랐다. 오히려 실책을 하면 '왜 놓치지?'라는 생각밖에 안 들었다. 그렇지만 고1이 되어서 잠깐 야구팀의 소년가장이 되다 보니 수비 도움이 절실함을 느꼈고, 여름에 그 도움을 받자 팀플레이의 중요성에 대해서 깨닫게 되었다. 그렇다면 팀플레이는 왜 중요할까? 흔히들 야구를 '투수 놀음'이라고 한다. 그만큼 투수의 역할이 중요하다는 이야기다. 그렇지만 투수가 9이닝 동안 27개의 삼진을 잡을 수도 없는 노릇이고, 타선이 점수를 못 낸다면 그 9이닝 피칭은 물거품이 되고 만다. 야구는 '투수'가 중요한 것이 아니다. 바로 팀플레이가 중요한 것이다. 그리고 그 팀플레이를 조금 더 매끄럽게 이어가기 위해서는 바로 기장인 '나'의 역할이 매우 중요하다.

32기 야구동아리 회원들의 수비가 안정적으로 될 때 즈음 야구대회가 열렸다. 윗기는 물론 윗윗기 선배들도 출전하신다. 고1인 나는 애초에 묵직한 직구로 승부하는 투수가 아니고 고3인 형들에 비해서 힘이 약하기 때문에 맞춰 잡는 피칭이 필요하였다. 팀 동료들도 그것을 알아서인지 잔

뜩 기대하고 대회에 출전하였다.

결과부터 말하자면 우리 팀이 우승하였다. 그런데…… 아쉽게도 독자들이 기대했을 것처럼 이야기가 진행되지는 않는다. 당시 팔 상태가 매우 좋아서인지 직구는 물론 슬라이더, 커브도 제구가 잘 되었었다. 그래서 첫 경기인 3학년 선배들과의 경기는 2이닝 6탈삼진 1볼넷 1피안타 무실점으로 막아냈다(당시 해가 일찍 지고 말아서 2이닝 경기였다.). 맞춰 잡는 피칭을 했어야 했는데 삼진을 목적으로 하는 피칭을 해서 아웃카운트가 모두 내 어깨로 해결된 것이었다.

사실 이 정도 성적이면 기뻐해야 하는데 나는 별로 기쁘지 않았다. 야수들은 그날 경기에서 가만히 있었기 때문이다. 그것도 자신이 하기 싫어서 안 움직인 것이 아니라 공이 안 와서. 물론 삼진도 중요하지만 야수들에게도 공이 가야 모두가 야구를 즐길 수 있다. 우리는 단지 경기를 이기기 위해서 야구를 하는 것이 아니라 즐기기 위해서 하는 것이다. 그렇지만 결승전에서도 나는 혼자서 야구를 하였다. 비록 우리 팀은 우승하였으나 즐겁지가 않았다.

대회가 끝나고 깊은 생각에 잠겨 있었다. 우리 모두가 즐길 수 있는 야구가 무엇인지. 우리 모두가 즐길 수 있는 피칭은 무엇인지. 그때 떠올랐다. 땅볼 유도. 물론 슬라이더도 땅볼 유도용 변화구이다. 그렇지만 종슬라이더(종으로 휘는 것)가 땅볼을 유도하는 데 반해 내 슬라이더는 횡슬라이더(횡으로 휘는 것)이기 때문에 예리하게 떨어지는 다른 변화구가 필요하였다. 그래서 착안한 것이 포크 볼이다. 사실 포크볼은 삼진용 변화구이지만 우리 공은 하드볼이 아닌 소프트-하드볼이어서 삼진을 잡을 수 있는 정도의 각도는 나오지 않는다. 오히려 이러한 점이 땅볼 유도에 좋은 것이다. 하지만 새로운 변화구를 연마하는 것이 그렇게 쉬운 일만은 아니었다. 가장 힘들었던 점은 손가락을 벌리고 던지는 변화구가 포크볼이기 때문에 손가락이 매우 아팠다는 점이었다. 하지만 모두가 즐겨야 하기 때문에 참고 연마하였다. 그리고 연습구로 던져 보니 포수 말로는 진짜로 공이 무회전으로 갑자기 떨어진다고 하였다. 드디어 길고 길던 야수들의 암흑기가 끝나는 것인가.

아직 경기에 써 보지는 않아서 성공적인지는 모른다. 하지만 야구를 통하여 배운 것은 누가 물어봐도 자신 있게 말할 수 있을 정도로 많고 깊다. 그렇다면 내가 배우고 느낀 것은 무엇일까? 인간은 혼자서 생활하는 것이 아닌 공동체 속에서 생활하는 존재이다. 그리고 위로 올라가기 위해서는 아래에서 받쳐 주는 이도 있어야 하는 법. 그렇기 때문에 우리들에게 공동체 생활은 매우 중요하다. 그리고 나와 동료들은 그것을 '야구'라는 매개체를 통하여 배운다.

비록 우리 더블스틸이 신생 동아리이지만 이러한 팀워크 하나만은 그 어느 동아리에 뒤지지 않는다. 하지만 우리의 팀워크가 단지 '야구'라는 종목에서만 작용하고 끝나지는 않았으면 좋겠다. 경기과학고 32기를 하나로 묶는, 아니 모든 경기과고 구성원들을 하나로 묶는 발판이 되었으면 좋겠다.

♣ 작은 공동체, 깊은 우정

- 32기 이주원(女)

경기과학고등학교는 사람들에게 매우 특별한 학교로 인식되어 있다는 것을 종종 느낀다. 실제로 경기과학고등학교에서의 생활은 일반 고등학교의 생활과는 매우 큰 차이가 있다. 그 중 대외적으로는 전원 기숙사 생활을 하며 마치 대학과 유사하게 학교에서의 시간을 보내는 것으로 가장 많이 알려져 있는 것 같다. 하지만 대학 같은 자율성은 2, 3학년 때에나 생기는 편이고 1학년 때에는 정해진 일과대로 교실을 옮겨 다니며 필수 과목들을 수강한다. 그리고 학교 일과가 끝나면 학습실에서 야간 자율학습을 시작한다.

1학년 때에는 이 모든 것들을 학급 단위로 하기 때문에 같은 반 교우들과 하루를 쭉 함께 보낸다고 할 수 있다. 따라서 동아리나 기숙사의 같은 방 친구들보다도 더 많은 교류를 하게 되는 것이 1학년 때의 반 친구들이다. 서로 맘에 들든 들지 않든, 서로 부대끼면서 1년을 지내게 된다. 그래서 1학년 때 어떤 친구들과 같은 반을 하게 되느냐가 1년간의 생활을 전부 좌지우지할 뿐만 아니라 3년간의 교우관계에도 큰 영향을 미치기 때문에 굉장히 중요하다.

사실 나는 입학 후 처음 우리 반에 들어왔을 때 아는 사람이 단 한 명도 없었다. 그래서 아무에게도 말을 붙이지 못하고 며칠을 보냈다. 계속 같은 수업을 듣고 같이 학습을 하다 보니 몇 마디 건네 보기도 하고 친해진 친구들도 생겼지만 여전히 어색함이 남아있었다. 교과 선생님들께서도 우리 반의 분위기가 너무 조용하고 축 처져 있다고들 하셨다. 다른 반에 비해 우리 반은 왜 그렇게 활달하고 재미있지 못한 것인지 불만스러웠다. 그래서 그나마 친한 친구들과 그런 것에 대해 불평하기도 하고 다른 반을 부러워하기도 했다.

그러나 2학년이 된 지금은 작년의 우리 반 구성원들 모두 서로 허물없고 친밀하다. 반에 대한 애착이 아직까지도 깊고 끈끈하다. 1학년 초와는 달리 다른 반들을 부러워하기는커녕 우리 반에 대한 더 큰 자부심을 가지고 있다고 생각한다. 나 역시 지금 가장 친한 친구들 대부분이 작년에 같은 반을 했었던 친구들일 뿐만 아니라, 15명 중 가깝지 않은 친구는 거의 없다.

그런데 어떻게 그 과묵하고 재미없던 반 분위기가 활발하고 친밀해진 것이었을까. 분명 1년간 티격태격하며 지내더라도 정이 드는 것은 당연할 지도 모른다. 하지만 우리 반의 경우는 급격히 사이가 좋아진 것으로 보였다. 나 또한 어느 순간인가부터 문득 서로가 함께 웃고 떠드는 일이 많아졌다고 느끼게 되었다. 물론 두 말할 나위 없이 바람직한 결과이긴 하지만, 이에 대해 의문을 품지 않을 수가 없었다.

잘 생각해보니 서로 벽을 허물고 마음을 터놓았기 때문이었던 것 같다. 너무 뻔하고 쉬워보일지도 모른다. 하지만 그 과정이 절대 하루아침에 이루어진 것은 아니었다. 나 또한 이전과는 매우 다른 환경에서 적응하기 위해 많은 노력이 필요했고, 그 결과로 성격까지 크게 변했다. 그렇지만 점점 서로 숨김이 없고 많은 것을 함께 공유하다보니 친근함이 깊어지고 장난과 유쾌함이 넘치는 반이 되었던 것 같다.

여러 어려움이 존재했고 시간도 오래 걸렸던 만큼 1학년을 마칠 때 더욱 아쉬움이 컸다. 학년 초반부터 즐거운 분위기 속에서 같이 어울렸었더라면 하는 생각도 자주 들었다. 하지만 다시 생각해보면 아쉬움이 남은 여운 속에서 더욱 오랫동안 그 관계를 유지해올 수 있었던 것이 아닐까 짐작한다.

사실 입학 전에는 전교생 129명이고 같은 반 구성원이 고작 16명이라는 것에 대해 거부감을 느꼈었다. 평생의 친구가 생긴다는 고등학교 시절

에 그렇게 적은 수의 학생들과 3년을 함께 보내야 한다는 것에 불만이었던 것이다. 하지만 1년을 보낸 이 시점에서 예전과 같은 그러한 생각을 한 적은 단 한 번도 없음을 단언할 수 있다. 오히려 이 작은 공동체 안에서 서로 깊은 우정을 나눌 친구들을 더 많이 만들게 되었다고 느낀다.

정든 집을 떠나 기숙사 생활을 하면서 학업에 열중해야 하는 영재고 학생들에게 휴식처가 되어 주는 것은 다름 아닌 동기들이다. 경기과학고의 3년 중에서 가장 힘든 시기는 적응과 인내가 필요한 1학년 때일 것이라고 모두 동감할 것이다. 나 또한 이전까지와는 너무나도 다른 환경 속에서 자리를 잡아가기 위해 정말 많은 어려움을 겪었다. 그리고 나를 버티게 해준 것은 다름 아닌 같은 처지의 학급 친구들이었다.

그런 의미에서 1학년 때의 친구들에게 너무 고마움을 느끼고, 앞으로도 이처럼 돈독한 관계를 유지하였으면 하는 것이 나의 바람이다. 1-8 파이팅!

♣ 진실한 대화

- 31기 배재혁

흔히 인간을 사회적 동물이라고 하듯, 우리는 수도 없이 많은 사람들과 만나고 대화하면서 살아간다. 그중에는 스쳐 지나가며 한 번 대화한 것이 전부인 사람도 있고, 많은 대화를 나누며 자신의 생각이나 감정을 공유하는 사람도 있다. 자신의 생각을 나누지 않으면 그것은 하나의 웅덩이에 고인 물에 불과하다. 진실한 대화를 할 수 있는 사람을 한 사람이라도 찾으면 고인 물을 빼내고 더 폭넓은 생각을 가질 수 있게 되는 것이다.

그런데 자신의 감정을 마음 놓고 털어놓을 수 있는 사람을 찾는 것은 쉬운 일이 아니다. 누구에게나 자신만의 비밀이 있으며, 다른 사람과 대화를 할 때 일정한 선을 그어 놓고 그 선 이상으로 자신을 알려고 하면 뒤로 물러나면서 자신의 비밀을 지키려 한다. 이것은 자신과 가장 가깝다고 생각하는 부모님, 형제, 친구 등에 대해서도 마찬가지이다. 부모는 자식 사정을 다 안다고 하지만, 어떤 자식이라도 숨기고 싶어 하는 본 모습 하나씩은 가지고 있기 마련이다.

자신이 가지고 있는 가치관이나 생각의 일부를 숨기며 대화를 하게 되면 어딘가 답답한 느낌이 든다. 이는 마치 나를 둘러싼 많은 비밀들을 두고 다른 사람들과 줄다리기를 하는 것처럼 긴장감 속에서 대화를 하는 것이다. 나도 중학교 때 많은 비밀을 가지고 있었다. 겉으로 들어나는 내 행동에 대해서 궁금해 하는 친구들도 많았지만, 나름의 사정이 있어 말하지 못하는 사연도 있었다. 예를 들어 학교에서 며칠 동안 점심을 굶은 적이 있다. 친구들은 점심시간만 되면 사라지는 내가 어디 가는지 궁금해 했지만, 이건 내 개인사정이라서 말해 줄 수 없는 것이었다. 그 때 가슴에서부터 답답함이라는 감정이 우러나오는 것 같았다. 그 외에도 내 비밀에 대해서 숨겨야 하는 상황은 수도 없이 많았다. 이는 비단 나 뿐만은 아닐 것이다. 이렇게 줄다리기에 지쳐 가는 내가 활력을 찾은 것은 작년 가을부터였다.

작년에 나는 경기과학고등학교에 입학을 하였다. 이 학교는 한 반이 16명의 소수로 구성되었으며, 1학년 때 듣는 대부분의 수업을 그 16명이서 같이 들었다. 또 모든 수업이 끝나고 학습실에서도 동일한 16명끼리 공부를 하기 때문에 잠자는 시간 빼고 대부분의 시간을 16명이서 보내게 되는 것이다. 그러다 보니, 하루 24시간 중에서 절반 이상을 같이 생활하고,

대화하고, 또 몇몇의 친구들과는 같이 자기도 하면서 친해졌다. 처음에 16명이 한 반에 모였을 때는 기존에 알던 사람이 없어 굉장히 서먹했지만, 1학기가 끝나갈 무렵에는 그 15명의 친구에 대해 누가 어떤 취미를 가지고 있고, 어떤 과목을 전공으로 하고 있으며, 대화를 할 때는 어떤 식으로 대화 하는지 등의 많은 것들을 속속들이 알 수 있었다.

사실 1학년 1학기는 서로를 알아 가는 탐색 기간이라고 할 수 있을 정도로 서로를 잘 알지 못해서 그다지 많은 진솔한 대화들이 오고 가지는 않았다. 그저 서로 공통된 관심사인 학교 숙제나 시험, 공부 등의 정보 전달 위주의 대화가 이어졌고, 학교생활에 적응하느라 서로에 대해서 깊게 알아 갈 시간도 부족했다. 그러나 2학기 때에는 우리들 사이에 많은 변화가 있었다.

어느 정도 적응한 우리는 비교적 여유롭게 학교생활을 할 수 있었고, 그 여유 속에서 서로 많은 대화를 나눌 수 있었다. 서로의 취향에 대해 묻는 등의 사소한 것에서부터 특정한 논제에 대해서 깊게 토론해 보기도 한 것이다. 한 가지 예로 교내 휴대폰 사용 규제에 대해 각자 의견을 강하게 표출하다가 대립된 의견이 말싸움으로 번질 뻔한 적도 있었다. 다행인 것은 그렇게 서로 다투더라도 매일 얼굴을 보기 때문에 금방 다시 친해진다는 점이다.

사람 사이의 관계는 정말 빠르게 변화한다. 불과 6개월 전만 해도 서먹서먹했던 우리들은 이제 함께 즐겁게 놀고 즐겁게 대화할 수 있는 친한 사이가 되었다. 15명의 친한 친구들을 관찰하고 이야기를 나누다 보니 이전에는 보이지 않던 것들이 보이기 시작하였다.

사람들마다 개성이라는 것이 존재한다. 모든 사람들은 각각의 개성이 있고, 그에 대해 무엇이 좋고 무엇이 나쁘다고 단정할 수는 없다. 각자 개성이 있는 16명의 친구들 간에 이루어지는 대화를 살펴보니, 대화를 주도하는 사람, 맞장구치는 것을 주로 하는 사람, 가만히 대화를 듣는 사람 등 저마다 다양한 모습으로 대화에 참여하는 것이 눈에 보이기 시작하였다.

특히 대화 도중 자신의 본심을 숨기려는 사람들이 눈에 보였다. 그 예로, 자신과 관련된 주제로 이야기가 흘러가면 과하게 방어하는 자세를 취하거나, 웃으면서 그냥 넘기고 다른 주제로 화제를 돌리는 사람들이 있었다. 이것을 그 사람의 개성이라고 부르기 좀 그런 것이, 2학기 동안의 많은 대화를 지켜보고 대화에 참여했을 때, 대부분의 친구들이 한 번쯤은 앞서 말한 대로 자신만의 비밀이나 본심을 숨기려는 몸짓을 취했기 때문이다. 물론, 사교성이 좋은 친구는 자신의 본심을 호탕하게 드러내기도 하지만, 대부분의 친구들은 본심을 드러내지 못해 어딘가 답답한 느낌이 들도록 대화를 이어나간 적이 있다.

그런 친구들과 나는 진실한 대화를 해 보고 싶었다. 내가 먼저 내 마음 속에 있던 생각을 열어 놓으면서 친구들과 대화를 시도해 보았다. 2학기가 끝나가는 무렵, 나는 15명의 친구들 중 한 명씩 우리 반에 대한 생각이나 2학년 때의 계획, 또는 진로 계획 등의 주제로 진솔하게 대화를 하였다. 결과는 나쁘지 않았다. 대부분의 친구들이 진지하게 자신의 가슴에서 우러나오는 생각을 말해 주는 것 같았고, 나도 그 생각에 대해서 공감할 수 있었다.

나 역시 많은 변화가 있었다. 친구들과 진지한 대화를 여러 번 하면서, 전에는 겉으로 표출하지 못해 확실하게 자리 잡지 못했던 내 가치관에 대해서 명확하게 알아가는 계기가 되었다. 또 친구들의 가치관에 대해서도 이해하게 되면서 그들에 대해 오해했던 부분에 대해서도 고쳐 나가는 계기가 되었다. 무엇보다 내 비밀에 대한 줄다리기를 하면서 지쳐갔던 내가 다시 활력을 찾을 수 있었던 것 같다.

1학년 때의 친구들 15명 중에서 지금까지도 서로 속마음을 거리낌 없이 털어놓으며 이야기를 나누는 친구가 있다. 그런 친구와 대화를 할 때마다 마음에 지니고 있던 응어리가 풀려 나가는 듯한 느낌이 든다. 본인은 그것을 인지하고 있는지는 모르겠지만 나에게는 정말 고마운 친구다. 그 친구와 진로 계획 같은 앞으로 내 인생에서 중요한 결정을 함께 고민할 수 있다는 점에서 한결 홀가분하다.

우리는 살아가면서 많은 사람들과 다양한 대화를 나누고 산다. 물론 모든 사람들에게 자신의 본심과 가치관을 이야기하면서 살아갈 수는 없을 것이며, 적절히 자신의 비밀을 숨기기도 하면서 사회생활을 해 나가기 마련일 것이다. 그런데 그 비밀들을 누구에게라도 표현하지 않는다면 그것은 마치 웅덩이에 고인 썩은 물처럼 고립된 생각이 된다. 때문에 나는 살아가면서 자신의 가치관을 거리낌 없이 이야기할 수 있는 사람이 반드시 필요하다고 생각한다. 진실한 대화를 할 수 있는 진실한 사람이 필요한 것이다. 풍선에 조그만 구멍이 하나라도 나면 공기가 밖으로 퍼져 나가는 것처럼, 평생 동안 한 명이라도 진실한 사람을 찾는다면 마음속에 남아 있던 답답함이 사라지고 자신의 생각을 확고하게 표현할 수 있을 것이다.

진실한 대화를 나눌 수 있는 사람은 멀리 있는 것이 아니다. 당장 우리 주위를 둘러보기만 하면 다양한 개성을 가진 사람들이 다양하게 대화를 하고 있다. 주변의 많은 사람들과 대화를 시도해 보고, 서로의 본심을 나눌 수 있는 진실한 사람을 찾아보도록 하자.

♣ 빨리 가려면 혼자 가고, 오래 가려면 같이 가라

- 31기 설진환

경기과학고등학교에 입학하면서 나는 대학교에 입학한 누나를 보고 정말 부러웠다. 누나는 대학교에 가서 오랜 친구들과도 다시 연락을 해서 만나곤 했다. 이렇게 많은 인맥을 계속 유지하고 있다는 것이 정말 부러웠다. 나도 이런 인맥을 더 열심히 만들어야겠다고 생각했다. 게다가 내가 입학하는 학교는 과학고등학교인 만큼 친구들도 모두 나와 비슷한 생각을 하고 비슷한 흥미를 가지고 있을 것이니 이 친구들과 오랫동안 연락할 수 있도록 친해져야겠다고 다짐했다.

하지만 막상 입학을 하고 나니 너무나 바쁜 일상이 나를 맞이했다. 학교 숙제로 여러 가지 발표 준비를 했으며, 그 와중에 필요한 여러 가지 학업에도 집중해야 했다. 시험을 2주 앞둔 시점에서도 해야 할 수행평가들이 있었고, 이제 수행평가가 다 끝났나 싶으면 시험이 일주일밖에 남아있지 않았다. 이렇게 나는 내 시간의 대부분을 하고 싶은 것보다는 해야 하는 것에 치중하며 정말 바쁘게만 살았다. 그리고 그에 대한 결과로 해야 하는 것들을 착실하게 할 수 있었던 것 같고 물리올림피아드 겨울학교에 입교하겠다는 목표도 이룰 수 있었다. 그렇게 나의 1학년은 매우 빠르게 지나갔다.

2학년이 되고 나서 많은 것들이 바뀌었다. 일단 빽빽했던 1학년 때와는 달리 시간표에 공강이라는 구멍이 생기기 시작했다. 또한 같은 반이 계속 함께 다니며 수업을 듣는 것이 아니라 각자가 신청한 과목의 수업을 듣다 보니 친구들과 계속 함께 지내며 친해지는 것이 생각보다 어려웠다. 그래서 2학년 1학기 동안 나는 혼자 다니는 경우가 많았다. 한 수업 정도는 같이 다니는 친구가 있었으나 계속 같이 다닐 수 있는 친구가 주변에 없었다. 1학년 때는 같은 반 친구들이 계속 함께 있었기 때문에 이런 느낌을 받은 적이 없었는데 말이다.

그러던 어느 금요일이었다. 일반화학 시간에 계속 수업만 하다 보니 온 교실이 졸린 분위기로 가득 찼다. 분위기를 환기시키고자 화학 선생님은 수업 외의 이야기를 하셨다. 글로벌 프런티어, R&E, 현장연구학점, 진로 등 이런 저런 이야기를 하시다가 내가 친구가 없는 것 같아서 조금 걱정된다는 말씀을 하셨다. 당시 나는 혼자 다니는 것에 익숙하긴 했지만 그래도 주변에 항상 대화를 나눌 친구는 있었고 밥도 같이 먹었으며, 학습시간에도 항상 주변에 친구들이 있었기 때문에 별로 외롭다는 생각은 해 본 적이 없었다.

그럼에도 불구하고 갑자기 그런 말씀을 듣고 나니 나는 내 일상을 머릿속에서 되감기를 하며 매순간 내 옆에 있던 주변인들에게 초점을 맞춰 생각이 흘러갔다. 그렇게 그날의 일반화학 수업 내용은 듣는 둥 마는 둥 하여 기억이 나지 않지만, 그 수업을 계기로 해서 나 스스로 급격한 외로움에 빠져들고 말았다.

그 후 며칠이 지난 후 나는 화장실에서 소변을 보고 있었다. 최근 경기과학고등학교에서 내가 자랑하고 싶은 것 중 하나는 소변기 위에 매우 좋은 글귀들이 붙어 있다는 것이다. 나는 이 글귀들을 1학년 때부터 항상 읽었다. 그 날 소변기 위에는 '빨리 가려면 혼자가고, 오래 가려면 같이 가라.' 라는 글귀가 있었다. 이 글귀도 작년부터 자주 읽던 것이었지만 그날은 화학 선생님의 말씀과 중첩이 되면서 나는 고뇌에 잠기게 되었다.

'내가 과연 오래 갈 수 있을까?'

생각해 보니 그간 나는 빨리 달리기만 했던 것 같았다. 1학년 때도 시험기간이 되면 친구들과 이야기하면서 밥 먹는 시간이 아까워서 일부러

급식을 늦게 먹거나, 수업이 끝난 방과 후에도 친구들과 어울려 운동을 하지 않았으며, 심지어 1학년 2학기 기말고사가 끝난 후에도 물리 올림피아드 시험을 위해 친구들과 노는 것을 포기했었다. 이런 장면들을 머릿속에서 돌이켜 보니 정말 많은 순간들이 후회되기 시작했다.

보통 많은 사람들이 시험을 못 보거나 한 이들에게 위로의 말로 인생은 단거리 달리기가 아니라 마라톤이라는 이야기를 한다. 하지만 나는 이런 이야기를 들을 때마다 단거리가 기록이 좋아야 이런 것들이 나중에 다 합쳐져서 마라톤의 좋은 기록에 반영된다고 생각해 왔다. 그런데 바로 오늘, 별로 다른 일을 하던 것도 아니고 소변을 보던 오늘, 그냥 자주 보던 글귀를 또 한 번 읽은 오늘 나는 뭔가 깊게 깨달았다. 내가 매일 빠르게 단거리를 돌파하는 데에만 집중하고 살지는 않았는지, 그래서 정작 내가 누군가를 필요로 할 때 내 주변에 필요한 사람이 없지는 않을지 생각해 보게 되었다. 그리고 그날부터 나는 친구들과 조금씩 더 친해지기로 했다.

그래서 2학년 2학기 때는 수강신청도 친구들과 함께 맞추었고, 운동하는 횟수도 늘리면서 친구들과 친해지려고 했다. 그렇게 대학에 가서도 꼭 연락하고 싶은 친구들이 몇 명 보이기 시작했고 전보다 친구관계가 더 돈독해졌음을 느끼게 되었다. 친구들과 함께하는 시간이 재밌고 즐거웠다. 그런데 여기서도 관성의 법칙이 작용하는 것일까, 놀다 보니 공부를 하는 것보다 계속 놀고 싶어졌다. 그리고 혼자서 공부하는 것에 어려움이 느껴졌다. 그래서 시험기간 외에는 공부를 하는 것이 힘들었다.

이렇게 2학년을 거의 마무리하게 되었다. 결과적으로 2학년 때는 1학년 때에 비해서 별다른 성과를 올리지 못했다. 친구들과의 행복한 기억은 머릿속에 있지만 내 실력은 오히려 떨어진 것 같은 느낌을 받았다. 곧 있으면 입시가 다가오는데 말이다. 그렇게 회의감을 느낀 나는 아무래도 앞서의 글귀를 내가 깊게 이해하지 못하고 단순히 노는 것을 합리화한 것은 아닐까 하는 의문이 들었다.

그리고 다시 그 글귀에 대해서 생각했다. '빨리 가려면 혼자 가고, 오래 가려면 같이 가라' 이 글귀가 주변 사람들과의 관계의 중요성을 뜻하는 것은 분명하다. 하지만 이 글귀 속에서 오래 가는 것이 좋다는 건지 빨리 가는 것이 좋은 것인지는 오천 번을 읽어도 알 수가 없다. 그렇다면 빠르게 오래 가고 싶은 나는 어떻게 해야 하는 것일까?

이번 인천 아시안 게임 수영 종목에서 박태환 선수의 레인 배정을 보고 여러 이야기들을 들었다. 옆 레인이 쑨양이라서 더 페이스를 빠르게 가져갈 수 있으니까 좋은 기록을 예상할 수 있다는 이야기를 들었다. 이렇게 달리기나 수영을 할 때면 주변에 잘하는 선수가 있는 것이 중요하다. 그렇다면 내가 달리는 인생 레이스도 어쩌면 혼자 달리는 것보다 주변에 선의의 경쟁을 할 수 있는 친구나, 내가 지쳤을 때 나를 끌어 줄 수 있는 친구가 있는 것이 중요할 것이다. 이렇게 생각을 하고 이때부터 나는 친구들에게 꺼내기 어렵고 지루할 수도 있는 진로 이야기를 자주 했다. 과연 이 친구들은 어떤 꿈을 향해서 달리고 있는지 궁금했다.

친구들이 생각하는 진로는 매우 다양했다. 교수가 되고 싶은 친구, 연구원이 되고 싶은 친구, 한의사가 되고 싶은 친구 등등 여러 이야기를 들었다. 생각보다 뚜렷한 꿈을 가지고 있는 친구들이 많아서 놀랐다. 하지만 친구들과 이야기를 하면서 가장 크게 깨달았던 것은 혼자 동떨어져 있지 않음에도 불구하고 모든 친구들이 다 열심히 각자의 꿈을 향해 나아가고 있었다는 것이다. 게다가 입시를 앞두고 조금은 다급한 분위기도 있었다. 다들 무언가에 열중하고 있었다.

나만 오래 간다는 핑계를 대며 2학년 내내 놀았다는 것을 느꼈다. 경기과학고등학교의 학생들은 모두 함께 가고 있었다. 나는 1학년 때도 옆에 친구들이 있었고, 친구들과 같이 갈 수 있었음을 2학년이 끝나가는 지금에야 깨달은 것이다. 그리고 2학년 때는 같이 가는 것을 이해하지 못했다. 단순히 친구들과 친해지는 것만이 같이 가는 것이 아니라 서로 도와가며 더 큰 효과를 내는 것이 바로 같이 가는 것이었다.

지금 나는 다시 공부에 열중하며 앞으로 나아가려고 한다. 하지만 1학년 때와는 조금 다른 느낌이다. 혼자 빠르게 가는 것이 아니라 주변에 친구들도 나와 함께 가고 있다는 것을 알고 있기 때문이다. 아마 이런 것 때문에 공동체라는 것이 중요하지 않을까 생각된다. 공동체에는 함께 오랫동안 갈 수 있는 동반자가 존재하는 것이다. 그리고 나는 경기과학고등학교라는 공동체 속에서 가끔은 선의의 경쟁을 하며 뒤에서 밀어주고 앞에서 끌어 주는 친구들과 오랫동안 갈 수 있다는 사실이 매우 감사하다.

6

특별한 수업,
더 특별한 선생님

경기과학고등학교만의 특별한 수업, 그리고 이러한 수업을 가능하게 하시는 더 특별한 선생님들의 이야기를 담은 꼭지. 과학, 인문 예체능, 그리고 융합 과목에서 진행되는 수업의 면모와 선생님들에 대한 경곽인들의 존경심을 살필 수 있다.

♣ 내 꿈을 성장시킨 수업

- 32기 최준호

어릴 적부터 뭔가 표현하는 것을 좋아했다. 그 방법에는 노래나 글쓰기 같은 것들도 있겠지만, 나는 특히 그림 그리는 것에 흥미가 있었던 것 같다. 미술 교육을 제대로 받아본 적은 없지만 감각은 있었던 것 같다. 그런 내게 중학교 3학년의 미술 수업은 새로운 꿈을 갖게 된 계기가 되었다. 미술 수업은 정말 재미있었고, 또 내가 만든 작품들도 좋은 평가를 받았다. 미술 선생님께서는 내게 감각이 있다고 하셨다. 나는 깊은 생각에 잠겼다. '미술이 재미있어진 지금, 나는 무엇을 해야 할까?' 마침 고등학교에 합격하여 시간이 남는 시기였고, 각 대학에서는 졸업전시회가 열리고 있었다. 나는 홍익대, 연세대, 카이스트 등 여러 대학의 전시회에 다녔고, 점점 더 '디자인'의 매력에 빠져들었다. 내 꿈은 어느 새 디자이너가 된다.

2014년, 디자이너가 되고 싶다는 마음을 품고 경기과학고등학교에 입학하게 되었다. 과학영재학교인 학교의 특성상, 시간표의 거의 절반이 수학과 과학 과목이고, 미술 과목은 1학년 때 개설되지 않는다. 당시 나는 심각한 고민에 빠졌다. 나는 정말로 디자이너라는 직업이 내게 딱 맞는 '천직'이라고 생각했지만, 내가 다니는 이 학교는 그러한 내 꿈과는 거리가 멀어 보였기 때문이었다. 고민은 점점 더 심해졌고 심지어 자퇴까지 생각했었다.

이런 나의 생각을 긍정적으로 바꾼 것은 '융합과학탐구'라는 과목의 수업이었다. 융합, 이 수업을 들으면서 나는 이 단어를 참 좋아하게 되었는데, 이 '융합'이라는 단어가 내게 꼭 필요한 단어라는 생각이 들었다. 지금 내가 배우는 과학이 디자이너가 되기 위한 과정에서 시간 낭비라고 여기지 않고, 오히려 과학과 예술을 융합하는 발전된 형태의 디자이너가 되면 나만의 디자인을 할 수 있을 것이라는 생각을 하게 된 것이다. 과학에 많은 지원을 해 주는 이 좋은 환경에서 열심히 과학을 배우고, 대학에 진학해서 디자인을 심도 있게 배운다면, 나는 남들보다 더 빨리, 더 많이 준비한, 그리고 과학과 예술을 진정으로 '융합'하는 혁신적인 디자이너가 될 수 있을 것이다.

융합과학탐구 수업 시간에 많은 꿈의 키워드들을 알게 되었다. 첫 번째는 '지속 가능한 발전'이다. 예전부터 환경문제에 관심이 많았지만, 지속 가능한 발전이야말로 온 인류가 추구해야 할 가치라는 생각이 든다. 지속 가능한 발전이란 단순히 환경뿐만 아니라 사회, 경제, 환경 세 분야를 모두 고려한 발전 방향을 마련해야 한다는 것이다. 디자이너 또한 지속 가능한 발전을 고려한 디자인을 해야 한다고 생각했다. 그래서 나는 지속 가능한 발전에 대해 더 공부했고, 여름방학에는 지속 가능한 발전을 주제로 한 아시아태평양 환경포럼에도 참가하여 여러 나라의 친구들과 함께 지속 가능한 발전에 대하여 이야기를 나누어 보기도 하였다.

두 번째 키워드는 '디자인 사고(design thinking)'이다. 디자인 사고란 사람의 생활을 관찰하고 공감하여 그들의 필요와 수요를 알아내고 그것을 토대로 무엇이 가장 적합한 해결방안인지 다양한 각도에서 접근하는 사고 방식을 말한다. 디자인 사고에 대해 알기 전까지는 디자이너란 단지 보기 좋은 물건을 만들어 내는 사람이라고만 생각했었다. 하지만 디자이너는 그 이상의 가치를 창출해 낼 수 있는 사람들이다. 디자인 사고를 통해 진정으로 사람들이 원하는 것이 무엇인지 생각하고 사람들이 살기 좋은 사회를 만들어 낼 수 있다. 단지 예쁜 물건을 만들어 내는 것이 아닌, 어떤 사람들이 어떤 디자인을 원하는지 알고 그들에게서 공감을 이끌어 낼 수 있는 디자인을 해야 한다. 나는 디자인 사고라는 단어에 꽂혀서 R&E도 디자인 사고를 바탕으로 진행했다. 우리 팀의 R&E는 어린이라는 특정한 집단, 놀이터라는 특정한 장소에 초점을 맞추고, 그들이 원하고 필요로 하는 것이 무엇인지 알아보는 과정부터 진행했다. 그 결과 최근 미세먼지와 관련하여 놀이터에의 환경 개선이 중요하다고 판단하고, 주변 아파트 배치에 따른 먼지의 확산 및 침전에 대한 연구를 진행하였다. 이렇듯 나는 융합과학탐구 수업을 들은 이후 디자인 사고로부터 산출물을 얻어내는 과정을 연습하고 있다.

디자인 사고에서 가장 중요한 것은 사람을 위한다는 것이다. 사람을 위하는 디자인에 대하여 생각하고 있을 때, 세 번째 키워드인 '시민과학'을 배웠다. 시민 과학이란 말 그대로 시민들이 자발적으로 연구에 참여하는 것을 말하는데, 이것을 디자인에도 접목할 수 있을 것이다. 어떤 디자인을 할 때 단순히 디자이너의 생각으로만 하는 것이 아니라, 열린 공간에서 시민들과 꾸준히 소통하며 디자인을 한다면, 한층 더 사람을 위한 디자인이 가능할 것이라는 생각이 들었다.

정보 수업도 내게 큰 영감을 주었다. 정보를 배우면서 앞으로의 디자인에는 정보과학이 필요할 것이라는 생각이 들었다. 나는 사람들과 소통하며 참여를 이끌어 내는 디자인을 하고 싶은데, 정보과학을 이용한다면 그것을 좀 더 인터랙티브하게 실현할 수 있을 것이다. 겨울방학에 융합과학기술연구원에서 아두이노를 활용한 인터랙션에 관한 강좌를 들었는데, 굉장히 신선한 경험이었다. 우리 학교의 친구들이 연구하는 데에도 정보과학은 매우 유용하게 활용된다. 앞으로 사회에서 점점 정보과학의 비중이 커질 것이며, 정보과학은 디자인의 활용도를 더 높이는 좋은 도구가 될 수 있을 것이다.

경기과학고등학교에 들어온 지 2년 째, 내 꿈은 여전히 디자이너이다. 처음에는 혼란에 빠져 디자이너라는 꿈이 위기를 겪기도 했지만, 이제는 경기과학고등학교에서 배운 여러 가지 좋은 것들이 내 꿈을 좀 더 뚜렷하고 풍성하게 만들어 주고 있다. 내가 정말 꿈을 이룰 수 있을지는 모르겠다. 아마 내가 예상하지 못한 많은 장애물들이 나를 가로막을 것이다. 하지만 어찌됐건 즐거울 것이다. 이미 내 미래를 상상하는 것만으로도 나는 즐겁다. 그리고 앞으로도 이 일을 정말 즐기면서 할 수 있을 것임을 믿어 의심치 않는다. 경기과학고등학교에서 내 꿈은 점점 성장해 나가고 있기 때문이다.

♣ 피할 수 없을 때 즐기기

- 31기 진창훈

수능시험이 끝나고 입시도 마무리되고 있는 이 시점에서 '피할 수 없으면 즐겨라'라는 말이 떠오른다. 익숙한 말이긴 하지만 평소의 나에겐 그다지 인상 깊게 다가오지 않던 문구이다. 아무리 좋게 해석해 보려고 해도, 별로 마음에 와 닿지가 않는 말이다. 고난이나 시련이 닥쳐도 이 악물고 견디면 복이 온다는 뜻이겠거니 하고 한 귀로 듣고 한 귀로 흘리던 그런 말인 것이다. 틀린 말은 아니다. 어차피 다가오게 되는 입시, 입시의 고통에 저항하며 현실에서 도망쳐 방황한 사람들은 입시가 끝난 지금은 도망에 대한 대가를 치를 것이고, 피하지 않고 상황을 즐기던 사람들은 더욱 더 즐거운 지금을 만끽할 수 있을 것이다. 잡설이 다소 길었다. 내가 이 말의 새로운 의미를 이해하게 된 것은 몇 달 전, 아직 경기과학고등학교에서의 2학년 2학기 중간고사를 보기 전의 이야기다.

2학년 1학기 때의 체육 수업은 요즘 많은 중고등학교의 체육 수업에도 도입되고 있는 '뉴스포츠'였다. 실내에서 안전하게 하키를 할 수 있도록 변형시킨 필드하키, 농구나 축구에 있는 몸싸움의 요소를 배제하고 누구나 즐길 수 있게 접근성을 높인 얼티밋 게임 등의 종목이 뉴스포츠에 포함된다. 이런 뉴스포츠 종목들은 다소 생소했으나 원래 메이저 스포츠(농구, 축구, 야구 등)의 요소를 어느 정도 갖추었기에 굉장히 재미있었다.

그런데 2학년 2학기가 개강되면서 시작한 체육 수업의 종목은 바로 '점프밴드'였다. 점프밴드는 태국의 전통 무용인 대나무 춤에서 유래했다. 두 명의 사람이 양 손에 같은 대나무 막대를 잡고 박자에 맞춰 좁혔다, 넓혔다 하며 규칙적으로 두드리면 옆에 기다리던 사람들이 하나씩 들어가거나 나오며 박자에 맞춰 대나무를 넘나들며 춤을 추는 것이다. 대나무 막대로 하는 고무줄놀이라고 하면 이해가 쉽다. 이를 학생들을 위한 스포츠 종목으로 개량한 것이 바로 점프밴드인 것이다. 점프밴드는 대나무 대신 두 사람이 발목에 고무 밴드를 끼운다는 점이 다르다. 하여간 2학기 첫 체육 수업 때 우리가 처음 접하는 태국의 전통 무용을 모티브로 한 스포츠를 할 것이며 모든 조가 안무를 기획해야 한다고 들었을 때의 황당함은 이루 말할 수 없었다. 첫 체육 수업은 그렇게 오리엔테이션을 듣고 조를 정한 뒤, 다음 시간까지 조의 안무에 사용할 흥겨운 박자를 가진 곡을 골라 오라는 정진영 선생님의 말씀과 함께 끝이 났다.

나는 평소 전자음악에 관심이 많다. 그중에서도 일렉트로 하우스라는 장르를 좋아하는데, 이는 유명한 곡이나 유명한 가수들의 피처링 등 짤막한 음성 파일들을 조합하고, 전자음을 적절히 섞고 격렬하거나 독특한 비트로 양념된 곡들을 지칭한다. 주로 축제나 댄스파티, 클럽 등에서 사용되는 음악이다. 다른 친구들이 멜론이나 벅스 등지에서 휘성, 박효신, 에이핑크 등의 순위권 가요들을 듣는 동안 나는 유튜브나 구글에서 검색한 일렉트로 하우스를 듣는다. 그래서 대중가요에 관해서는 다소 문외한이기도 하지만 말이다. 댄스곡에 관심이 많은 나는 어느새 듣는 음악마다 어떤 게 점핑밴드 안무곡으로 적당할지 신경을 쓰고 있었다. 그렇게 다음 체육 수업 시간이 점점 다가오는 시점에서 나는 굉장히 마음에 드는 곡을 찾았고, 내심 체육 수업 시간이 기다려졌다.

그러나 체육 수업 당일 나는 우리 조에서 상의를 통해 곡을 이미 정했다는 것을 알게 되었다. 전날 목요일 내가 수행평가로 바빴던 틈에 짧은 모임이 있었는데, 후보로 올라온 곡은 하나뿐이었고 반대가 없었기에 빠르게 결정된 것이다. 곡목은 Bruno Mars의 Runaway Baby로, 처음 들었을 때 빠르고 경쾌한 리듬이 인상적인 곡이었다. 이 곡은 당시 학교 밴드부가 연습하던 곡이기도 했는데 우리 조의 밴드부 친구가 이 곡을 모임에서 추천한 것이다. 근데 문제는 노래는 좋은데 비트가 너무 빠르다는 것이다. 비트에 맞춰 30초만 뛰었는데도 숨이 턱까지 차올랐다. 비트를 따라가려면 발이 채 땅에도 닿기 전에 뛰어야 할 지경이었다. 이에 나는 내가 고른 노래에 맞춰 춤추고픈 사심과 내가 가져온 노래의 비트가 적당한 속도라는 현실적인 이유에 힘입어 넌지시 노래를 바꾸는 게 어떤지 운을 띄웠다. 우리 팀원들이 설득되는가 싶더니 원래 곡을 고른 친구의 반대와 빠른 춤도 좋은 도전이라는 선생님의 말에 결국 변경은 없었다.

그렇게 체육 시간이 끝난 후 내 마음속에서는 걱정이 스멀스멀 피어오르기 시작했다. 과연 순수하게 팀의 원만한 과제 수행이 어려워질지도 모르는 것에 대한 걱정이었는지, 내가 애써 엄선한 음악이 채택되지 않은 것에 대한 걱정이었는지는 모르겠지만 확실한 것은 체육 수행평가 하나 때문에 꽤나 내 마음이 뒤숭숭했다는 것이다. 단지 자기가 좋아하는 노래라는 이유만으로 맞춰 춤추기에 적합하지 않은 음악을 추천한 친구에 대해 화가 나기도 했지만 어찌 보면 나 자신도 단지 내가 좋아하는 음악을 추천할 기회를 뺏겨서 화가 난 게 아닐까 하는 생각에 머릿속이 복잡했다. 점심시간에 믿을 만한 친구에게 내 고민을 털어놓았다. 역시 춤 동아리에서 안무 음악 결정에 관해서는 산전수전을 겪은 친구라 그런지 그 친구는 망설이지 않고 즉답을 해 주었다.

"그냥 친구들이 하자는 대로 해."

처음엔 납득이 잘 가지 않았다. 아무리 봐도 나의 관점에서는(어쩌면 색안경 낀) 비합리적인 선택을 단지 친구들이 수긍했다고 따라가야 하는 건지 의문이었던 것이다. 어쨌든 친구의 조언을 따라 나는 Runaway Baby에 맞춰 팀원들과 같이 정신없이 뛰어다녔다.

문득 '피할 수 없으면 즐겨라'라는 말의 어원이 궁금해서 찾아보았다. 원래 이 말은 미국의 Robert S. Eliot 박사가 쓴 책의 마음을 편안하게 해 주는 충고들 중 하나라고 한다. 원문은 이렇다.

"규칙 1번 : 작은 일에 열 내지 마라."

"규칙 2번 : 모든 일은 결국 작은 일이다."

"그리고 그렇게 맞서거나 도망칠 수 없는 일이 있다면 그냥 순응하라."

우리 조는 체육 수행평가에서 만점을 받았다. 선생님께서도 우리의 안무를 무척 칭찬하셨다. 역시 불가능이란 없었다. 처음엔 너무 빠르게 느껴지던 비트도 연습을 거듭하니 할 만하다고 느껴지게 되었고, 빠른 비트는 우리 점프밴드 조의 특색이자 자랑이 되었다. 만약 나의 좁은 식견을 바탕으로, 음악을 바꿔야 한다고 계속 우겼으면 어땠을까? 아마도 우리 조는 음악 결정에 대한 논쟁의 혼란에 휩싸여 정작 중요한 안무 고안 및 연습을 소홀히 하게 되지 않았을까. 그렇다. 피할 수 없다면 최선을 다해서, 열의와 성심을 다해서 진심으로 그 상황을 즐기는 것이 바로 최고의 선택인 것이다.

이후에도 비슷한 결정을 내려야 할 상황이 많았다. R&E의 조교 선생님께서 우리에게 내려준 과제가 우리가 원하는 연구방향과 그다지 맞지 않았을 때, 단순히 친구들끼리 먹고 싶은 게 일치하지 않을 때, 그리고 최근 팀원들과 SF의 주제를 무엇으로 할지 결정할 때도 상황은 비슷했다. 이럴 때 모두가 각자 하고 싶은 것이나 생각하는 바가 일치하기란 불가능하다. 자신의 관점을 친구들에게 어필하는 것도 필요한 능력이지만 친구들의 의견을 기꺼이 받아들이는 자세 역시 그만큼 우리에게 요구되는 능력인 것이다.

항상 남의 의견을 귀 기울여 들으라는 말을 배우면서 살아왔지만 내 스스로 남의 의견을 기꺼이 받아들이며 함께 하는 자세가 중요함을 깨닫지는 못했다. 그런데 이런 값진 사실을 나는 운 좋게도 고등학교 시절의 작은 해프닝으로부터 배울 수 있었던 것이다. 이제 귀 기울여 듣는 것에서 더 나아가, 귀 기울여 들은 것을 적극적으로 실천하는 자세를 지녀야겠다고 생각한다.

♣ 소수여서 더 특별한 천문 수업

- 32기 김성윤

나는 수학을 좋아하고, 미래에도 수학자가 되고 싶다. 그래서 나는 솔직히 다른 과학 과목들에는 그다지 큰 흥미를 가지지도 않았고, 또 굳이 그럴 필요가 없다고 생각했다. 하지만, 2학기 때 기초지구과학 수업에서 나는 새로운 흥미를 찾게 되었다. 바로 2학기 중반부터 배운 천문학에 대한 내용이었다.

우주나 하늘에 대한 흥미는 누구나 가지고 있는 것이다. 내가 어디에서 와서 어디로 가는지를 알 수 있는 방법들 중 하나이기 때문이다. 그래서인지 나는 천문학을 처음 배울 때부터 뭔가 말로는 표현할 수 없는 기분을 느꼈다. 매우 멀고 매우 큰 존재들에 대한 궁금증을 풀기 위한 사람들의 천재적인 노력들 그리고 방법들이 신기했고, 또 '모든 원소는 별에서부터 합성되니 우리 모두는 언젠가 별이었다.'라는 말도 심오하게 느껴졌다. 곧 나는 천문학은 수학 다음으로 우주의 신비와 기본 원리에 가장 가깝게 다가가고 있다고 생각하게 되었다.

그래서 나는 2학년 수강신청에서 천문학을 신청했다. 그때까지만 해도 나는 별다른 부담감이 없었고, 내가 공부하고 싶은 과목을 수강 신청하는 것에 대해 큰 문제를 느끼지 못했다. 하지만, 첫 수업을 들으러 월요일 9교시에 SRC 711호로 갔을 때, 나는 솔직히 매우 당황했다. 김혁 선생님께서 수업을 진행하셨는데, 꺼내 드신 책들이 모두 원서였고, 배우는 내용들도 기초지구과학 때와는 전혀 달랐다. 성적에 대한 불안감이 엄습할 수밖에 없었다.

게다가, 내 옆에는 국제 천문올림피아드에서 탑골드를 수상한 형서가 앉아 있었다. 선생님이 하시는 질문에 엄청난 직관을 발휘하여 모든 대답을 다 해내는 형서는 나를 더 부담스럽게 만들었다. 괜히 처음 배우는 과목을 신청했다가 나 혼자 뒤떨어지는 것은 아닌가 하는 생각도 했다. 한 학기에 과학 과목 5개를 듣는 것은 일반적인 일도 아니고 쉬운 일도 아니라는 아이들의 충고가 새삼 떠올랐고, 학기 초에는 천문 수업을 신청한 것을 후회하기도 했다.

하지만 나의 그런 후회는 차츰차츰 없어졌다. 내 생각과는 다르게, 천문학 수업에서 다루는 내용들은 모든 학생들에게 처음 다루어지는 내용이어서 특별히 나만 크게 뒤떨어지지는 않을 것이라는 생각도 한몫했다. 그렇지만 더 중요한 것은 수업이 엄청나게 재미있었다는 점이었다.

먼저 수업을 듣는 학생이 5명밖에 없다는 것이 큰 장점으로 다가왔다. 5명밖에 안되니 탄력적인 수업이 가능했고, 선생님께서도 좀 더 어렵고 흥미로운 주제들을 가르쳐 주실 수 있었으며 수업 외 활동도 자주 이루어졌다. 이를테면 선생님께서는 우주 전체에 21cm 전파가 퍼져 있는 이유를 어려운 양자역학을 통해 설명해 주셨는데, 이해하고 나니 성취감도 들고 우주에 대한 신비도 느꼈다. 한번은 선생님의 교무실 쪽에 까치가 집을 지었었는데, 그걸 보러 가서 어떤 일들을 할 수 있을까에 대해 애들끼리 얘기한 적도 있었다. 이런 일들은 한 반의 수강 인원이 10명이 넘는 보통의 과목으로서는 거의 불가능한 일일 것이다.

더 나아가서, 5명끼리 토론하는 일도 잦았고, 토론해 나가며 정확한 지식을 습득하고 각자의 생각을 확장시켜 나가는 과정이 좋았다. 처음에는 토론에 참여할 만한 물리학적 지식이 없었지만 계속 배워 나가고 생각하다 보니 내가 아이들에게 질문하는 일도 생기고 또 토론을 이끌어 나갈 때도 있었다. 그럴 때면 진짜 학자가 된 기분이 들었다.

SRC 7층을 사용하는 것도 하나의 매력이었다. 7층은 작년에 R&E 발표용 포스터를 출력하러 간 것 외에는 한 번도 갈 기회가 없었던 곳이었는데, 천문 과목을 수강하면서 우리 학교에서 가장 높고 또한 가장 첨단인 곳에 내가 있다는 생각이 들었다. 특히 언젠가 천체 관측을 하러 관측실로 갔을 때가 기억에 남는다. 김혁 선생님과 지구과학 테크니션 선생님, 그리고 외부 전문가들께서 직접 기계를 연결하고 프로그래밍을 하여 버튼을 통해 망원경이 움직일 수 있도록 한 장치와 무인 관측 시스템을 형성하는 모습을 보고, 이것이 진짜로 과학 이론을 실재화하는 일임을 느낄 수 있었다.

이제 천문학 수업의 후반부 절반이 남아 있다. 나는 앞으로의 수업이 이제까지보다 더 기대된다. 중간고사만 보는 과목이라서 성적에 대한 부담도 덜하니 앞으로 더욱 창의적이고 재미있는 활동을 많이 할 수 있을 것 같다. 이후의 수행평가로 python을 통한 시뮬레이션을 하는데, 이는 내가 볼 수 없는 별의 탄생과 우주의 모습을 보여줄 것으로 기대된다. 또 후반부에는 관측실에 올라가서 관측도 더 자주 하고, 밤에 모여서 별들을 보며 얘기도 한다고 한다.

천문학 수업을 들으며 내가 느낀 점은, 사람은 항상 하고 싶은 것을 할 때에 가장 행복하다는 단순하지만 변하지 않는 진리이다. 요즘은 가장 기대되는 수업이 천문 수업이다. 경기과학고등학교에 다니는 많은 학생들은 자신이 진짜 듣고 싶은 과목이 있어도 성적 부담 때문에, 시간 부담 때문에, 또 많은 사람들이 듣지 않아서 안 듣는 경우도 있다. 하지만 나는 과감한 선택이 때로는 인생에 필요함을 말하고 싶다. 물론 약간의 부담은 있었지만, 천문학을 과감하게 신청함으로써 나는 우주에 대한 이해를 넓힐 수 있었고, 그래서 매우 행복하다. 듣고 싶은 것만 모두 듣는 것은 현실적으로 불가능하지만, 때때로 한 번씩은 배우고 싶은 걸 배워야 한다. 그래야 인생에 생기가 생긴다.

가우스가 위대한 수학자라는 사실은 많은 이들이 알고 있다. 그런데 흥미로운 사실은 가우스는 괴팅겐 천문대의 천문대장이기도 했다는 것이다. 이것은 내가 천문 수업을 통해 느낀 또 다른 점이다. 수학 전공이라고 해서 수학만 팔 필요는 없고, 화학을 잘한다고 해서 무조건 화학 계열의 직업만 선택할 필요는 없는 것 같다. 과거의 위대한 학자들은 여러 가지 학문들을 동시에 섭렵하였다.

우리에게도 한 우물만 파겠다는 자세가 아니라, 여러 가지 다양한 학문들을 동시에 이해하고 융합하는 자세가 필요한 것 같다. 이를테면 물리적인 관점에서 진화와 생명과학을 바라본 슈뢰딩거라던가, 수학을 통해 경제학의 새로운 지평을 연 존 내쉬처럼 말이다. 이런 넓게 보는 자세를 통해 우리는 자연에 대해 새롭고 독창적인 이해를 할 수 있으며, 더 나아가서 자연에 관한 탁월한 업적을 남길 수도 있을 것이다.

♣ 나를 행복하게 한 UCC 제작

- 32기 김동현

나는 영화와 음악 감상을 좋아하고, '보는 눈'과 '듣는 귀'에 일가견이 있다고 예전부터 자부해 왔다. 또한 내가 알고 있는 양질의 영화와 음악을 타인에게 소개하는 것만으로도 행복해진다. 영화를 보여주는 것을 좋아하여 주말 영화 상영 동아리 '허브'의 기장을 맡고 있고, 동아리 활동에 대단한 애착을 가지고 있다. 음악 쪽으로는 어쩌다 친구에게 음악을 들려주면 "대단하다. 어떻게 이런 좋은 곡만 골라서 들려주는가."하는 반응을 접하기도 한다.

내가 좋아하는 영화나 음악과 관련해서 작년에는 학급 UCC를 제작하는 활동이 있었다. UCC 제작은 작은 스케일의 영화를 직접 만들고 알맞은 음악을 넣은 후 완성본을 모두의 앞에서 공개하는 것이기 때문에 내가 가장 즐겁게 할 수 있는 최적의 일이라고 생각했다. 그러나 당시 나는 영상 제작 기술을 잘 몰랐기 때문에 직접 앞에 나서서 할 수 있는 처지가 아니었다. 그래서 영상 제작을 잘하는 한 급우가 투덜거리며 그 일을 하는 것을 보고 안타까운 마음을 떨칠 수 없었다. 그때 나는 만약 한 번의 기회가 더 있다면 직접 제작을 맡아 모든 것을 보여주겠다고 결심하고, 틈틈이 제작 기술을 익히고 영화에 넣으면 자연스럽게 어울릴 만한 음악을 찾았다.

기회는 2학년 문학 시간에 찾아왔다. 수행평가 중 하나로 5명의 조원과 함께 스마트폰 영화를 제작하는 일이 있었다. 당연히 제작은 내가 하겠다고 조원들에게 이야기했으며, 미리 구상한 대강의 시나리오를 내놓았다. 조원들 모두 내 준비성과 열정에 감탄하였으며, 함께 시나리오를 다듬는 일을 시작했다. 줄거리가 점점 탄탄해지며 완성되어 가는 것을 보며 내가 큰 기쁨을 느꼈음은 말할 것도 없다. 마침내 등장인물, 촬영 장소, 대사 등이 모두 결정되었으며 우리는 촬영에 들어갔다. 그러나 촬영은 편집과 음악 삽입을 미리 생각할 정도로 간단한 일이 아니었으며, 몇 가지 문제점이 드러났다.

우선 가장 중요하다고 할 수 있는 배우들의 연기가 어색했다. 모두들 전문 연기자가 아니었기에 어쩔 수 없는 일이었으나, 내가 바라는 분위기나 액션 등이 잘 이루어지지 않아 아쉬웠다. 그래서 조원들에게는 미안했지만 내가 바라는 분위기를 만들어 내기 위해서 수차례 같은 장면을 거듭 촬영하기도 했다. 그만큼 촬영 시간은 길어졌으며, 이것은 두 번째 문제점으로 이어졌다. 촬영에 할애된 시간을 넘김으로써 시간을 따로 내서 촬영해야 했는데, 해당 장면에 필요한 배우가 모두 모이기 어려워졌다. 서로 공강 시간이 겹치지 않았고, 오후에도 일정이 있는 조원이 있어 UCC 발표 전날 늦은 밤까지 촬영을 해야 했다.

촬영 기술에도 한계가 있었다. 내가 원하는 장면을 연출하기 위해서는 첨단 촬영 장비가 필요할 정도였다. 예를 들어 높은 건물 밖에서 안을 찍으려면 헬리캠이 필요했고, 달리는 장면을 찍기 위해서는 배우의 바로 앞에서 같은 방향으로 이동하며 찍을 수 있는 장비가 필요했다. 그러나 그런 장비를 동원할 수 있는 사정이 아니었으며 제한된 촬영 조건에서 최대한 노력한 결과 결국 장면의 질은 '완벽하지만은 않은' 정도로 남게 되었다.

발표 전날에야 촬영을 마칠 수 있을 정도였으니, 편집은 촬영을 하는 동안 병행해야 했다. 시간에 쫓기면서, 취침 시간까지 활용해 가면서 편집을 해야 했으나 나는 편집할 때면 즐거움을 느꼈다. 부자연스러운 장면을 잘라내어 자연스럽게 만들고, 상황이 정확히 이어지는 영상을 만들고 있노라면 한 작품을 만들고 있다는 보람이 느껴졌다. 거기에 어울리는 음악까지 찾아서 넣고 그것이 장면 전환에 맞추어 기가 막히게 흘러나오는 것을 들을 때는 나의 열정에 대한 보상을 받는 듯한 기분이었다. 뿐만 아니라 편집을 하고 있지 않을 때조차 어떤 장면을 어디에 넣으면 좋을지, 어떤 음악이 어떤 부분부터 흘러나오면 좋을지 생각했고, 아이디어가 떠오르면 성취감을 느꼈다. 편집 기간이 1주일이었는데, 학교생활을 하면서 그렇게 긴 기간 동안 행복이 이어진 적은 없었던 것 같다. '좋아하는 일'을 한다는 것이 어떤 것인지 알게 된 1주일이었다.

우리의 소규모 영화는 나의 애착과 열정 아래 점점 완성되어 갔으며, 만들면서도 끝없이 재생해 보면서 감탄함과 동시에 더 자연스럽게 보일 수 있는 방법을 찾기 위해 노력했고 더 완벽하게 만들기 위해 수정을 반복했다. 그리고 마침내 노력의 결실인 UCC가 완성되었다. 줄거리, 촬영 각도, 음악 등 모든 것이 흠잡을 곳 없이 완벽하다고 생각했다. 몇몇 급우들에게 보여주니 스토리가 대단하다, 음악은 어떻게 이런 걸 골랐느냐, 진짜 영화 같다 등 칭찬 일색이었다. 나는 발표일이 되기만을 기다렸고, 내가 만든 영화를 학교의 모든 학생들에게 보여주지 못하는 것만을 아쉬워했다.

마침내 발표시간이 되었고, 나는 긴장감을 안은 채 발표를 시작했다. 우리 조가 촬영 각도와 음악 삽입에 신경 썼음을 밝히고 영상을 재생시켰다. 동시에 모두들 숨죽인 채 감상을 시작했고, 내가 살아오면서 가장 많은 관심과 사랑을 쏟은 작품이 10분간 상영되었다. 중간 중간 감탄이 나왔으며 웃음이 터지기도 했다. 가장 큰 반응은 내가 고심해서 적절한 위치에 삽입한 음악이 흘러나왔을 때 일어났다.

그러나 상영이 끝나자 몇몇 학생들은 줄거리가 이해되지 않은 듯한 반응을 보였다. 선생님 또한 내가 앞서 상영에 앞서 언급한 것들만 재차 칭찬하셨지 그다지 큰 감명을 받으신 것 같지는 않았다. 힘들었던 촬영 과정과 내 모든 것을 쏟아 부은 영상임에도 불구하고 긍정적이지만은 않은 평가에 대한 실망감과 함께 마음이 무거워지려던 찰나, 다른 조의 한 학생이 나에게 삽입곡의 제목이 무엇인지 물어보았다. 그 순간 내 마음에는 큰 환희의 물결이 밀려왔다. 영화가 그들에게 큰 감동을 주거나 인생의 변화를 일으킬 수는 없을지라도, 나로 인해 그가 좋아하는 음악이 한 가지 더 늘어났다는 것과 내가 자부하는 '좋은 음악을 듣는 능력'을 다시 한 번 입증했다는 것이 내 마음을 즐겁게 한 것이다. 그것으로 충분했다.

이번 UCC 촬영은 나 자신을 계발하기에 매우 적절한 기회였으며, 더불어 행복과 깊은 깨달음을 가져다주었다. 촬영과 편집, 음악 삽입을 거듭하면서 관련 기술을 터득할 수 있었고, 이것들을 제대로 활용할 수 있다는 것에 큰 자부심을 느끼며 자연스럽게 그 일을 좋아하게 되었다.

좋아하는 일을 한다는 것은 대단히 멋진 일이다. 그것은 성공 혹은 실패와 관계없이 그 일을 하는 것만으로도 즐거움을 가져다준다. 나는 이번 기회를 통해 좋아하는 일을 하는 느낌이 어떤 것인지 확실히 알게 되었으며 이것은 내가 장래에 직업을 선택할 때에도 긍정적인 영향을 미칠 것이라고 확신한다. 또한 그 일을 함으로써 조금이라도 타인에게 감명을 줄 수 있다면, 후일에 내 인생은 성공적이었다고 내 스스로 자랑스럽게 말할 수 있을 것이다.

♣ 국어 선생님의 명언

- 32기 박성재

내가 재학하고 있는 경기과학고등학교는 전국에 몇 없는 영재학교 중 하나이다. 그리고 나는 경기과학고가 여러 영재학교들 중에서도 특별함을 가진다고 생각한다. 이는 경기과학고의 국어 수업 시간에서 기인한다. 경기과학고의 1학년 국어 수업 시간은 일주일에 세 시간이다. 보통 두 분의 선생님께서 모든 반을 가르치시는데, 그 중 한 분은 일주일에 두 시간, 다른 한 분은 일주일에 한 시간 수업을 하신다. 이 한 시간의 수업이 지난 1년간의 나의 과학고 생활에서 가장 특별하게 다가왔기에 나는 이에 대한 글을 써 보려고 한다.

이 1시간이라는 길다면 길고, 짧다면 짧은 시간 동안 우리가 배우는 것은 글쓰기이다. 작년 내가 국어 수업을 들었을 때에는 이동학 선생님께서 우리를 가르쳐 주셨다. 사실 중학교 때 글을 쓴 경험이 없는 학생들이 대부분이라 처음에는 모두 많이 헤매었다. 현재 중학교에서는 글쓰기를 따로 배우지 않기 때문이다. 따라서 자신의 생각을 글로 표현하는 것에 서투른 친구들이 대부분이었고, 생각과 글은 많은 차이가 있기에 처음 글쓰기 수업은 우리에게 어렵기만 했다.

하지만 1년간의 글쓰기 수업에서 6개의 글을 썼고, 이를 통해 내가 글을 잘 쓰게 되었다고는 할 수 없겠지만 적어도 지금처럼 책상에 앉아 노트북을 켜고 키보드를 두드리면서 내가 원하는 글을 쓰는 것이 꽤나 자연스러워진 것 같다. "잘 쓰기는 정말 어렵지만 누구나 쓸 수 있는 것이 글이다!"라는 이동학 선생님의 명언이 옳았던 것일까. 사실 내가 일반 인문계 고등학교나 다른 영재학교에 진학하였다면 이러한 글쓰기 수업을 들을 수 있었을 것이라고는 상상이 되지 않는다. 인문계 고등학교는 말할 것도 없을뿐더러, 다른 영재학교의 많은 친구들에게 자신들이 듣는 수업에 대한 이야기를 들어 보아도 글쓰기 수업에 대한 언급은 없었다. 하지만 과학만 잘하는 것이 아니라 연구와 이론들에 대한 자신의 생각을 글로 표현하고 대중을 이해시킬 수 있는 과학자들을 필요로 하고 있는 지금, 이러한 글쓰기 수업은 나에게 특별한 의미로 다가온 것 같다.

또한, 단순한 글쓰기 수업이 아니었다는 점도 나에게 이 수업의 특별함을 느끼게 하는 데에 큰 역할을 한 것 같다. 이동학 선생님의 글쓰기 수업은 매번 지식채널 등의 간단한 동영상을 보는 것으로 시작되었는데, 이

영상들은 모두 나에게 생각해 볼 거리를 주었다. 그중 가장 기억에 남는 영상은 "쓸데없는 공부"라는 영상인데, 이 영상은 자신의 인공위성을 저 밤하늘에 쏘아 올리겠다는 일념 하나로 독학과 아르바이트를 통해 결국 자신의 인공위성을 쏘아 올리는 데에 성공한 사람에 대한 것이었다. 이 영상은 나에게 많은 생각을 하게 만들었다.

사실 과학고에 와서도 의대에 지원하고자 하는 학생들이 적지 않다. 대부분이 의사라는 직업의 안정성이나 혹은 부모님의 권유에 의해 의대 진학을 결심하게 된다. 과연 안정성이나 경제력 등의 다른 것들을 위해서 자신이 좋아하는 분야의 공부, 즉 꿈을 포기하는 것이 옳은 것인지 고민을 하게 되었고, 아직도 나는 내 진로에 대한 생각을 할 때마다 이 영상을 다시 떠올려 보곤 한다. 이렇게 글쓰기 수업은 우리에게 어떤 문제에 대해서 깊이 고민할 수 있는 능력을 키워 주었다.

마지막으로 글쓰기 수업은 내 글을 선생님뿐 아니라 반 전체의 학생들이 평가를 했기에 더 큰 의미가 있었다. 사실 글을 쓰다 보면 자신은 자각하지 못하지만 읽는 사람 입장에서는 글쓴이가 무엇을 의도했는지 이해하기 어려운 경우가 많다. 하지만 많은 사람들이 내 글을 읽고 평가해 주는 시간을 가졌기에, 그 과정에서 읽는 사람의 입장을 헤아릴 수 있었고, 글을 고쳐 썼을 때에는 훨씬 더 나은 글이 완성될 수 있었다.

물론 경기과학고등학교의 글쓰기 수업이 완벽하다는 것은 아니다. 보다 좋은 점수를 받기 위해서 자신의 순수한 생각을 담은 글쓰기가 아닌 학점 받기용 글을 '지어 낸' 학생들도 없지는 않았을 것이다. 물론 이동학 선생님의 의도는 글을 짓는 것이 아닌 글을 쓰는 것을 바라셨을 테지만 말이다.

하지만 그럼에도 불구하고 글쓰기 수업은 내 자신만의 글 스타일을 만들어 나갈 수 있도록 도와주었고, 문제가 있을 때 이에 대한 깊은 고민을 통해 자신의 생각을 다른 사람이 이해하기 쉬운 글로써 표현하는 방법을 배우는 시간이었기에 매우 특별했다.

♣ 자상하게 이끄시는 분

- 32기 박규환

경기과학고등학교에서 선생님이라는 존재가 얼마나 대단한지는 학교 구성원 모두가 알 것이다. 몇 년 전에 영재학교로 전환된 이후 선생님들도 우리들처럼 경기과학고등학교에서 근무하기 위하여 전국 단위의 경쟁을 통해 선발되셨고, 학교에 부임하신 이후에도 다른 어느 학교의 선생님들과 비교해서도 뒤처지지 않는 실력을 가지고 열정적으로 우리들을 가르치고 계신다.

그 중에서도 과학 교과를 가르치고 계시다면? 과학을 좋아하고 잘하기 때문에 경기과학고에 들어온 학생들은 배운 내용에 대해 의심도 많이 품고 질문도 많고 그 교과의 전문적 지식도 많이 가지고 있는데, 과학 교과의 선생님들께서는 우리들의 수업을 충분히 커버하신다. 이런 점들을 생각해 보면 과학 교과 선생님들의 대단함을 느끼지 않을 수 없다.

경기과학고에서 담임교사를 하고 계신다면? 바쁜 경기과학고 생활을 하는 학생이 어려움을 느끼지 않게 도와줄 수 있고 저마다 개성이 뚜렷한 학생들 하나하나에 관심을 가지고 한 학급의 구성원 모두를 자연스럽게 리드할 수 있는 능력을 가지고 계신다는 뜻이다.

내가 소개할 선생님은 우리 학교에서 물리 과목을 가르치고 계시고 나의 담임선생님을 맡고 계시는 김봉수 선생님이시다. 항상 웃는 얼굴로 학생을 대하시고 언제나 학생에게 화를 내지 않으시는 선생님으로 유명하신 분이다. 나는 선생님을 학급 조례와 종례 시간에도, 물리 실험 시간에도 만나기 때문에 내가 선생님을 만난 기억들을 바탕으로 선생님을 소개해 보도록 하겠다.

김봉수 선생님은 조종례 시간에 종종 우리가 읽어 볼만한 자료들을 프린트해서 나눠 주신다. 우리가 인생을 살아가는 데, 꿈을 이루는 데, 그리고 하루하루를 보람차게 사는 데 도움이 되는 자료들이다. 학급 시간에 글을 읽어 볼 시간을 주시기도 하고, 그 글이 담고 있는 좋은 내용을 약간씩 소개해 주시기는 하지만 그렇다고 그것을 반드시 읽어 보라고 강요하지도 않으신다. 단지 받은 후에 바로 버리지만 말아달라고 말씀하시는데, 우리 반 아이들 중에서 그 프린트를 읽지 않는 경우도 있다는 점을 감안하여 하시는 말씀으로, 아이들의 부담을 덜어 주시려는 뜻이 숨어 있는 것 같다.

또한 김봉수 선생님은 학생들의 문화를 즐길 줄 아시는 선생님 중의 한 분이시다. 선생님이라는 존재는 학생들을 평가하는 사람이고 더욱이 담임선생님이란 존재는 어쩌면 학생들에게 지루할 수 있는 조종례 시간을 맡아 귀찮을 수 있는 잡무들을 지시해야 하는 사람이기 때문에 학생과 선생님의 관계는 쉽게 가까워질 수 없다고 생각한다. 그런데 김봉수 선생님께서는 학생들의 문화를 즐기는 방법으로 학생들과 가까워지고자 노력하시는 것 같다.

예를 들어, 우리 학년에 '행님'이라는 말이 한창 퍼지고 널리 쓰이던 때, 우리 반 아이들도 예외 없이 반 안에서 그 말을 쓰곤 했다. 그런데 어느 날부터, 선생님께서도 이 말을 쓰시기 시작했다. 쓰는 우리들의 대부분, 어쩌면 누구도 '행님'이라는 말의 명확한 뜻을 알지 못하기 때문에 선생님 역시도 아마 행님이란 말의 뜻을 잘 알지는 못하실 것이다. 그런데도 이 말을 사용한다는 것은 우리의 문화를 함께하고자 노력한다는 증거이다.

앞에서 말한 김봉수 선생님의 면모에서 추측할 수 있듯이 김봉수 선생님께서는 학생들과의 어떤 수직적 관계도 원하지 않으시는 것 같다. 선생님은 항상 학생들에게 예의를 갖추신다. 학생들에게 반말을 쓰지도 않으시고 학생들의 불평에도 화를 내기보다는 설득하기를 택하신다. 무언가를 시켜야 할 때에도 명령보다는 부탁을 하시거나 '우리 같이 해 보자'라는 태도로 말씀하신다. 그리고 누군가 작은 일을 한 경우에도 꼭 감사의 인사를 잊지 않으신다.

우리 학교의 물리 선생님이신 김봉수 선생님은 나의 물리 실험 수업을 맡고 계신데, 실험에 임할 때 우리의 행동 하나하나에 자각을 언급하신다. 물리 실험에 쓰이는 전선 정리 방법을 배울 때에는 물리 실험의 기본부터 배우고 있는 것이라 말하신다. 이를 보면, 우리가 물리 실험 수업을 통해 이루어지는 모든 과정에서 무언가를 얻어가기를 정말로 원하시는 것 같고, 우리의 행동 하나하나에 의미를 부여하여 수업 중의 행동에서 많은 것을 깨달아 갈 수 있도록 유도해 주시는 것을 느낄 수 있다.

다만, 선생님께서 우리를 존중해 주시는 만큼 담임선생님으로서 우리에게 몇몇 의무를 강조해 주시곤 하는데, 그 예로 교실 청소와 학습실의 과자를 들 수 있다. 교실 청소는 우리가 한 교실을 학급 활동 장소로 빌려 쓰고 있기 때문에 이를 깨끗이 청소해야 한다는 의무를 가지고 있고, 학습실의 과자는 모두가 집중해서 공부해야 하는 학습실인 만큼 과자 냄새나 과자를 먹는 소리로 다른 사람을 방해해서는 안 되므로 학습실에는 과자를 들고 들어가서는 안 된다는 의무를 가지고 있다는 말씀이다. 이러한 의무에 대하여, 선생님께서는 시험 기간에도 교실 청소를 철저히 시키시고 우리 반의 학습실에 놓인 과자들을 모두 가져가시는 등의 조치를 취하셨다. 이를 보면, 선생님께서는 우리들을 매우 존중해 주시긴 해도, 공동체의 일원으로서 우리의 의무는 반드시 이행해야 한다는 선생님의 생각을 엿볼 수 있다.

경기과학고등학교에는 많은 훌륭한 선생님들이 계시지만 그중에서도 담임선생님이자 물리 선생님으로서의 김봉수 선생님이 어떤 분이신지 쭉 소개해 보았다. 지금까지 이야기한 것을 한 줄로 요약하자면 김봉수 선생님은 정말 배려심이 깊으신 선생님이라는 것이다.

김봉수 선생님을 담임선생님으로 마주하게 된다면 우리를 즐겁게 해 주시고자 노력하시고 우리의 비전을 성취하거나 인생을 살아가는 방법에 대해 도움을 주실 것이다. 또한 과학 과목 선생님으로 마주하게 된다면 반드시 그 수업을 통해 얻어가는 중요한 무언가가 있을 것이다. 김봉수 선생님을 만나게 되는 일이 있다면, 기뻐해도 좋을 것이라고 장담한다.

♣ 나를 꿈꾸게 하신 선생님

- 32기 봉해균

과학영재학교 경기과학고등학교, 사실 아직도 내가 이 학교의 학생이라는 것이 믿기지 않는다. 태어나고 쭉 살아왔던 동네인 청주 안에서 우물 안 개구리였던 나는 경기과학고가 어떤 곳인지, 가서 무엇을 어떻게 공부해야 할지 정말 하나도 몰랐다. 겨우 청주에서 공부 조금 잘하던 내가 과연 경기과학고라는 큰물에 가서도 공부를 잘할 수 있을지, 아니 생활이나 잘할 수 있을지 걱정만 앞섰다. 그러한 걱정을 하면서도 합격한 이후에는 놀기 바빴다. 공부는 하지 않고 정말 신나게 놀러 다녔다.

입학하고 나서야 현실이 느껴졌다. 나만 열심히 하는 게 아니었다. 정말 잘하는 아이들만 모여 있다는 것이 피부로 느껴졌다. 이런 아이들보다 내가 잘하는 게 있을까? 무엇을 해도 나보다 더 잘하는 아이가 있을 것 같은데, 계속 이 학교를 다녀야 할까? 하는 생각까지도 했었다. 그러다 시험 기간이 다가왔다. 난 워낙 분위기를 잘 타는 성격이라서 주위의 아이들을 따라서 열심히 공부하였다. 시험이 끝났는데 중학교 때의 시험과 달리 속이 홀가분하지 않았다. 원래의 나라면 다음 시험을 더 잘 보면 된다는 생각으로 넘겼겠지만, 합격한 이후에 공부를 하지 않은 것이 후회되었다. 그러다 보니 자신감도 조금씩 떨어져갔다.

중간고사가 끝나고 얼마동안 여러 가지 깊은 생각에 빠져 지냈던 것 같다. 그러다가 내 경곽 인생을 바꾸어 놓을 전화가 온다. 바로 화학탐구 프런티어를 같이 나가자는 R&E 파트너였던 준석이의 전화였다. 나는 별로 나가고 싶은 마음은 없었지만, 경험이라도 해 보자는 생각으로 동의하였다. 사실 우리 R&E 담당선생님이셨던 김순근 선생님께서는 우리 학교에서도 화려한 연구대회 실적으로 유명하신 분이었다. 하지만 이 사실은 자신감이 떨어진 나에겐 '선생님만 좋으시면 뭐해, 내가 능력이 없는데'라고만 느껴질 뿐이었다.

대회에 나가려면 우선 주제를 잡아야 하는데 본격적인 연구를 처음 해보는 것이었기 때문에 정말 막막했다. 게다가 중학교 때까지는 수학과 관련된 공부만 했고, 화학이라는 과목은 공부한 지 얼마 안 되었기 때문에 지식이 부족하여 주제를 생각하기가 어려웠다. 인터넷에서 주제를 찾아 선생님께 상의 드리러 갔을 때도 선생님께서 적합하지 않은 이유를 설명해 주실 때 이해가 되지 않는 부분도 있었다. 너무 막막했다. 그래서 너무 어려운 주제를 생각하지 말고, 우리 주변에 있는 흔한 소재 속에서 과학을 찾아보기로 하였다.

그러다 어느 비 오는 날, 문득 창문 쪽을 바라보았는데 창밖의 풍경이 아닌 바로 앞에 있는 방충망에 눈길이 갔다. 비가 들이치자 물방울이 맺혔다가 터지는 것을 볼 수 있었는데, 그것을 연구해 보면 어떨 까라는 막연한 생각이 떠올랐다. 좀 더 생각해 보니 정말 연구할 수 있을 것 같았다. 그 아이디어로 준석이와 함께 선생님을 찾아가 이야기를 나누었고, 이를 더욱 구체화하여 제안서를 써 내려갔다. 물론 나는 그다지 글 쓰는 재주는 있는 편이 아니어서 준석이의 주도 하에 제안서를 만들어 나갔다.

연구 제안서를 제출한 후 우리는 마음을 비우고 예선 결과 발표를 기다렸다. 정말 운이 좋게도 심사위원들께 아이디어가 괜찮게 느껴졌다 보다. 사실 이후에 나간 다른 대회들의 주제들의 경우도 대부분 내가 아이디어를 냈고, 거기서 사고를 확장하여 주제를 잡았다. 내가 제안한 주제가 채택이 되다니 정말 자랑스럽게 느껴졌고, 한편으로는 남들이 하지 못했던 창의적인 생각을 한 내가 기특하기도 했다. 어쨌든 우리의 제안서가 통과되었으니 본격적인 실험에 돌입하게 되었다.

실험 역시 걱정스러웠다. 내가 실험을 잘해 낼 수 있을지에 대해서 의문이었다. 처음 해 보는 것인데 잘할 수 있을까? 좋은 주제임에도 불구하고 실험을 잘못해서 망치게 되는 것은 아닐까? 이런 걱정을 하면서 실험을 시작하게 되었다. 예전에 해 보았던 실험이라고는 단지 어렸을 때 아버지와 함께 집에 있는 실험기구로 했던 것들로서, 그 과정에서 기본적인 부분만 배워 대강 알고 있을 뿐이었다. 이것이 나에게 날개를 달아 줄 것이라고는 상상도 못했다.

실험을 하는 과정에서 기본을 갖추고 있다는 것이 굉장히 큰 도움을 주었다. 장시간 같은 과정을 반복해야 하는 지루하고 힘든 실험도 손쉽게 해낼 수 있었고, 실험기구를 다루는 것도 능숙하였기 때문에 실험이 수월하게 진행될 수 있었다. 처음 몇 번 실험을 했더니 지도 교사를 맡으신 김순근 선생님께서 나의 장점을 알아채시고 나에게는 주로 실험적인 부분을 맡기셨다. 실험 방법을 개선하거나 좀 더 나은 결과를 얻기 위한 실험 설계를 계속 주문하셨다. 나는 내가 가진 노하우와 실험 지식을 총동원하여 선생님께서 주문하신 것을 메꾸어 나갔다. 만약 선생님께서 이것저것 주문하지 않으셨다면 지금의 나는 존재하지 않았을 것이다.

실험을 반복하고, 결과를 해석하고, 이를 통해 결론을 도출하는 과정이 조금씩 재미있어졌다. 아마 김순근 선생님과 연구에 대해 이야기하면서 선생님께서 던져 주시는 의문들을 생각하고 풀어 나가는 과정 속에서 즐거움을 찾을 수 있었던 것 같다. 지금까지 공부를 해 오면서 그렇게 즐거웠던 적은 없었던 것 같다. 하루에 10시간 넘게 앉아서 공부를 해 본 적은 없지만, 밥 먹는 시간까지 할애하면서 눈 뜬 후부터 잠자기 전까지 실험을 했던 적은 있다. 심지어 준석이가 올림피아드 계절학교에 입교하게 되면서 나 혼자 실험을 진행하였는데도 하나도 힘들지 않았다. 물론 육체적으로는 조금 힘들었지만, 정신적으로는 오히려 즐거웠다. 날이 가면 갈수록 실험하는 것, 연구하는 것이 재미있어졌고, 앞으로도 계속 연구하고 싶어졌다.

나와 준석이의 노력은 수상으로 그 결실을 얻게 되었다. 열심히 준비한 덕에 가장 큰 상인 대상을 받게 되었고, 부상으로 노트북과 미국 탐방의 기회도 얻게 되었다. 또한 앞서의 연구를 확장시켜 진행한 연구로 국제연구대회에 우리나라 국가대표로 출전하게 되었고, 이제 곧 출국을 앞두고 있다.

1년 전만 해도 아무것도 모르고 무엇을 해야 할지, 학교는 제대로 다닐 수 있을지 걱정하던 내가 지금은 우리나라의 국가대표가 되어 있다. 아무도 몰랐다. 나도 내가 이렇게 연구하는 것을 좋아하고 잘할 수 있는지 몰랐다. 그런데 김순근 선생님께서 찾아 주신 것이다. 진정한 '나'를 찾아 주셨고, 내가 잘하는 것을 알아봐 주셨다. 단지 상을 탔기 때문에 선생님께 감사드리는 것이 아니다. 상을 타지 못하였더라도 나는 그 경험을 의미

있고 소중하게 여겼을 것이다. 내가 좋아하고 잘할 수 있는 강점을 찾았기 때문이다.

나는 나의 강점과 이를 찾아 주신 선생님을 가슴속 깊이 새기고 우리나라의 과학 발전을 이끄는 연구자가 되고 싶다. 그리고 선생님께 그 영광을 돌리고 싶다. 비록 지금은 우리 학교를 떠나셨지만, 다시 한 번 사랑하는 김순근 선생님께 감사의 인사를 전해드린다.

7
동아리의 추억

경기과학고의 특별한 매력인 동아리 활동이 과연 어떻게 이루어지고 있는지 보여 주는 꼭지. 경기과학고 학생이라면 저마다 열의 있게 참여하는 학술, 과학, 인문예술, 스포츠 동아리 활동이 학생들을 어떠한 성장으로 이끄는지 확인할 수 있다.

♣ 나를 성장시킨 학술 동아리 활동

- 30기 엄찬영

우리 학교 학생이라면 누구나 한두 개쯤은 애착을 갖고 적극적으로 활동하는 동아리가 있을 것이다. 동아리 회원은 저마다 자신이 맡은 역할을 성실히 수행하여 동아리가 발전되는 방향으로 나아가도록 하는 것이 당연한 일인데, 특히 동아리를 이끌어 가는 기장은 동아리 활동을 기획하고 운영하는 과정에서 적지 않은 일을 떠맡아야 하는 경우가 많다. 교과 공부나 과제만으로도 시간이 빠듯한 학교생활에서 동아리 업무까지 과중된다면 동아리 활동이라는 것이 그렇게 반갑지만은 않을 것이다.

우리 학교에서는 다양한 동아리 중에서도 학술 동아리는 친구들과 우정을 다지는 동시에 학업 능력을 향상할 수 있다는 점에서 매우 보람 있는 활동이라고 생각한다. 나는 2년 동안 수학 학술동아리 'Solve it'의 기장으로서 활동을 했는데, 이 동아리의 기장으로서 내가 했던 주된 일은 다른 친구들에게 수업을 하는 것이었다. 동기들을 상대로 수업을 한다니! 어찌 생각해 보면 우스꽝스러운 일이 아닐 수 없다. 하지만 학술 동아리의 특성상 누군가는 꼭 해야 하는 일이었고, 그 일은 자연스럽게 기장인 내가 맡게 되었다.

솔직히 말하자면 처음 몇 번의 수업에서는 어려움이 많았다. 우선 내가 어떤 내용을 알고 있는 것과 그것을 남들에게 설명할 수 있는 수준으로 이해하는 것은 많이 달랐다. 평소 혼자 공부하는 것보다 더 깊이 공부하고 연구해야만 비로소 남을 가르치는 것이 가능해진다. 한번은 자랑스러운 마음으로 나만의 풀잇법을 동아리 수업에 들고 간 적이 있었다. 그런데 막상 이를 후배들과 동기들에게 설명하려고 하니 같은 말만 반복하게 되어 아주 망신을 당했었다. 어떻게 설명을 시작해야 할지도, 무엇을 요점으로 설명해야 할지도 몰랐던 것이다. 추측컨대 그때의 내 설명은 저명한 수학자가 와서 들었다고 해도 이해하지 못할 만큼 어설펐을 것이다.

또 한 가지 문제는 수업 때 발표할 문제들을 출제하는 것이었다. 학생인 내가 학습 시간의 대부분을 이 작업에 쏟지 않는 한 직접 문제들을 만드는 것은 어려운 노릇이었다. 그래서 각종 학원 프린트나 수학 올림피아드 자료들을 참고해 나가면서 문제들을 뽑았는데, 그 문제들을 발표하려면 내가 먼저 모든 문제를 꼼꼼히 풀어 보는 것이 필수적이었다. 그러다 보니 문제를 준비해 가는 데도 많은 시간을 투자해야 했다.

한번은 이런 적이 있었다. 내가 문제의 풀이를 이해했다고 생각하고 그 문제와 풀이를 뽑아서 미리 동아리 회들에게 나누어 주었는데, 다시 곰곰이 생각해 보니 그 풀이가 틀렸음을 발견하게 되었던 것이다. 뒤늦게 그 사실을 알았을 때는 수업이 시작되기 두 시간 전이었고, 공교롭게도 그때 나는 선생님과의 저녁 식사 약속이 잡혀 있었다. 긴박한 상황에 패닉이 되어 옆에 있는 친구들에게 그 문제를 좀 풀어 보라고 얘기했지만 문제는 쉽게 풀리지 않았다. 나는 선생님과 식사를 하면서도 머릿속으로는 필사적으로 그 문제를 풀고 있었다. 그렇게 문제에 몰입한 결과 식사가 다 끝나갈 즈음 문제의 올바른 풀이를 얻을 수 있었고, 이러한 우여곡절의 과정을 수업에서 동아리 회원들에게 농담 삼아 들려주었다.

이처럼 내 2학년 시절은 항상 문제들을 출제해야 한다는 압박감 속에 보낸 것 같다. 하지만 학술 동아리에서 수업했던 일들이 나에게 손해였다고는 절대로 생각하지 않는다. 물론 내가 나서서 수업을 하지 않았더라면 다른 교과들에 더 신경을 쓸 수 있었을 테고, 3학년 때의 대학 입시도 좀 더 수월하게 치렀을 것이다. 그러나 이런 경험은 입시를 떠나서 나에게 크나큰 자산이 되었다.

먼저 시간이 갈수록 내가 알고 있는 내용들을 전달하는 것이 매끄러워졌다. 수업은 나에게 무엇을 강조해야 하는지, 청중이 알고자 하는 것이 무엇인지를 경험을 통해 깨닫게 했다. 발표할 때 가장 중요한 것은 청중의 마음을 읽는 것이다. 또한 수업을 할 때 집중해야 할 것은 칠판 속의 문제가 자체가 아니라 청중에게 그 내용을 전달하는 방식이다. 듣는 사람들이 자신의 설명을 모두 이해할 것이라는 터무니없는 착각은 생명력 없고 비효율적인 수업밖에 만들지 못한다. 청중의 입장에서는 그런 수업보다는 차라리 혼자서 책을 읽는 시간이 훨씬 더 효과적일 것이다.

무엇이 핵심인지를 밝혀내는 작업은 문제에 대한 나의 이해도와 직결되었다. 설명이 매끄러워지면서 자연스럽게 문제의 풀이를 더 깊게 이해할 수 있었던 것이다. 그 결과 내 수학 성적이 전반적으로 오르는 계기가 되었다. 이러한 학술 동아리 활동은 내가 동경하는 삶과 닮은 구석이 많았다. 학문에 심취하여 동료들과 토론하고 자신의 의견을 나누는 삶, 제자들에게 내가 아는 수학, 내가 느낀 수학을 가르치는 교수의 삶. 그런 삶을 꿈꾸는 나에게 학술 동아리 활동은 하나의 자극이 되었고 큰 만족이 되었다.

고등학교 생활을 지금 막 시작하는 사람이 있다면 동아리라든지 몇 가지의 활동을 정하여 최선을 다해서 해 보길 바란다. 그러면 그 활동들을 통해 지속적으로 성장하는 자신의 모습을 지켜볼 수 있을 것이다.

♣ 두 번의 경험, 다른 느낌

- 31기 이주윤

작년 2월, 날씨가 채 따듯해지기도 전에 나는 경기과학고등학교에 입학을 했다. 하늘같던 선배님들께 꽃을 받으며 안절부절 서 있던 모습이 엊그제 같은데 벌써 2학년이 끝나 가고 입시를 앞둔 학생이 되어 버렸다. 입학 후에 거의 바로 과학 동아리 선발이 있었고, 우리 기에는 유난히 여자 친구들이 많아서 동아리를 골라 가는 데 어려움이 많았다. 아무래도 다들 여자 선배들이 있는 동아리에 들어가기를 원했지만 기별로 서로 다른 여학생 숫자 때문에 그렇지 않은 동아리에 가는 아이들이 반드시 있기 마련이었다.

또한 그 와중에 여학생들 간에 희망 동아리가 많이 겹치기도 해서 소리 없는 눈치 싸움이 치열했다. 나는 빠른 포기와 함께 여자 선배가 없는 동아리를 선택했고, 나와 같은 의견을 가진 친구와 함께 동아리에 들어가게 되었다. 여자 선배가 없는 탓에 1년 동안 외롭기도 했지만 그래도 그 동아리에 들어온 것을 후회한 적은 단 한 번도 없다. 우리 기 친구들, 그리고 선배들과 함께 좋은 추억들을 쌓았기 때문이다. 우리 학교에는 다양한 동아리 활동들이 있었고, 우리 기 친구들이나 선배들이 잘 챙겨 주어서 모든 활동을 재미있게 할 수 있었던 것 같다. 그 중에도 가장 기억에 남는 동아리 활동을 선택하라면, 한 치의 망설임도 없이 자연탐사 활동을 선택할 것이다. 자연탐사 활동은 동아리 활동의 중심이 되는 활동이기도 할 뿐만 아니라 나에게 많은 가르침을 준 활동이기 때문이다.

작년 6월 말에는 아직 학교에 다 적응하지도 못한 채로 동아리 별 자연탐사를 다녀와야 했고, 심지어 내가 속한 동아리에는 우리를 챙겨 줄 여자 선배들조차 없었다. 여자가 2명 있다는 이유만으로 20명이 쓰는 방 2개짜리 숙소 중 방 1개를 우리가 썼던 것이 미안하기도 해서 더욱 기억에 남는다. 자연탐사를 가기 전 내가 걱정했던 것과는 달리 2박 3일 동안 다양한 활동을 했고, 밤을 새면서 다 같이 어울려 놀았다. 선배들이 우리를 위해 준비한 복불복 게임도 하고, 그 외에도 카드게임이나 마피아 게임 등 다양한 게임을 했다. 함께 웃고 떠드는 시간을 통해 우리 기 친구들뿐만 아니라 선배들과도 친해질 수 있어서 매우 좋았던 것 같다.

이렇게 재밌는 자연탐사 활동을 할 수 있었던 것은 자연탐사를 떠나기 전 선배들의 치밀한 계획 덕분인 것 같다. 밥과 고기, 간식거리를 준비하는

일, 가서 놀 것들을 준비하는 일, 그리고 연구할 내용을 준비하는 일 모두 선배들의 몫이었다. 그때 열심히 계획을 짜던 그 분들을 보면서 나도 내년에 후배들을 위해 열심히 준비해 가야겠다는 좋은 가르침을 받았었다.

그렇게 나는 2학년이 되었고, 우리 동아리에는 나와 알고 지내던 여자 후배 2명이 들어오게 되었다. 아래 기는 우리 기와 달리 또 여자 수가 적었기 때문에 이 친구들이 우리 동아리에 온다고 했을 때 동아리원들이 다 같이 좋아했던 것이 기억에 남아 있다. 하지만 기쁨도 잠시, 우리는 세월호 참사 때문에 자연탐사를 가지 못할 위기에 처했었다. 1학기에는 당연히 가지 못하였고, 2학기에도 가지 못할 뻔했지만 선생님들의 배려와 부모님들의 동의 덕분에 우리는 자연탐사를 떠날 수 있었다.

이러한 우여곡절이 있었기 때문인지 올해는 무언가 더 강한 책임감을 가지고 자연탐사를 다녀온 것 같다. 동아리의 총무를 맡은 나는 사전에 자연탐사 예산을 짜고 그에 맞추어 준비물들을 구입해야 했고, 후배에게 좋은 추억을 남겨 주기 위한 계획도 세워야 했다. 우리 기 동아리원들과 함께 필요한 준비물을 생각했고, 어떻게 해야 후배들과 친해져서 잘 어울려 놀 수 있을지에 대해서도 고민을 많이 했다. 중간고사가 끝나고 자연탐사를 떠나기 전 짧은 기간 동안 열심히 준비물을 사고 연구 계획을 세우느라 무척 바빴던 기억이다.

막상 자연탐사를 떠나서 동기 및 후배 동아리원들과 함께한 2박 3일은 매우 즐거웠다. 생각보다 적극적인 아래 기 친구들 덕분에 쉽게 친해질 수 있었고, 식사에 대해서도 대부분 숙소인 수련원에서 제공해 주어 크게 고민할 필요가 없었다. 사실 작년에 비해 안전에 유의해서 자연탐사를 다녀와야 했기 때문에, 혹시나 후배들이 재미없는 자연탐사를 보내지 않을까 많이 걱정했었다. 걱정과는 달리 후배들이 좋은 추억을 남긴 것 같아서 나도 덩달아 뿌듯했다.

이렇게 두 번의 자연탐사를 다녀오면서 많은 것들을 느낀 것 같다. 자연탐사는 단순히 학교를 벗어나 자연 속에서 탐사 활동을 펼친다는 것에 그치지 않고 동아리 친구들과 함께 좋은 추억을 쌓는 활동이라는 것을 깨달았다. 실제로 두 번의 자연탐사가 나에게 잊을 수 없는 추억이 된 것 같아서 매우 좋다. 또, 선후배라는 것이 소중한 관계임을 새삼 느끼게 되었다. 내가 1학년 때는 잘 몰랐지만, 선배라는 존재는 생각보다 책임감이 필요한 존재인 것 같다. 막상 내가 선배라는 위치에 올라가 보니 나의 선배들을 롤 모델로 삼아 그분들이 나에게 베풀어 준 것들을 나도 후배들에게 베풀고 싶었다. 즉, 자연탐사를 예시로 본다면 선배들이 우리를 위해 계획을 짜고 이를 통해 우리가 즐거움을 얻은 만큼 나도 후배들에게 즐거운 자연탐사 활동을 만들어 주고 싶었던 것이다. 또한, 선배가 되어 후배들에게 여러 가지를 제공하다 보니 후배들이 잘 따라 주는 것이 매우 고마웠다. 나의 선배들도 우리에게 이렇게 베풀어 주었던 이유가 우리가 잘 따라 주어서였을까? 하는 생각이 들 만큼 뿌듯했다.

우리 학교에 와서 정말 소중한 추억들을 쌓은 것 같아서 좋다. 또, 추억과 함께 좋은 선후배를 만든 것은 정말 축복 받은 일인 것 같다. 선배는 후배에게 아낌없이 도움을 주고, 후배는 감사하며 선배를 잘 따라 주는 것. 이것이 우리 학교만의 엄청난 장점이 아닌가 싶다. 대학교에 가서도 경기과학고등학교에서의 추억과 이곳에서 인연을 맺었던 선후배는 매우 소중할 것만 같다. 고등학교 때와 마찬가지로 대학 생활에서도 나는 선배들에게 큰 도움을 받을 것이고, 이를 또다시 후배에게 베풀어 줄 것이다.

이 글을 쓰며 다시 느낀 것이지만 경기과학고등학교에 입학하게 된 것은 내 인생에서 손꼽을 수 있을 만큼 축복 받은 일인 것 같고, 이렇게 축복 받은 만큼 열심히 생활해야겠다는 생각을 했다. 또, 좋은 선배와 후배를 둔 것을 자랑스럽게 생각하면서 이들에게 내가 할 수 있는 한 잘해야겠다는 생각을 다시 한 번 하게 되었다.

♣ 나는 코더다

- 30기 박지환

내가 다니고 있는 학교는 다른 고등학교에 비해 동아리 활동이 상당히 활성화되어 있다. 동아리에는 크게 과학 동아리, 인문예체능 동아리, 그리고 학술 동아리가 있는데, 내가 가입한 동아리 중 하나가 바로 학술 동아리였다. 동아리의 이름은 당시 학교에서 열던 코딩 대회의 이름인 '나는 코더다'를 영어로 한 'I am Coder'였다. 처음에는 그저 정보 과학에 대한 관심을 가지고 활동한 동아리였지만 지금 돌이켜 보면 우리 학교의 이 동아리에서만 겪을 수 있는 소중한 경험을 해 볼 수 있었던 것 같다.

내가 처음 입학한 1학년 때는 우리 학교에 아직 정보 학술 동아리가 없었다. 다만 학교 1층의 멀티미디어실에서 선배와 후배가 함께 모여 코딩 문제를 해결하거나 서로 문제를 출제해 가르치고 배우는 활동이 있었다. 여기서는 정말 다양한 활동을 할 수 있었는데, 우리 학교의 선생님께서 직접 제작하신 정보 문제 풀이 사이트인 koistudy를 중심으로 활동이 전개

되었다. 주로 했던 것은 단순히 문제를 푸는 것이었지만 여기서 끝나지 않고 선배와 후배가 모여 함께 활동한다는 이점을 살려 선배들에게 모르는 문제에 대한 힌트나 해답을 들을 수 있었다.

처음에는 입학 직후여서 그런지 다양한 활동을 하지는 못했다. 그저 koistudy의 문제를 다루는 것이 전부였다. 하지만 점차 익숙해지며 조금씩 다양한 활동을 하게 되었다. 나 같은 경우는 koistudy를 공격해 보는 것이 처음 했던 다른 활동이었다. 계기는 단순했는데 어느 날 풀던 문제가 잘 안 풀려 화풀이를 하려 했던 것이다. 처음에는 단순히 트래픽을 늘려 사이트를 잠시 다운시키는 것이었다. 설마 될까라는 생각으로 벌인 일이었지만 예상과 달리 사이트가 잠시 먹통이 되었다. 이후 선생님으로부터 들은 얘기지만 사이트가 구형 노트북에서 돌아가고 있어 많은 트래픽을 처리할 수 없었던 것이다.

그 이후 koistudy를 해킹해 보려는 시도가 나 이외에도 친구들에 의해서 계속되었다. 선생님 또한 말리기보다는 흥미로워 하시며 해킹을 성공한 학생에게 koistudy 내의 가상의 트로피를 주기도 하였다. 물론 사이트에 큰 피해가 갈 만한 행동은 다들 삼갔고 사이트의 보안 향상에 다들 기여하게 되었다. 해킹을 시도한 이유는 흥미였지만 그 과정에서 많은 것을 배울 수 있었다. 예전에 배웠던 웹 프로그래밍을 복습해 보기도 하였고 다른 친구들이 창의적인 방법으로 보안상의 허점을 찾은 것을 보며 아이디어를 배울 수도 있었다. 조금 과장하여 표현하자면 교육의 목표로 자주 거론되는 흥미를 바탕으로 자발적으로 참여하는 학습이 성공적으로 이뤄졌던 것이다.

이때를 즈음하여 우리 기 학생들과 선배들도 나름의 친분을 쌓았고 선생님께서도 여러 활동을 적극 지원해 주셨다. 앞에서 언급한 문제 풀기도 계속되었고 그 외에도 문제를 직접 출제하거나 선배들이 수업 형식으로 문제를 풀이해 주기도 하였다. 그리고 결정적으로 선배들이 이 활동을 정식 동아리로 등록하게 되었다. 이때 바로 경기과학고등학교 정보 학술 동아리 I am Coder가 탄생하게 되었고 아직까지도 이어지고 있다.

이렇게 다양하고 지속적인 활동이 이어졌고, 그 결과 정보올림피아드 계절학교에 상당수 합격하거나 국내외 정보올림피아드에서 여럿 수상하는 등 상당한 결실을 거둘 수 있었다. 이러한 결실은 내게 깊은 인상을 주었고 선배가 후배에게 가르침을 물려주는 전통이 계속 이어졌으면 좋겠다고 생각하게 되었다. 그리고 나는 운 좋게 얼마 후 I am Coder에서 우리 기 기장을 맡으며 새로운 활동을 할 기회가 생겼다. 바로 Mentor-Metee 활동으로, 2학년이 된 우리 기 친구들이 후배들에게 수업을 진행하는 것이었다. 이를 위해 지원자를 모으니 상당히 많은 친구들이 지원하였고, 수업을 계획하기 위해 얼마 후 모이게 되었다.

처음에는 수업에 대한 여러 제안이 있었다. 이때 주로 고려되었던 것은 학생들의 수준과 목표, 그리고 흥미였다. 먼저 학생들의 수준이 다르다는 것이 문제되었다. 어떤 학생은 입학 전부터 정보를 꾸준히 공부하여 수상 경험까지 있었으나 어떤 학생은 이제 막 새로 배우기 시작하였다. 그렇다고 수준별 수업을 진행하기에는 인원도 모자랐으며 시간도 턱없이 부족했다. 이에 대해 논의한 결과 심화된 내용을 기초부터 가르치기로 하였다. 처음 배우는 학생에게는 새로운 것을 배울 기회를 부여하며, 이미 어느 정도 수준이 되는 학생에게도 정확한 개념을 가르칠 수 있으리라는 생각이었다.

그 다음으로 Mentor-Mentee 활동의 목표가 무엇이냐에 대한 얘기와 함께 구체적인 수업 계획을 마련하는 과정이 진행되었다. 몇 가지 제안이 있었고 두 학기 동안 진행되는 수업 중에서 1학기에는 자료구조를 비롯한 몇 가지 개념에 대해서 배우기로 하였다. 가장 기초가 되는 내용이며 동시에 자주 활용되는 내용이기 때문이었다. 게다가 이미 정보를 일정 수준 배웠던 후배도 아직 모르는 내용이 있었기 때문에 적절한 주제라 생각되었다.

계획이 끝나자 실제로 수업을 진행하였는데 수업은 예상했던 것 이상으로 순조롭게 진행되었다. 우리 기 학생들은 다들 각자가 맡은 수업에 충실하게 임했고, 후배들도 높은 참여율을 보여 주었다. 그 중 기억에 남는 것은 후배들에게 그들이 처음 배우는 자료구조를 가르쳤던 일이다. 처음에는 한두 명을 빼고는 제대로 이해하지 못했지만 우리 기 학생들이 나서서 각자 설명해 주자 대부분의 후배들이 성공적으로 이해하게 되었다. 게다가 놀라웠던 것은 개중에는 완벽하게 습득하여 연습 문제까지 풀어 낸 후배가 있었다는 것이다. 이를 보며 서툰 강의였지만 우리가 선배들로부터 정보를 배웠던 것처럼 후배들에게도 배운 내용을 전달해 줄 수 있다는 것이 기뻤다.

1학기 수업은 자체 모의고사를 마지막으로 2시간씩 6회로 총 12시간의 수업이 진행되었다. 아쉬웠던 부분도 있었지만 다들 열심히 해 주었고 이를 바탕으로 2학기에도 수업을 진행하기로 결정하였다. 그리고 1학기 때처럼 다시 친구들과 모여 논의한 결과 2학기에는 1학기보다 더 다양한 수업을 진행하기로 하였다. 1학기에는 개념 위주의 수업이었다면 이번에는 경험과 흥미 위주의 수업을 하기로 한 것이다. 특히 흥미 부분에 신경을 썼는데, 1학년 때 우리가 해킹을 통해 즐기며 배웠던 것을 바탕으로 후배들에게도 이러한 경험을 할 수 있도록 해 주기 위함이었다. 그리고 그 결과 우리가 경험을 통해 얻은 코딩 기술과 정보올림피아드 국가대표를 했던 친구의 강의, 그리고 흥미도 향상을 위해 게임 이론을 활용한 코딩 경기 등으로 수업을 계획하였다.

수업의 전반적인 계획과 흐름이 1학기와 다르게 되었기 때문인지는 몰라도 1학기 수업에 비해 더 높은 참여율을 보였다. 특히 국가대표 친구의 강의는 상당히 높은 호응을 얻었고, 대부분의 학생들이 코딩 경기에서 적극적인 참여를 보였다. 코딩 경기는 예전에 어디선가 참가했던 프로그램 인공지능 대결을 바탕으로 계획했던 것이다. 이때의 경험을 바탕으로 죄수의 딜레마를 활용하여 새로운 인공지능 대결을 설계하였는데, 예전에 참여했던 대회보다 상황을 시각적으로 보여주는 것에 집중하였다. 그리고는 후배들에게 게임을 설명하고 코딩할 시간을 주었다. 게임에는 우리 기 친구들도 몇몇 참가하였고 랜덤 인공지능과 일관적인 인공지능을 추가하여 이들을 한 데 모아 게임을 진행하였다. 게임이 시작되자 처음에는 비등하게 진행되었지만 얼마 지나 승자가 보이기 시작했다. 이겨 나가는 학생들은 좋아하고 나머지 학생들은 포기하던 와중에 갑자기 전세가 역전되기 시작했고 결국 초반에는 지던 후배가 승자가 되었다.

2학기 수업은 1학기에 비해 더욱 성공적이었다고 생각한다. 충분히 유익한 수업이 진행되기도 하였고 참여율도 더욱 높았던 데다가 흥미도 충분히 유발해 내었기 때문이다. 그리고 이 과정에서 후배들뿐만 아니라

우리 기 친구들도 많은 것을 배웠다고 생각한다. 수업을 진행하는 것부터 자신이 배운 것을 표현하는 방법, 그리고 단체로 활동해 보는 것까지 다양한 것을 배울 수 있었다. 나 또한 이런 것들에 더불어 기장으로서 단체를 이끄는 경험까지 해 볼 수 있었다.

이렇게 1년간의 24시간 분량의 수업이 마무리되었다. 이를 진행하기 위한 어려움도 있었고 예상 이상으로 성공적이었던 수업도 있었지만, 더욱 중요한 것은 정보를 전공하는 우리 기 친구들이 선배들로부터 배운 내용을 후배들에게 물려주었다는 것이라고 생각한다. 물론 우리의 처음 목적 또한 이것이었다. 이러한 것이 다시 후배의 후배에게, 그리고 다시 그 후배에게 전달될 수 있다면 분명 점차 더 큰 효과를 얻을 수 있을 것이며 설립 이후 30년이 넘은 우리 학교의 하나의 전통이 될 수 있을 것이다.

전국의 수많은 학교에서 여러 동아리들이 편성되어 활동하고 있다. 각각의 동아리들이 가지고 있는 목표는 다르겠지만, 가장 큰 가치는 선배와 후배가 함께 시간을 공유하는 것이라고 생각한다. 그리고 이것이 다시 대를 이어 전달되며 하나의 문화가 되고 전통이 된다면 엄청난 효과가 있을 것이다. 우리 학교의 정보 학술 동아리 I am Coder 또한 그렇게 되기를 빈다.

♣ 자신감 UP, TS!

- 32기 이준영

경기과학고의 많은 행사들 중 중요한 행사를 뽑자면 신입생 환영회가 빠질 수 없을 것이다. 신입생 환영회는 이름만 보면 신입생들의 공연이 주를 이룰 것으로 보이지만 실제로는 2학년 학생들의 공연이 주이다. 필자는 신입생 때 공연에 직접 참여하지는 않았으나 선배들의 공연을 보고 공연 동아리에 들고 싶다는 생각이 들었다.

우리 학교의 공연 동아리에는 TS, DM, Dilemma, Slapdash, Sweep Peaking 등이 있다. 그중 노래를 좋아하던 나는 TS에 지원하게 되었다. 오디션을 치르는 내내 내 머릿속을 맴돌던 생각은 '이렇게 노래를 잘 부르는 사람이 많은데 내가 합격할 수 있을까'였다. 게다가 내 앞에 부른 아이가 너무 잘 불렀기에 나는 더욱 위축되었다. 그래도 나름 열심히 불렀고 그 덕인지 TS에 합격하게 되었다. TS에 합격한 것은 한편으로는 기뻤으나 한편으로는 내년에 전교생 앞에서 공연을 해야 한다는 생각에 부담스러운 감이 있었다.

TS의 주된 활동은 격주 동아리 활동 시간마다 노래방을 가서 노래를 연습하는 것이었다. 당연히 노래방을 가기에 마음은 들떠 있었으나 다른 TS 멤버들의 노래 실력이 출중하여 위축된 감이 있었다. 그래서인지 첫 동아리 시간에 노래방에서 아무 노래도 부르지 않고 다른 아이들의 노래만 듣다가 나와 버렸다. 아이들의 시선도 좋지 않았고 기껏 합격해 놓고 TS 활동을 제대로 하지 않는 것은 오디션에서 안타깝게 떨어진 아이들에게 너무 미안하기에 그 다음 활동부터는 조금씩 노래를 부르기 시작하였다. 그 결과 노래에 자신감이 생겼고 동아리 아이들과 좀 더 친해지게 되었다.

그러던 중 동아리 발표 날짜가 다가왔고 우리들은 선배들의 공연을 지켜보았다. 안타깝게도 다른 동아리에 비해 TS의 참여율이 너무 낮은 느낌이 들었고 우리들은 내년 공연에 대한 부담감이 생겼다. 그래서 아직 공연까지 4개월 이상 남았음에도 불구하고 공연 곡목 선정에 대해 고민하게 되었다. 지금까지 TS의 공연의 대부분은 강한 발라드 성향을 띠고 있었고 (ex. 안 되나요, 살다가) 그렇기에 분위기가 다운되어 관객의 참여율과 호응이 적었던 것으로 판단되었다. 그렇다고 너무 신나는 노래만 하게 되면 발라드 동아리인 TS의 성향에서 너무 벗어나는 감이 있었다. 여러 번의 합의 끝에 진지한 곡 2개와 어느 정도 관객 호응을 유도할 수 있는 곡 3개로 공연 곡목이 결정되었다.

나에게 배정된 곡은 2개였고, 그때는 방학이었기에 집에서 각자 연습해 오기로 결정하였다. 노래를 배정받았을 때는 약간 난감하였다. 1곡은 신나는 곡이었는데 내 음역대에 비해 너무 높아 제대로 부를 수가 없었다. 또 하나는 진지한 곡으로 음역대는 나와 어느 정도 맞았다. 그러나 그 곡 자체의 박자나 음정의 변화가 내게는 너무 낯설었기에 쉽게 부르기 힘들었다. 그래도 방학이라 어느 정도 연습하여 부를 수 있게 되었는데 개학날이 되자 문제가 생겼다.

여러 명이 부르는 곡이기에 함께 모여 연습을 해야 하는데, 공연까지 남은 기간은 2주인 데 반해 학기 초라 분주했고 2차시에 연습하는 것이 허가되지 않아 함께 연습할 시간이 부족하였다. 특히 내가 맡은 곡 중 하나는 우리 부원들 모두가 참여하는 것이기에 안무와 파트 등을 짜서 연습해야 했는데 그럴만한 짬이 나지 않았다. 그렇기에 개인 연습 시간을 각자 가지게 되었는데 연습을 해오지 않는 사람이 있어 이 과정에서 서로 갈등이 빚어지기도 했다. 하지만 신입생 환영회 전날에 2차시까지 합심하여 연습하여 공연 당일 가장 성공적인 무대를 보여 주었다. 공연 중의 약간의 실수도 있었으나 공연을 마치고 느낀 성취감은 지금까지의 갈등이나 시간 부족으로 인한 스트레스를 덮기에 충분하였다.

1학년 초부터 지금까지 TS 활동에서는 힘들고 부담스러운 면이 없지 않았다. 신입생 환영회에서 성공적인 무대를 만들어야 한다는 부담감에 스트레스 속에서 연습을 했으며, 청중 앞에서 노래를 부르는 것에 쥐구멍으로 숨고 싶다는 생각까지 하게 되었다. 심지어 노래방에 가서도 노래 부르기가 꺼려져 아이들의 따가운 눈초리에도 신경이 쓰였던 것 같다. 허나 TS 활동은 내 학교생활 중에 가장 기억에 남는 활동 중 하나이다. 결국에는 노래방에서 어울려 노래할 수 있게 되었고 자신감도 생겼다. 공연을 할 때는 부담스러웠을지 몰라도 공연 후에는 그 간의 마음고생이 단번에 씻겨 나가는 듯한 성취감을 얻게 되었다.

또한 TS에 속한 나 자신에 대한 자부심이 커졌다. 공연에서 성공적인 모습을 보여준 것도 있지만, 공연 전과 후의 우리 동아리 신청자 수의 변화가 우리의 공연이 성공적이었음을 알게 해 주었다. 공연 전에는 불과 5,6명이 신청했었으나 공연 후에는 20명이 넘는 학생들이 지원한 것이다. 이를 보며 TS 부원들은 뿌듯함을 느꼈다.

TS 활동은 내 진로나 인생과는 상관없을지도 모른다. 허나 중요한 것은 학교에서의 TS 활동으로 인해 내 자신에게 자부심이 생겼고 어떤 일도 도전할 수 있다는 자신감을 가지게 되었다는 것이다. 이는 TS가 아닌 다른 공연동아리 학생들도 비슷할 거라 생각한다.

학교생활을 하다 보면 과제나 발표 준비에 시간을 빼앗겨 동아리 활동에 소홀해질 수도 있을 것이다. 그러나 동아리 활동은 과제나 발표 준비에서 얻을 수 있는 것들과는 다른 것, 특히 스스로에 대한 자신감을 얻을 수 있다는 점에서 열의를 갖고 도전해 볼 만하다.

♣ 부스 활동의 추억

- 32기 김주성

경기과학고 학생이라면 모두 과학 동아리가 하나씩 있다. 내 생각에 과학 동아리는 인문, 스포츠, 과학, 학술 동아리 중 가장 중요한 동아리라고 생각하는데 왜냐하면 과학부스 활동 같은 대회나 자연탐사와 같은 단체 활동을 가장 많이 함께 하기 때문이다. 그 외에도 과학 동아리 활동 중에는 의미 있는 활동이 참 많았다. 그중에서 나는 작년 가을에 했던 부스 활동이 가장 기억에 남는다. 부스 활동이란 각 과학 동아리에서 주로 초중학교 학생들을 상대로 다양한 주제를 통해 과학의 신비함을 보여주는 활동인데 작년에는 우리 학교 컨퍼런스홀에서 진행을 했다.

부스 활동은 구경하는 사람 입장에서 볼 때는 별로 힘들지 않을 것 같지만 막상 실제로 준비를 해 보면 그 과정이 녹록치 않다는 것을 알게 된다. 맨 처음 주제를 선정한 후 그에 대한 준비를 해야 하는데 물품 중에는 살 수 없어 우리가 직접 만들어야 했던 것도 있었다. 우리의 주제는 '버블

팝'이라고 해서 비눗방울이 생기는 원리와 여러 가지 모양의 비눗방울 및 드라이아이스를 이용한 비눗방울에 대해 알려주는 것이었다. 그중 여러 가지 모양의 비눗방울을 만들기 위해서는 비눗방울을 만드는 틀을 다양하게 만들어야 한다. 보통 철사로 틀을 만드는데 만들고 나서 제대로 된 비눗방울 모양이 나오지 않으면 다시 만들어야 했기 때문에 오랜 시간이 걸렸다.

특히 정이십면체를 제작할 때는 정말 오랜 시간이 필요한데 다시 만들어야 할 때의 아쉬움이란 말로 표현하기 힘들다. 제작한 틀을 세제에 담갔다가 꺼낼 때 마음을 졸이게 되는데 마침내 제대로 된 정이십면체를 만들었을 때의 기쁨은 말로 표현할 수 없었다.

부스 활동 당일에는 부스 활동 진행 과정에서 나온 쓰레기를 처리하는데 애를 먹었다. 따로 쓰레기통이 없었기 때문에 쓰레기를 버리려면 화장실까지 가서 버리고 다시 와야 했다. 우리 부스 활동의 특성 상 액체 쓰레기가 생기게 되고 그때그때 비워 주어야 원활하게 부스 활동 진행을 할 수 있다. 사람이 많은 곳에서 쏟지 않고 무거운 세제를 갖다 버리는 것이 여간 힘든 일이 아니었다. 부스 활동을 7시간 정도 했는데 중간에 점심시간이 되었을 때 너무 피곤해서 잠깐 졸았을 정도로 힘이 들었다. 또 부스 활동을 모두 마치고 나서 뒷정리를 할 때 바닥의 세제와 드라이아이스와 글

리세린이 동시에 달라붙은 것을 떼어 내는 일도 적잖이 힘들었다.

이렇게 힘든 부스 활동을 진행하며 맨 처음 들었던 생각은 '내가 이걸 왜 했지'였다. 같이 부스 활동을 진행했던 친구들도 비슷한 생각을 했을 것이다. 중간인 오전 11시쯤이 제일 힘들었는데 그때는 진짜 때려치우고 나오고 싶었다. 별의 별 생각을 다 했던 것 같다. 내가 세상을 살아가는 이유부터 해서 인간의 존재 이유 이런 것까지 생각을 할 정도로 해탈(?)의 경지에까지 도달했던 것 같다. 하지만 힘듦의 정점을 찍고 나서 점점 생각이 달라지기 시작했다.

점심시간이 지나고 다시 학생들이 찾아오기 시작했다. 맨 처음 학생이 너무나도 신기한 눈으로 우리가 만든 비눗방울을 보고 원리를 알고 싶어 했다. 물론 나이가 너무 어렸기 때문에 표면장력이라든지 이런 단어는 쓸 수 없었지만 최대한 흥미롭게 설명해 주려고 노력했다. 그 초등학생이 과학의 흥미로움에 대해 알고 갔을 때 너무나도 뿌듯했고 그동안의 노력을 모두 보상받은 듯한 느낌이 들었다. 어쩌면 점심시간 이전까지의 부스 활동이 '우리는 이런 것도 한다.' 같은 보여주기 식의 부스 활동이었다면, 그 학생을 계기로 그 후의 부스 활동은 과학의 신비로움을 알려주는 것이 주된 목적으로 바뀐 것 같다.

의욕이 생기면서 고된 일도 훨씬 덜 힘들게 느껴지기 시작했다. 능률

도 올라갔고 부스 활동이 재밌어졌다. 마치 선생님이 된 것 같은 느낌이었다. 어떻게 하면 더 쉽고 흥미롭게 알려줄 수 있을지 더 생각하게 되었다. 그리고 동시에 후회가 밀려왔다. 오전에는 왜 부스 활동을 고된 일로만 생각했을까 하는 생각이 들고 나서 내 자신이 너무 부끄러웠다. 나는 과학고에 와서 이런 수준의 생각밖에 못하는 사람이었나 하는 생각이 들었다. 그래서 그 이후에 더 열심히 했던 것 같다. 점심시간 전에는 과학 현상을 보여주고 그 원리를 설명하는 데 그쳤는데, 점심시간 이후로는 아이들로 하여금 직접 해 보게 함으로써 과학 현상이 저 너머의 일이 아니라는 것을 알게 해 주었다.

직접 체험해 보도록 하니 아이들의 집중도도 달라졌다. 멀리서 보고 그냥 신기해하는 것에서 끝나는 것이 아니라 직접 비눗방울을 불어 보고 드라이아이스 때문에 생기는 연기를 터트려 보면서 자신이 과학 현상을 일으키는 주체가 됨으로써 과학의 신비로움을 한층 더 깊게 이해할 수 있었을 것이라 생각한다. 아마 그때 부스 활동에 왔던 아이들 중 적어도 한 명은 몇 년 후에 경기과학고등학교에 오지 않을까 싶다. 특히 오랜 시간을 들여서 공들여 만든 정이십면체 비눗방울 제조에 성공했을 때 너무 기뻤다.

부스 활동은 오후 4시쯤 종료되었다. 그때 나는 너무 뿌듯했고 '부스 활동을 해서 참 다행이다' 이런 생각이 들었다. 부스 활동을 하면서 나는 공동체 의식에 대해서 다시 한 번 배웠고, 과학의 신비로움에 대해 다시 한 번 깨달았으며, 아이들에게 과학에 대한 흥미로움을 느끼게 하면서 뿌듯함을 얻었다. 비록 육체적으로는 조금 힘들었을지 몰라도 정신적으로 한층 성숙해질 수 있었던 경험이었던 것 같다. 부스 활동은 약간 느슨해져 있던 나에게 다시 동기 부여를 해 주어서 정신적으로 건강하게 1학년을 마칠 수 있었던 것 같다.

이처럼 부스 활동은 나에게 여러 방면에서 많은 도움이 되었다. 개인에 따라 약간씩 달라지겠지만 나는 누구에게나 부스 활동은 매우 도움이 된다고 생각한다. 물론 바쁘겠지만 시간을 내서 부스 활동을 진행해 본다면 자신의 향후 삶에 있어 많은 도움이 되기 때문에 1학년 후배들

에게 부스 활동을 꼭 하라고 이야기해 주고 싶다. 또 부스 활동뿐만 아니라 자연탐사나 솔대제 부스와 같은 동아리활동도 정신적으로 성숙하게 하는 기폭제가 되기 때문에 적극적으로 참여하면 좋을 것 같다.

♣ 32기 디엠의 첫 공연

- 32기 유현지

종종 우리 학교 학생들은 공부만 열심히 해서 축제는 별로 재미없지 않느냐는, 심지어 영재고에서도 축제를 하느냐는 이야기까지 듣곤 한다. 그러나 그런 예상들과 달리, 우리 학교의 축제들은 우리만의 이점을 살려 오히려 더 잘 운영된다. 기숙학교라 밤까지 축제를 즐길 수 있고 연습을 하기 위해 모이기도 쉽다는 점, 전교생의 인원이 적어 무대까지 다 같이 몰려나가 놀 수 있다는 점, 여러 공연 동아리들이 탄탄하게 운영된다는 점 등이 우리 학교의 축제를 수준급으로 만들어 낸다. 비록 일반고처럼 춤이나 노래를 직업으로 가질 정도의 실력자는 없지만 우리는 나름 이런 이점들을 바탕으로 공연을 즐긴다.

나는 춤추는 것을 좋아하고 노는 것도 좋아해서 우리 학교의 이런 점이 마음에 들었다. 축제뿐만이 아니라 신입생 환영회, 동아리 발표회를 포함해서 공식적인 공연만 일 년에 세 번이라는 점도 정말 좋았다. 그래서 작년에는 3학년 위주로 참여하는 솔대제에는 참여하지 못했지만, 나머지 두 번의 공연에는 열심히 참여했다. 하지만 이 두 번의 공연은 댄스동아리 디엠의 신분으로 한 것은 아니었다. 그래서 이번 신입생 환영회 때, 나는 처음으로 디엠의 일원으로서 공연을 하게 되었다.

우리는 작년 기말고사가 끝나자마자 공연 준비를 해야 한다고 이야기를 하고 있었다. 이듬해 이월에 개학을 하고 이 주만 있으면 공연이라는 것을 알고 있었고, 작년처럼 한두 곡만 하는 것과 달리 디엠으로는 대여섯 곡까지 할 수 있었기 때문에 연습할 시간은 턱없이 부족했다. 공연 동아리 중에 제일 잘나가는 공연을 만들겠다는 다짐 자체는 컸고, 실제로 선곡을 하기 위해 방학 전부터 모였다.

그런데 당차게 시작했던 것과는 달리 선곡부터 어려웠다. 작년이나 재작년 곡과 겹치지 않게 골라야 했고, 선곡이 망하면 춤을 아무리 잘 춰도 분위기가 죽는다는 것을 알고 있었기 때문에 신중할 수밖에 없었다. 이때 처음으로 쉽게 하던 작년의 공연 준비와는 다를 거라는 생각이 들었다. 부담감은 느끼지 않고 그저 하고 싶은 곡을 하던 작년과 달리, 이것저것 따질 게 많았다. 게다가 우리 기 인원이 10명이나 되니 의견 조율도 힘들었다. 하지만 결국 방학 전에 공연에 쓰일 6곡을 고르는 일에는 성공했다.

방학 때 연습해야 한다면서 미리부터 곡을 정했던 의도와는 달리, 미루고 미루다 결국 개학할 때까지 연습된 곡은 짧은 인트로 하나였다. 여섯 곡이나 정해 두었던 원래의 포부와 달리 우리는 본격적인 연습을 시작하기 전부터 세 곡을 포기할 수밖에 없었다. 게다가, 연습 기간으로 이 주도 짧다고 생각하고 있었는데, 학기 초의 면학분위기 조성을 위해 첫 주에는 야간 1차시에 연습 허가를 받을 수 없다는 연락이 왔다. 처음 디엠으로서 공연을 하기로 했을 때는 마냥 신나기만 하다가 이렇게 일이 꼬이자 다들 의욕이 점점 사라져 가고 있었다.

시간이 지나며 조금씩 나아졌지만 공연을 하기엔 무리였다. 서로 힘들어서 신경이 날카로워지다 보니 싸우기가 일쑤였고, 연습을 안 하고 도망가는 경우도 생겼다. 그런 모습은 공연 이틀 전인 주말까지 계속되었다. 세 곡 밖에 연습을 못했기 때문에 공연 시간 자체도 너무 짧았고, 군무 느낌이 생명인 곡에서도 박자가 안 맞았다. 그 와중에 선배들이 보러 오신다는 연락이 왔고, 긴장하면 조금 더 잘하지 않을까라는 기대에도 여전히 안무는 잘 맞지 않았다. 선배들은 하루가 남았으니 그 다섯 시간의 기적이 일어날 것이라며 다독이고 가셨지만, 그 다음날에도 상황은 나아지지 않았다.

공연 전날 연습 중 리허설을 하러 오라는 연락이 왔다. 우리 눈앞에서 다섯 시간의 기적을 보지 못해서인지 다른 애들 앞에서 하면 부끄럽지 않겠느냐, 그 시간에 연습이나 더 해야 하지 않느냐, 거울을 보고도 못하는데 거울 없이 어떻게 하느냐는 등 반응은 회의적이었다. 하지만 리허설을 하지 않고 공연을 할 수는 없었기 때문에 옷을 챙겨 리허설을 하러 갔다. 그런데 놀랍게도, 처음으로 거울 없이 하는 것이었는데 이제까지 한 것 중 제일 잘 맞았다. 우리 스스로도 그렇다고 느낄 수 있었고, 부끄러울 것이라는 예상과 달리 오히려 다른 동아리 애들이 살살 해 달라고 말하기도 했다.

한 번 제대로 성공하니깐 분위기가 달라졌다. 특별히 연습을 더 열심히 하게 된 것은 아니지만 컨퍼런스홀 전체에 노래를 틀어 놓고 내 파트가 아닌 부분까지 추면서 놀았다. 지금까지 연습하면서 서로 들볶이기만 하며 이런 식으로 해야 하나라는 생각이 들었는데 처음으로 즐기는 시간을 보내니 훨씬 편안해졌다. 그 이후로 몇 번 더 맞춰 보았는데 더 이상의 연습이 필요 없을 정도로 잘하게 되었다. 게다가 연습 전에 세 곡을 포기해서 나머지 세 곡만으로 시간을 채우려고 하니 오히려 주어진 시간에 비해 우리가 준비한 공연이 너무 짧아 고민할 정도였다. 하지만 이렇게 본 곡을 마무리 하고 나니 아무 걱정 없이 자기 소개하는 파트를 끼워 넣고 연습할 수 있었다.

공연 당일, 하루 전과는 정반대로 다들 걱정은 비워 냈다. 확실히 동작에만 집중을 하게 되니 딱히 실수하는 파트는 없어졌고, 전체적인 느낌도 잘 살았다. 긴장은 했지만 서로 파이팅하는 마음으로, 본 공연 역시 리허설 때처럼 멋있게 마칠 수 있었다.

이번 공연을 하며 마음을 편안히 가지고 즐기는 것이 얼마나 중요한지 깨닫게 되었다. 지금 생각해 보면 틈틈이 쪼개진 시간을 합하면 충분히 소화할 수 있는 동작이었는데도 진도가 잘 나가지 않았던 것이다. 빨리 끝내야 한다는 강박관념이 연습을 더 방해한 것 같다. 서로 이게 안 맞다 저게 안 맞다 다그치니 짜증이 나서 더 틀리는 것이 눈에 보였다. 반면 리허설 때 처음 성공을 하고 난 후, 즐기면서 하게 되자 연습을 따로 하지 않았음에도 점점 더 군무가 맞아 가는 것을 볼 수 있었다.

공연을 한 번 하게 되면 일주일 정도는 1차시를 비워야 하고, 틈틈이 공강 시간이 생겨도 연습하러 가야 하기 때문에 가만히 앉아 공부하기가 힘들다. 이번 공연 때 역시 개학하자마자 바쁜 일정 속에서 시간을 더 할

애해야 했고, 작년 같은 경우는 동아리 발표회가 중간고사 2주 전이다 보니 타격이 더 컸다. 그래서 꼭 해야 하는 것이 아니면 공연을 피하는 애들도 있다. 하지만 시간을 쪼개고 의견을 맞추고, 지칠 때까지 연습을 하며 공연을 준비하는 것은 분명 의미 있는 일이라고 생각한다. 게다가 앞으로는 이렇게 공연에만 시간을 쏟기가 더 힘들어질 것이기 때문에 고등학교 때만 해 볼 수 있는 기회라는 생각도 든다.

지금 디엠은 다시 9월 공연을 앞두고 있다. 저번 공연 이후로 정말로 미리 연습해야겠다는 생각도 들고, 동기들끼리 작년보다 훨씬 친해져서 그런지 벌써 하고 싶은 곡 이야기를 하기도 한다. 졸업 때까지 공식적인 공연이 두 번 더 남아 있다. 이번 공연을 계기로 마음가짐을 여유 있게 가짐으로써 앞으로의 공연도 성공적으로 마쳐서, 고등학교 시절의 소중한 추억이 되었으면 한다.

♣ 엔젤, 경곽의 천사들

- 32기 김유빈

한 달에 한번, 우리 학교의 본관과 학습관을 잇는 구름다리에는 형형색색의 색종이들이 붙여진다. 이 종이들은 일명 학생들이 말하는 '생일 롤페' 즉 생일 롤링페이퍼로, 색종이에는 그 달에 생일을 맞이하는 학생의 이름과 기수, 생일 날짜가 적혀 있다. 학생들은 구름다리 곳곳에 놓여 있는 펜들을 이용하여 자유롭게 원하는 종이에 축하 글귀를 작성한다. 하지만 신기한 점은 학생들 중 이 롤페를 만든 사람이 누군지 모르는 경우가 대부분이라는 것이다.

그러면 과연 이 종이는 누가 붙여 놓은 것일까? 이는 경기과학고등학교의 유일한 비밀 봉사동아리인 '엔젤'의 소행이다. 이들은 이름에 걸맞게 생일 축하 롤링페이퍼를 몰래 만들어 붙이는 활동을 하고 있다. 각 학년마다 여학생 세 명, 남학생 세 명으로 이루어진 엔젤은 여학생이 상대적으로 매우 적은 우리 학교에서 성비 1:1을 자랑하는 동아리다. 아래 기수가 들어올 때마다 선배들은 각자 자신이 원하는 후배 한 명씩을 골라 뽑고, 이 전통을 계속 이어 가고 있다.

원래 나는 처음에 엔젤로 선택받은 후배가 아니었고, 우리기 친구 중 한 명이 엔젤 활동에 어려움을 호소했기에 대신 들어간 대타(?)라고 볼 수 있었지만 그 이후에는 엔젤의 정식 멤버로서 활동하게 되었다. 아직도 엔젤 활동의 첫날밤을 잊을 수가 없는데, 입학한 지 얼마 되지 않아 한창 규칙적인 기숙사 생활에 적응하고 있던 학기 초, 집에 가기 전날인 목요일에 엔젤 활동을 한다는 공지가 내려왔었던 걸로 기억한다. 취침시간인 12시 40분이 지난 후, 1시 30분 쯤 최대한 들키지 않도록 학생들이 다 잠든 후에 고양이 걸음으로 살금살금 몰래 기숙사에서 빠져나왔다. 계단을 내려가 여사 2층 방에 도착했는데, 선배 세 명과 나를 포함한 우리 기 세 명이 있었다. 엔젤에 속한 여학생들은 주로 롤페를 만드는 활동을 하는데, 학기 초에는 선배들이 후배들의 활동을 도와준다고 하셨다. 그 날은 두 세 시간 정도 생일 축하 롤링페이퍼를 만들면서 학기 초에 있었던 일들을 서로 얘기하며 수다를 떨었다. 힘들었지만 정말 재밌고 보람 있었다. 이렇게 이후에도 항상 한두 달에 한 번씩 활동을 하면서 롤페를 몰래 만든다는 긍지를 가질 수 있었다. 취침시간에 항상 잠들어야 하는 우리에게 엔젤 활동은 일종의 공식적인 일탈(?)이라고도 볼 수 있었으며, 서로의 비밀을 공유한다는 점에서 약간의 스릴도 느낄 수 있었다.

이에 반하여 남학생들은 주로 필요한 물품을 사거나 롤링페이퍼를 구름다리에 붙이는 일을 했다. 일요일에 귀사해서 여학생들과 마찬가지로 1시쯤에 몰래 구름다리에서 만나서 전달받은 롤링페이퍼를 붙이는데, 이때 일 년에 한두 번쯤은 여학생들이 같이 참여했었다. 나도 참여한 적이 있었는데, 롤링페이퍼를 붙이는 것은 그다지 어려운 일이 아니기 때문에 빨리 끝나게 되었다. 사감선생님께는 비밀이지만 이때부터 엔젤의 진정한 활동이 시작되는데, 선배들과 후배들이 서로 수다를 떨고 맛있는 것을 먹으면서 놀기 시작하고, 그러다 새벽 네 시까지 노는 경우도 있었다. 학생 수가 적어 잘 알려지게 되는 여학생과 달리, 남학생의 경우에는 학생 수가 많기 때문에 잘 알려지지 않는 경우가 대부분으로, 엔젤의 진정한 목적에 맞게 비밀 활동을 할 수 있고, 기숙사에서 저녁 늦게까지 놀 수 있는 경험을 할 수 있는 것 같다.

지금까지의 설명을 통해 엔젤이 어떤 동아리인지는 대충 짐작이 갈 것이다. 말 그대로 봉사 동아리이기 때문에 일 년에 약 20시간의 봉사 시간도 받고, 친구들의 생일도 축하해 주는 보람 있는 활동도 할 수 있었다. 우리 학교 학생들은 여러 가지 활동 등으로 많이 바쁘기도 하고, 그러다 보니 서로의 생일을 모르고 지나치는 경우도 생길 수 있다. 하지만 엔젤 활

동으로 인해서 조금의 시간이라도 투자하여 서로의 생일에 관심을 가지고 작은 글귀 하나로 마음을 전하는 것이 정말 좋은 일이라고 생각한다.

엔젤 활동은 우리 학교에서 없어지지 않아야 할 전통 중의 하나이며, 경기과학고등학교가 없어지기 전까지 이 전통을 계속 이어나갈 수 있었으면 좋겠다. 지금 2학년이 되어 엔젤 활동을 할 수 있는 시간이 많이 남지 않은 만큼 더 열심히 활동해야겠다는 생각이 들고, 이 글을 쓰면서 1학년 때 아무것도 모르고 신나게 아이들 몰래 기숙사 방을 나왔던 일, 구름다리에서 수다를 떨던 일들이 생각나 잠시 추억을 떠올리는 시간도 가졌던 것 같다. 엔젤의 일원이 된 것은 경기과학고등학교를 졸업하고도 내 인생에 길이 남을 잊지 못할 경험이자 축복이었다.

8

이보다 다양할 수 없다

경기과학고 학생들의 다양한 면모와 활약상을 담고 있는 꼭지. 수학이나 과학 분야 외에도 경기과학고 학생들이 지닌 다방면의 끼와 재능을 확인하고 경곽인들의 일상을 가까이에서 살필 수 있다.

♣ 우리들의 타임캡슐, 송죽

- 32기 정윤종

우리 학교에서는 매년 학생들의 즐거운 추억을 담은 교지 「송죽」이 나온다. 나는 아직도 입학 직후에 받았던 「송죽」을 학습시간에 즐겁게 읽었던 기억을 잊을 수 없다. 「송죽」은 우리 학교 학생들에게 다양한 동아리에 대한 정보를 제공해 주고, 작년에 있었던 많은 일들을 추억할 수 있게 해주고, 학교생활에 있어서 유용한 작은 팁들을 알려 주며 더불어 큰 웃음을 주는 존재이다. 어쩌면 학기 초 내가 이런 「송죽」을 만드는 교지 편집 동아리인 TiCa에 들어가고 싶어 했던 것은 당연했던 일일지도 모르겠다.

TiCa의 오디션은 매년 최고의 경쟁률을 기록할 정도로 매우 치열하다. 60명 이상의 친구들이 매년 TiCa 오디션에 지원할 정도로 정말 많은 친구들이 「송죽」을 자신의 손으로 꾸미고 싶어 하며, 그만큼 TiCa 부원을 선발하는 과정도 철저하다. 다른 동아리와는 달리 TiCa의 오디션은 두 단계로 진행되는데, 각각 글쓰기 평가와 오디션을 통한 재치 평가로 구성된다. TiCa에 꼭 들고 싶었던 나는 오디션에 최선을 다했지만, 워낙 뛰어난 친구들이 많았는지 결과는 내 마음 같지 않았다. 아쉽게도 급식실 앞에 붙은 TiCa 합격자 명단에 내 이름은 없었다. 하지만 나에겐 한 번의 기회가 더 있었다. TiCa에 꼭 들고 싶었던 나는 여름방학에 있었던 TiCa 쩜오기 선발에 지원해 결국 내가 원했던 대로 TiCa 부원이 되었다.

우리가 즐겁게 보는 「송죽」을 만드는 과정은 생각보다 고되다. TiCa 부원들은 2주에 한 번 있는 인문예술 동아리 활동시간마다 학술정보관에 모여 올해 「송죽」의 전체적인 콘셉트와 기삿거리, 목차를 정하는 회의를 한다. 회의에서는 부원들의 다양한 아이디어가 쏟아지고 늘 열띤 토론이 벌어지곤 한다. 이런 과정을 통해 올해 「송죽」의 목차를 정하고 각자가 쓸 기사를 배분한다. 개인적으로 이번 서른 번째 「송죽」에서 가장 훌륭했다고 생각하는 부분인 특집기사들과 자유칼럼, 그리고 목차에 대한 아이디어가 바로 이 과정에서 나온 것들이다.

내가 「송죽」을 만들면서 가장 즐거웠던 일들 중 하나는 바로 TiCa 부원들이 겨울방학 중에 모두 학술정보관에 나와 기사를 작성했던 일이다. 선배님들의 졸업식은 코앞인데 기사 작성에 진전이 별로 없자 기장이 모든 부원들을 학교 학술정보관으로 소집해서 기사를 쓰게 했는데, 집이 학교에서 먼 부원들까지 모두 와 주어서 부원들의 열정이 정말 대단하다는 것을 느꼈다. 학술정보관에 모두 모여앉아 각자 배분된 기사를 열심히 작성했고, 사서 선생님이 사 주신 간식도 맛있게 먹었다. 그 과정에서 기사에 대한 서로의 아이디어를 주고받았기에 더 좋은 질의 기사를 쓸 수 있었던 것 같다. 또 기사 쓰는 일은 힘들었지만 옆에 있는 다른 부원들과 함께 했기에 즐거운 분위기에서 끝까지 마무리할 수 있었다. 결국 끝나지 않을 것만 같았던 기사들이 모두 작성되었고 부원들 모두 뿌듯함을 느꼈다.

다른 부원들의 열정만큼이나 나도 학기 초의 열정이 식지 않은 채 서른 번째 「송죽」을 만드는 데에 적극적으로 참여했다. 내가 「송죽」에서 맡았던 기사는 우리 학교의 기숙사 소개와 매년 빠지지 않는 「송죽」의 단골 메뉴인 동아리 소개였다. 두 기사 모두 그 동안 「송죽」에 거의 매년 등장하던 내용이라 어떻게 하면 이전의 「송죽」과 차별화된 개성 있는 기사를 쓸 수 있을까 많이 고민했다. 기숙사 소개의 경우 내가 학교생활을 하면서 가장 크게 느꼈던 바를 중심으로 몇 가지 키워드를 정해 그 키워드에 대해 소개하는 형식으로 썼는데, 많은 친구들이 공감할 수 있는 내용 위주로 재미있게 썼다. 나 나름대로는 이전의 「송죽」에 있던 기사들과는 차별화했다고 생각했기 때문에 뿌듯함을 느꼈던 것 같다.

동아리 소개 기사는 정말 고생을 많이 한 기사이다. 동아리 소개 양식을 만들어 각 동아리 기장들에게 보내고 또 각 동아리 기장이 작성한 글들을 모으느라 내가 생각해도 나 스스로 정말 많이 고생했던 것 같다. 소개에 있어서 부적절한(?) 내용이나 조금 부족한 내용은 내가 수정 보완하고, 각 동아리에 분량이 공정하게 돌아갈 수 있도록 편집하느라 정말 3일 동안 잠도 못 자고 그 작업만 했다. 이러다가 과로사하는 것은 아닌가 하는 생각이 들 정도로 피곤한 지경까지 이르렀었다. 결국 마지막에 가서 다른 동아리 부원들이 작업을 함께 도와줘 작업을 마무리할 수 있었다. 지금도 내가 힘들게 편집했던 만큼 송죽에서 가장 애착이 가는 부분이 바로 동아리 소개 부분이다.

더 지니어스에 출연하셨던 화제의 인물인 우리 학교 출신 최연승 선배님을 인터뷰한 것도 잊을 수 없는 기억이다. 평소 즐겨 보던 프로그램인 더 지니어스에 나오는 최연승 씨가 우리 학교 선배님인 것을 알고 그날 저녁 바로 페이스북 메시지를 통해 인터뷰 요청을 드렸었다. 지금 생각해 보면 페이스북 메시지를 통해 인터뷰 요청을 드렸던 것이 결례가 되었을지도 모른다는 생각이 들기도 하지만, 그 땐 인터뷰 요청을 드리는 것만으로도 설레고 떨렸던 것 같다. 선배님께서 너무나 흔쾌히 수락해 주셨을 때는 정말로 뿌듯했고 인터뷰가 너무나도 기대되었다. 아쉽게도 약속 전날 어쩔 수 없는 사정으로 대면 인터뷰를 서면 인터뷰로 대체하게 되기는 했지만 인터뷰를 기획하고 선배님을 섭외하면서 느꼈던 그 당시의 떨림과 흥분은 정말 잊을 수 없는 기억이다.

이러한 노력 끝에 결국 서른 번째 「송죽」이 나오게 되었고 처음엔 막막하기만 했는데 많은 노력 끝에 내가 만든 「송죽」을 보니 정말 기쁘고 말로 다 할 수 없을 정도로 뿌듯함을 느꼈다. 그런데 졸업식 다음날 셈틀 기장인 재현이로부터 셈틀 동아리 소개가 「송죽」에서 빠진 것 같다는 연락을 받았다. 처음엔 '설마……' 하는 생각이었는데 「송죽」을 다시 확인해 보니 정말 셈틀 동아리 소개가 빠져 있는 것이다. 나는 말 그대로 '멘붕'에 빠졌다. 첫 번째는 내가 정말 많은 노력을 기울여 만들었던 동아리 소개에 실수가 있었다는 점에서 내 스스로가 너무 원망스러웠고 아쉬움이 남았다. 두 번째로는 셈틀 동아리 소개를 정성들여 써 준 셈틀 기장 재현이에게 너무 미안한 마음이 들었고, 마지막으로는 내 실수로 「송죽」에 오점이 남게 된 것 같아 다른 TiCa 부원들에게 미안한 마음이 들었다.

셈틀 동아리 소개가 빠진 것을 확인하고 곧바로 기장에게 연락을 했고, 재현이에게도 전화로 사과를 했다. 정말 미안하고 고맙게도 재현이는 내 실수에 화를 내기보다는 이해해 주고 오히려 괜찮다고 위로해 줬던 것 같다. 당시 학교에 남아 있던 다른 TiCa 부원들과 함께 대책을 강구했고, 셈틀 페이지를 따로 인쇄해 아직 배부하지 않았던 송죽에 끼워 넣자는 아이디어가 나왔다. 출판사에 부탁해 셈틀 페이지만 따로 인쇄를 하였고, 이를 모든 송죽에 한 권 한 권 끼워 넣는 작업을 하게 되었다. 기사를 쓰는 것과는 또 다른 번거롭고 귀찮은 작업이었지만 부원들 모두가 내 실수를 다 같이 만회해 주기 위해 노력했고 나도 내 실수인 만큼 이를 만회하기 위해 더 노력했던 것 같다.

이렇게 우여곡절 끝에 파란만장했던 서른 번째 「송죽」 제작이 마무리 되었고 500여 권의 「송죽」을 입학식 날 전교생에게 나눠주었다. 마치 내가 입학식 때 송죽을 처음 받았던 것과 같이 말이다. 사실 학술정보관에 박스 채 쌓여 있던 「송죽」을 SRC 컨퍼런스홀까지 옮기는 것도 육체적으로 매우 힘든 작업이었는데, 이 과정에서 책 몇 권이 파손되는 일이 벌어져 정말 가슴이 아팠다. 내가 만든 「송죽」이다 보니, 또 그 「송죽」에 얼마나 많은 노력과 고민이 담기는지 알다 보니 책 한 권 한 권이 내 자식 같았다. 지금도 서른 번째 「송죽」은 내 책상 서랍 한 편을 자랑스럽게 차지하고 있다.

나는, 비록 무척이나 힘들고 고통스러운 순간들도 많았지만, 내가 서른 번째 「송죽」을 만들 기회를 얻은 것은 엄청난 행운이자 영광이라고 생각한다. 겨울방학 때 기사를 작성하러 학술정보관에 모였을 때 우연히 학술정보관 자료실에 1985년에 발간된 제1호 송죽부터 내가 입학하면서 받아들었던 제29호 송죽까지 쭉 책장에 놓여 있는 모습을 보게 되었다. 그 순간 내 몸에서 찌릿찌릿 소름이 돋았다. 우리 학교의 역사와 함께 선배님들의 소중한 추억들을 담아 왔던 「송죽」을 지금 내가 만들고 있다고 생각하니 정말 영광이고 행운이라는 생각이 들었다. 동아리의 이름이 TiCa, 즉 Time Capsule 이듯이 우리의 소중한 추억을 나중에 다시 꺼내 볼 수 있도록 잘 담아야겠다는 생각을 했다. 또 이런 「송죽」을 만들 기회를 얻은 것은 나에게 평생 남을 소중한 경험이었고, 그러한 과정을 통해 나 스스로도 많이 성장하는 기회가 되었다.

종종 혼자서 「송죽」은 과연 몇 호까지 나오게 될까 하는 상상을 하곤 한다. 「송죽」은 지난 삼십 년간 우리 학교의 역사와 함께하며 매년 있었던 일들을 담아내고, 선배님들의 추억을 보관하는 아주 중요한 역할을 해 왔다. 그동안 TiCa 선배님들께서 훌륭하고 재미있는 「송죽」을 만들어 주셨던 것처럼, 또 우리가 많은 고민과 노력으로 최선을 다해 「송죽」을 만들었던 것처럼 우리의 후배들도 이전의 「송죽」을 단순히 따라가는 것이 아니라 자신들만의 생각을 담고, 많은 노력을 통해 이전보다 더 발전된 「송죽」을 계속해서 만들어 나갔으면 한다. 우리의 소중한 추억을 담는 「송죽」이 그 본질을 잃지 말고 100번째, 200번째, 300번째까지 우리 학교와 함께 영원히 발간되었으면 하는 바람이다.

♣ 먹다, 보다, 즐기다, 그리고 소통하다

- 31기 한종희

소셜 네트워크 서비스. 줄여서 SNS. 스마트폰이 보급되고 인터넷 망이 증설되면서 인류는 새로운 세상을 창조해 내었다. 재밌는 동영상을 보고 웃고, 슬픈 뉴스를 보고 안타까워하고, 맛있는 음식을 보고 군침을 흘리기도 한다. SNS는 분명 현대인의 생활 양상을 바꾸었고, 사람들의 활동 범위를 넓히었다. 서로 모르는 사람끼리 소통이 더 쉽고 자유로워졌으며, 자신의 의견을 좀 더 자유롭게 표현할 수 있게 되었다.

과거에는 사람을 대함에 있어 얼굴을 마주 대하는 것이 필수적이었다. 아니, 꼭 얼굴이 아니더라도 자신의 목소리나, 자신의 글씨 등 '나'를 나타낼 수 있는 아이덴티티, 정체성이 담긴 무언가가 필요했다. 그래서 외모 가꾸기, 손 글씨 연습하기, 자신감 있게 말하기 등 다양한 분야에서 타인과의 소통을 발전시키려는 노력은 계속되어 왔다.

기이하게도, SNS는 기존의 인간의 소통 방식과는 전혀 다른 특징을 가진 채 세상에 나오게 되었다. 익명성을 우선의 가치로 두는 인터넷을 기반으로 하는 SNS는 사용자들에게 자신의 정체성을 드러내라고 강요하지 않는다. 은밀하게, 조용하게. 개개인이 어떤 생각을 하며, 어떤 행동을 취하는지 감시받지도, 드러나지도 않는다. 그런데 웬일인지 'SNS'로 연결된 세상에 살기 시작한 사람들은 점차 소극적으로 변해 갔다.

돈이 드는 것도 아니고, 육체적으로나 정신적으로나 큰 노력을 필요로 하는 것도 아닌데. 사람들은 그저 '남'의 이야기, '남'의 사상, '남'의 가치관만 바라보기 시작했다. 그리고 어느 샌가 그저 조용히 버튼을 누르고 있었다. '좋아요'.

사실 다들 속으로는 알고 있을 것이다. 이렇게 무념 무상한 SNS는 효과적으로 인생을 낭비하는 것이라는 걸. 나도 크게 다를 바가 없었다. 재미있는 만화를 보거나 멋진 자동차를 보며 감탄하고, 다양한 사회 운동을 접하고 그에 조용히 동조하고. 그게 편했다. 선택지는 외부에서 제공하며, 우리는 그것을 보고 원하는 대로 선택하면 되니까. 대가는 없었다. 별로 필요한 일도 아니었다. 그런데 계속 그 세상에서 빠져나올 수 없었다.

행동이 필요했다.

나는 영재고에 재학 중인 학생이다. 학교 특성상 개인적으로 노트북을 들고 다니며 생활한다. 사실 이 노트북이라는 게 학습용으로만 사용되는 건 결코 아니다. 아무튼, 나는 다른 고교생에 비해서 좀 더 정보화된 환경에서 생활하는 셈이다. 이 때문에 SNS에 접속하는 시간도 상당히 길다.

또, 나는 호기심이 많다. 새로운 것에 도전해 보고 싶고, 새로운 사람들과 소통해 보고 싶다. 쾌활한 성격과 쓸데없이 큰 호기심은 서로 시너지 효과를 내어 작용하곤 한다. 사람들 앞에 나서는 것이 좋고, 뭔가 새로운 것을 만들어 내는 것이 좋다.

2014년 11월 8일. 물리를 전공하는 학생인 나는 그날 중요한 시험을 마치고 귀가했다. 시험이 끝난 뒤 파도처럼 밀려오는 허탈감과 공허함에, 뭐라도 손에 잡아야지 싶었다. 다짜고짜 잡은 게 노트북. 정신을 차려 보니 어느새 SNS를 하고 있었다. 유독 무모한 도전이 하고 싶었다. 거리낌 없이 실천으로 옮겼다. 그날 밤, SNS 페이스북에서 한 페이지가 만들어졌다. 이름하여 '먹거리 볼거리 즐길거리'. 무엇인가 세상만사의 심오함을 담아내고 싶었는데, 내 두뇌로는 이 이름이 그나마 최선이었다. '먹거리 볼거리 즐길거리' 줄여서 먹볼즐은 이렇게 즉흥적으로 세상에 태어나게 되었다.

페이지를 만들었으니 사람들을 끌어 모으고 싶었다. 유수의 이름 있는 페이지들처럼 수천, 수만 명의 사람들과 소통하며, 사회의 트렌드를 이끌어 가자는 허무맹랑한 희망도 생겼다. 그러기 위해서는 사람들의 흥미를 자극할 수 있는 무언가가 필요했다. 페이지 이름도 먹볼즐이겠다, 먹거리와 볼거리, 즐길거리에 대해 사람들에게 소개하고, 소개받는 형식으로 진행해 나가고 싶었다.

사업을 시작할 때 기초적인 틀을 만들기 위한 필수 자금을 종자돈이라고 한다. 이처럼 무엇이든 거사를 시작하기 위해서는 기초가 튼튼해야 하는 것이다. 태어나서 18년 동안 한 일이 별로 없는 학생이 무엇인가 창조해 낸다는 것은 어려웠다. 내가 잘할 수 있는 건 친구들과 어울리고, 재치 있는 입담으로 그들을 웃게 하는 것 정도였다.

그런데, 생각해보니 나는 상당히 좋은 조건을 갖추고 있었다. 학교 친구들의 말을 듣고, 제보를 받아 먹거리와 볼거리, 즐길거리를 선별하여 그것을 재미있게 리뷰하면, 충분히 가치 있을 것 아닌가? 인터넷 문화에 관심이 없고, 공부하기 급급한 일반 고등학생이었다면, 이러한 생각은 씨알도 먹히지 않았을 것이다. 하지만 나와 내 친구들은 조금 달랐다. 매사에 과제에 치여 노트북을 끼고 사는 우리에게 인터넷 세상이란 현실과 동떨어진, 괴리감의 세계가 아니었다. 우리 학교 친구들의 도움을 받는다면 충분히 성공적인 페이지를 만들 수 있을 것 같았다.

성공적인 SNS 페이지를 만들겠다는 나의 원대한 계획은 그렇게 친구들의 도움을 받아 시작되었다. 문제는 막상 무엇을 올려야 학교 친구들이 공감을 할 수 있을지 감이 오지 않았다는 것. 그렇게 먹볼즐 페이지는 5일

동안 아무 활동을 하지 않았다. 주위 친구들이 말했다. 얼마 오래 가지 않을 페이지에 너무 신경 쓰는 것 아니냐고. 페이지를 만들고 얼마 후면 열정이 식어 관리하지 않을 거라고. 너는 그런 성격이니까.

속에서 화가 치밀어 올랐다. 동시에 내 자신이 너무나 보잘 것 없어 보이는 듯했다. 분명히 나는 매사에 열심히, 계획한 것은 즉시 실천으로 옮기는 활동적이고 계획적인 사람이라고 생각했는데, 사람들은 그렇게 보지 않는구나. 내가 친하다고 느끼고, 나를 잘 안다고 생각하는 주위 사람들은 내가 금방 식어 버리는 사람이라고 생각하는구나.

사실, 5일 동안 페이지 운영에 관련해서 진취적인 일을 하지 못했다는 생각에 압박감을 느끼고 있었으며, 조금 귀찮다고 느꼈던 것도 사실이었다. 주위 친구들은 나를 정확히 파악하고 사실대로 말한 것이다. 이런 사실이, 내가 귀찮아하고 있고, 끈기가 없다는 객관적인 사실이 나에게 자극을 주었다. 당장 무엇이라도 리뷰를 작성해 페이지에 게시하고, 내가 말이 아닌 실천을 했다는 것을 보여주고 싶었다.

머지않아 첫 게시물을 올리게 되었다. 편의점에 들러 마실 것을 사려던 나는 500mL라는 거대한 크기의 딸기우유를 발견했다. 평소와 같았다면 그냥 지나쳤겠지만, 불현듯 지난 5일간 받았던 압박감과 자극이 떠올랐다. 특별한 것, 쉽게 접할 수 없는 것을 접하고, 리뷰를 통해 친구들에게 알

리고 싶었다. 곧장 우유를 구매했고, 3시간에 걸쳐 딸기우유에 관한 10장의 그래픽 사진을 만들었다.

반응은 기대 이상이었다. 고작 네댓 명이 볼 거라고 생각했던 나의 딸기우유 리뷰는 30명에 가까운 사람들에게 호평을 받았다. 그리고 그중 몇 명은 내가 전혀 모르는 외부인이었다. 그들은 리뷰의 길이가 적당하다고 칭찬하거나, 리뷰의 글씨가 너무 작아 잘 보이지 않는다고 건의하거나, 다음 리뷰는 영화로 해 달라고 요구하는 등 나와 소통하기 위해 말을 걸어왔다. 신기했다. 옛날 같았으면 생판 남인 사람이 이토록 간단하고 쉽게 나에게 건의하고, 나의 글과 사진에 웃어 주고, 나의 행보에 관심을 가질 수 없었을 텐데. 기술이 발전하고 사회가 변하면서 사람 사이의 교류가 편리해졌다는 게 피부로 느껴졌다.

이후, 리뷰에 재미를 붙인 나는 시간이 날 때마다 재미있는 리뷰를 만들 생각을 했다. 자연스럽게 쓸데없이 낭비하던 시간이 줄었고, 무엇인가 생산적인 활동이 버려지는 시간을 대체하게 되었다. 이 얼마나 긍정적인 변화인가!

현재까지 3개의 리뷰가 게시되었고, 4번째 리뷰를 준비 중이다. 매번 사람들의 건의사항과 요청에 귀 기울이며 리뷰 방식을 변형해 나가고 있다. 이렇게 친구들과, 그리고 얼굴도 모르는 사람들과 소통하는 일은 상당히 흥미로운 일이다. 아마도 이 여가활동을 당분간은 끊을 수 없을 것 같다.

♣ 학교를 위한 나의 활동, 학생회와 헤르메스

- 32기 김재민

경기과학고등학교에서는 많은 학생들이 다양한 활동을 한다. 연구에 관심이 많은 학생들은 여러 연구대회에 참가하여 좋은 실적을 내기도 하고, 학문적으로 관심이 많은 학생들은 올림피아드에 참가하여 국가대표가 되는 쾌거를 이루기도 한다. 나도 물론 과학에 관심이 있어 이 학교를 들어왔기에 이러한 분야에 관심이 없는 건 아니지만 내가 이 학교를 들어오면서 다짐했던 것이 있다. 단순히 좋은 대학을 가기 위해 학교에서 치르는 시험에서 좋은 성적을 내거나 실적을 쌓는 것보다는 경기과학고등학교라는 학교에 있는 동안 이 학교에서만 할 수 있고 학교를 위한 활동을 하자는 것이었다. 이러한 다짐을 가지고 있던 나에게 두 가지 활동이 매력적으로 다가왔다. 바로 학생회와 학교 홍보 동아리인 헤르메스이다.

2학기 기말고사가 끝난 뒤, 경기과학고등학교에서는 다음 해의 학생회를 이끌어 나갈 임원을 뽑는 선거가 진행된다. 학교에서 학생들과 관련된 일들을 주도적으로 처리해 나가야 하며 선생님들과 학생들의 의견을 양방향으로 전달해 줌으로써 학교의 문제들을 해결해야 하는 학생회는 나의 다짐을 실현할 수 있는 좋은 기회라 느껴졌다. 따라서 나는 이 선거에 후보로 출마하여 좋은 결과를 얻었다.

내가 학생회 부회장으로 선출된 후 처음으로 맡게 된 업무는 학기 초에 새로 들어온 신입생들을 위해 진행되는 행사인 '신입생 환영회'를 계획하는 것이었다. 그런데 나는 처음 이 업무를 받았을 때 다소 당황했었다. 그 이유는 바로 이 행사의 진행 시간, 일정과 같은 세부적인 사항까지 학생회에서 구상을 하는 것이었기 때문이다. 나는 중학교 때도 학생회의 임원으로 활동했던 적이 있었는데 그 당시에는 선생님들께서 의견을 주시면 학생회에서는 학생들의 동의 여부만 전달하는 것이 주된 역할이었다. 그러나 경기과학고등학교의 학생회는 달랐다. 학생들을 위해 진행되는 행사는 철저히 학생들의 의견에 의해 진행이 된다는 점이 그것이었다. 그리고 그 과정 속에서 학생회가 굉장히 중요한 역할을 하게 된다.

학기 초의 나의 생활은 회의의 연속이었던 것 같다. 동아리 선발 과정부터 신입생 환영회, 과학 동아리 환영회 등 학기 초에 진행되는 모든 행사를 학생회에서 자율적으로 결정하여 진행하여야 했으므로 각각의 행사와 관련된 친구들과 함께 몇 시간이 넘도록 회의를 하고 그 결과를 선생님들께 보고하고 문제점을 수정하였다.

한번은 담임선생님께서 나에게 "재민이는 학습실에서 보기가 힘들어"라고 말씀하실 정도로 학기 초의 나의 생활은 그야말로 나의 생활이 아니었던 것 같다. 주변에서도 우려의 목소리들이 많았다. 공부할 시간이 없는 거 아니냐, 너무 학교 일에 시간을 많이 쏟는 거 아니냐 등. 하지만 나는 이 선택을 한 것에 대해 후회하지 않았다. 나의 목표는 학교를 위한 일을 하는 것이었고 그 목표를 이루어 가고 있었기 때문이다.

아직 학생회 활동을 그렇게 오랫동안 한 것은 아니지만 학생회 활동을 하면서 가장 기억에 남았던 것은 학생회 차원에서 '상벌점 제도'를 개편한 것이다.(참고로 지금은 상벌점 제도가 폐지되었다.) 처음에는 학생들을 지도하기 위해 만들어진 제도를 학생회에서 자체적으로 개편하라는 것에 다소 놀랐다. 하지만 생각해 보면 기존 제도에 대한 학생들의 의견을 반영하고, 선

생님들께 의존하기보다는 학생들의 자발적인 협의를 통해 제도를 개선하는 것이 바람직하다는 점에서 학교 차원에서 배려를 해 주신 것 같다. '상벌점 제도'를 개편하기 위한 회의도 다른 사항과 마찬가지로 여러 번 진행되었다. '상벌점 제도'는 바로 학생들의 생활에 직결되는 것이기 때문에 학생들의 관심도 높았는데, 각반 반장들이 반 구성원들의 의견을 잘 전달해 주어 잘 해결된 것 같다.

학교의 홍보 동아리인 헤르메스에서는 학생회와는 별개로 대외적인 활동들을 많이 하였다. 주변 중학교에서 견학을 오거나 외부 인사가 방문하면 학교에 대한 전반적인 소개를 하고 학교 시설을 안내해 드렸다. 경기과학고등학교는 대외적으로 유명한 학교이기 때문에 주변 중학교에서 견학을 오는 경우가 많다. 한번은 수원시에 있는 창룡중학교에서 견학을 왔는데 견학을 온 학생들에게 견학 온 이유를 물어 보니 자신들이 속한 동아리가 경기도에 있는 유명한 학교들을 탐방해 보는 동아리여서 경기과학고등학교로 견학을 왔다고 했다. 그래서 학교 시설을 둘러본 소감에 대해서 물어 봤는데 자신이 가 본 학교 중에서 제일 좋다고 대답해서 뿌듯했던 기억이 있다.

헤르메스 활동을 하면서 가장 기억에 남는 활동은 입학 설명회 참여한 일이었다. 2학년으로서 입학 설명회에 참여하다 보니 내가 이 학교에 입학

시험을 보러 오던 당시의 추억을 떠올릴 수 있었다. 설명회에 참석한 아이들은 호기심 어린 눈빛으로 우리 학교를 바라보고 있었고 궁금한 것을 우리에게 질문을 했다. 모두들 우리 학교를 오고 싶어 하고 우리 학교에 대해 좋게 생각하고 있는 것 같아 뿌듯했다. 학부모님들도 많이 참여를 하셔서 여러 가지 질문을 하셨다. 평상시에 학교에 다닐 때는 학교에 익숙해져 우리 학교의 특징이나 좋은 점에 대해 망각하고 있을 때가 많았는데 학생들과 학부모님들께서 내가 잊고 있었던 것을 상기시켜 주셔서 오히려 내가 얻어 가는 것이 더 많은 입학설명회가 된 것 같아 기분이 좋았다.

나의 2015학년 1학기 초는 바쁜 것을 인지할 틈도 없이 정신없이 지나간 것 같다. 내 주위 친구들과 선생님, 심지어 부모님께서도 걱정스러운 눈빛으로 쳐다볼 만큼 말이다. 하지만 학기 초에 내가 겪었던 학생회와 헤르메스 활동은 나에게 많은 영향을 주었다. 매일매일 새롭게 생겨나는 스케줄은 나에게 스케줄을 정리할 수 있는 능력을 길러 주었고, 학생회와 헤르메스 활동을 하면서 만난 사람들은 내가 경기과학고등학교에 다니고 있다는 사실을 일깨워 주었으며, 활동들 하나하나가 나의 리더십을 기르는데 도움이 되었다.

학교를 위해서 시작한 활동들이 오히려 나에게 더 큰 도움이 되고 있는 것 같아 나는 주위 사람들이 걱정하고 있는 것과는 다르게 바쁘지만 행복한 학교생활을 하고 있다. 앞으로도 나의 학생회와 헤르메스 활동이 조금이나마 우리 학교에 보탬이 될 수 있기를 바라며 이 글을 마친다.

♣ 귀가보다 여러모로 유익한 주말 잔류

- 32기 김창현

우리 학교 학생이라면 매주 금요일이 되면 평소와는 다른 기분을 가질 것이다. 이 날은 기숙사 학교라는 특성상 집에 자주 못가는 우리들이 집에 갈 수 있는 날이기 때문이다. 그래서 종례가 끝나고 나서 기숙사에는 트렁크 끄는 소리, 부모님과의 통화 소리 등 평일하고는 다른 특별한 소리들로 떠들썩하며 대다수의 학생들이 학교를 서서히 떠나간다. 하지만 나를 포함한 일부 학생들은 이들이 떠나가는 것을 보며 부모님과는 간단한 안부 인사만 주고받은 후에 주말 잔류 생활에 대한 대비를 시작한다.

2박 3일간의 잔류 기간 중에서 실제로 우리가 잔류가 시작되었다고 느끼는 시간은 금요일 저녁부터이다. 이때부터 급식실의 절반을 기준으로 선을 그어서 그 안쪽에서만 밥을 먹도록 하는데, 평소와 달리 확연히 사람이 없다는 것을 느끼며 본격적으로 잔류가 시작된다.

주말에 집에 가는 학생은 잔류를 하면 불편하지 않느냐고 물어본다.

물론 집의 내방보다는 불편하기는 하지만 나는 학교 입장에서도 우리를 최대한으로 배려해 주고 있다고 생각한다. 우선 평일에 부족한 잠을 보충하도록 배려해 준다. 평소 12시 40분부터인 취침 시간은 12시로 앞당겨지고, 평소 일과 정리 시간인 40분을 1시간으로 늘려 여유를 준다. 이때 우리는 편하게 과자를 먹거나 밤에 샤워 때문에 못했던 얘기들을 나누면서 서로 더욱 친해질 수 있게 된다. 그리고 아침에 일어날 때도 평소처럼 방의 청소 상태를 점검하지 않고 학습 시간인 오후 4차시 동안 숙제나 여가 활용을 이유로 인터넷을 써야 할 때에도 이중 2차시를 제한 없이 노트북 사용실에 가서 인터넷을 쓸 수 있게 해 주신다.

게다가 많이 알려진 일이기도 하지만 토요일과 일요일 오전 8시부터 12시까지 자유 시간을 준다. 이때 외출이 자유로워서 사유를 쓰고 외식하며 놀 수도 있고, 시험기간에는 각자 부족한 공부를 할 수 있다. 그리고 평일의 부족한 잠 때문에 매우 피곤한 경우 잠을 보충할 수도 있고, 필요에 따라 생활 용품을 구입하거나 종교 활동을 하는 등 자기에게 필수적인 일 또한 할 수 있다. 이렇게 함으로 써 집에서라면 우리가 아무생각 없이 자거나 멍하게 보낼 수도 있는 시간에 무언가 보다 생산적인 활동을 할 수 있게 해 준다.

그리고 그 다음에는 학습을 한다. 우선 주말 프로그램이 있다. 이것은

학교 선생님들께서 잔류하는 학생들을 위해 주말에도 출근하셔서 가르쳐 주시는 교육 프로그램이다. 교과 시간에 우리를 가르쳐 주시는 배웠던 선생님들로부터 새로운 문제를 덧붙여서 핵심적인 내용을 배우기 때문에 복습이나 예습에 효율적이고 학원을 안 다녀도 부족한 자료를 받을 수 있다. 그리고 비교적 주말 프로그램을 듣는 사람이 적기 때문에 각자에게 가장 적합한 형태로 가르침을 받을 수 있고 모르는 부분에 대해서도 이 시간을 이용하여 해결할 수 있다.

주말 프로그램 다음에는 우리가 평소에 알고 있는 학습시간이 시작된다. 이때에는 평소보다 훨씬 고요하다. 드물게 어떠한 학습실은 사람이 많을 수도 있지만, 상당수의 학습실은 사람이 거의 없어서 평소에 사람들이 많아서 눈치를 보았던 행동들을 자유자재로 할 수 있다. 창문을 열거나 히터를 나에게 가장 최적화된 온도로 맞출 수 있고, 귀가 아프게 이어폰을 끼지 않고 그냥 소리를 틀어서 들을 수 있다. 그래서 마치 내 방처럼 매우 편안한 분위기에서 공부를 할 수 있다. 게다가 평소에 있던 동기들의 이동

소리 같은 여러 가지 학습 방해 요소들이 존재하지 않아 이상적인 학습을 할 수 있게 된다.

나는 작년 맨 처음부터 지금까지 잔류가 가능한 때에는 항상 잔류를 하였다.(아마 우리 기 최장 시간) 평균적으로 한 달에 한 번씩은 전원 귀가일 때가 있어서 집에 가는데, 그때보다 잔류를 할 때 더욱 효율적이고 나를 위한 시간으로 사용할 수 있게 되는 것 같다. 그리고 사교육인 학원에 의존하지 않고 스스로 공부하는 습관을 갖게 됨으로써 자신의 목표를 위해 계획성 있게 행동하는 법을 배운다. 그래서 더 많은 학생들이 잔류를 통해 본인을 위한 시간을 가지며 성장했으면 좋겠다.

♣ 공강 시간을 보내는 나의 방법

- 32기 하석민

경기과고 학생들의 시간표에서는 다른 학교의 시간표들과는 다른 점을 찾아볼 수 있다. 물론 과학고(영재학교)이기 때문에 듣는 과목에서 과학 교과가 많다는 특징도 있지만, 그것보다 더욱 두드러지는 점이 있다. 바로 수업이 없는 시간이 종종 있다는 것이다. 과학고 학생은 많은 수업을 들을 것이라는 생각을 할지 모르지만, 사실 꼭 그런 것만은 아니다. 평균적으로 학생마다 일주일에 적게는 2시간, 많게는 7시간까지 빈 시간이 있다. (더 많을 수도 있다.) 이렇게 빈 시간은 학생들의 몫이다. 지금까지 일 년 반 정도 고등학교 생활을 보내면서, 나에게 공강 시간은 매우 신기한 존재였다. 중학교 때까지 항상 수업으로 꽉 차 있던 시간표에 빈 시간이 생긴 것이다.

나는 경기과고에 입학하고 한 달도 되지 않았을 때 목격한 것을 아직도 잊을 수가 없다. 나는 다음 교시 수업을 듣기 위해 본관으로 이동하는 중이었다. 그때, 선배 2명이서 배드민턴채를 들고 창조관으로 향하는 모습을 보았다. 우리는 수업이 있지만 그 선배님들은 공강이어서 운동을 하러 가는 것이었다. 선배의 여유로운 걸음을 보고 되게 부럽다는 생각을 했다.

물론 1학년인 나에게도 공강은 있었다. 1학년 1학기 때는 나에게 2시간의 공강이 있었다. 화요일 7교시와 목요일 7교시에 수업이 없었다. 당시 나는 1학년들은 수업이 없을 때는 무조건 학습실에 있어야 하는 줄 알았다. 그래서 나는 공강 시간에 학습실에 앉아서 공부를 했다. 부족한 잠을 보충할 때도 학습실 책상에서 보충했다. 그러나 얼마 뒤에 꼭 학습실에 있을 필요는 없다는 것을 알게 되었고, 가끔 산책하러 가는 등 전보다 더 여유롭게 시간을 보냈다.

2학기 때에는 공강이 화요일 6, 7교시로, 하루에 몰려 있었다. 그래서 나는 공강 시간에 1학기 때는 해보지 않은, 다양한 경험을 해

보았다. 숙제나 공부를 하는 것 외에, 친구들과 테니스를 하거나 농구를 하기도 했고, 체력 단련실에서 러닝머신을 사용하거나 기구 운동을 하기도 했다. 또 정기적으로 본관 3층 복도에 게시되는 수학 문제를 풀거나, R&E 연구를 하고 보고서를 쓰기도 했다. 특히 2학기 초반에 이 시간만 되면 친

구들과 테니스 시합을 하면서 테니스를 연습한 덕에 내 테니스 실력은 부쩍 늘었다.

2학년부터는 학생들마다 다양한 시간표가 나온다. 우리 학교는 자신의 흥미와 전공에 맞게 수강할 과목을 선택하기 때문에 학생들이 듣는 과목과 듣는 학점은 저마다 다르다. 예로 들어, 필수 과목인 기초미적분학을 제외하면, 나는 이번 학기에 정수론, 일반물리학, 천문학, 컴퓨터 프로그래밍의 4개의 과학 과목을 듣는 반면, 친구들 중에는 과학 과목으로 일반화학과 일반생물학만을 듣는 경우도 있다. 이러한 현상 때문에 학생들마다 비는 수업 시간의 수와 비는 때는 다르다.

나의 공강 시간은 2학년이 되면서 두 배가 되었다. 일주일 중에 수업이 없는 시간은 총 5시간으로, 월요일 1,3교시 (2교시가 체육임을 감안하면 아주 재미있는 시간표이다), 화요일 7교시, 수요일 1,2교시에 수업이 없다. 시간표가 나오고 생각보다 많았던 공강 시간에 당황했지만, 내가 자율적으로 조절하면서 사용할 수 있는 시간이 늘었다는 사실이 즐거웠다.

2015년 2월 말, 새로운 학기가 시작되고 나의 첫 시간은 공강 시간이었다. 아직 수업을 듣지 않았고, 아무런 과제도 없는 상황에서 나는 처음에 무엇을 해야 할지 몰라 방황하다가 1시간을 그냥 보내고 체육 수업을 들으러 갔다. 이와 같이 나는 2학년이 된지 첫 1주 동안은 공강 시간에 거의 아무것도 하지 못했다. 대부분 친구들과 이야기를 하거나 딴 짓을 하면서 시간을 죽였다. 물론 이 시간들이 즐겁고 편했지만, 이렇게 공강 시간을 허비하다가는 나중에 후회를 많이 하겠다는 생각이 들었다.

그래서 공강이 있는 날이면 더 스트레스를 받았다. 작년에 느낀 공강에 대한 환상은 많이 없어진지 오래였다. 나는 내가 이 시간들을 의미 없이 버릴까 봐 두려웠고, 그래서 나는 공강 시간을 알차게 보낼 수 있는 몇 가지 방법들을 생각해 보았다. 우선, PT(Physical Training)를 신청했다. PT는 우리 학교에 있는 체력 단련실에서 트레이너 선생님의 도움을 받아 운동을 하며 체력을 향상하는 활동이다. 평소에 하고 싶었던 활동이었기에 접수 기간이 시작되자마자 신청을 해서 지금은 월요일 3교시와 수요일 1교시에 PT 수업을 듣고 있다.

그러나 이는 평일 공강 시간에 하기에는 매우 힘든 일이었다. 내가 그 동안 운동을 얼마나 안 했는지를 알 수 있었다. 하는 운동마다 너무 힘들어서, 첫 2주 동안은 팔과 다리의 엄청난 고통 속에서 학교생활을 해야 했다. 어떤 날은 다리운동을 마치고 나서 계단을 오르다가 다리에 쥐가 나서 10분 정도 걷지 못한 적도 있었다. 그러나 내 체력을 위한다는 생각으로 꾸준히 운동을 하러 갔고, 지금은 많이 나아졌다. 그 이외의 남은 3시간의 공강은 특별한 일이 없으면 대부분 컴퓨터를 이용한 숙제를 하는 데 사용했다. 이는 오후 학습 1차시 때 노트북을 사용하는 일을 최소화하기 위해서이다. 월요일 1교시는 주로 일주일의 학습 자료를 받는 데 이용했다. 특히 화요일에 있는 일반물리 실험의 주제를 확인하는 데 사용했다.

화요일 7교시의 공강은 정말 절묘하다. 화요일 5,6교시가 일반물리학 실험인데, 2시간 안에 실험과 보고서 작성을 모두 마쳐야 하기 때문에 시간이 부족한 경우가 많다. 따라서 다음 교시에 수업이 있는 친구들은 보고서를 빠르게 작성하고 서둘러서 다음 수업으로 이동해야 하지만, 나는 다음 수업이 없으므로 여유롭게 보고서를 마무리 지을 수 있다. 그리고 보통 7교시에는 학교 홈페이지나 송죽학사에 어떤 대회나 행사가 있는지를 알아보는 데 사용한다. 각종 대회가 많은 요즈음, 이 시간은 내가 참가해 볼 만한 것들이 있는지 여유롭게 확인해 볼 수 있는 좋은 시간이다.

이렇듯 나는 공강 시간을 잘 활용하기 위해서 많은 노력을 했다. 내가 직접 느낀 점은, 공강 시간 관리는 힘들다는 것이다. 다른 친구들은 수업을 들으러 가 있는데, 나는 수업이 없다. 내가 무엇을 하는지 특별히 감시하는 사람도 없다. (게임은 하지 않기 때문이다) 따라서 게을러지기 쉽다. 주어진 시간을 얼마만큼 효율적으로 사용하는지는 자신한테 달린 일이다. 공강 시간을 잘 활용하지 못하면, 나중에 크게 후회할 수도 있다. 그러나 한 가지는 확실하다. 공강 시간은 정말 재미있다는 것이다!

♣ 엣지배

- 32기 송현재

우리 학교에서는 학생들이 여러 가지 스포츠 활동을 즐길 수 있도록 다양한 체육 시설들을 잘 마련해 놓았다. 대표적으로는 축구, 농구, 배드민턴, 탁구, 테니스, 골프, 웨이트트레이닝 등이 있다. 그리고 각각에 해당하는 스포츠클럽들도 있다. 1년에 한 번씩 각 스포츠 종목마다 대회를 열어 선후배 관계없이 팀을 이루어 경쟁을 하는데 탁구는 엣지배, 축구는 어택컵, 농구는 어블배 등의 대회 명칭이 있고 많은 학생들이 팀을 이루어 종목별로 경쟁을 한다.

나도 그 경쟁에 참여했던 학생들 중의 하나이다. 나는 경기과학고에 들어와서 짬짬이 탁구를 많이 쳤었고 나와 같이 탁구를 즐겼던 친구들이 있었기에 탁구 대회인 엣지배에 나가기로 했었다. 엣지배는 3선승제로 진행되었고 최소 4명 이상의 팀원이 있어야 했다. 나는 내 나름대로 친구들을 모아 팀을 꾸렸고 '제드'라는 멋진 팀 이름을 가지고 대회에 참가하게 되었다. 그 때 나는 우리 팀원들이학교에 입학한 뒤로 줄곧 탁구를 즐겨 왔기에 실력도 꽤 있다고 생각했었고, 우리 팀이 1학년들로만 구성되어 있긴 했지만 딱히 선배들 팀에 대해 주눅이 드는 그런 마음은 없었다.

우리는 꼭 엣지배를 우승하겠다는 마음을 가지고 시간이 날 때마다 열심히 탁구를 치면서 연습하였다. 그리고 엣지배가 시작되는 날 우리는 첫날에 경기가 없었기 때문에 구경도 할 겸 다른 팀들이 경기하는 것을 관전했다. 우리는 여러 팀들이 이기고 지는 것을 보았고 1대 10에서 역전을 당하는 아쉬운 경기도 보았다. 그리고 다음날 우리는 모든 예선 경기들을 이기고 당당하게 4강에 들어갔다.

4강에서 만난 선배들과 경기를 하기 전에 나는 선배들과 연습 경기를 하였다. 나는 그때 4강에서도 무난히 이기겠거니 하는 생각이 들었다. 하지만 실제 경기에서는 달랐다. 첫 번째로 나간 나는 선배들한테 패하였다. 나는 자리로 돌아오면서 우리 팀원들한테 되게 미안했었다. 우리 팀에서 두 번째로 나간 친구는 무조건 이길 거라는 생각을 했었지만 역시나 나처럼 또 다른 선배에게 패하였다. 나는 그 친구가 지고 있을 때 어떤 말을 해줘야 할지 굉장히 고민했었다. 가만히 있자니 너무 애간장 탔고 그렇다고 무슨 말을 하자니 경기 중인 친구에게 매우 부담스러울 것 같았다. 내가 경기를 할 때를 생각해 보니 주변에서 말을 하는 것이 오히려 더 안 좋을 것이라는 생각이 들었고 다른 팀원들도 그렇게 생각했는지 우리는 경기 도중에는 일체 말을 하지 않았다.

경기 후 우리는 다들 그에게 위로의 말들을 해 주었고 나와 내 친구는 매우 미안하여서 아무 말도 하지 못하였다. 3번째 경기마저 지면 우리는 그냥 4강에서 떨어지는 것이었다. 3번째는 2대 2로 하는 복식 경기였는데 앞서 나온 선배 두 명이 한 팀을 이루어 나왔다. 이길 가망이 보이지 않았으나 우리는 우여곡절 끝에 그 경기를 이겼고 나머지 2경기도 연달아 이겨서 3대 2로 역전승을 하였다.

우리는 우리 팀의 경기가 끝난 직후 다른 경기를 보러 갔다. 다른 경기에서도 마찬가지로 우리 동기들로 구성된 팀과 선배들로 구성된 팀이 5세트 경기를 하고 있었다. 그런데 동기들 팀이 마지막 판을 지고 있었다. 그 팀은 우리와는 다르게 경기에서 지고 있는 친구를 달궜다. 옆에서 계속 답답하다는 듯이 말을 했는데 이에 그 친구는 부담을 받아서 더욱 못 쳤다. 그래서 결국 우리 동기로 구성된 팀은 졌다. 끝나고 나서도 그 친구는 계속 욕을 먹었고, 나는 우리 팀이 그런 상황을 정말 잘 대처했다는 생각이 강하게 들었다.

결승에서도 나는 선두로 나갔다. 하지만 이번에도 나는 지고 있었다. 9대 4로 지고 있을 때 나는 친구들에게 너무 미안한 마음에 '어떡하지?'라는 생각만 계속 하고 있었다. 그러다가 4강전처럼 의 내가 진다 해도 내 팀원들은 나를 욕하지 않을 것이며, 또 나 다음에도 충분히 이길 기회는 많다는 점을 떠올리며 부담을 떨쳐낼 수 있었다. 그래서 나는 과감하게 경기를 진행하였고 결국에는 역전승을 거두었다. 그리고 그 기세에 힘입어 연달아 우리 팀은 2연승을 거두면서 결승에서 3대 0으로 우승을 거두었다.

스포츠는 스트레스를 풂과 동시에 친구들과 우정을 쌓을 수 있다는 점에서 매우 유익한 활동이다. 나는 이렇게 친구들과 한 팀이 되어 우승을 함으로써 여러 명으로 구성된 팀은 같은 목표와 같은 운명을 지닌 하나의 공동체이기에 나의 행동 하나 하나가 팀에 영향을 줄 수 있다는 것을 깨달을 수 있었다. 또한 누군가 실수를 했을 때 그에 대한 잘못된 행동이나 말이 서로에게 민감하게 작용하여 팀 내의 갈등을 유발할 수 있다는 것을 알게 되었다. 이처럼 스포츠 경기들을 통해 스포츠맨십을 배울 수 있고 사회에 나가서도 그러한 스포츠맨십은 언제든지 필요하기 때문에 사회에 나갈 준비를 하는 고등학생들에게 매우 큰 도움이 된다고 생각이 된다.

나는 그래서 우리 학교 친구들과 후배들에게 1년에 한 번 있는 이 체육대회에 꼭 참여하라고 말해 주고 싶다. 비록 우리 학교의 일정상 체육 활동을 할 만한 시간이 많지는 않지만 이러한 체육대회 때만이라도 열심히 해서 승패를 떠나 친구들과 우정을 다지고 팀을 위해서 어떤 행동을 하는 것이 바람직한지 깨닫길 바란다.

♣ 또 하나의 친구

- 32기 현해웅

그토록 바라고 바라던 경기과학고등학교에 입학한 나. 많은 학생들이 학기 초에 학교생활에 잘 적응할 수 있을까 하는 고민을 가지고 있듯 나 역시 새로운 환경에서 두려움 반 설렘 반으로 학교생활을 시작했다. 학교생활에서 가장 중요한 것이 무엇일까? 사제관계, 바른 생활, 성적 등의 대답이 나올 수 있겠지만 대부분의 학생들이 그렇듯 나에게는 친구들과의 관계가 가장 중요하다. 그런 나에게 경기과학고등학교 입학 후 가장 큰 숙제는 바로 친구들과 친해지기였다. 이 숙제에 대해 고민할 틈도 없이 온갖 할 일, 배울 일들이 쏟아져 내렸다. 우리 학교가 기숙학교다 보니 타 학교에 비해 교내에서 지내는 시간이 훨씬 길어 그만큼 새롭게 숙지해야하는 부분이 많아 정신이 없었고 항상 긴장상태였다.

그런 나에게 운동은 학교생활에서 한 줄기 빛이었다. 경기과학고등학교에서 친구들과 더욱 쉽게, 더 친해질 수 있었던 이유를 고르라면 가장 먼저 말하고 싶은 것이 바로 운동이다. 본래 운동이란 몸으로만 하는 것이 아니라 같이 하는 사람들과 마음으로 소통하며 해 나가야 하는 것이기 때문에 같이 운동을 하는 사람들은 그렇지 않았을 때보다 더 가까운 사이가 될 확률이 높다. 그렇기 때문에 나는 입학 후 축구, 농구 등을 하며 친구들과 처음으로 통성명을 하고 같이 이야기도 하며 서서히 친해질 수 있었다.

나는 초등학교 때부터 스포츠클럽과 학교 대표팀에서 축구를 즐겨 왔다. 어렸을 때부터 운동을 해 오니 자연스럽게 평소에 받았던 스트레스도 해소되어 언제나 밝고 활기찬 생활을 할 수 있었고, 기본적인 운동 능력도 좋아지고 몸이 튼튼해져 잔병치레 없이 건강히 자라게 되었다. 또한 친구들과 서로 몸을 부딪치고 땀을 흘리며 더욱 친해져 왔기에 교우 관계도 좋은 편이어서 지금까지 친구와 큰 문제가 있었던 적은 없었다. 이처럼 이미

운동은 내 삶에서 떼고 싶어도 뗄 수 없는 존재가 되었다.

솔직히 말하면 학교에서 수업을 하거나 공부를 하거나 언제나 내 머릿속에는 축구 생각이 가득하다. 물론 내가 해야 할 일들은 하면서 운동을 즐길 수 있도록 노력하곤 하지만 가끔씩 그러지 못할 때가 있다. 축구를 하느라 제대로 공부를 못하고 시험을 보기도 하였지만 '축구를 조금만 덜 할걸'하는 생각을 가끔 해볼 뿐 크게 후회하지는 않는다. 왜냐하면 축구는 내 학교생활의 원동력이 되기 때문이다. 가끔씩 학업 스트레스와 같이 생활하며 생기는 고민거리들이 나를 괴롭힐 때 나는 친구들과 운동장에서 땀을 흘리며 시원하게 고민들을 날려 버리고는 했다. 또 학교생활이 너무 바쁘거나 힘들어질 때에도 축구 한 번이면 다시 힘을 내고 집중하곤 했다.

경기과학고 생활 중 축구와 관련된 여러 에피소드들이 있지만 특별히 생각나는 것들이 있다. 우리 학교는 동아리 활동이 활성화되어있다. 그중 격주마다 활동하는 스포츠 동아리도 있는데 물론 나는 축구 동아리에 소속되어있다. 운이 좋게도 우리 기에서 축구 동아리 'ATTACK'의 기장이 된 나는 동기들과 평소에 스포츠 동아리 시간에 어떻게 하면 호흡이 더 잘 맞을까 이야기하고 동아리 활동 시간에 신나게 그라운드를 누비곤 했다. 축구 동아리 어택은 매년 어택컵이라는 교내 축구 대회를 개최한다. 이 대회는 학생 주도적으로 이루어지기 때문에 1학년 기장이었던 나는 심판도

보고 직접 참가도 하였다. 그때 우리 팀은 아쉽게 탈락하였지만 이번에는 우승을 목표로 하여 열심히 노력하고 있다. 직접 심판까지 맡아서인지 나는 어택컵이 더욱 기억에 남는다.

축구와 관련된 추억 중 다른 하나는 수원시 컵 대회이다. 내가 일학년이었을 때 즉, 작년 2학기에는 정진영 체육 선생님의 추천으로 31기 어택 선배들, 32기 어택 동기들과 함께 '2014 수원시 컵'이라는 축구 대회에 참가하였다. 하루 만에 경기가 모두 끝나는 대회여서 큰 부담 없이 참가할 수 있어 더욱 좋았다. 비록 우승은 하지 못하였지만 부모님, 선생님들의 응원 속에서 선배, 친구들과 함께 넓은 잔디구장에서 호흡을 맞추며 뛰어 보는 좋은 경험이었다고 생각한다. 올해에는 우리 32기가 주축이 되어 다시 한 번 참가하려고 준비 중인데 친구들이 무척 기대하고 있다.

이처럼 경기과학고등학교에서의 생활에서뿐만 아니라 내 삶에서 축구는 매우 중요한 내 일부분이 되었다. 건전한 운동이 얼마나 삶을 윤택하게 만들 수 있는지 여실히 느꼈기에 나는 앞으로도 축구가 아니더라도 운동과 함께하는 삶을 살아가고 싶다. 이러한 삶은 내 건강도 지켜 줄 것이고 인간관계, 삶을 대하는 태도를 개선시켜 줄 것이다. 길다면 길고 짧다면 짧은 남은 고등학교 생활 동안 축구라는 나의 소중한 또 하나의 친구와 함께하고 싶다.

♣ 집으로 가는 길

- 32기 이정수

누구에게나 집은 언제나 무슨 일이 있더라도 반겨 주는 그런 포근한 곳이다. 모두들 지쳤을 때 포근한 집으로 돌아가 편히 쉬곤 한다. 집만큼 편안하고 친숙한 곳도 없을 것이다. 그런 집으로 가는 것은 너무나도 익숙한 일과였지만, 어느 순간부터 나에게는 특별한 일이 되었다. 그래서 경기과학고등학교에 입학한 뒤 다이내믹해진 나의 집으로 가는 길에 대해 이야기해 볼까 한다.

지난주 금요일 나는 세 달 만에 집으로 갔다. 학교 일과를 마친 늦은 금요일 오후, 저물어가는 햇빛을 보며 본관 앞의 내리막길을 내려갈 때 나도 모르게 느껴지는 자유로움 또 설렘이 있다. 일주일 내내 나름 바쁘고 고단한 한 주를 보내고 걷는 길은 지친 탓 때문인지 무겁기도 하지만 집에 간다는 것만으로 힘이 나기도 하는 그런 길이다.

수원역, 그곳은 경기과학고에 처음 들어올 때 부푼 기대감을 가지고 처음 내린 곳이어서 그런지 언제나 약간 특별한 느낌이 난다. 갈수록 발전하고, 백화점에 호텔에 정신없는 교차로까지 정말 사람도 엄청나게 분비고 정신없는 곳이기도 하지만 무언가 친근한 느낌으로 다가온다. 플랫폼까지 내려가 기차를 기다릴 때면 집에 간다는 이유 때문인지 바닥의 평범한 보도블록까지도 특별하다. 기차역의 또 다른 특별한 점은 나 외에도 집으로 돌아가는 사람들을 많이 볼 수 있다는 것이고, 특히 양손 가득 짐을 들고 북적거리는 기차에 오르는 사람들을 보면 명절 같기도 하고 푸근한 느낌을 받게 되어 기분이 좋아진다.

기차에 올라 자리에 앉으면 문득 이러한 생각이 떠오른다. 나는, 내 삶은 어느 방향으로 가고 있는 것일까? 나는 어떻게 이곳 경기과학고등학교까지 와서 무엇을 하고 있는 것일까? 앞으로 나는 어디로 나아갈까? 이러한 생각들이 마구 떠오르고 나에 대해서 하나씩 생각해 보는 시간이 된다. 그동안 열심히 꿈을 가지고 달려온 부분도 있고 아직은 아쉽고 부족하다고 생각되는 것들도 많이 느껴진다. 어느새 기차는 출발한다.

집은 아직 꽤 멀다. 세 시간은 기차를 타고 가야 하는 곳. 바로 부산이다. 긴 기차 시간에도 불구하고 피곤함 때문인지 나도 모르는 사이에 빠져들었던 잠에서 깨어나 보면 어느새 따스한 공기, 무언가 익숙한 느낌과 함께 부산역에 닿아 있다. 부산역, 부산역에 있다는 사실만으로도 너무 행복하다. 언제나 마중 나와 계시는 부모님, 아버지의 차. 아파트 단지에 들어서면 벌써부터 추억이 새록새록 떠오르기도 한다. 이번에는 벌써 벚꽃이 폈다가 져 가고 있었는데 정말 내가 떠났던 겨울에서 그 사이 계절이 봄으로 바뀌어서인지 훨씬 화사해졌다. 그래도 대부분의 것들이 예전 모습 그대로라는 것이 뭔가 마음을 놓이게 한다. 언제나 즐겁게 뛰어놀던 놀이터도, 집에 들어가기 전 친구들과 모여 앉아 놀던 벤치도, 그때는 한없이 가팔랐던 초등학교 가는 계단도, 언제나 음료수를 사 먹던 편의점도 그대로 있다.

문득 예전으로 돌아가고 싶다는 생각이 들 때가 있다. 모두 그런 생각을 한 번쯤은 해 보았겠지만 할 일이, 부담스러운 일들이 가득가득 쌓이지 않았던 날, 오늘까지 해야 하는 것을 걱정하기보다 오늘 도대체 무슨 일이 생길지 꿈꾸며 일어나던 날들이 그때는 몰랐지만 지금 돌이켜보면 정말 소중했던 나날들이었다. 돌아갈 수 없는 날들을 그리워하면서도 또 돌아갈 수 없기에 더 소중하다는 것, 그리고 지금 이 순간도 힘들지만 그만큼 값진 순간들이라는 생각을 해본다.

집을 떠나온 지 겨우 1년 남짓한 흘렀을 뿐이지만 벌써 뭔지 모르게 집을 그리워할 때가, 집에 가고 싶을 때가 종종 생기는 까닭은 무엇일까? 예전에는 향수에 잠긴다는, 집을 그리워한다는 그 느낌을 몰랐지만 이제

나에게도 때때로 간절한 마음이 절로 떠오르게 된다. 거리상으로 멀리 떨어져 있다는 이유일까, 아니면 쉽게 올 수 없다는 이유일까? 그러한 것들이 나로 하여금 집에 가는 날을 기다리게 하고 집에 간다는 것에 마음 설레게 한다.

예전에는 정말로 사소한 일상이었고 때로는 지루하기도 하고 생각 없이 흘려보낸 시간들이었지만 이렇게 떠나고 보니 그것들 하나하나가 너무나도 소중히 느껴지는 것이다. 이러한 것들을 하나하나 되돌아보며 지금의 경기과학고 생활도 언젠가는 그리워하고 아련한 추억으로 되새기게 될 날도 있을 것이라는 생각이 들기도 한다.

누구에게나 집에는 행복한 추억들, 즐거웠던 과거의 나날들이 고스란히 남아 있다. 문득 그리워지기도 하고 언제나 되돌아가고 싶은 곳. 때로는 나를 움직이고 때로는 나를 멈추어 생각하게 하는 곳이 바로 집이다. 바쁜 일상 속에서도 집에 대해 한 번 떠올려 보는 것. 집으로 가는 꿈을 꾸는 것. 그것은 정말 멋지고 행복한 일이다.

9

학교 밖 학교

경기과학고 학생들이 학교라는 울타리를 벗어나 국내외의 다양한 무대에서 어떻게 성장해 가고 있는지를 보여 주는 꼭지. 학교 밖에서도 탐구의 열정을 발휘하며 두각을 나타내고 있는 경기과학고 학생들의 면모를 확인할 수 있다.

♣ 국외 ORP

- 30기 윤민식

경기과학고에 입학하고 나서 이전에는 하지 못했던 새로운 도전들을 많이 한 것 같다. 다양한 형태의 과제와 시험을 겪은 것, 처음으로 연구를 해 본 경험 등. 그중에서도 가장 기억에 남는 경험은 국외 ORP였던 것 같다. 2학년 2학기가 시작되고 나서 재학생 중에서 국외 ORP(Overseas Research Program)에 참가할 R&E 팀을 선발한다는 공지를 보고, 1학년 때 갔던 글로벌 프런티어가 나에게 좋은 경험이었던 것이 생각나 한번 참가하고 싶다는 생각을 하고 있었다. 마침 글로벌 프런티어를 가지 못했던 신원이가 같이 참가하자고 해서 '일단 신청은 해 보자'라는 심정으로 함께 심화 R&E를 진행했던 친구와 화학탐구프런티어 때 실험을 도와 주셨던 선생님 등 총 4명이 팀을 이루어 참가하게 되었다.

연구를 시작하는 것부터 매우 어려웠다. 일단 외국에 있는 교수님께 메일을 보내서 허락을 받기로 하고 많은 교수님들을 검색해 보았다. 어떤 연구를 진행할까 고민하다 우리 팀원들이 관심을 가진 화학 분야의 교수님들이 진행하시는 연구를 알아보았다. 처음에는 퍼듀 대학교에 있는 김상태 교수님을 알게 되었고 무작정 그분께 메일을 보냈다. 그러나 워낙에 유명하신 분이라 그런지 답장을 받지 못했다. 우리는 굉장히 낙심했고, 과연 다른 교수님들 중에서 우리를 받아 줄 교수님이 과연 있을까 걱정이 되었다. 그래도 한 번에 포기할 수는 없다는 생각에, 다른 교수님들을 찾아 다시 부탁한 결과 다행히 퍼듀 대학교의 박치욱 교수님께서 우리를 환영한다는 친절한 답장을 보내 주셨다. 그렇게 해서 우리 팀은 국외 R&E의 기회를 얻을 수 있었다.

국외 R&E를 가기 위해 원어민 영어 선생님께 영어도 더 배우고, 학교 선생님들 앞에서 심사도 받았다. 우리 팀은 최종 심사를 통과하여 결국 2학년 겨울방학에 미국행 비행기에 오르게 되었다. 당시 미국은 몇 십 년만의 추위로 북부 지역은 정말 날마다 눈이 쏟아지던 날들이었는데, 암울하게도 우리는 그 시기에 딱 맞추어 2주간 퍼듀 대학교에서 연구를 진행하게 되었다. 퍼듀 대학교에 도착한 첫날 우리는 호텔 주변을 돌아보다 눈과 코와 귀와 입이 모두 어는 경험을 할 수 있었다. 그리고 좀 쉬다가 박치욱 교수님과 근처 식당에서 밥을 먹으며 퍼듀 대학교는 어떠한 대학교인지, 연구실은 어디에 위치하고 있으며 그곳에서 연구하는 대학원생에는 어떤

사람들이 있는지 등에 대한 설명을 듣고, 우리가 진행할 연구 일정을 다시 정리해 보았다. 그렇게 2주간의 짧은 연구를 시작하게 되었다.

대학원에 가 보니 그다지 크지 않은 연구실에 중국에서 온 대학원생과 미국인 대학원생 두 명이 있었는데 다들 친절하기는 했으나 우리에게 딱히 관심은 없어 보였다. 첫날부터 랩미팅에 참여해서 그분들이 어떤 연구를 하고 있는지, 교수님은 어떤 연구를 진행하시는지 살피며 서로를 알아갔다. 우리가 연구할 내용에 대해 간단히 이야기를 나누었는데, 열정적인 그분들이 참 멋있어 보였다. 그리고 본격적으로 연구를 시작했는데, 연구에 앞서 교수님께서 항상 질문을 하는 것을 무서워하지 말라고 하시며 무엇이든 질문해 보라고 하셨는데, 아무런 질문이 생각나지 않았다. 참으로 안타깝게도 우리에게는 창의적인 사고가 부족했나 보다.

기간이 짧다 보니 점심도 걸러 가며 실험을 수행했고, 5시면 칼퇴근하는 대학원생을 붙잡아 저녁 늦게까지 실험을 도와 달라고 부탁해야 했다. 이처럼 힘든 점도 있었지만 나는 마치 외국 대학원에 매일 연구하는 대학원생이 된 듯한 그런 기분을 느낄 수 있었고, 교수님과 자주 이야기하면서 내가 어떻게 삶을 살아야 할지 생각했던 시간들이었기에 너무 좋았다.

익숙하지 않은 곳에서 새로운 프로젝트를 진행하다 보니 매일매일 긴장하며 살게 되었고, 며칠간 최선을 다하며 연구하고 나니 그간 일상에 젖어서 공부나 미래에 대해 별 생각 없이 살고 있던 내가 다시 활력을 얻을 수 있는 계기가 되었던 것 같다.

연구를 끝내고 한국에 돌아와 생각해 보니 아무것도 준비된 것 없이 한번 해 보자 하고 도전했던 국외 R&E가 성공적으로 끝난 것이 매우 뿌듯했다. 2주간의 연구 성과와 함께 자신감도 얻고 나를 다시 잡을 수 있는 보람된 시간이었다는 생각이 든다.

♣ 3년간 깨달은 경험의 중요성

- 30기 오충석

나는 경기과학고등학교를 다니며 항상 이 학교가 고맙다고 생각해왔다. 나에게 많은 깨달음을 주었으며, 많은 경험을 통해 성장할 수 있게 해주었기 때문이다. 그 중에서 내가 항상 마음에 새겨 두고 있는 깨달음이 있다. 바로 '다양하고 많은 경험을 하자'이다.

주위를 둘러보면 자신이 무엇을 하고 싶은지도 모른 채 공부를 하는 친구들도 적진 않다. 이번 중간고사는 잘 봐야지, 이번 기말고사는 잘 봐야지 하는 마음으로만 공부를 한다. 이런 친구들은 학교에서 가르쳐 주는 것에 대해 어떤 질문도 없이 있는 그대로 받아들이고 암기하는 사람이다. 사실 고등학교에 입학하기 전만 해도 나 또한 그런 사람이었다. 어렸을 때 머리가 좀 좋았던 탓인지, 부모님께서는 나에게 많은 기대를 하셨다. 나는 그런 부모님에 기대에 힘입어 공부하기 시작했고, 덕분에 이 학교에 입학하게 되었다. 이렇게 경기과학고등학교에 입학하게 된 것도 내 의지보다는 부모님의 의지가 더 많이 반영되고 볼 수 있다. 단지 수학, 과학을 조금 더 잘 했을 뿐이고, 경기과학고등학교에 오면 명문대학교를 쉽게 갈 수 있기 때문이었다.

고등학교 1학년 때, 나는 글로벌 프런티어라는 교내 프로그램에 참여하였다. 이 프로그램은 학생들이 2주간 외국에서 대학 수업을 들으며 문화를 체험하는 프로그램으로, 고등학교 1학년 동급생들이 모두 참여하게 된다. 처음 나가 보는 외국이었기에 기대 반 걱정 반의 마음으로 출발하였다. 내가 방문한 미시간 공대의 프로그램은 두 가지로 이루어져 있는데, 수업을 듣는 프로그램과 방과 후에 자율적으로 참여할 수 있는 프로그램이 그것이다. 내가 들을 수업에 대해서는 미국에 방문하기 전에 다 신청해 놓았고, 친한 친구들과 수업을 계속 같이 들을 수 있었다. 그러나 방과 후에 참여하는 프로그램이 문제였다. 당시 내성적이고 부끄러움이 많았던 나는, 많은 프로그램에 참여하지 못하였다. 마음속으로는 이것도 참여하고, 저것도 참여하고 싶다고 생각했지만, 함께 할 친구가 없어 내 마음을 억누르고 남은 시간에 기숙사에서 시간을 허비했다. 또한 지금 생각해 보니 외국에서 보낸 기간이었지만 영어를 거의 쓰지 않았다. 같이 간 한국 친구들과 어울려 다니기만 했기 때문이다. 외국에 가서 한국인과 놀다니, 참 부질없는 짓이라 생각하였지만 부끄러움이 많고 내성적이었던 나는 외국인과 놀기에는 많은 용기가 필요하였다.

나는 외국에서 돌아오는 비행기 안에서 생각하였다. '앞으로는 눈치 보지 않고 많은 경험을 해 보자. 부끄러운 행동을 할지라도 그것은 일시적인 감정일 뿐이지만, 하고 싶은 것을 해 보지 않고 평생 후회하는 것은 내 마음속에서 계속 남아 있을 것이다.' 그렇게 생각하고 나니, 앞으로 인생을 살면서 많은 경험을 해야겠다고 마음먹게 되었다. 또, 당장 하고 싶은 것은 실행에 옮기려고 노력했다. 이렇게 글로벌 프런티어는 내 마음가짐과 더불어 성격까지 바꾸어 놓았다.

나는 이렇게 처음으로 외국에 다녀오고 나서 다양한 경험을 하기 위해 교내의 여러 프로그램에 참여하였다. 일본 유학 프로그램도 신청하고, 미생물탐구 페스티벌, 과학전람회 등의 여러 대회에 참가신청서를 제출하였다. 또한, 교내 TEDx 강의를 하기도 하였다. 이렇게 다양한 경험을 하였지만, 몇몇 경험은 다시 나에게 독이 되었다.

인생을 살며 대부분 겪는 사건들은 나 혼자 관여하는 것이 아니다. 모든 일은 나와 주위의 사람들이 같이 얽혀 있으며 그에 따라 내 행동으로 인한 이익이나 피해가 다른 사람에게 전달되기도 한다. 나는 내 경험을 위해, 내 이익을 위해 다양한 프로그램에 참여하였지만, 본의 아니게 다른 사람들에게 피해를 주기도 했던 것 같다.

고등학교 1학년 때는 미생물탐구 페스티벌이라는 연구 대회에 나가고자 했다. 다른 친구들은 이미 연구 쪽에서 몇몇 성과를 낸 상황이지만, 나는 아무런 노력도 하지 않은 상태였다. 남들보다 뒤처지는 것이 두렵기도 하였고, 이런 경험도 중요할 것이라 생각해 참가하게 되었다. 하지만 만만치 않았다. 혼자서 주제를 만들어 낸다는 것은 쉬운 일은 아니었고, 계획서를 쓰는 일은 더더욱 어려웠다. 또한 지도교사 선생님이 필요해 한 선생님께 부탁을 드려 이런저런 도움을 받았는데, 나중에 알고 보니 신혼 준비 때문에 엄청 바쁘신 와중에 날 도와주신 것이었다. 하지만 나는 턱도 없는 주제로 혼자 대회 준비를 하였다. 밤에 잠을 줄여서까지 열심히 했지만, 혼자의 힘으로는 역부족이었는지 나는 보기 좋게 예선 탈락하고 말았다. 혼자 열심히 하려는 과정에서 다른 사람에게까지 피해를 준 경우다.

고등학교 2학년 때는 국외 R&E 프로그램에 참여하게 되었다. 이 프로그램은 간단히 말해 학생 2~3명이 팀을 꾸려 외국의 대학 실험실에서 연구를 하는 것이다. 많은 예산을 지원하는 큰 프로그램이기 때문에 학교에서도 복잡한 절차를 통해 대상자를 선발한다. 나도 친구와 이 프로그램에 지원하게 되었다. 하지만 모든 선발 과정이 끝나고 내가 선발되었을 때 내가 2년간 준비하던 한 대회의 일정이 나왔다. 그리고 공교롭게도, 두 일정은 겹쳤기 때문에 하나를 선택해야 했다. 결국 나는 내가 원했던 대회를 선택했고, 원래 가고 싶었던 아이들이 선발 과정에서 미리 탈락했기에 가지 못했으며, 내 친구는 나 때문에 모르는 친구들과 가야 했다.

나의 선택이 눈덩이가 되어 나 이외의 사람들에게 크게 피해가 되었고, 나는 다시는 이런 일이 일어나지 않도록 주의해야겠다고 생각하였다. 그래서 내 경험을 쌓은 것을 중요시 할 뿐만 아니라 그것이 어떤 결과를 초래할지, 남에게 가는 피해를 내가 방지할 수 있을지를 생각해 보게 되었다.

나는 앞으로 많은 경험을 하되, 남에게 피해를 주지 않는 선에서 해결하도록 노력할 것이다. 시소 위에서 균형을 맞추듯, 내 이익과 남의 이익 사이에서 균형을 맞추며 살아가려 한다. 이런 삶의 자세를 경기과학고등학교에서 배웠고, 그래서인지 이 학교가 참 고맙다.

♣ 낯섦을 두려워하지 말고 도전하라

- 30기 김현성

나는 영재학교인 경기과학고에 재학 중이다. 우리 학교에서는 매 학년 자율연구(R&E)를 한다. 이와 관련하여 나는 2학년 때, '안정적인 유체 운송을 위한 서비스 로봇의 개발'이라는 주제로 연구를 진행하였고 삼성전자에서 주최하는 '휴먼테크 논문대상'에 논문을 제출하였다. 큰 기대를 하지 않았음에도 불구하고 우리 팀은 은상을 수상하게 되었고, 부상으로 상금 500만 원과 중국에 있는 삼성의 해외사업장을 견학할 기회를 얻게 되었다.

해외사업장 견학이라는 말을 듣고 처음엔 유럽이나 미국으로 갈 줄 알았는데, 중국 서안에 있는 삼성 반도체 공장으로 견학을 가게 되어 살짝 실망했다. 더군다나 중국이었다. 중국은 치안이 좋지 못한 나라로 알려져 있어서 조금 무섭기도 했다. 그 당시 이러한 이유 때문에 중국에 가기로 결정한 후에도 출국할 때까지 갈지 말지 고민했었다.

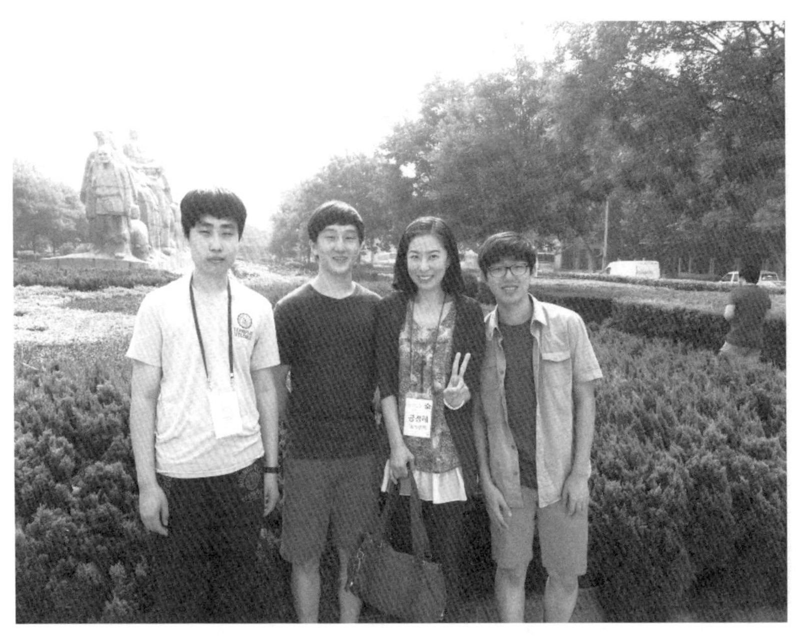

중국으로 가던 날, 공항에서 출국하기 직전에 내가 속한 조원들과 대면할 수 있었다. 많은 인원들이 함께 이동하기 때문에 삼성에서는 수상자들을 몇 개의 조로 나눴고 나는 5조에 배정받았다. 우리 조에는 중앙대학교에 다니는 형 3명과 전남과학고 동생들 2명, 그리고 우리 학교의 규헌이와 성재가 있었다. 조원들이 모두 착해 보여서 기분 좋은 출발을 할 수 있을 것 같았다. 서안으로 가는 비행기에서는 전날 늦게 잔 탓인지 잠만 잤다. 서안에 도착해서 바로 '백미거'라는 식당에 가서 점심을 먹었다. 처음 맛보는 중국 음식은 정말 최악이었다. 향도 엄청 강하고 재료 고유의 맛은 느낄 수가 없었다. 그래서 첫날 점심은 탄산음료로 배를 채웠다.

처음으로 간 곳은 섬서성의 역사박물관이었다. 서안은 1200년 동안이나 수도였던 곳이라 역사 유적이 많은 곳이었다. 마치 우리나라의 경주와 같았다. 은나라부터 시작해서 진나라, 당나라까지 오랜 역사를 자랑하고 있었다. 그래서 유물도 많고 볼 것도 많았지만 배정된 시간이 짧아서 중요한 것만 보고 지나갔다. 사실 너무 더워서 집중할 겨를도 없었다. 가이드께서 말씀하시길 어떤 한국 관광객들은 하루 종일 박물관에서 관람을 하기도 한다고 하셨다. 나중에 다시 와서 역사 공부를 하면 어떤 기분일지 궁금했다. 그 후엔 삼장법사(현장법사)가 세운 탑인 대안탑을 봤다. 버스를 타고 이동하는 내내 잠을 잤던 것 같다.

저녁에 호텔에서 방 배정을 받고 저녁을 먹으러 2층으로 내려갔다. 내 방은 2122호였는데 옆방은 전남과고 친구들의 방이었다. Sheraton Xian North City Hotel은 5성급 호텔로 정말 좋았다. 저녁도 정말 최고급이었다. 그래서 그랬는지 아니면 점심을 부실하게 먹어서였는지 호텔의 중식은 정말 맛있었다. 중식에도 적응이 된 것 같았다. 향신료도 나쁘지 않았고 음식 종류도 다양해서 맛있게 먹었다. 그래도 못 먹는 친구들은 잘 못 먹었다. 저녁은 조별로 모여서 먹었고, 이때부터 우리 조의 형들과 친해졌다. 호텔에서 씻고 형들이 차를 마시자고 제안해서 1층 로비로 내려가서 자몽주스를 마시며 조원들끼리 친교의 시간을 가졌다.

둘째 날은 삼성전자의 반도체 서안 법인을 방문하는 날이었다. 오전에는 반도체 공장을 방문했고 오후에는 연구소에 견학을 갔다. 서안 법인에서는 메모리를 만드는데 신기술이라서 스크린 체험은 할 수 없다고 했다. 그래서 간략한 소개와 시설 견학만 하고 돌아왔다. 공장 건설에 무려 70조 원이 들었다고 하니 삼성의 스케일에 놀라지 않을 수 없었다. 또한 삼성 공장이 들어서기 위해서 많은 다른 기업도 같이 들어왔다는 사실도 놀라웠다.

연구소를 방문한 후에 삼성 바이먀오 희망소학교에 방문해서 초등학생들과 함께 과학 체험을 하는 시간을 가졌다. 3차원 거울 속 세상과 에어로켓 제작하는 것을 도와주었는데 중국말을 할 줄 몰라서 의사소통이 거의 되지 않았다. 계속되는 바디랭귀지에 아이도 싫증났는지 표정이 좋지 않았다. 정말 잘해 주고 싶었는데 말이 통하지 않아 잘할 수 없었다는 게 너무 서러웠다. 외국어 공부의 필요성을 정말 뼈저리게 느꼈다. 더 친해지고 더 잘해 줄 수 있었는데 참 아쉬웠다. 그래도 사진을 찍자는 동작은 알아들었는지 사진을 찍을 때는 웃는 모습을 보여줬다. 웃는 모습이 정말 예쁜 중국 여자 아이였다. 에어로켓을 제작하고 나서 발사하는 것이 재밌었는지 그 후부턴 자주 웃었다. 봉사를 하는 동안 날씨는 더웠지만 전혀 힘들지 않았다. 뿌듯하고 가장 기억에 남을 정도로 인상적인 추억이었다.

저녁은 '애금해'라는 가까운 식당에서 먹었는데 역시 최고급이었다. 밥을 먹고 간단한 논문 교류회가 있었다. 별로 기대하지 않았었는데 막상 하고 나니 정말 하길 잘했다는 생각이 들었다. 분과별로 진행했는데 우리는 기계분과였다. 4명밖에 없는 적은 인원이어서 모두의 연구를 자세히 들을 수 있었고 질문도 충분히 할 수 있었다. 논문교류회를 통해 느낀 점은 꼭 대단한 실험이나 이론을 연구하는 것 외에도 많은 논문 서치로 좋은 연구 주제를 찾는 것도 중요하다는 점이었다. 요약 자료를 너무 대충 만들어 간 듯하여 후회되기도 했다. 또 더 많은 분들의 연구를 들었으면 더 좋았을 것 같았다.

셋째 날은 관광을 하는 날이었다. 진시황릉의 병마용갱은 정말 규모가 남달랐다. 병마용의 크기도 사람보다 컸고 표정 또한 모두 다르다고 하니 정말 대단했다. 양귀비가 놀았다고 하는 연못인 화청지와 온천도 가 보고 저녁엔 화민거리에도 들렀다. 거기서 양꼬치를 사먹었는데 기생충이 걱정되어서 살짝 고민한 끝에 먹었다. 저녁은 덕발장이라고 서안의 유명한 만두집에 가서 코스요리를 먹었다. 정말 맛있었고 신선했다.

저녁에 호텔로 돌아와 마지막 밤인 만큼 소감발표회 시간을 가졌다. 다른 분들이나 동생들이 정말 말을 잘해서 매우 놀랐다. 한편으로는 말을 잘 못하는 내 자신이 한심스러웠다. 말을 잘하고 싶었다. 그때만큼 말을 잘

하고 싶었던 때가 없었다. 즉석에서 자연스럽게 자신이 할 말을 할 수 있다는 게 얼마나 훌륭한 능력인지를 깨달았다.

카이스트에 다니는 한 분이 사람은 자신의 능력에 한계를 짓는 순간 그 사람의 발전은 끝이 나는 것 같다는 말씀을 하셨는데 많이 마음에 와 닿는 말이었다. 꿈은 커야 한다는 말처럼 스스로 한계를 짓지 말고 계속 할 수 있다고 마음먹고 노력한다면 결국 할 수 있을 것이기 때문이다. 재능도 중요하지만 노력도 중요하다. 앞으로도 꿈을 크게 갖고 노력하는 삶을 살아야겠다고 느꼈다.

모든 일정이 끝나고 삼성에서 음료수, 과자를 사주며 조별로 즐거운 시간을 보내라고 자리를 마련해 줘서 우리 모두 형들의 방에 모였다. 성재가 정말 괴짜라서 입만 열면 재밌는 말이 튀어나왔다. 성재는 술을 마시지 않고도 술을 마신 것처럼 분위기를 띄울 수 있는 재능을 가졌다. 입을 열기만 하면 모두가 박장대소를 했기 때문이다. 성재의 재능이 부러웠고 그러기 위해선 어떤 말이든 걱정하지 말고 서슴없이 할 수 있는 능력이 필요한 것 같다. 성재 덕분에 분위기는 최고조에 다다랐고 형들은 인생 얘기를 들려주었다. 그중에 사람이 정말 중요하다는 사실을 꼭 알아갔으면 좋겠다는 말씀이 기억에 남는다. 자신들의 교수님도 사람을 중요시 여기며 이런 저런 중요한 순간에 사람들에게 도움을 받으며 살아가신다고 하셨다.

인생에서 사람은 그만큼 중요하고, 이번 기회에 훌륭한 사람들을 사귀게 되어 정말 좋은 시간이었다고 하셨다. 사람을 사귀는 능력 역시 재능이라는 것을 다시 한 번 느끼게 되었다.

진정한 리더십의 개념도 알게 되었다. 사진 발표회 시간에 다른 조 조장들이 조원들을 이끄는 모습을 볼 수 있었다. 어떤 일이나 미션이든 적극적으로 의견을 제시하고 의견을 모으고 결정할 수 있는 것이 리더십이다. 말 그대로 이끄는 것이다. 스스로가 의견을 제시하지 않고 남들에게 책임을 떠넘기는 것은 바람직하지 않은 것 같다. 나도 그런 면에서 많이 부족한 것 같았다. 그렇게 과자와 음료수를 마시며 우리들의 밤은 깊어만 갔다.

중국에 다녀온 후 출발 전 고민했던 내 모습이 우스웠다. 낯선 환경, 낯선 사람들, 낯선 문화……. 중국은 낯선 곳이었지만, 다녀온 후 많은 교훈을 얻을 수 있었고, 새로운 가치관을 형성하기도 했다. 수많은 사람들이 사는 중국에서 사람들은 생각보다 다른 사람들에게 관심이 많지 않다는 것과 관심을 가질 이유가 있을 때 비로소 관심을 갖는다는 사실을 깨달았다. 이는 우리나라도 마찬가지라고 생각한다. 나는 나중에 커서 어려운 사람들을 돕고 싶다고 했다. 그런데 정작 지금은 어려운 사람을 보면 자꾸 피하고 외면하게 된다. 왜 이렇게 모순적일까? 나는 참 두려움이 많은 겁쟁이인 것 같다. 아닌 척 하지만 실제로는 죽음도 매우 두려워하고, 상대하기 어렵다고 느끼거나 외모를 보고 판단하여 사람을 피하기도 한다.

이번 여행을 통해 나 자신을 되돌아보고 스스로에 대해서 많이 깨닫게 되었다. 말을 잘 못하고, 리더십이 부족하고, 겁도 많고……. 나를 발전시키고 고쳐 나가기 위해선 나 자신의 본모습을 여실하게 깨닫는 과정이 필요하다. 그런 의미에서 보면 이번 여행은 나에게 있어 참으로 고마운 여행이다.

세상을 정말 넓고 다양한 문화와 사람들이 존재한다. 이런 여행을 마련해 준 삼성전자에 감사하고 여행 결정을 도와주신 어머니께도 감사하다는 말씀을 드리고 싶다. 또한 이런 여행을 갈 수 있는 연구를 진행할 여건을 마련해 주는 경기과학고에 재학하는 게 정말로 행복하다고 생각한다.

♣ 세상을 밝히는 초가 되자

- 32기 김상현

어느새 경기과학고등학교에 입학하고 두 번째 봄을 맞았다. 다사다난했던 1학년의 생활을 머릿속에 떠올려 보니 괜스레 입가에 미소가 번진다. 새로운 환경에 적응하려 애쓰던 학기 초의 모습, 시간이 어떻게 가는 줄도 모르게 바쁜 학교생활을 하면서도 즐거웠던 내 모습을 되돌아보니 고작 1년이었지만 추억할 거리가 참 많은 것 같다. 하지만 그 중에서도 경기과학고를 졸업하고 오랜 시간이 지나도 내 머릿속에서 지워지지 않을 추억이 하나 있다. 내가 가장 애착을 갖는 봉사동아리인 초아에 관한 이야기다.

학기 초에 담임선생님께서 우리들에게 항상 강조하시던 말씀이 있었다. 글로벌한 시각을 가지고, 소외된 90%를 위하는 마인드를 가지라는 것이다. 이러한 말씀을 하시면서 선생님은 자신이 담당하시는 초아라는 동아리를 소개해 주셨다. 동아리의 목표는 탄자니아의 학생들을 위해 교육자료를 만들어 전달해 주는 것이라고 하셨다. 내가 지금까지 생각하고 경험해 온 봉사의 틀과 한계를 깨는 것 같아서였을까, 나는 그 동아리에 왠지 모를 끌림을 느꼈다. 그렇게 나는 초아의 부원이 되었다.

동아리에 들어갈 수는 있었지만 아쉽게도 많은 시간을 동아리 활동에 투자할 수 있었던 것은 아니었다. 경험해 본 사람은 알겠지만 경기과학고등학교에서의 생활은 여간 바쁜 것이 아니다. 하지만 이런 학교생활 속에서도 머릿속 한 편은 항상 초아 생각으로 채워 두었던 나였다. 1학기는 어떻게 흘러가는지도 모르게 지나갔고 2학기에 들어서는 각종 행사로 인해 나는 학교생활에 많이 지쳐 있었다. 그러던 중 담임선생님께서 '대한민국 과학축전'이라는 부스 활동을 소개해 주셨고 운이 좋게도 우리는 그 축전에 참가할 수 있게 되었다. 내가 그토록 바라던 초아의 부스 활동 기회를 얻게 된 것이다.

부스 활동은 11월 초 부산에서 진행되었다. 친구인 동규와 나는 선배 두 분과 함께 축전이 있기 몇 주 전부터 만나 준비하며 기대를 한껏 부풀려 갔다. 선배들은 탄자니아의 아이들에게 전달해 줄 동화책을 만드셨고, 동규와 나는 동아리 초아의 소개 포스터와 MDGs라 불리는 새천년개발목표에 대한 책자를 만들었다. 동아리를 소개하는 포스터를 만들면서 나는 탄자니아에 대해 새로운 사실을 많이 알게 되었다.

탄자니아의 교육열은 우리나라만큼은 아니지만 매우 높다고 한다. 탄자니아의 초대 대통령은 교사 출신답게 재임초기 국가 예산의 14%를 교육에 집중 투자해 초등 교육을 무상의무교육으로 하였다. 그 결과 아이들의 초등학교 진학률은 90%에 이르지만 중등학교부터 진학률은 급격히 떨어진다. 국가에서 자체적인 교육 자료가 제대로 만들어지지 않아 영국의 교육 자료를 가져다 쓰는데 그 수준이 너무 높고 교사마저 부족하여 제대로 된 수업을 하지 못하기 때문이다. 그렇게 아이들은 자신의 의지와는 상관없이 가족의 생계를 위하여 학교 다니는 것을 포기하게 된다. 이 사실을 알고 나서 내가 하는 작은 일이 누군가에게 큰 도움이 될 수 있다는 것을 깨달았고 정말 가치 있는 일이라는 생각에 뿌듯하였다.

부스 활동을 준비하는 과정에서 담임선생님께서는 우리에게 이런 말씀을 해 주신 적이 있다. 선생님께서 탄자니아에 교육 봉사를 하러 가셨을 때의 일이었다. 아이들에게 기쁜 일과 슬픈 일을 적어 포스트잇으로 붙여 보라고 하셨는데 슬픈 일에 '죽음'이라는 단어가 가장 많았다는 것이다. 아직 어린아이들이 벌써 이런 생각을 가지고 있다는 것이 나에게는 큰 충격이었다. 어렸을 때부터 죽음이라는 것을 알게 되고 여러 아픔을 겪는다면 그들의 머릿속에서 희망이라는 단어가 점점 희미해지지 않을까라는 걱정이 들었다. 내가 어떻게 그들에게 도움을 줄 수 있을까 고민해 보는 계기가 되었고 앞으로 계속 이런 쪽으로 생각을 넓혀가야겠다고 다짐해 보았다.

드디어 우리는 그토록 기다리던 부스 활동을 위한 길에 올랐다. 지친 학교생활에서 벗어나 멀리 떠난다는 설렘과 부스 활동에 대한 기대가 나를 들뜨게 만들었다. 부스 활동에서의 우리의 주목적은 시민들의 아이디어를 받아 우리가 만드는 교육 자료에 접목시키는 것이었다. 우리가 만든 동화책의 뒷부분 내용을 비워 놓아 시민들이 직접 이야기를 만들어 보도록 유도하는 식이다.

나사에서 우주선이 행성에 착륙하기 위한 방법을 시민들에게 물었는데 한 꼬마아이가 풍선을 달아서 착륙하는 아이디어를 제시하였다는 이야기를 들은 적이 있다. 너무 과학기술에만 치중하면 생각지 못하는 방법을 순수한 꼬마아이는 생각해 냈고 실제로 전문가들은 그것이 매우 획기적인 방법이라고 평가했다.

이처럼 시민들이 함께 연구나 활동에 참여한다면 생각의 틀을 쉽게 깰 수 있고 다양한 의견을 얻을 수 있을 것이라 생각하여 우리는 시민들과 함께하는 부스 활동을 하기로 했다. 실제로 우리의 부스에 온 아이들은 주로 초등학생이었는데 참신한 생각을 많이 하여 깜짝 놀랐다. 많은 사람들과 소통하는 법은 지금껏 학교생활이나 R&E 같은 연구 활동을 하면서는 알 수 없었던 것이었다. 이곳에 오기 전에는 생각지도 못한 것들을 배우고 가는 것 같아 부스 활동을 하는 내내 즐거운 마음이었다.

신기하게도 부스 활동을 하는 도중 새로운 인연도 만났다. 장애우를 가르치는 특수학교의 교장선생님께서 우리의 부스를 보시고는 관심을 가지셨다. 그리고 우리와 함께 가신 담당선생님과 한참 말씀을 나누시더니 웃는 얼굴로 명함을 주고받고 가셨다. 나중에 선생님께서 우리에게 말씀해 주신 바로는 장애우 학생들을 위한 교육 자료를 만드는 것에 대해 얘기하셨다고 한다. 장애우 학생들은 장래를 지니지 않은 학생들에 비해 교육 여건도 미흡하고 특히 과학 같은 과목은 실험을 하는 데에도 어려움이 따르기 때문에 힘든 점이 많다고 하셨다. 우리와 같은 과학고 학생들이 이를 도와준다면 좋겠다는 마음으로 우리 부스를 찾으신 것 같다. 우리 선생님께서도 분명 그들을 돕는 과정에서 우리도 얻는 것이 많을 것이라며 새로운 방향의 길을 찾은 것에 정말 좋아하셨다. 내가 누군가에게 진정으로 필요하고 도움을 줄 수 있는 존재라는 사실은 언제나 나 자신에게 긍정적인 힘이 되는 것 같다. 우리는 그렇게 많은 가르침을 얻으며 3일간의 부스 활동을 끝마쳤다.

아, 깜빡하고 부산에서 얻은 가장 소중한 추억을 잊을 뻔했다. 바로 친구 동규와의 추억이다. 만약 나 혼자 부스 활동을 했다면 어땠을까? 아무리 많은 것을 배워 왔어도 즐겁지 않았을 것 같다. 의지하고 싶을 땐 언제든 서로의 어깨를 나눌 수 있는, 굳이 말하지 않아도 무슨 말을 할지 아는 그런 친구와 함께했다는 것은 부산에서 머무르는 내내 나에게 가장 큰 행복이었다. 앞으로 부산에서의 추억을 떠올릴 때마다 동규 생각이 가장 먼저 떠오를 것이다.

이제 나는 2학년이 되었다. 작년에는 앞에서 선배들이 끌고 나는 뒤에서 밀어 주는 역할이었다면, 올해는 우리가 작년 선배들의 역할을 이어받아야 한다. 내가 바라는 바는 후배들도 작년에 내가 부스 활동을 통해 배웠던 것들을 알아 나갔으면 하는 것이다. 후배들을 이끄는 과정에서 나 또한 더 새로운 시각을 가지고 성장할 수 있을 거라고 생각한다. 초아의 뜻처럼, 세상을 밝히는 초 같은 존재가 될 나를 상상해 본다.

♣ 타임 워프(Time Warp)

- 32기 황동욱

그날 밤, 우리는 마지막을 남겨 두고 있었다. 그것이 우리의 마지막이 될지, 아니면 다른 팀들의 마지막이 될지는 알 수 없었지만, 하여튼 누군가는 착잡한 심정으로 돌아가게 될 것은 틀림없었다.

KYPT는 '영어'로 '물리'에 대해 토론하는 대회로, 작은따옴표에 둘러 싸인 두 단어를 보면 짐작할 수 있겠지만 최고의 난이도를 자랑하는 대회이다.('영어'와 '물리'를 둘 다 잘하는 사람은 정말로 흔하지 않다!) 경기과학고등학교의 과학 동아리 프로네시스(Phronesis)의 부원 5명은 이 대회의 진상을 제대로 알지도 못한 채 대회에 뛰어들었고, 우리는 겨울방학의 절반을 바쳐 대회를 준비하면서 연구에 매진했다.

하지만 우리는 이 대회가 주는 심리적 압박감을, 그 당시에는 결코 알지 못했다. 대회에서는 4번의 토론이 진행된다. 주최 측에서 14개의 연구 주제를 제시하는데, 우리는 4번의 토론에서 4개의 주제에 대해 우리의 연구 과정과 결과를 발표하고, 상대 팀에서는 우리의 연구 과정에 이의를 제기하여 토론을 진행하는 것이 대회의 방식이다. 그런데 한 가지 재미있는 점은 (그것이 우리의 심리적 압박감을 6.02×1023 배로 만들기는 했지만) 상대 팀이 우리가 발표할 주제를 정해 준다는 것이었다. 따라서 연구를 잘하는 것 외에도 서로의 심리전과 전략이 빛을 발할 수 있는 대회였다.

어쨌든 우리는 마지막 토론만을 남겨 두고 있었다. 세 번의 토론에서 우리의 점수는 전체 4등이었고, 금상을 받을 수 있는 4위의 자리를 유지하기 위해서 우리는 모든 것을 걸어야 할 판이었다.

(당시 점수 상황. 우리의 팀은 Phronesis!)

Result

TEAM	Round. 1 (P.F. 1) SP (Sum of Points)	Round. 2 (P.F. 2) SP (Sum of Points)	Round. 3 (P.F. 3) SP (Sum of Points)	Round. 4 (P.F. 4) SP (Sum of Points)	FW (Fights Won)	TSP (Total Sum of Points)	RANK
해울나래	39.50	45.38	45.13	0.00	3	130.00	1
IPF	38.88	47.75	43.25	0.00	3	129.88	2
TILT	43.75	40.75	42.88	0.00	3	127.38	3
Phronesis	43.50	40.38	42.25	0.00	2	126.13	4
파노라마	44.13	44.75	36.38	0.00	2	125.25	5
ForMAT	38.38	44.88	41.75	0.00	1	125.00	6
BaCoN	37.63	41.75	45.38	0.00	1	124.75	7
Adrenaline	36.25	43.13	45.25	0.00	2	124.63	8
BBC	43.38	38.00	42.00	0.00		123.38	9
NERD	34.50	42.75	41.75	0.00	1	119.00	10
Magnificent	35.25	42.75	40.25	0.00		118.25	11
Cogitamus	34.75	42.38	41.00	0.00		118.13	12
IMPACT	36.75	37.75	39.63	0.00		114.13	13
Physics Geeks	34.00	40.50	38.25	0.00	1	112.75	14
FRAME	33.75	39.13	39.75	0.00		112.63	15
안다미로	40.25	36.38	35.88	0.00	1	112.50	16
SOP	32.25	43.88	30.25	0.00		106.38	17
WHY	32.63	33.50	36.00	0.00		102.13	18
Meter	27.38	37.13	36.50	0.00		101.00	19

우리는 14개의 주제를 전부 연구해 가지 못했기 때문에 전략적인 열세에 처해 있었다. 앞서 우리가 완전히 연구한 주제 6개에 대한 토론을 진

행했고, KYPT의 규칙에 의하면 이 주제들은 더 이상 발표하지 못하기 때문에 우리가 연구한 주제를 상대가 지목할 확률은 2/8, 즉 25%였다. 심각했다. 우리가 아예 모르는 주제를 지목당할 경우 토론은 그대로 망해 버리므로.

그나마 희망적인 것은 나머지 주제들 중 부분적인 연구를 진행했거나, 연구가 거의 끝났지만 PPT가 미완성인 것들이 몇 개 있었다는 점이다. 결론적으로 우리는 한두 개 정도의 주제를 (완벽하지는 않지만) 준비는 할 수 있었고, 따라서 우리의 절망적인 확률 25%를 50%로 끌어올릴 수 있었다! 그래서 그때 선택의 여지는 없었다. 밤을 새서라도, 새벽까지 모두 준비한 후 그대로 운명에 맡길 수밖에 없는 상황.

나는 윤종이가 담당했던 "Singing Blades of Grass"라는 주제를 도와주기로 했고, 새벽 2시부턴가 PPT를 만들기 시작했다. 하지만 PPT에 들어갈 사진이나 그래프를 만들기 위해서는 실험 데이터를 해석할 수 있는 윤종이의 도움이 필요했다. 참고로 윤종이는 "Two Balloons"라는 주제도 완벽하게 연구한 능력자였다.

그러나 우리의 주적(主敵)이 다시 모습을 드러냈다. 바로 잠! 사실 '우리'의 주적이라기보다는 특별히 윤종이의 주적이었다. 앞서 언급했듯이 나에게는 윤종이가 해석한 데이터가 필요했으나, 데이터 해석 작업은 지루하기 짝이 없는 것이었다. 게다가 시간도 새벽이었고, 전날도 거의 밤을 샌 지라 얼마 지나지 않아 윤종이의 머리는 점점 침대와 가까워지기 시작했다. 처음에는 깨우면 그나마 정신은 차렸다. 그러나 그것은 몇 번뿐이었고, 나중에는 깨워도 이게 깬 건지 아닌 건지 판별이 불가능한 지경에 이르자, 윤종이의 의식도, 그리고 나의 멘탈도 하늘로 승천하기 시작했다.

새벽 5시였다. 윤종이도 자기가 많이 졸려서 정상적인 의식을 유지하고 있는 것이 힘들다는 판단을 하자 (그 정신 상태에서 어떻게 정상적인 판단을 했는지는 모르겠지만) 20분만 자겠다고 선언하고 잤다. 나도 그게 나아 보여서 그렇게 하라고 했다.

5시 20분이 되었다. 20분이 됐으니깐 일어나라고 말했다. 정윤종 왈(曰),

"아니 나 아직 1분도 안 잤다고! 무슨 20분이 벌써 지나? 나 잘 거야."

아마 시간여행을 해서 5시 1분에서 5시 20분으로 워프한 것 같았다. 멘탈이 붕괴될 대로 붕괴된 나는 윤종이에게 계속 시간 여행을 하라고 놔두고 포기했다.

토론 시작인 9시까지 3시간 남았다. 나는 잠은 오지 않았지만 불안함과 부담감이 점점 무한대로 수렴하고 있었다. 어찌어찌 정신을 차리고 침대에 누워 시간 여행을 하고 있는 윤종이를 잠시 째려본 후 찬솔이의 주제인 "Wet and Dark"를 도와주기로 했다. 사실 우리도 졸려서 한 시간씩 번갈아 잤지만(?) 제대로 일어났고 제대로 준비해서 PPT를 완성했다.

사실 두 시간 전부터 아침이었지만 어쨌든 다음날 아침이 되었고, 우리는 (타임머신을 타고 8시 반에 도착한 윤종이와 함께) 토론을 하러 갔다. 정말 다행스럽게도 토론 주제로 Wet and Dark가 걸렸고, 나는 무사히 발표를 했다. 7.12점을 받았다. 전날 밤 두 시간 동안 한 것 치고는 잘했다.

하지만 안타깝게도 4위를 지키지는 못하고 최종 점수는 6위를 기록했다. 뭔가 아쉬운 은상을 타서 집으로 돌아왔다. 그래도 우리의 신체적 조건에 따라 타임 워프 현상을 경험할 수 있다는 점을 깨달을 수 있었고, 우리의 체력과 정신력의 한계를 시험할 수 있었다는 점에서는 참 의미 있는 경험이었다.

♣ 재미있던 창의축전 부스 활동

- 32기 신동윤

작년 초에 나는 과학 동아리 SOS의 일원으로 선발되었다. 이후 즐겁게 생활하던 중에 동아리 활동 계획을 세우기 위해 2학년 선배들과 몇 번 모인 적이 있었다. 그 중에 한 번은 과학 동아리로인 만큼 각종 대회에 참가해 보라는 선배들의 권유가 있었다. 우리 과학 동아리는 가장 국내 최초로 설립된 과학고등학교의 최고령 과학 동아리라는 타이틀 및 자부심 때문에 선배들까지만 해도 이런 저런 대회에 출전한 일들이 있었다고 했다.

선배들이 추천한 모든 대회들에 참가해 보기도 했지만, 무엇보다 가장 큰 성과를 얻은 것은 창의축전 부스 활동이 아니었나 싶다. 일단 입상한 대회들이 적기도 했지만, 그 중에서도 내가 가장 많은

공을 들였던 대회였기 때문에 특별한 애착이 느껴졌다. 원래 동아리 대회의 특성상 좋은 주제를 하나 잡게 되면, 그것을 여러 대회에 적용하여 점차 보완 발전시켜 나가는 것이 유리하기 때문에 우리 동아리에서는 '버블팝'이라는 물리 • 수학적인 주제를 이어 나가고 있었다. 원래 2학년에서 주제를 만들어서 그것이 좋은 성과를 거두면 후배들이 이를 이어 가는 것이 일종의 암묵적인 전통이었지만, 나는 1학년들도 충분히 새로운 주제로 접근할 수 있다고 생각했다. 게다가 나는 화학을 전공할 생각이었다. 화학을 매우 좋아해서인지, 다른 과학 과목을 주제로 대회에 나가는 것이 별로 달갑진 않았다.

그래서 우리 학년끼리 대회에 내 볼만한 주제가 있나 얘기하고 한창 그런 대회들에 보낼 문서들을 작성하고 있을 때, 어쩌다가 페이스북에서 본 것이 생각났다. 페북에서의 그 링크를 찾아 들어가 보니, 물을 구체화(spherification)시켜 물방울 형태로 들고 다니다가 마시는 내용이었다. 그 원리를 검색하고 구체화라는 현상에 대해 더 조사를 해 본 결과 다른 음료들도 방울처럼 들고 다니는 것이 가능하다는 것을 알았다.

그 현상을 일으키는 원리도 알았겠다, 바로 우리 학년 기장한테 말을 해서 구체화라는 원리를 주제 후보에 올렸다. 결국 내가 발의한 그 현상이 가장 간편하고 신기할 것 같다는 점 때문에 주제로 선정되자, 예비 실험을 하기 위해서 필요한 재료들을 찾기 시작했다.

사실 예비 실험은 어떤 주제가 대회에서 성공적인 반응을 보일 것인지 평가하는 가장 마지막 검사이다. 실험이 잘 되어야 하는 것은 물론이고, 어린이들도 신기함을 느낄 수 있게 휘황찬란해야 하며, 재현성 또한 좋아야 한다. 일단 필요한 음료수들은 근처의 마트에서 가장 작은 사이즈로 대여섯 종류를 준비했다. 또 구체화 현상을 일으키는 직접적인 반응물들인 알긴산소듐과 젖산칼슘은 식품연구 사이트의 분자요리 항목에서 찾아 구매하였다. 태어나서 처음으로 직접 인터넷 구매도 했을 때, 많이 떨렸지만 내가 낸 주제인 만큼 자존심 때문에 막힘없이 결제 버튼을 누른 것으로 기억한다.

예비 실험은 공교롭게도 R&E 집중이수 기간에 잡혀 SRC 4층(화학과)에 남아 때로는 어마어마하게 늦게까지 실험한 적도 있었다. 그러면서 음료수에 구연산이 많이 함유되어 있으면 안 된다는 아주 좋은 교훈을 얻었고, 결국 출품할 음료수로는 사과 주스와 가루로 된 홍차 믹스가 결정되었다. 홈플러스에서 위퍼도 사고 큰 그릇도 세 개 사고 그것들을 바리바리 싸서 KTX를 타고 부산으로 출발했다.

대한민국 창의축전 대회는 3일간 부산에서 전시를 하기 때문에 대회 측에서 배정해 준 숙소로 가야 했다. 하지만 지원되는 비용은 딱 4명의 학생들을 위한 식비와 교통비, 그리고 숙박비밖에 없었다. 그렇기 때문에 우리 동아리에서 기장과 부기장, 그리고 나를 포함한 화학 전공자 두 명, 이렇게 네 명이 지도 선생님과 KTX를 타러 갔다. 우리 학교의 다른 동아리도 입상하여 두 동아리가 함께 가기로 했다.

부산이나 대전 쪽으로는 한 번도 가본 적이 없는 나로서는 KTX를 타고 부산까지 간다는 것이 매우 설렜다. 마치 친구들끼리만 가는 여행 같은 느낌이 났기 때문에 더욱 기분이 좋았다. 우리 동아리에서는 같은 학년 네 명이, 다른 동아리에서는 선배 두 명에 같은 학년 두 명이 갔고, 밤늦게 숙소에 도착했다. 우리가 짐이 워낙 많았고, 숙소는 좋았지만 찾기 어려워서 도착하자마자 짐도 안 풀고 자려고 했을 정도로 녹초가 되어 있었다. 그래도 겨우 일어나서 다음 날 바로 쓸 젖산칼슘 수용액을 만들고 한 번 더 실험을 해 보며 되는지 확인했다.

생전 처음 방문한 부산에서 이틀 동안 하루 네 시간씩 부스를 운영했다. 일단 나의 예상대로 음료를 가공해서 결국에는 먹는 것이기 때문에 많은 인기를 끌어서 다행이었다. 그러나 음료수를 조금씩 흘리기도 했고, 더러는 음료수 방울이 터지기도 하면서 많이 더럽혀진 것 같기

도 하다. 그래도 많은 사람들이 찾아 주셔서 재미있었고, 고맙기도 했다. 하루의 전시가 다 끝나면, 다른 동아리랑 같이 여기저기 놀러가기도 하고 해운대에 가서 버스킹을 듣기도 했다. 그런 식으로 하루, 이틀, 삼일 이렇게 부산을 구경하면서 낮에는 부스 활동을 했다.

돌아올 때는 ITX를 이용했다. 학교로 돌아오는 중에 생각해 보니 2박 3일 동안 보람 있는 경험이었고 다른 동아리원들과도 다들 친해져 있었기에 너무나 좋았다. 워낙에 재미있었던 활동이라고 여겨졌고, 부스 준비와 운영 과정에서 힘든 일도 있었지만 다시 할 수만 있다면 무조건 다시 하고 싶은 경험이라는 생각이 들었다. 그리고 비록 대회 참가가 목적이기는 했으나, 처음으로 가 보는 부산 여행을 친구들과 함께하면서 부산에 대해 조금 더 알게 된 것 같아 기분이 매우 좋았다.

♣ 뜨거웠던 2014년 8월의 코엑스

- 32기 김동규

사실 내가 이 학교에 오고 싶었던 이유는 실험복을 입고 실험실에서 밤늦게까지 연구를 하는 미래 과학자로서의 모습을 꿈꿨기 때문이기도 하지만, 과학영재학교의 이점을 살려 다양한 활동을 할 수 있다는 점 역시 큰 동기 부여가 되었다. 각종 ALP, 글로벌 프런티어 프로그램, 경기과학실험학교, 인문학 주간 등의 활동은 우리 학교만이 가지고 있는 독특한 프로그램이라고 할 수 있을 것이다. 입학 전에 학교 홈페이지 공지사항에 올라온 각종 대회들의 공지사항이나 ALP 안내 등을 읽어 보며 경기과학고 학생으로서의 학교생활에 큰 기대를 품을 수 있었다.

경기과학고 신입생의 이름표를 떼고 32기 1학년으로서의 생활에 어느 정도 적응되고 있던 작년 여름, 서울 코엑스에서 개최된 세계수학자대회(ICM, International Congress of Mathematicians)에 다녀왔다. ICM은 4년에 한 번씩 열리는 수학계의 올림픽으로, 필즈상 수상자를 발표하는 자리로 유명하다. 필즈상 수상자 발표를 비롯해 이 기간에는 수학에 관련된 수많은 행사가 열린다. 세계 각국의 수학자들이 모여 토론하며 많은 시민들 역시 행사에 참여하여 수학에 대해 느끼고 경험할 수 있는 기회를 얻게 된다.

하지만 사실 학기 중에 수업을 일주일가량 빠진다는 것이 결코 쉬운 결정은 아니었다. 더군다나 전공과목으로 생각하지 않고 있던 수학 관련 행사 때문에 수업을 빠진다는 것이 고민되었다. 하지만 내가 이 학교에 입학해서 꿈꾸던 일이 바로 이런 프로그램에 참여해 보고 폭넓게 활동하는 것이 아니었던가 하는 생각이 들었다. 경기과학고등학교에 입학해서 주어진 환경에서 연구 또는 공부만 하다 졸업하는 것이야말로 가장 미련이 남는 학창시절을 보내는 것이 아닐까. 인생에 있어서 이 학교에서 한 여러 가지 경험이 후에 더 큰 무언가를 가져다 줄 것이라는 생각을 했다.

특히 한국과학창의재단의 지원 아래 과학영재학교 학생들을 위해 ICM에서 열리는 수많은 강연을 무료로 들을 수 있는 기회가 마련되어 있었다. 코엑스 구경도 하고, 무료로 강의도 듣고. 꿩도 먹고 알도 먹고, 도랑 치고 가재 잡는 격이 아닐 수 없었다.

이 기회를 놓칠세라 나는 바로 눈앞에서 열린 한 Invited lecture를 들었다. 넓은 홀에서 많은 사람들이 강연자의 말에 귀를 기울이고 있었다.

강연을 하시는 교수님께서 지수가 굉장히 많은 수식을 읽으시면서 같은 단어를 반복하시자 그곳에 있던 많은 사람들이 웃었다. 그 부분 때문에 사람들이 웃었던 것인지 아니면 강연 내용 중에 재미있는 내용이 있었는지는 확실히 않지만 사람들이 웃는 것을 보고 나도 웃었다. 옆에 앉은 외국 사람들이 왜 웃지 않느냐는 이상한 눈길을 보낼까 걱정이 되었던 것 같다. 사실 강연의 내용을 잘 몰랐지만 말이다.

바둑에 관련된 프로그램도 있었다. 어렸을 때 배운 적이 있었기에 바둑에 대해 관심도 있었고, 오랜만에 바둑 대국을 볼 수 있다는 생각에 참가하였다. 이창호, 김효정, 박지은, 조훈현과 같이 많은 사람들이 알고 있는 프로바둑 기사들이 일반인들과 대국을 하였다. 바둑돌 하나하나에 담겨 있는 앞으로의 전략을 읽어 내는 것도 흥미로운 일이었다. 흑돌과 백돌이 서로의 집을 지키고 넓히기 위해 싸우는 모습이 마치 서로 바둑판이 자신의 집이라고 말해 주는 듯 했다. 오랜만에 바둑을 두고 싶었지만 내가 낄 자리가 아님을 바로 알 수 있었다. 어떤 기사님은 앞으로의 수를 다 꿰고 있다는 듯이 대국자의 수를 쉴 틈 없이 계속 받아치셨고, 또 다른 어떤 기사님께서는 하나의 수를 둘 때에도 끊임없이 고민하시는 모습을 볼 수 있었다. 자신보다 실력이 낮은 사람들과 대국을 할 때에도 항상 최선을 다해 한 수 한 수를 두시는 기사님들의 모습은 본받아야 할 모습이 아닐까 하는 생각이 들었다.

그곳에서 필즈상 수상자를 직접 만날 기회도 있었다. 필즈상 수상자 중 한 분이신 만줄 바르가바 교수님께서는 코엑스 곳곳을 돌아다니시면서 많은 사람들과 사진을 찍고 이야기를 나누셨다. 나 역시 여러 강연을 다니며 그분의 모습을 자주 볼 수 있었다. 언젠가는 나도 말을 걸어 보아야겠다고 생각했고, 마지막 날, 드디어 대화를 할 수 있었다. 그에게 다가가 인사를 하고, 필즈상을 수상한 그의 연구에 대해 물어보았던 것 같다. 신문이나 잡지에서 내용을 듣고, ICM에서 나누어 준 논문 초록을 읽어 보았을 뿐이었는데 어디서 그런 용기가 나왔는지 아직도 신기할 따름이다. 그때는 너무 당황하고 긴장해서 대화를 하고 나니 식은땀이 났었다. 교수님께서 무슨 말씀을 하셨는지 기억이 나지도 않는다. 똑같은 사람일 뿐인데 큰 상을 탔다는 이유로 그 사람과 이야기하기가 어떻게 그렇게도 부담스러울 수 있을까.

앞서 말했듯이, 코엑스를 돌아다니며 많은 강연을 들었지만 강연의 내용을 전부 다 이해하기란 불가능에 가까웠다. 강연의 20%만 이해해도 스스로 성공적이라고 생각할 정도였으니 말이다. 세계의 저명한 수학자들이 참석하여 토론하는 내용을 수학을 깊이 있게 배우지도 않은 내가 어찌 알아듣는단 말인가. 하지만 인종과 성별, 나이가 각기 다른 각국의 수학자들이 하나의 주제를 두고 고민하고 토론하는 모습과 열기를 보면서 강연보다 더 많은 것을 얻었다. 나중에 내가 성장해서 나만의 연구 활동을 할 기회가 생겼을 때, 이곳에서 만난 많은 수학자들처럼 열정을 가지고 연구하는 것이 진정한 연구자의 자세가 아닐까하는 생각이 들었다.

더운 여름날, 수많은 수학자들은 서울 코엑스에 모여 그들의 열정을 뿜어냈다. 그리고 그곳에서 새로운 역사가 탄생하였다. 수학자들의 뜨거운 열정을 배워갈 수 있었던 ICM. 어쩌면 우리나라에서 다시는 오지 않을 이 역사적인 순간에 내가 있었다는 것에 큰 감사함을 느꼈다. 뜨거웠던 2014년 8월의 코엑스에서의 경험은 내 경기과학고등학교 생활에 길이 남을 소중한 보물이었다.

10
경곽인들을 응원하며

경기과학고 학생들에 대한 학부모, 동문 선배, 그리고 선생님의 격려의 목소리를 담은 꼭지. 자녀와 후배, 그리고 제자에 대한 학교 구성원들의 따스한 사랑을 엿볼 수 있다.

♣ 선물

- 32기 문수영 어머니 김은아

피곤한지 쌕쌕 소리를 내며 정신없이 잠에 빠져 있는 아들을 볼 때마다 제 마음 한 편은 먹먹해 옵니다. 엄마 품에서 마냥 아기 같았던 아이가 수강신청부터 다양한 학교 활동들, 기숙사 청소와 정리정돈까지 오롯이 스스로 해내야 했을 테니 얼마나 고단했을까……. 그러면서도 엄마한테 투정 한 번 안 부리고 일요일 저녁이 되면 밝은 미소를 머금으며 씩씩하게 학교로 돌아가는 아들의 뒷모습을 보고 있노라면 조금씩 제 마음 속의 걱정들을 내려놓게 됩니다.

길 것만 같은 고등학교 3년 중에 1년이라는 시간이 이렇듯 빨리 지나가고, 입학 전 앳된 중학생이었던 아들은 겉모습만큼이나 속도 단단하고 알찬 사나이가 되어 가는 걸 느낍니다. 지나고 보니 1년이란 시간은 아들과 제게 멋진 추억과 가르침을 주었던 시간이었던 것 같습니다.

기숙사라는 낯선 환경에 가족과 떨어져 생활해 나갈 아들이 안쓰럽고 걱정되어 짐정리를 해주고 집으로 돌아오던 차안에서 왈칵 눈물을 쏟았던 일. 아들이 학교에 잔류할 때 가졌던 면회 시간, 벚꽃이 흩날리는 교정에서 맛있는 음식을 먹어가며 쉴 새 없이 수다를 떨던 일(귀교 때마다 형을 보러 학교를 제 집처럼 다니는 우리 집 강아지 두부는 어느 샌가 아들 친구들 사이에서 대세견이 되어가고 있지요~^^).

특히 지금 돌이켜보아도 가슴 따뜻해지는 기억은 학기 초 심한 몸살로 아픈 아이를 어쩔 수 없이(?) 기숙사에 데려다 주고 담임선생님과 문자를 나눴던 일입니다. 마음 졸이며 걱정하고 있을 저를 대신해 담임선생님께서는 계속해서 아이를 체크하시고 저녁 늦은 시간까지 여러 차례에 걸쳐 저를 안심시켜 주는 문자들을 보내 주셨습니다.

그 때 제게 든 생각은 '우리 수영이 경기과학고에 보내길 잘했구나!' 였습니다. 머리는 부쩍 자랐지만 몸은 아직 엄마 손이 필요한 사춘기 아이인데, 엄마 손이 닿지 않는 시간동안 선생님께서 엄마 역할까지 해 주시는 것을 보며 학교에 대한 강한 믿음이 생겼거든요~ 그리고 얼마 전 학교생활과 관련된 온라인 설문조사를 하던 아이가 '지금의 학교생활에 만족하십니까?'라는 질문에 단 0.1초의 망설임도 없이 '매우 만족'에 클릭하는 모습을 보며 다시 한 번 저도 마음속으로 '매우 만족'을 꾸~욱 눌렀습니다.^^

얼마 전 저는 아이에게 많이 부끄러웠던 적이 있었습니다. 기말고사가 얼마 남지 않았는데 아이가 수행과제나 친구들과의 현장연구 활동에 너무 많은 시간을 할애하고 있다고 생각해서 속상한 마음에 잔소리를 했었거든요. 근데 제 생각이 틀렸던 거죠. 아이는 본인의 일만큼 친구들과 함께 하는 일 또한 중요하게 생각해서 그 모두를 잘해내기 위해 자투리 시간까지 알뜰하게 사용하고 있었고, 친구들끼리 이견이 생길 때마다 현명하게 대처하며 스스로의 인생을 멋지게 만들어 나가고 있었는데 말이지요.

아들을 생각할 때마다 제 머릿속엔 선물이란 단어가 떠오릅니다. 선물…… 참 고맙고도 따뜻한 단어지요? 제게는 수영이가 이 세상에서 가장 고귀하고 특별해서 매 순간 감사드리며 사랑할 수밖에 없는 선물입니다. 그리고 그런 아들에게 경기과학고에서 보낸 1년과 앞으로 할 2년은 앞으로의 아이의 인생에 있어서 깊은 울림을 줄 수 있는 뜻 깊은 시간들을 선물해 주겠지요. 그 시간들 속에서 아이는 많이 느끼고 많이 배워서 앞으로 사회에 아주 중요한 선물을 주는 큰사람으로 살아갈 거라 믿습니다.

이번 주에도 힘들지만 행복한 시간을 보내고 집으로 올 아들을 위해 맛있는 삼겹살 파티를 준비하려 합니다~^^

♣ 전쟁과 평화

- 31기 배선정 어머니 안은정

제가 이 글을 쓰는 것은 사랑하는 큰딸 선정이에게 휴전이 아닌 전쟁의 종말이라는 기쁜 소식을 알려 주고자 합입니다.

큰딸 선정이가 고3을 앞두기까지 키우는 세월은 마치 엄마인 내 안에 한 편의 영화가 상영되는 기간과도 같았다. 한의원 진료를 하느라 할머니나 혹은 일해 주시는 아줌마에게 맡겨 키워서 늘 의젓하고 책임감 강하고 동생도 잘 챙기는 배려심이 많은 아이인 줄만 알았다. 그런데 중학생이 되어 우리의 전쟁은 시작되었다.

남들은 학원 다니느라 늦잠을 자서 학교에 늦는다는데 우리 잠순이 딸은 가는 학원도 없는데 늘 학교 숙제조차도 겨우 하느라 늦게 자고 아무리 서두르도록 잔소리를 해도 결국 엄마의 총알맞춤자가용을 운행하지 않을 수 없게 만든다. 심지어는 빠뜨린 악기나 준비물로 인해 세화여중을 아침에 세 바퀴를 돈 적도 있다. 학교를 가는 중에 신호등이 얼마 간격으로 어느 순서로 파란불이 들어오는지를 알 정도로 1분 1초를 다투며 등교를 시켰다.

오선지에 높은음자리표를 50번 그려 오는 음악 숙제를 무려 5시간을 걸려서 하는 모습에 엄마는 정말 할 말을 잃었단다. 역사 선생님이 좋다며 방과 후에도 집에 늦게 오고, 제일 싫어하던 역사 시험을 위해 참고서를 4가지나 풀며 수학보다 더 열심히 하는 모습은 이해는 안 갔지만, 학교를 즐겁게 가니 다행이라고 생각하기로 노력도 가끔은 했단다.

그런데 수학 공부는 안하고 삼행시 짓느라 밤을 새고, 체육대회 핸드볼 연습을 위해서는 6시에 일어나 친구들 김밥까지 사가지고 등교해 핸드볼 골대를 지키며 다른 반이 못 쓰게 하는 모습에는 정말 내 딸이 빨리 현실을 인식하길 바랄 수밖에 없었단다.

그러던 중 중학교 2학년 겨울, 갑자기 특목고에 가겠다고 학원을 알아봐 달라고 했을 때 엄마는 이렇게 생각했지. '지금 준비해서 안 될 것이지만, 그래 잘되었다. 네가 세상의 쓴 맛을 봐야지 겸손해지지. 세상이 만만하지 않다는 것을 좀 겪어 봐라.' 이런 마음으로 너와의 전쟁은 잠시 휴전하고 한 팀이 되어 입시를 준비했단다.

총알 운전솜씨로 퇴근 후는 너를 학원까지 늦지 않게 보내고 나면 A학점을 받은 느낌이었단다. 영재고와 과학고의 차이도 모르고 무작정 자기 소개서를 처음으로 경기과학고에 제출할 때 생각나니? 마감시간 1분을 남기고 enter키를 누를 때 엄마 심장은 이미 100미터를 10초에 달린 후의 느낌이었단다. 그때를 생각하면 지금도 손이 떨리는구나.

하늘이 도우셨는지 심사위원들이 도우셨는지 너의 의지가 승리했는지 간에, 최종합격을 받았을 때 너랑 나는 부둥켜안고 울었고 너의 한마디……'엄마 고생해 줘서 고마워'

대략 5개월 너와 함께 고생하며 입시를 치르고 나니 흰머리가 승전의 면류관처럼 피어나더구나.

그런데 최종 합격을 한 1주일 후부터 너와 나는 다시 전쟁 선포가 시작되었던 거야. 운 좋게 입학은 했지만 과연 영재고에서 잘 살아남을 수 있을까. 염려 많은 엄마의 숨 막히는 학원 권유와 틈나면 노래방에 가고 싶어 하고 학원 수업 중에 자다 나오는 너와의 전쟁은 중3 2학기를 천국으로 포장된 지옥을 경험하게 했지.

시간은 흘러 기숙사에 처음 들어가는 날도 너는 대학생인 것처럼 기타를 들고 가다 우리의 전쟁은 막바지를 찍었지. 암튼 그 이후 네가 없는 집에서 엄마의 휴식이 시작되었단다. 아마 너도 엄마 없는 기숙사 생활이 행복해서 아예 주말에 잔류하며 안 왔겠지. 휴식을 위해 엄마 전화는 웬만하면 의식에서는 안 받고 싶고 무의식으로는 못 받았을 수도.

가끔 집에 와서 엄마와 연장전을 치르느라 잠도 제대로 못자고 학교로 다시 피난 가는 너의 뒷모습이 가끔은 안쓰럽기도 했단다. 손톱에 꽃분홍색 매니큐어를 바르고 머리 염색을 하고 이벤트를 위해 집을 초콜릿 공장으로 만드는 너와의 전쟁은 정말 끝이 없고 다채로웠구나. 이 전쟁은 언제 끝나려나. 에휴…….

시간은 여전히 흘러 5월 어느 일요일, 역시 학교에 잔류해서 나오지 않는 너에게 빨래를 교환해 주러 와서 점심을 같이 먹고, 대낮에 혼자 노래방에 가려는 너를 따라 간 노래방에서 거의 2시간을 혼자 쉬지 않고 노래를 부르는 네 모습에 너에 대한 생각이 조금씩 달라졌단다. 저렇게 가슴이 답답했을까. 저 영혼이 얼마나 풀고 싶은 게 많았으면……. 이런 너를 학원으로 끌고 다닌 나의 어리석음에 마음 아팠고, 정말 중요한 것이 무엇일까 깊이 고민하게 되었단다. 사랑하는 내 딸이 행복한 게 중요하지, 성적이 오르는 것보다.

그 후 가능한 너랑 노래방에 같이 가고자 했고, 가서 부를 최신곡들을 공부하기 시작했단다. 가능성이 많은 네가 영재고를 갔으니 이참에 엄마가 잘 요리해서 보란 듯이 멋진 작품을 내 봐야지 했던 엄마의 욕구는 점점 퇴화되었고, 이제는 너를 영재고 학생이 아닌 꿈과 호기심이 많은 여고

생으로 바라보게 되었단다. 그러고 보니 호기심 많고 도전하는 용기와 지칠 줄 모르는 강인한 네 영혼이 매력적으로 보이더구나.

너는 엄마의 꿈을 담을 그릇이 아니라 엄마 속에 아직 덜 자란 인격을 깨우게 해 주고 함께 성장해 가는 영혼의 동반자라는 것을 꼭 알려 주고 싶었단다. 이제는 너를 만날 때마다 '내 딸이지만 참 괜찮은 아이구나'라고 생각하며 바라보는 엄마의 표정을 혹시 읽었는지 모르겠구나.

이제 우리 휴전(休戰)이 아니라 종전(終戰)인거 맞지?!

사랑해, 엄마 딸.

♣ 아들에게 띄우는 소소한 고백

- 31기 정누리 어머니 양성옥

아들이 입학한 지 이 년이 지난 지금도 교정에 들어서면 늘 설렘으로 가득하다. 봄날 오래된 벚나무에 하나 둘 꽃들이 피어나고 어느 한 순간 만개한 벚꽃들이 바람에 흔들릴 때나, 여느 가을날 본관 건물을 붉게 물들인 담쟁이 이파리들이 저녁놀 속으로 서서히 잠겨 들 때도. 그날, 최종 합격자 발표를 기다리던 2012년 7월 8일 그날처럼…….

발표는 일요일 오후 다섯 시. 오전은 그럭저럭 게임을 하면서 시간을 보내던 아이가 점심도 먹는 둥 마는 둥 좌불안석, 앉아 있지도 못하고 거실에서 제 방으로, 서재로, 다시 거실로……. 흥분과 불안을 감추지 못하는 아이를 지켜보는 마음은 이미 까맣게 타버릴 대로 타버렸지만, 엄마라는 사람이 부화뇌동할 수 없으니 내색조차 할 수 없었다. 합격할 거라고, 또 불합격하면 어떠냐고, 긴 인생길에서 고등학교는 하나의 징검돌에 불과하다고, 전혀 씨알도 안 먹힐 줄 알면서도 의미 없이 이런저런 말들만 해 주면서 보낸 그 몇 시간이 얼마나 길고 무기력하게 느껴졌는지 모른다.

'합격!'

우리 네 식구는 누가 먼저랄 것도 없이 동시에 얼싸안고 서로에게 고맙다고 수고했다고 등 두드리며 기쁨을 만끽했다. 그 순간, 아이는 합격의 기쁨으로 눈물을 흘렸겠지만, 나의 기쁨은 또 다른 것이었다.

아주 오랫동안 아이가 절실하게 바라고 바라왔던 일이라는 것을 너무나 잘 알기에, 불합격했을 때 아이의 상실감을 어떻게 채워 주고 다시 앞으로 나아갈 용기를 불어넣어 주어야 할지 막막했는데, 그 마음의 짐을 내려놓을 수 있다는 것이 더욱 큰 기쁨으로 다가왔기 때문이다. 불합격했다면 엄마의 어떤 말로도 위로가 되지 않았을 거라는 아이의 말을 듣고는 더더욱.

아이는 어려서부터 호기심이 많아서 궁금한 게 있으면 끊임없이 질문을 해댔다. 그때마다 아는 대로 설명해 주고, 함께 백과사전을 찾아보고 하면서 새삼스러울 것 없는 평범한 사실을 깨닫게 되었다. 어른의 눈으로 보면 뭐 특별할 것도 신기할 것도 없는 세상이지만, 이제 겨우 말 몇 마디 할 줄 알고 만나는 것마다 처음인 아이의 눈에 '세상'의 모든 것이 얼마나 경이롭고 특별하고 신기할 것인가 하는 것 말이다.

지금도 생각날 때마다 웃음 짓게 하는 네 살 무렵의 에피소드 둘.

화장실에서 손빨래를 하고 있는데 잘 놀고 있던 아이가 겁에 질린 목소리로 엄마, 엄마 하면서 뛰어왔다. 무슨 일인지 깜짝 놀라 묻는 내게 돌아온 말. “엄마, 구름이 거인 같아요.” 아이는 잔뜩 겁먹은 얼굴이었지만, 나는 그만 웃음이 터져버리고 말았다. “거인 아저씨 보고 놀아 달라지 그랬어~?” 엄마 웃음에 울 듯 말 듯 하던 아이는 그제야 씨익 웃으며 돌아섰고, 그 일을 계기로 우리에겐 구름에 이름 붙이는 놀이 하나가 더 늘었다.

친척 야외 결혼식에서 있었던 일이다. 여름이라 샌들을 신고 있던 아이가 결혼식장 뒤뜰에서 놀다 보니 흙이 샌들 사이로 들어갔는지 발이 아프다며 꼼짝도 안 하고 손짓만 해댔다. 벤치로 걸어가자고 손을 내밀었는데도 발이 아파 못 걷겠다고 투정을 부려서 할 수 없이 아이를 안고 벤치로 가서는 샌들을 벗겨 주었다. 발바닥에 어지간히 흙들이 묻어 있어 아플만도 했겠구나 싶어 흙을 털어 주려는데, 곰곰 제 발을 들여다보던 아이가 “와~ 내 발에서 꽃이 피겠네~!!” 하는 거였다. 뜰에 핀 꽃들을 보며 놀았던 아이에게 흙 묻은 발이 정원처럼 보였나 보다. 그 말을 듣고 “시인 같다”고 칭찬해 주자 금세 으쓱해 하던 아이.

그 아이가 벌써 열아홉. 경기과학고에 입학하고 이 년여 동안 기초 · 심화 R&E, FOREST · 자연탐사 등의 동아리 활동, 솔대제, 때때로 쏟아지는 수행 폭탄(아이의 표현대로) 등 학교생활에 좌충우돌하면서도 변하지 않은 것은 '자부심'이었다. 실제로 꿈속에서 경기과학고에 입학해 생활하는 꿈을 꾸기도 하고, '원하는 것을 만 번 말하면 이루어진다.'는 인도 속담을 믿던 아이는, 그토록 바라던 일을 이루어서인지 학교 이야기를 할 때마다 얼굴에서 빛이 났다.

자신의 꿈을 위해 목표를 세우고 한 걸음씩 앞으로 나아갈 줄 아는 아이, 때때로 세상과 부딪히고 흔들리면서도 자신만의 세계의 지평을 넓혀 가는 아이, 미래에 대한 호기로울 정도의 낙관과 기대에 차 있는 아이. 그 아이가 그려 가는 인생의 새로운 궤적들을 뒤에서 지켜보고 따라 걸을 수 있다는 것이 엄마로서 얼마나 감사하고 기쁜 일인지 모른다. 그래서 금요일 오후엔, 아이를 만나러 가는 길이, 아이를 기다리는 교정이 수런수런 말도 걸어오고 하는 것이다. 그러니 설렘으로 가득 찰밖에…….

♣ 짧아도 괜찮아!

- 32기 김수홍 어머니 조선희

ㅇㅇ

지난 주 아들한테 받은 유일한 답문자.

ㅇㅋ

이번 주 아들한테 받은 유일한 답문자, 아니 자음 두 개.

희한한 건, 이렇게 짧은 암호 같은 문자를 보면서도 왠지 기분이 나쁘지 않다는 거다. 한편으론 섭섭하기도 하지만 학교생활에 몰입해 잘 적응하고 있다는 반증이지 않을까 싶어 한편으로 안심이 되는 것……. 요즘 아들이 보내는 자음 두 개를 보며 느끼는 이중적인 감정이다.

막연한 두려움을 안고 기숙사 생활을 시작한 지도 어느덧 한 해를 마무리해 가는 시점. 돌아보면 참 많은 변화가 있었던 것 같다. 지도점 1점만 쌓여도 심장이 쿵, 송죽학사를 들락날락하며 아들의 행적을 캐려던 신입생 학부모가 이제 지도점 3점에도 가벼운 한숨으로 마음을 달랠 수 있는 나름의 경지에 올랐으니…….

시작은 쉽지 않았다. 선불리 나서지 않는 성격 탓에 아들은, 다소 위축돼 있는 것 같다는 담임선생님의 걱정 어린 시선을 받아야 했고, 중학교 때와는 달리 쉽게 가늠할 수 없는 시험 경향과 난이도, 부족한 시간에 당황해 첫 중간고사를 망친 후 소위 '멘붕'에 빠져야 했다. 이미 출신 지역이나 학원별로 친하게 무리 지어 있는 반 아이들 사이를 비집고 들어가지 못해 한동안 겉도는 듯도 했다. 그리고 이런 시작은 내게도 쉽지 않은, 참 당황스럽지만 티낼 수 없는, 그리 달갑지 않은 상황이었다.

'그래 우리가 자만했지. 바닥을 쳤으니 내려갈 곳도 없잖아. 이제 올라갈 일만 있는 거야!' 난 이렇게 통 큰 척을 했고, 아들 역시 이제 감 잡았다며 큰소리를 치곤 서둘러 숨 가쁜 학교생활에 적응해 갔다. 기숙사 같은 방 친구들과는 유독 잘 어울리며 정을 붙였고, 학업에서도 서서히 자기 페이스를 찾아 가고 있었다. 극적인 반전은 아니었지만, 그래도 안심하기엔 충분한, 완만한 상승세를 타고 있었다.

올해 초 설렘과 두려움을 안고 작은 독립을 시작한 아들은 이제 비로

소 날갯짓을 하고 있는 듯하다. '끝이 좋으면 다 좋다' 했던가? 시작보다는 끝마무리에 의미를 둔 말이겠지만, 끝은 또 다른 시작일 뿐, '창대한 끝'보다는 과정에 의미를 두고 싶다. 그리고 앞날이 창창한 아이들의 성장통은 그 무엇보다도 값진 과정일 것이다.

그래, 1년 동안 수고했다, 아들! 너와 함께 성장해 가는 이 엄마도 대견하고~ㅎㅎ

문자가 짧으면 어떠냐! 앞으로도 쭈~욱 ㅇㅋ?

♣ 아들의 졸업을 감사하며

- 30기 구본호 어머니 이은영

안녕하세요? 경기과학고 30기 구본호 엄마입니다. 벌써 3년을 보내고 졸업을 한다고 하니, 새삼 세월이 빠름을 느끼며 지난 3년을 돌아보게 됩니다.

입시 설명회도 안 가본 상태에서 경기과학고가 수원에 있다는 말만 듣고 입학시험 치르러 떨리는 마음으로 갔던 일, 합격 소식을 듣고 너무도 기뻤던 일, 그 때를 생각하면 지금도 마음이 뭉클합니다.

과연 잘 지낼 수 있을까? 아들과 떨어져 지내야 하는 서운한 마음보다 걱정이 앞섰던 입학식. 하지만 제 우려가 무색하게 좋으신 선생님들과 훌륭한 학습 시스템 덕에 아들이 학교생활에 잘 적응하는 모습을 보며 정말 경기과학고에 보내기를 잘했다고 뿌듯해 했습니다.

만약 이 학교에 다니지 않았다면 아들이 저렇게 행복해 하는 모습은 보지 못했을 거라 생각합니다. 마음만 있지 멀리 산다고 학교일에 적극 참여하지 못해 늘 죄송했는데, 이렇게 무사히 졸업할 수 있게 되어 감사합니다. 이 글을 통해 항상 아이들을 위해 수고하시는 학교 선생님들과 늘 소식을 전해 주고 학교일에 애써 주신 동기 어머니들께 감사하는 마음 전하고 싶습니다.

이제 졸업을 앞두고 있는 아들에게 항상 네가 지나온 자리가 부끄럽지 않게 늘 최선을 다하는 올바른 사람이 되기를 바라봅니다.

♣ 사랑하는 경기과학고 여러분들에게 (정신의 자유로움에 대해)

- 28기 김보열

우리는 모두 과학을 배운 사람입니다. 지금 하고 있는 일이 과학과 상관이 없을 수도 있겠지만, 우리는 경기과학고와 인연이 있는 사람으로서 한때는 과학을 배웠을 것입니다. 제게 있어서 고등학교에서 배운 과학은 단순한 지식 그 이상의 의미를 지닙니다. 그저 재미있어서 시작한 과학은 어느 순간 제 머릿속에 깊숙이 자리 잡기 시작했고, 저는 어느 순간부터 과학을 통해서 세상을 바라보게 되었습니다. 나무를 보니 엽록소가 생각난다는 종류의 말이 아니라, 매사에 이성적이고 합리적인 잣대를 기울이려는 노력을 하고 있는 저를 발견했다는 것입니다.

제가 사랑하는 모교를 떠난 지는 아직 2년이 채 되지 않았지만, 고등학교에서 얻게 된 이성의 눈을 가지고 학교 밖에서 생활했을 때, 다양한 것을 느낄 수 있었습니다. 그 중에서 가장 중요하다고 생각하고, 제가 제일 좇으려고 하는 가치는 바로 정신의 자유로움입니다. 자유롭지 못한 정신을 가진 사람을 보았을 때 얼마나 답답한지, 가끔씩 인간적인 절망감을 느끼곤 합니다. 이 글의 주제는 그것입니다. 제가 생각하는 정신적인 자유로움에 대해서. 정신적인 자유로움을 좇는 행위는 진리 탐구를 목적으로 하는 과학과도 비슷한 면이 있습니다. 그래도 어느 다른 사람들보다는 저희 동문님들이 제 말을 더 잘 이해해 주실 것 같아 이렇게 글을 쓰게 됐습니다.

우선 계속 언급하고 있는 '정신적인 자유로움'이 무엇인지 명확히 해두어야 이 글을 더 잘 이해할 수 있을 것입니다. 정신이 어딘가에 속박되어 있지 않을 때 그것을 보고 정신이 자유롭다고 말할 수 있겠네요. 우리 모두가 잘 알다시피 세상에는 다양한 가치들이 있고, 그 중에서 취사선택을 해야 하는 경우가 많습니다. 일례로 no pain, no gain이라는 유명한 말이 있지 않습니까? 고통 없이 얻는 것이 없다는 말은, 뒤집어 생각하면 그저 꾸준히 안정감을 추구하고 싶다면 그다지 고통스러울 필요도 없다는 것을 의미합니다. 고통을 느낄 것인지에 대한 선택은 자신이 두고 있는 가치에 달려있겠지요. 인간이라면 어딘가에 가치를 두고 있을 수밖에 없습니다. 어느 곳에도 가치를 두지 않는 것은 초월적인 이야기일 수도 있겠군요.

하지만 이때도 우리는 정신적인 자유로움을 추구할 수 있습니다. 자신이 추구하고 있는 가치가 과연 옳은 것인지 비판적으로 생각해보는 것입니다. 이것은 마치 과학의 발전과도 같아서, 반례를 뜻하는 실험 결과나 새로운 현상을 기존의 이론에 적용할 때, 과연 그것을 고수하는 것이 옳은 방향인지 생각해 보는 것과 비슷합니다. 그런데 과연 자신이 추구하고 있는 가치가 옳은 것인지는 어떤 것을 기준으로 판단할 수 있는 것일까요? 아마 그것은 존폐 위기에 놓여있는 가치보다 한 단계 위의 가치를 기준으로 삼는 것일 것입니다. 결론적으로, 정신적인 자유로움이란 자잘한 가치에 목메는 것을 지양하고, 보다 더 큰 가치를 통해 세상을 바라보는 것을 지향하는 것을 말하게 되겠군요. 철학적인 인간이 되자는 말도 합당할 것 같습니다.

사랑하는 모교에서 있었던 일들, 지금 일어나고 있는 일들과 정신적인 자유로움을 동시에 생각해 봤을 때, 참 여러 가지 생각들이 떠오릅니다. 저는 고등학교에 재학 중일 때, 모범생이었습니다. 뭐, 모범생이었던 것 같습니다. 학교의 규율을 준수하려 노력했고 결국에는 자치위원장이라는 놀라운 자리에도 앉게 되었습니다. 그런 성실함의 목표가 대학 진학에 있지는 않았지만, 어쩌면 규율 준수하던 제 태도가 제가 원하던 진학에 대한 밑거름이 되었을 수도 있겠다는 생각이 듭니다. 그럼에도 불구하고, 고등학교를 졸업하고 집에 오게 되면서 그동안 지켜 왔던 규율에 대해 생각했을 때

제가 느꼈던 감정은 허탈함이었습니다. 그 규율을 벗어났지만 어떤 일도 생기지 않았었고, 규율이 필요 없게 된 입장에서 보았을 때에는 규율은 알맹이가 아닌 껍질이었습니다. 제가 처음으로 정신에 깃든 자유에 대해 생각해 보게 된 시발점이었습니다. 여기에 해당되는 규율은 '외출'이었던 것 같네요.

또 다른 예로는, 선배와 후배 사이의 관계에 대한 이야기도 있겠군요. 저희 기수는 유독 바로 위 기수랑 사이가 그다지 좋지는 않았던 것 같습니다. 지금 돌이켜보면, 선배와 후배를 가깝게 만들어 주려는 행사 자체에 너무 부담을 가지다 보니 정작 친해지려는 본 목적은 달성하지 못하고 엉뚱한 곳에만 힘을 썼던 것 같습니다. 비단 저희만의 문제는 아니었겠지만, 어디서 잘못되었는지 깨달았을 때에는 이미 선배들이 졸업을 할 시기였던 것 같습니다. 여튼 이런 식으로 작은 가치, 여기서는 형식에 치중을 하다 보면 큰 가치인 궁극적인 목표에 도달하지 못하는 경우가 있다는 것을 보여 드리고 싶습니다.

비슷한 예로는 비교적 최근에 SNS에서 일어났던 인사 논쟁이 있겠군요. 경기과학고에 남아 있는 여러 전통 중에 후배가 선배에게 인사하는 전통이 있었는데, '후배 놈이 선배에게 인사를 안 한다, 대선배님들이 남기신 전통들을 감히 안 지키다니'라는 논지의 글이 한때 SNS를 달궜습니다. 서로 얼굴 붉히면서 댓글을 달다가 흐지부지 끝났던 것으로 기억이 납니다. 전통이라는 것이 생긴 이유가 분명히 있겠지만, 시간이 흐름에 따라 때에 맞게 달라져야 하는 것임에는 틀림없습니다. 더군다나 선을 하나 그어 놓고 그것을 지키지 않으면 혼낼 것이라는 억지를 부리기 위해 만든 것은 더더욱 아니구요. 큰 그림을 잃어버리고 작은 것에 집착하면 서로 감정만 상하기 마련입니다.

아, 정신적 자유로움이 무엇인지, 학교에서의 예는 무엇인지 찾아보았는데 왜 정신이 자유로워야 하는가, 즉 당위에 대한 이야기를 하지 않았군요. 정신적인 자유로움이 왜 필요하냐면 그것이야말로 우리 모두를 자신답게 만들어 줄 것이고, 모두가 자신답게 살아야 재미있게 삶을 살 수 있을 것이고, 또 재미없게 삶을 보내기에는 우리에게 주어진 시간은 너무 짧다는 것입니다. 현재 자신을 잡고 있는 생각에 대해 비판적으로 살피다 보면 결국 등장하는 것이 어떻게 하는 것이 잘 살아가는 것인가에 대한 고민일 것이라 생각합니다. 그러다 보면 최후에는 현재 전 세계적으로 인간 사회가 추구하고 있는 인권이나 사랑과 같은 개념이 나올 것입니다. 자유로운 정신을 가진 사람들은 결국 나답게 삶과 동시에 다른 사람들과도 잘 어울려 살 수 있을 것입니다.

정신의 자유로움을 지니자는 말이 결국 이 글의 전부입니다. 이러한 생각을 가진 지는 꽤나 오래됐지만, 최근에 이러한 생각이 부쩍 커진 것도 부정할 수 없는 사실입니다. 최근 서울시의 인권헌장제정 공청회의 녹화본을 보며 저는 경악을 금치 못했습니다. 자신만의 생각을 바탕으로 상대방을 향해 혐오의 말을 쏟아 내는 사람들을 보며 저는 이 나라의 한 국민으로서, 혹은 세계 시민으로서 큰 좌절감을 느꼈습니다. 철학적인 생각을 하지 않는 사람의 비인간성을 느낄 수 있었습니다. 이러한 일들로 시작된 제 생각을 정리하고 여러분들과 생각을 나누고 싶었습니다.

저는 이 글을 사랑하는 후배님들, 친애하는 동기님들, 존경하는 선배님들, 항상 감사한 모교의 선생님들께 쓰고 있습니다. 사람들에게 걸었던 여러 기대를 많이 포기하고 있지만, 아직 경기과학고 사람들에게 거는 기대는 큽니다. 정신의 자유로움과 함께 여러분들이 각자의 자리에서 빛을 발할 수 있을 것이라고 저는 생각합니다. 그러면 다양한 자리에서 다시 만나 뵙기를 기대합니다.

진리가 함께하기를!

♣ 끊임없이 도전하라

- 29기 노희광

후배들에게,

시간은 참 빠르게 지나갑니다. 졸업식이 끝난 후 눈물을 애써 참으며 학교를 나온 게 바로 엊그제 같은데, 어느새 카이스트에 입학하여 새내기로서의 1년을 마치고 화학과에 진학하였습니다. 가끔씩 고등학교 시절을 회상하곤 하는데, 아직 고등학교 시절의 추억과 학교를 사랑하는 마음이 너무나도 많이 남아 있기에 후배들에게 제가 가졌던 경험을 전하고 몇 마디 조언을 덧붙이고자 합니다.

저는 경기과학고등학교에서의 3년을 정말 보람차게 보냈다고 생각합니다. 우선 제 학창시절의 많은 부분을 연구를 하며 보냈습니다. 1, 2학년 때 R&E 활동을 했으며, 추가적으로 2학년 초부터 3학년 1학기 말까지 꾸준히 학교 실험실에서 개인 연구 활동을 진행했습니다.

특히, 개인 연구 활동은 그 어느 활동보다 값진 경험이었습니다. 지도 교사와 지도 교수가 배정되는, 또 모든 재학생이 참가하는 R&E 활동과는 다르게 개인 연구 활동은 실험 주제와 연구 방법을 자신이 직접 설계하게 됩니다. 따라서 초기에는 미숙한 실험을 반복하며 수많은 시행착오를 겪었지만, 오히려 이 과정에서 풍부한 경험을 하며 R&E 활동보다 더 많은 것을 배웠습니다. 저는 전국과학전람회 출품을 위해 반년, 이후 이를 개인 연구로 발전시켜 마무리하기까지 1년, 총 1년 반 동안 학교 실험실에서 개인 연구를 진행했습니다.

하나의 긴 연구를 진행하며 많은 성과를 얻을 수 있었습니다. 전국과학전람회 장려상 수상, SCIE 저널인 한국화학공학회지(KJChE)에 1저자로 논문 투고, 졸업논문 부문 화학분야 경기과학고등학교 연구대상 수상 등 뚜렷한 성과를 여럿 얻었습니다. 공동연구 과정에서 얻은 협업 능력, 주도적 연구 활동으로부터 얻은 실험 설계 및 결과 분석 능력, 그리고 힘든 과정을 이겨 내며 얻은 끈기와 도전 정신 등 눈에 보이지 않는 부분에서도 굉장히 많은 것을 배웠습니다.

연구뿐만 아니라 다른 다양한 활동들도 했습니다. 1학년 말부터 화학

올림피아드를 공부하여 국가대표 선발 단계까지 가는 데 성공했습니다. 여유가 있을 때마다 친구와 배드민턴을 열심히 쳐 교내 배드민턴 대회(스매시콕)에서 우승도 하였습니다. 1학년 때는 교지편집 동아리(TiCa)에서 활동하며 학교의 교지인 '송죽'의 제작에 일부 기여했습니다. 교내 토론대회, 수리과학논술대회 등 인문학적인 활동도 성실히 하였습니다. 이처럼 저는 고등학교 생활 3년 동안 다양한 경험을 하며 여러 방면에서 많이 정말 배울 수 있었습니다.

후배님들,

'학교 수업 이외의 활동'이라는 것에 대해서 여러분들은 각자 많은 고민을 하고 있을 것이라고 생각합니다. 대학교 입시에 사용할 스펙을 만들기 위해 고민하는 학생들도 있을 것이며, 새로운 것에 도전해 보고 싶어서, 혹은 지적 호기심에 의해 연구나 올림피아드 공부를 하는 학생들도 있을 것입니다. 물론, 학교 내신에 집중하는 학생들도 있을 것입니다.

저는 여러분들에게 끊임없이 도전하라고 조언해 주고 싶습니다. 누군가는 개인 연구 활동을 할 수도, 누군가는 올림피아드 공부를 할 수도, 또 누군가는 활발한 독서 활동으로 인문학적 소양을 기를 수도 있습니다. 저는 이런 모든 활동들이 굉장히 가치 있다고 생각합니다. 영재학교인 우리 학교의 특성상 학생들에게 주어진 기회의 폭이 굉장히 넓고, 공강 시간 등 자유롭게 사용할 수 있는 시간이 많습니다. 저는 여러분들에게 주어진 이 기회들을 가치 있게 보내기를 희망하는 바입니다.

어떤 것에 도전하든 간에 새로운 도전은 미래의 여러분들에게 큰 밑거름이 될 것입니다. 저 역시 고등학교 때 쌓아 놓은 다양한 경험이 대학생이 되어 큰 도움이 됨을 매번 느낍니다. 개인 연구 활동과 화학올림피아드 활동을 하며 얻은 화학적 지식은 제가 대학교에서 전공을 공부하는 데에 엄청난 도움을 주었습니다. 고등학교 때 즐기던 배드민턴은 평소에 즐길 수 있는 좋은 취미가 되었고, 전국단위의 대회에 나가 4강까지 진출하기도 했습니다. 저는 이번 방학에 화학 반응 메커니즘을 규명하는 연구실에 들어가 1960년대의 서적을 읽고, 시뮬레이션 제작을 위해 컴퓨터 프로그래밍을 공부하는 등 항상 새로운 도전을 계속하고 있습니다. 이렇게 새로운 도전을 할 때마다 하루하루 성장하는 나 자신을 발견한다는 느낌을 받습니다.

얼마 전에 제가 모교의 한 선생님께 신년 인사를 드렸을 때 선생님께서 저에게 해 주신 말씀이 있습니다. 선생님께서는 저에게 '꿈을 향해 달

려가는 너의 모습이 보기 좋아'라고 해 주셨습니다. 저는 이런 말씀을 해 주신 선생님께 정말로 감사했고, 또 저의 꿈인 교수를 향해 열심히 노력해야겠다는 동기를 얻었습니다.

여러분들도 각자의 꿈을 향해 열심히 나아가고, 또 이를 위해 끊임없이 도전하기 바랍니다. 절대 빨리 달리라는 것은 아닙니다. 인생은 정말로 긴 마라톤이니까요. 단, 멈춰 있지 말고 천천히, 또 꾸준히 달려 나가기 바랍니다. 경기과학고등학교는 꿈을 향해 달려 나가는 학생들에게 정말로 많은 기회를 제공합니다. 부디 그 기회들을 잘 활용하기 바랍니다. 꿈을 향해 달리다 보면 어느새 멋진 사람이 되어 있는 여러분 스스로의 모습을 발견할 것이라고 믿습니다.

♣ 모두가 함께 가는 길

- 교사 김형수

5년 전 겨울의 문턱에서 처음 경기과학고에 발을 디뎠다. 몇 년째 수원의 한 일반계 고등학교에서 학생들의 입시 지도를 하고 있던 터에 경기과학고에서 교원을 공모하니 한번 원서를 넣어 보라는 교감선생님의 말씀을 들은 직후였다. 그 말씀을 들을 때만 해도 경기과학고등학교가 어떤 학교인지 아는 바가 거의 없었다. 초임 시절 중학교에 근무할 때 가르쳤던 우수한 학생이 경기과학고에 지원했다가 떨어졌던 것으로 보아 정말 공부를 잘하는 학생이 아니면 들어가기 힘든 학교라는 정도밖에는 몰랐던 것이다. 응시 원서 양식을 받으려고 학교 홈페이지를 방문해서야 2010년에 과학고에서 과학 영재학교로 전환되었다는 사실도 처음 알게 되었다.

'영재학교? 그렇구나!' 원서에는 이 학교에 지원한 동기를 쓰는 난이 있었는데, '영재'라는 말에 착안하여 맹자의 진심장(盡心章)에 나오는'득천하영재 이교육지 삼락야(得天下英才 而敎育之 三樂也, 천하의 영재를 얻어서 교육하는 것이 즐거움이다.)'라는 거창한 문구를 인용했다. 영재 학생들을 가르치며 참된 기쁨을 얻고 싶다는 지원 동기를 쓰기는 했으나 영재 학생들이 과연 어떤 학생들인지, 내가 그들을 잘 가르칠 수 있을지 의문스럽기만 했다.

1차 서류 심사를 통과한 국어 교사는 나를 포함해 3명이었다. 2차에서는 면접과 수업 실기를 통해 그 중에 한 명만 선발한다니 긴장될 수밖에 없었다. 말쑥한 양복 차림으로 아침 일찍 지원자 대기실이 있는 본관 2층으로 갔다. 지금은 옆 교무실에 근무하고 계시는 이창석 선생님을 당시 복도에서 마주쳤을 때 매우 인상적이었다. 선생님께서 복도에 켜진 형광등 스위치들을 일일이 끄고 다니셨기 때문이었다. 참 밝게 웃으시며 처음 만난 나에게 상냥하게 인사를 건네시기도 했다. 선생님뿐만 아니라 이 날 내가 복도나 계단에서 마주친 학생들 모두 공손하게 인사를 하는 모습을 보니, 면접과 수업 실기를 열심히 치러야겠다는 의지가 샘솟았다.

여담이지만 당시 나와 경쟁한 두 선생님 중에서 한 분은 모 출제 작업 때 나의 팀장님으로서 내게 많은 가르침을 주신 분이었다. 그래서 대기실에서 얼굴을 뵈었을 때 서로가 놀랐던 일이 있다. 존경해 마지않는 팀장님을 제치고 최종 합격자는 내가 되었기에 죄송하기도 했는데, 다행스럽게도 그 분은 몇 달 후 전문직 시험에 합격하셔서 곧 장학사님이 되셨다.

경기과학고에 합격하고 2월 중순부터 학교에 출근을 했다. 일반계 고등학교와 달리 우리 학교는 매년 2월 중순 무렵에 개강을 하기 때문이다. 가장 먼저 눈에 띈 점은 선생님들의 수업 시수가 일반고보다 적은데도 불구하고, 많은 선생님들이 하루 종일 분주하게 보내시고도 모자라 밤늦게까지 학교에 남아 계신다는 것이었다. 특히 수학, 과학, 정보 과목을 담당하는 선생님들은 학생들의 연구 활동 지도, 대회 참가 지도, 논문 작성 지도 등으로 인해 주말과 방학까지 반납하시는 경우가 많았다.

수업 시수는 적지만 그만큼 수준 높은 수업을 해야 하기 때문에 수업 연구에 많은 시간을 들이며, 학생 개개인별로 세분화된 지도와 피드백을 하느라 결코 경기과학고 교사의 삶이 여유롭지만은 않다는 점을 깨닫는 데는 긴 시간이 필요치 않았다. 전문성과 열정을 겸비한 선생님들과 한 울타리에서 생활하게 되면서, 나도 학생들에게 인정받고 학교에 필요한 교사가 되기 위해서 어떻게 해야 할지 자연스럽게 고민하게 되기도 했다.

두 번째 눈에 띄는 점은 이상하게 들리기도 하겠지만 학교에서 학생들의 모습을 별로 볼 수 없다는 점이다. 학교가 워낙 넓은 데 비해 학생 수가 적어서이기도 하고, 학생들의 활동 공간이 본관, 학술 정보관(도서관), 과학연구센터, 학습관, 창조관 등 다양하기 때문이다. 그래서 얼핏 보면 '학생들이 다 어디에 있지?'하는 느낌을 갖게 될 때가 있다. 시간이 지나면서 알게 되었는데 학생들, 특히 2, 3학년에게는 적지 않은 공강 시간도 있고, 마치 대학생들처럼 자신이 원하는 강의를 선택해서 학점을 이수하기에 저마다 시간표가 다르다.

그러나 학생들의 삶은 결코 녹록치가 않다. 1학년 때 고등학교 과정을 거의 다 배우고 2, 3학년 때에는 대학 수준의 과목들을 이수한다. 전문 과목들의 경우 두꺼운 원서를 늘 끼고 다니며 공부해도 워낙 우수한 학생들 간의 경쟁인지라 버거울 만도 하다. 수업 외에도 각종 연구 활동과 대회 참가 준비로 학생들은 늦은 밤까지, 혹은 휴일도 방학도 없이 노력하고 있기도 하다. 얼핏 보아서 학생들이 다 어디로 갔을까 했던 의문에 대해서는 학교의 곳곳에서 저마다 자신의 꿈을 이루기 위해 무언가에 몰두하고 있다는 답을 곧 얻을 수 있었다.

전반적으로 학업과 연구에 저마다 분주하기만 한 학생들이지만, 함께 어우러지려는 경기과학고만의 특이한 면모에 주목할 만하다. 서로가 경쟁 상대일 수 있지만, 공부를 할 때도 몇몇 친구들끼리 모여 스터디를 만든다. 서로 문제를 내고 풀이를 공유하며 공부해 나가기 때문에 밤 시간에도 강의실마다 불을 밝히고 있다. 대부분의 연구 활동도 2~3명 단위로 팀을 이루어 진행되며, 연구 및 대회의 성과 또한 얼마나 팀원 간의 협력이 잘 이루어지느냐에 달려 있기 때문에 학생들은 동료와의 관계를 매우 중요하게

생각한다.

처음 경기과학고에 왔을 때는 무슨 동아리들이 이렇게 많은지 의아했다. 여느 학교처럼 인문예술 동아리와 스포츠 동아리가 따로 있기도 하지만, 거기에 과학고답게 과학 동아리, 전공이 같은 친구들끼리 모여 만든 학술 동아리, 정기적으로 외부에 나가 봉사활동을 하는 봉사 동아리까지 더해진다. 선생님들도 두세 개씩 동아리 지도 교사를 맡아 바쁘지만, 학생들의 삶이야말로 동아리로 시작해서 동아리로 끝난다고 할 수 있을 정도이다. 동아리 선후배 사이나 동기간의 끈끈한 관계가 하나의 전통을 이루고 있는 듯하다.

시너지 효과라는 말처럼, 이처럼 서로 함께 하는 경기과학고 학생들은 여러 방면에서 두각을 나타내고 있다. 학술 분야에서뿐만 아니라 축제를 비롯한 다양한 문화 영역에서도 학생들의 단결된 힘을 확인할 수 있다. 매

넌 기말고사가 끝나고 3일 후에 학교 축제를 실시하는데, 그 짧은 기간에 어떻게 준비했는지 매우 수준 높은 공연이 펼쳐진다. 재작년에는 내가 봄의 신입생 환영회, 가을을 동아리 발표회, 겨울의 솔대제의 업무를 맡아 진행한 일이 있었다. 당초에는 이전 학교에서와 같이 내가 프로그램 진행 순서를 정했다가 학생들로부터 일종의 민원을 받아 정정한 일이 있다. 프로그램 진행 순서를 결정하는 것도 학생들이 자체적으로 논의를 통해 결정해 온 전통이 있었던 것이다.

학생들과 선생님들의 관계 또한 매우 긴밀하다. 다른 학교에 비해 교정 곳곳에서 학생과 선생님이 자유롭게 대화하고 있는 모습을 자주 볼 수 있다. 연구에서부터 소소한 일상의 일들까지 학생과 교사의 간극이 없이 원활한 소통이 이루어진다. 그래서인지 졸업을 한 후에도 학교에 찾아오는 졸업생들이 유난히 많다. 바쁜 대학 생활 중에도 짬이 생기면 모교의 선생님들을 찾아뵙고, 또 동아리 후배들을 만나러 오는 것이다.

그래서인지 우리 학교에서 근무하다가 전근을 하시는 분들과의 작별하는 날, 즉 퇴임식 날에는 매우 숙연해진다. 많은 선생님들과 학생들이 이별을 진심으로 아쉬워하고 눈물을 보이기도 한다. 올해 2월에 있던 퇴임식도 그랬다. 4년간 우리 학교에 와서 나와 가장 친하게 지내던 김창수 선생님도 다른 학교로 전근을 했는데, 그때 학생들에게 감사하는 마음을 당부하는 말을 남겼다.

"여러분들은 저마다 우수한 재능을 지니고 있고 또 노력하는 모습을 보이고 있습니다. 그래서 많은 성과들을 이루고 있기도 합니다. 그러나 여러분이 가진 재능에 대해서도, 여러분에게 주어지는 교내 외의 혜택과 뒷받침에 대해서도 감사하는 마음을 잊지 말기 바랍니다."

나 역시 언젠가 이 학교를 떠나게 될 것인데, 그때 우리 학생들에게 어떤 말을 해야 할지 잠시 생각해 보았다. 나는 '모두가 함께 가는 길'이라는 말을 하고 싶다. 우리 학교 학생들은 저마다 다양한 재능을 가지고 있지만, 서로 소통하고 도움을 주고받기에 더욱 값진 인재들로 성장해 왔으며 앞으로도 그럴 것이다.

학생들이 서로 화합하고 협력하는 문화, 선생님들은 한 명 한 명의 학생에게 정성을 쏟고, 학생들은 진심으로 선생님을 존경하고 따르는 문화. 이러한 경기과학고의 문화가 이어질 때 우리 학교는 우리나라를 넘어 세계로 뻗어 나가게 될 것임을 믿어 의심치 않는다.